三國風雲之曹賊

第二部

卷之柒

幼麟驚世初鳴

庚新（風回）著
超合金叉雞飯 繪

二部
卷柒

目錄

章一 終究是個孩子！ 005
章二 宗屬國 023
章三 人在做，天在看！ 055
章四 準備 079
章五 前世宿敵，今生何如？ 103
章六 相逢一笑泯恩仇 123
章七 鄉黨 141
章八 南陽之訪客 153
章九 南陽之善緣 169
章十 荊州事，荊人治 183

章十一　幽州硝煙起　201
章十二　祖宗法度　217
章十三　活字印刷　233
章十四　南就聚風雲　249
章十五　不欲戰，絕不畏戰　265
章十六　連環計　283
章十七　曹家小賊今何在？　307
章十八　奪宛城　325
章十九　氣倒張三爺　347
章二十　壯士斷腕　365

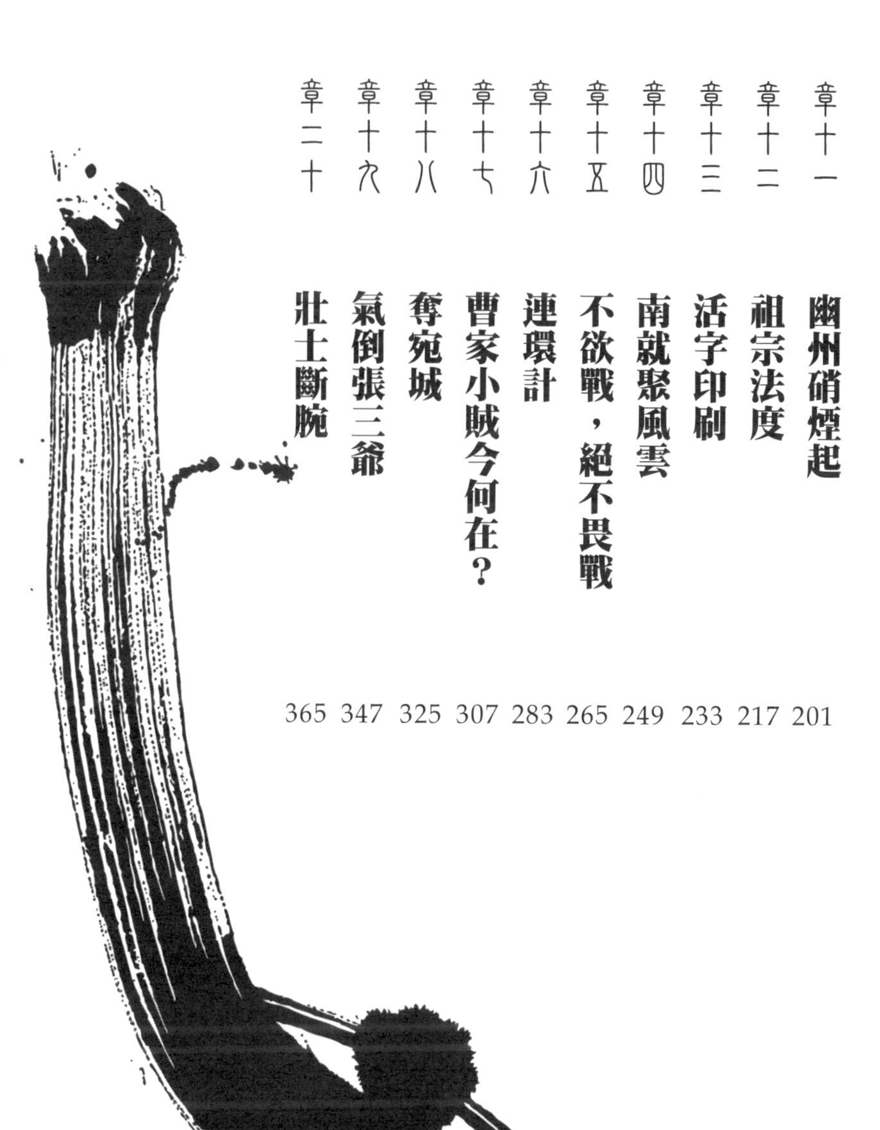

人物

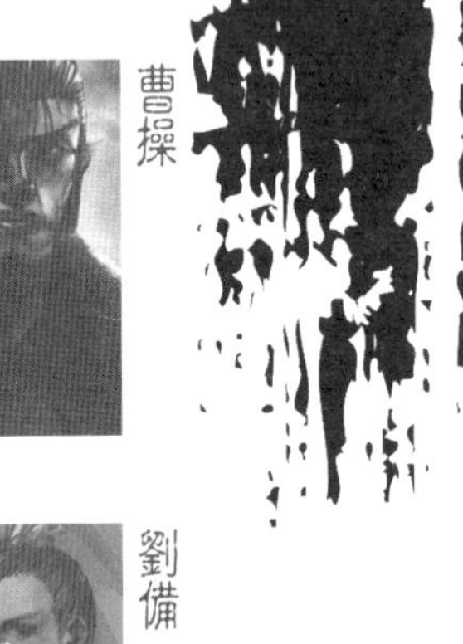

曹朋

曹朋

甘寧

龐統

龐德

曹操

魏延

典韋

許褚

陳群

劉備

諸葛亮

趙雲

馬超

呂布

貂蟬

袁紹

章一　終究是個孩子！

自大禹造九鼎，設九州。

國人一直以為，身處世界中心，而九州之外，皆蠻荒之地。

「元直方言『德』，可知六百年前，遠在萬里之外的歐羅巴古國希臘國就有人說過，美德分為兩種，智慧的美德和行為的美德。前者從學習中來，後者從實踐中得。那個人叫亞里斯多德，是古希臘三聖者之一。他還說過，真正的美德不可以沒有實用的智慧，而實用的智慧，也不可以沒有美德……元直你今方十五，正是求學年紀。可你卻不知上進，整日裡與人爭論，誇誇其談，賣弄你的小聰明。殊不知，學海無涯，你今日的賣弄，正是將來的平庸。」

「在座之人，皆高士也。你且問問他們，十五歲時在做什麼？你天資著實聰慧，能舉一反三，可若不求學，只知賣弄口舌，又能堅持多久？以我看來，元直不堪言『德』一字，蓋因元直不懂何為『德』，所以也不足以與高士論『德』之高深。」

「方元直言『天』，何為天？有廣義之『天』，有狹義之『天』。今不言廣義，蓋因天道遠，人道邇，不知人道，何以論天道？我們就說說這狹義的『天』。依舊是一個蠻夷之地，在六百年前將天地四

時的變化，分解為若干週期運動……亞里斯多德將天體以地星為中心，做圓周上的勻速圓周運動。同時又有一派學說，認為地星每天在自己的軸上自轉，以太陽為中心，沿圓周運動……我想請教元直，可知何為圓周？又以為哪一種學說為準？天人感應，那麼究竟什麼才是『天』呢？」

「元直自言博覽群書。我且再問，可讀過一部名為《歷史》的文章？」

「六百年前，在蠻夷之地，有小亞細亞海濱，一名為希羅多德的人在那裡出生。此人從三十歲起，開始了長期的漫遊，足跡遍及兩河流域，南至埃及，西至西西里島，北臨黑海……歷經多年考察，希羅多德著《歷史》一書，言及歐羅巴大陸，乃至波斯、埃及等地。你可知當地風俗？」

「……修昔底德認為，歷史的內容，就是剛剛發生過的事件，你對此可有看法？他所著《伯羅奔尼薩斯戰爭史》，不曉得元直可曾看過？那本書裡，描述了歐羅巴大陸一場極為重要的戰爭。」

「古人言，著史當微言大義，秉筆春秋。而修昔底德認為，要準確認識有關遙遠的過去，甚至我們這個時代以前的歷史，都是不可能的，因為它們在時間上，距離我們太過於遙遠。所以，他劃分了考古和歷史的範疇。那麼你認為，他說的可正確？縱觀孔夫子以來，著史者，可曾真的做到了秉筆春秋，公平二字？」

「好吧，你說這些是蠻夷之學，那我們就來說一說聖人之事。孔聖人曾有門徒三千，言有教無類，其門下弟子有匠人、有農夫、有商人、有官宦……而我卻聽說，你言『人生而有貴賤之分』，那麼我倒是想請教，究竟是夫子所言正確，抑或你周不疑比聖人更加厲害？」

曹朋深知，不能讓周不疑搶了先機。

這孩子伶牙俐齒，一旦被他搶奪了先機，占據了主動，自己可就處於被動之中。

周不疑擅長偷梁換柱，而曹朋則要把這個節奏控制住。

他不須去和周不疑爭論，只須不斷的發問，攪亂周不疑的思緒，使節奏始終都可以控制在自己的手裡。若是談論經典文章，曹朋真不認為自己能勝得過周不疑。這孩子從小受這方面的薰陶，遠不是曹朋這種半路出家的人可以相提並論。當然了，重生十年，曹朋對這個時代的文章典籍大都有所瞭解，同時他可以感受到在東漢末年時，儒學容納百川的包容性。

甚至在唐宋時期，儒學都不是一家之言，而是百家爭鳴。一直到元朝，蒙古人並不懂得儒學的真意，於是將儒學定位為儒教，徹底摧毀了儒學流傳千餘年的傳統。至明時，儒學的包容性已不復存在，理學開始興起，變成了一種扭曲的宗教。

曹朋可以在東漢大談蠻夷之學，也正是因為這個時期的儒學，還有儒生，都在苦苦的追尋著儒學的真意。他們的包容性，註定了他們可以吸收各種不同的外來學術，而形成自己的理論體系。

比經典，十個曹朋未必是周不疑的對手；可是比見識，憑空多出一千八百年的知識，一百個周不疑也非一個曹朋的對手。

曹朋搶占了先機，把話語權控制在自己的手中，用一連串的提問，使得周不疑無法冷靜思索，只能跟著曹朋的思路走。等到曹朋完全控制住周不疑的思路之後，才予以凌厲的攻擊。

周不疑雖仍舊挺直胸膛，但臉色卻漸漸變得蒼白。曹朋所言，讓他感受到了天下之大，他簡直就是一隻坐井觀天的井底之蛙。

不僅僅是周不疑，就連一旁的孔融也不禁為曹朋的言語所奪。他神色凝重，沉吟不語。

「我在滎陽時，曾聽聞元直和仲豫先生的辯論。對於讖緯符瑞，我是不太瞭解。不過我卻知道，仲豫先生的道德文章，乃天下之楷模。他曾撰《東觀漢記》，詳論朝廷得失，可以為後人所借鑑。而元直，你今著有何等文章？以教化世人？」

「或許你會說，張良、蕭何，皆無著作流傳，卻有大功於社稷。然今日言張良、蕭何，是因為他們已經做出了功績。元直，我且問你，你有何功績與我知呢？若沒有，你又有何資格去指責仲豫先生？你

今十五，卻棄學而不求上進；你今十五，置父母於荊襄，而身存許都，追名逐利；你今十五，未立寸功，卻視先賢為無物。元直，非我嚴苛，實不知天高地厚，妄言聖賢，乃小人之舉。」

「你言貴賤。好，咱們就說說這貴與賤。」

「自古聖賢處身立命，皆憑藉自身。《易》開篇有言：天行健，君子當自強不息。言貴者，子文十五，與我征戰河西；我十五時，輔佐鄧叔孫在海西立足；子建輕浮，然十四可做華美文章。再言賤者，我認識許多人，他們出身不好，門第不高，然十五歲已可以自立於世上，或戎馬生涯，征戰天下；或農耕田地，上可使國庫充沛，下可令自己飽食。此，自強也。」

「元直，你何以自強？莫非，就是靠著逞口舌之能，而安身立命？」

周不疑臉色蒼白如紙，竟不知該如何反駁。曹朋句句在理，讓他的伶牙俐齒毫無用武之地。

曹朋冷笑道：「貴者，憑藉自身才學，文可安邦，武能定國。上馬而平天下，提筆可令蒼生安居樂業，或教化蒼生，或功在千秋。憑自身之能，而能立於天地間，便是真真正正的貴者。而那些不學無術，只知偷雞摸狗，逞口舌之利，卻無一技之長者，方為賤，卑賤的『賤』。」

曹朋就差指著周不疑的鼻子，罵他是一個『賤人』。

而後，他森然冷笑。

「某自生以來，無愧蒼生。我輔佐姐夫，令海西大治，每年可向國家輸送百萬斛糧草；兩淮之地，百姓安居樂業，自建安二年來，人口增加二十萬。我征戰官渡，曾率部斬顏良、誅文醜，縱橫疆場，搏殺於兩陣之間，斬殺上將無數。我出使朔方，治理河西，令河西重歸中原，令河西從此不受兵禍。我征戰涼州，三年間令涼州兵禍平定，為朝廷建立赫赫功勳。我著《八百字文》，可使幼童明天理，知古今；我著《三字經》，可使人知善惡，懂得忠孝……」

「周不疑，你有何資格評論與我？你有何資格說我的不是？在座諸人，哪個不比你學問高深，你又有何資格言論他們的不是?依我看，你沒有資格評價任何人，若欲評價他人，先省自身。滿座高士，爾一孺子，又有何等德行，列坐於此?若我是你，絕無臉面再留居此地。」

周不疑驀地站起身來，手指曹朋，嘴唇顫抖。

而一雙雙眸光，冷漠的注視著他……

曹朋可以看到他眼中有淚光閃動，心裡面也不由得生出不忍。

他還只是個孩子!受人指使，其實也身不由己……

可一轉念，那不忍之情又硬生生的壓下來。在這種時候，他絕不能有半點心慈手軟。這和曹沖無關，這是他和周不疑身後勢力的一場戰爭。

周不疑放下了手，轉身拉開了房門。在走出雅閣的那一剎那，他突然回身，朝著曹朋深施一禮，默默的拉上了房門。

「友學，說得好!」

「公子教訓得極是，這小子整日藉著逞口舌之利，實不當人子。」

曹朋冷冷的掃了那些人一眼，突然長出一口氣，站起身來，「融公，我心思不寧，實有些煩躁，且先告辭。明日我在府中設宴，若融公有暇，不妨前來一敘。朋失禮，先行告退了……」

他實在沒有喜悅之情，相反的，心裡面感覺有些沉重。

周不疑那孩子，經他今日一罵，只怕是在許都無容身之處了……

想想看，自己似乎罵得太狠了點。可沒有辦法，這孩子整天尋釁挑事，若繼續下去，只怕會毀了他的性命。他的高傲，他的倔強，他的才思敏捷，或許可以為名士，但若介入政治，早晚必死無葬身之地。

孔融頗為讚賞的看著曹朋，點了點頭。

勝不驕，此君子之美德。

曹朋並不因為他辯贏了周不疑而高興，反而透出沉重之色，也說明了他是一個有美德的人。

「友學今日所言，孔融已大開眼界。待明日，我必前去造訪，到時候與友學暢談。今日聚會，卻少了些興致，不如就這麼散了吧。」

其實，孔融何嘗不為周不疑可惜？

應瑒雖然沒有達成目的，可是已經和曹朋搭上了線。對他而言，這已經是成功了……所以，當孔融說散了的時候，他並未阻止，而是欣然答應。

既然召集人決定要散了，眾人繼續留在這裡，也沒什麼意義，於是便各自散去了。

曹朋告辭後，在酒樓下跨坐馬上，朝奉車侯府緩緩行去。

此時，尚不到禁時，所以街上還很熱鬧。

遠遠的，曹朋看到一個孤獨的背影，沿著長街，似失魂落魄般的走著。

是周不疑！

對於一個十五歲的孩子而言，周不疑今天所受到的打擊，是從未有過的經歷。他自認辯才無雙，他自認才學過人，他自認博覽群書，他自認見識非凡。可是在曹朋的面前，他往日那些值得驕傲的東西，好像鏡中花、水中月一樣，變成了虛幻。自來到許都的第一次辯論，他從未失敗過，可那些勝利在現在想來，是如此的可笑、如此的蒼白，沒有半點意義……

原來，不是他贏了……而是那些真正有大學問的人，根本不屑於和他爭辯！

曹朋說的那些東西，他從未聽說過。而那些稀奇古怪的蠻夷之名，更讓他感到了無比的茫然。

不知天下之大，何以妄言天下？

難道，自己在別人的眼中，真的只是一個跳梁小丑？一個淺薄之徒？

曹賊

章一

終究是個孩子！

身後馬蹄聲響起，而周不疑恍若未覺。

一匹馬，攔住了他的去路，耳邊響起一個洪亮的聲音：「周不疑！」

他抬起頭，愕然看去。

在燈火下，周不疑看到了一張極為熟悉的面容。

「曹……朋！」

曹朋目光灼灼，凝視著他。

半晌後，他突然道：「元直，回家吧。這裡是成人的世界，有很多你無法想像的事情。回家吧，好生讀書，待將來學成，再來與我爭論。回去告訴你身後的那些人，不要用這種卑劣的手段。有本事就站出來，莫要讓小孩子在前面衝鋒陷陣。我本來挺敬重他，可如果他只有這些手段的話，告訴他，他就是垃圾。」

「回去吧，相信你的親人，正等你回家。」

周不疑最初仍倔強的挺直了腰桿，和曹朋對視。原本以為曹朋會再羞辱他一番，他甚至已經做好了迎接這種羞辱的準備。可沒想到……

也不知為什麼，周不疑鼻子一酸，眼淚唰的一下流了下來。

曹朋嘆了一口氣，從懷中取出一塊方巾，扔到了周不疑的手中。

「元直，成名的方法有很多，但你卻選擇了一個最為愚蠢、最不理智的方法。或許，你周不疑的名字可以迅速被人們知道。可我向你保證，沒有真才實學，早晚被人恥笑。」

說罷，曹朋撥轉馬頭，揚長而去。

周不疑手裡握著那方手帕，半晌後突然放聲大哭。

原來，自己所做的一切在曹朋的眼中，竟如此幼稚而可笑。原來，他早已經猜出了自己的來歷……

周不疑失魂落魄的回到家中，如同洩了氣的皮球。

曹朋能看出端倪，曹操是不是也看出了端倪？一想到自己所做的一切，在別人眼中不過是跳梁小丑般的舉動，周不疑就不由得一個寒顫，汗毛倒立。他還要不要，繼續留在許都呢？

周不疑的出身，並沒有他言語中那麼高貴。

他的母親是劉先的妹妹，出身望族。可實際上，他的母親不過是劉氏宗族裡一個不起眼的旁支庶女。其情況和鄧稷頗有些相似。鄧稷所在的棘陽鄧氏宗族，祖上乃是雲台二十八將之一的鄧禹。可隨著鄧氏的逐漸沒落，鄧家的宗族卻不斷的發展，形成了今日的棘陽鄧村。而鄧稷，是鄧氏的旁支庶出。

一般而言，庶出已經是低人一等，更不要說是旁支。

也正是因為這個原因，周不疑的母親後來嫁給了當地的一個寒門子弟，生下了周不疑。

這也是周不疑的名為何是雙字，而非單字。

他從小就很好強，展現出不同於同齡人的聰慧，漸漸有了些名氣，在當地得了個『神童』美譽。可這並不代表周不疑就能得到母系宗族的認可。不僅得不到認可，他還必須從事一些力所能及的工作來養活自己。隨著年齡的增長，周不疑因聰慧，而得到劉先的看重，便讓他到自己身邊充作書僮。不過，也僅僅是一個書僮而已。

在一次偶然的機會下，周不疑隨劉先到水鏡山莊拜訪，得到了司馬徽的稱讚。

而後，時為司馬徽弟子的諸葛亮，對周不疑也非常友善，讚不絕口，令劉先對周不疑開始重視，並正式認下了他這個外甥。劉備入荊州，劉先照例拜訪。哪知道劉備一見周不疑，就非常歡喜，甚至表示願意為周不疑引介名師，還承擔周不疑就學需要的各種費用。當時，劉備向周不疑介紹了荊州名士劉巴，希望能讓劉巴教授周不疑，使其得以成就一番功業。

曹賊

章一
終究是個孩子！

劉巴，零陵人，與劉先同宗。他是正正經經、零陵劉氏的嫡房所出，地位猶在劉先之上。其祖父劉曜，官拜蒼梧太守；其父劉祥，曾為江夏太守、蕩寇將軍。當初劉表進駐荊州，零陵劉氏並不與之相親。時為江夏太守的劉祥，更是和劉表數次發生了衝突，令劉表甚惡之，甚至生出了殺心。他扣住了劉巴，好幾次設計想要殺害劉巴，但最終被劉巴機靈躲過。

後來，荊襄世族由對峙，轉為支持劉表。

劉祥也因為身體原因，卸下江夏太守的職務，由劉表親信黃祖所替代，才算是緩和了關係。

劉巴十八歲的時候，為戶曹主記主簿。劉表數次征辟，更表示願意舉薦他為茂才，可劉巴對劉表一直懷有戒心，始終不肯就職。

說起來，周不疑也是劉巴的外甥，讓他拜劉巴為師，也是順理成章的事情。可不想劉巴不但是對劉表反感，對劉備同樣反感。劉備跑去介紹，他不好當面拒絕，但最終還是想了個辦法，委婉的將這個請求推掉了……為此，也讓周不疑大為傷心。他感激劉備，但又無法痛恨劉巴。他恨自己是庶民出身，對此感到萬分自卑，同時又在自卑中產生了一種非常奇怪的自尊心理。於是，他開始變得張揚起來。

建安九年末，周不疑突然接到一封書信。

信是他最為尊敬的劉備寫來，想要委託他去做一件事情。

劉備告訴他，今漢室衰頹，朝綱崩壞，正需要有識之士的幫助。劉先要去許都，希望周不疑一同前往。到了許都之後，要盡量顯露名聲，結交曹氏子弟，最好能藉此得到曹操的重視。同時，劉備還告訴周不疑，願意幫他將母家的地位提高。

到了許都之後，自會有人與他聯絡，到時候他只要聽從那人的吩咐，自行發揮即可……他日，待漢室中興，他就是功臣，揚名立萬不說，更可以成為真正的士人，得到天下人的敬重。

可以說，周不疑是滿懷理想來到許都。

一開始的確是很順利。

在一些人特意的安排下，周不疑結識了曹沖。

時，周不疑十三歲，而曹沖不過八歲。周不疑的經歷和見識，遠不是曹沖可以比擬，所以輕而易舉便得到了曹沖的信任，並迅速在許都站穩了腳跟。只是，他原以為自己天衣無縫的表演，在那些真正的高士眼中竟破綻百出。曹朋可以看出，那許都……還有多少人知曉？

周不疑越想就越害怕。越害怕，他心裡就越是慌亂……

一個十五歲的孩子，終究沒經歷過太多的風浪。他之前故作出的沉穩幹練，在此時也隨之煙消雲散。

我該怎麼辦？

是繼續留在許都，還是離開？

他躺在榻上，臉上流露出迷茫之色。

對了，玄德公不是說過，若有危險時，可以告知那個神秘人，請他出手相助，或出謀劃策？來許都兩年，他並未見過那個神秘人。但是他能猜出，那個人一定有著非凡的地位。

對了，想辦法和他聯絡……

周不疑翻身坐起，一方手帕從懷中飄落。他正要舉步往外走，卻猶豫了一下，半晌後蹲下身子，將手帕拾起來，小心翼翼的摺好。手帕拿在手中許久，他輕輕嘆了口氣，又放進了懷裡。

也許，他說的沒錯。

我應該回家，陪伴父母，好好讀書……

設立在許都每條大街街口的街鼓敲響，咚咚咚咚……禁時已至，許都的夜禁將要開始了。

曹朋坐在廳堂上，耳聽府外傳來的街鼓聲，思緒飄忽。

章一

終究是個孩子！

「公子？公子？」

「啊，史老大，抱歉，剛才想到了一些事情，故而……來來來，咱們吃酒。」

史阿已換上了一身乾淨的衣服，坐在堂上。

杜畿一旁作陪，但大多數時候，他都是只聽不說。

「公子，似乎有心事？」

曹朋抿了一口酒，點了點頭，「我在想，那孩子會不會因今日而一蹶不振？若如此，卻可惜了。」

史阿道：「公子是說……那周不疑？」

「是啊，感覺好像有點過了。」

不知為何，曹朋回到家中後，腦海中總是閃現出周不疑那失魂落魄的模樣，心裡面既有些憐憫，又有些痛惜，但更多的還是一種憤怒。他最討厭那些躲在後面耍弄陰謀詭計的傢伙！

如果周不疑是個成年人，或許曹朋不會有那麼多的感觸。可是……

十三歲來到許都，不斷的挑釁尋事，即便是有朝一日他成事了，那些人會留下他的性命嗎？他幾乎是在以一個十三歲孩童的稚嫩肩膀，承擔著天下士林的敵視。如果那些人成功了，周不疑的結局也可以猜想的出來。

為平息士林之怒，或者說為了把自己隱藏起來，周不疑必死無疑。畢竟，他所面對的那些人，哪一個又是好說話的？

曹朋苦澀一笑，對史阿道：「周不疑雖可恨，但畢竟還是個孩子。我所怒者，其實……」

他沒有說清楚其實什麼，但以史阿的閱歷，還有杜畿的智慧，卻可以猜出端倪。

「公子宅心仁厚，若換作是我，斷然不會對他可憐。」

「呵呵，可憐之人，必有可恨之處……話是這麼說，但一想到他那年紀，我還是有些……我十三歲的時候，父親背著我，從中陽山一路逃難到棘陽。如今想起來，我比他，卻幸福許多。」

曹朋說起了自己，讓杜畿和史阿也不由得一陣唏噓。

兩個人，也都是經歷無數起伏的人。而今回想起來，也是心有同感。

不過，見氣氛變得如此凝重和壓抑，杜畿連忙道：「公子今日在毓秀樓一展風采，來日必為一段佳話。只是，伯侯有些奇怪，公子如何知這許多事情？公子所說的那些東西，伯侯從未聽過。那個什麼德的傢伙，很有名氣嗎？還有那歐羅巴、希臘，究竟是在什麼地方呢？」

曹朋一怔，立刻感到頭疼。

他當時說得痛快，可回來後，就感覺到了問題的嚴重。因為他說的那些事情，根本無法證實。在後世，亞里斯多德之類的名字或許耳熟能詳，但在這個時代……

明日孔融前來，少不得也要有個解釋。

曹朋急中生智，笑道：「伯侯可知，我老師何人？」

「哦，陸渾山胡昭胡孔明先生？」

「先生乃我授業恩師，但其實在孔明先生之前，我還有一位先生。他名叫左慈，在我幼年時，曾教我許多東西。這些事情都是左慈恩師所授，只可惜而今不知他身在何處。」

他在江東！

這一點曹朋倒是知道。

想必孔融那些人，也不可能跑去江東拜會左慈。

聽師兄當年說過，左慈在山中修行，基本上已很少現身。哈，就算是找，恐怕也沒那麼容易。

嗯，就先推到左慈的身上，反正他忙著修煉成仙，說不定什麼時候就……

嗯，先撐過這一時再說，至於以後的事情，以後再說！

曹朋不想就這個問題再談論下去，於是話鋒一轉，對史阿道：「史老大，你還沒有告訴我，何故落得如今的狀況？」

史阿的臉色頓時一黯。

他沉默了片刻之後，抬起頭苦笑道：「這話說起來，可就長了。」

原來，當年他隨曹丕先去了漆縣。在漆縣待了一年後，曹丕有些不滿足自己的成績，於是動了從軍的念頭。建安八年，曹操對鄴城用兵，雙方打得極為凶狠。曹丕奉命前往中丘迎接黑山賊出山，也是抱了滿腔的熱血，希望能藉由這個機會建立功業，得到曹操賞識。

當時，史阿作為曹丕的親隨，自然一同前往中丘。

「那一夜，烏丸突騎忽至，不管是我還是世子，都沒有預料到。當時中丘大營裡，大都是一些老弱病殘，張燕的主力尚未出山，遇到烏丸突騎的襲擊，整個中丘大營都亂成了一團。我護著世子想殺出重圍，不想烏丸突騎甚是凶狠。在突圍的時候，我們遭遇一支兵馬，我雖拚命掩護，卻終究寡不敵眾。世子在亂軍中戰死，我則因為坐騎受驚，從馬背上摔下來，斷了一條腿，當時就昏迷過去。等我醒來時，烏丸突騎已經離開，整個中丘大營……」

「後來，我被援兵找到，並送到了鄴城。司空當時惱怒萬分，恨我不能保護世子周詳，於是斷了我右手手筋，而後趕出了大營……我能活下來，已經是萬幸。回到許都之後，昔年的那些朋友，一個個見我猶如蠍虎一般，躲之不及。我也是沒辦法，家中妻兒總要活下去，只得去尋個事情。若非今日與公子偶遇，我打算過些時候帶妻兒回雒陽老家，至少那裡還有我幾個徒兒可以依靠，就算不成，家中也還有幾畝薄田。」

史阿在言語中，透著幾分心灰意冷。

曹朋不由得眉頭緊蹙，半晌後輕聲道：「你就打算這麼落魄下去？」

「不然能怎樣？」

「史老大，我看你不起。」

史阿一怔，愕然向曹朋看去。

「史老大，你手殘了，腿殘了，可腦袋還在；當年王師授你劍法，那些劍術猶在；你還有左手，還能走路，難道就這麼放棄了嗎？司空雖斷你一手，可我相信，那絕非司空本意。你若還是當年的史老大，且留下來。只要你心裡尚有希望，咱們一起做些事業……史老大，我只問你，你心裡……可對司空心懷怨念？」

史阿沉默了！

半晌後，他輕輕搖頭，「是我無能，未能保住世子性命，司空雖斷我一手，可卻留下我性命，我怎會怨恨？只是，我實不知還能做什麼。你看我，走路都不利索，更不要說殘了一手……公子，我知你重情義，可你現在似乎也是一身的麻煩，若留下我，豈不是被司空怪罪？」

曹朋看著史阿，輕聲道：「我留下你，司空是否會怪罪我，我不知道。但我卻知道，若放你走，說不得將來我會怪罪我自己。我說過，你廢了右手，還有左手；跛了一足，卻可以騎馬。關鍵是你腦袋裡那些殺人的劍術……所以，你就老老實實留下來，至於是想一輩子這麼沉淪下去，還是願意和我一起闖一番事業，得一場富貴，你自己選擇。」

史阿再次沉默了！

「對了，我還有一件事要問你，當初世子身邊，除了你之外，還有一人。而今世子命歸黃泉，你身體殘疾……那個人呢？如今他在何處？難道說，也死在亂軍之中？」

史阿抬起頭，「你是說，司馬仲達？」

曹丕死了，曹朋一度無法相信。

不過隨著後來消息經過確認，他也就不再懷疑。只是……司馬懿的生死，卻讓曹朋疑惑不解。

據當時傳來的消息：司馬懿下落不明。

那麼，他究竟是生，抑或是死呢？

這也讓曹朋感覺非常的揪心！

縱論整個三國時代，曹朋最感憂慮的人不是諸葛亮，不是周瑜，不是曹操……而是那有塚虎之稱的司馬仲達。這貨太能忍了，也太能熬了……其人心計之深沉，令曹朋感到畏懼。

其實在臥龍谷的時候，曹朋就有兩次差一點動了殺心。但是當時司馬懿對他極為友善，讓他下不得狠心。

諸葛亮？一事必親躬的主兒，活不長久。而周瑜，也是個短命鬼。

《三國演義》中，曹操是個奸詐的主兒。但如果接觸起來，就能覺察到他其實是個很真的梟雄，至少比起歷史上其他的梟雄而言，曹操是真正做到嬉笑怒罵皆由本心的人物。他根本不在乎外面人如何評價自己，一旦定下了目標，他就會奮勇向前。而最為主要的是，曹操對身邊人，特別是對他的族人，非常好！曹朋是曹操的族人，在這一點上，他不必擔心太多……

史阿苦笑道：「說起仲達，司空也曾問過我。不過，我確實不太清楚仲達的生死。當日中丘遇襲時，仲達是在後軍，掌控輜重分發，並未和世子一起。我們突圍的時候，我看到輜重營燃起了大火，想必也遭遇烏丸突騎襲擊。以當時混亂的情況，仲達恐怕也凶多吉少。不過我無法確定，仲達此人一向都很沉穩，若是見局勢不妙，說不定會提前撤走……但他此後一直沒出現，所以我估計他應該是遭遇不測。」

史阿倒是沒有保留意見，將他的想法一一說出。

可是，這依然無法打消曹朋心中的疑慮。

司馬懿，真的死了？

我不相信！

史阿也說了，司馬懿是個很沉穩、懂得進退、知曉趨吉避凶的傢伙。以當時的情況而言，他若是見情況不妙，說不定真會立刻撤走。

事實上，這傢伙憑藉這種趨吉避凶的本領，活生生磨死了曹操，磨死了曹丕，磨死了曹叡，磨死了諸葛亮，磨死了當時忠於曹魏的大多數人。而後，他乘勢崛起！

在這一點上，司馬懿比諸葛亮厲害。而且他知道培養人才，三國末期的魏國名將，不論是杜預、羊祜這些人，皆與司馬氏頗為親近。渾不似諸葛亮死後，蜀漢人才凋零……

這麼一個人，就這麼死了？

如果是在曹朋剛重生時，他可能會相信。可現在，他不信……

當初長安大亂，很多人都說李儒死了，可誰又能猜測到李儒跑到雒陽，改頭換面的活著！若非曹朋的出現，說不定李儒早就躲在什麼地方當一個逍遙快活的富家翁。司馬懿不見得比李儒笨，李儒能夠在長安當時那麼混亂的局勢下活命，難道司馬懿就不知道躲避？

問題是，如果司馬懿活著，他人在何方？

這讓曹朋感到有些頭疼！

按道理，司馬懿的老爹還活著，而司馬氏整體歸附曹魏，他不可能一聲不響的就人間蒸發。

除非……他仿效李儒？

曹朋激靈靈打了一個寒顫，猛然坐直了身體。

「公子，你怎麼了？」杜畿覺察到了曹朋的反應，連忙疑惑的問道。

「伯侯，你說，如果司馬懿沒死，他為什麼沒有露面？」

「司馬懿沒死？」杜畿疑惑的看著曹朋，半晌後輕聲道：「若司馬懿沒死，定然恐懼。」

「哦？」

「世子戰死，可他卻活著。我聽說，當初司馬懿投奔司空的時候，司空對他的印象並不是太好，後來是卞夫人一力推薦，他才成為世子的幕僚。如果他活著出現在司空面前，保不住司空會對他下毒手。即便司馬懿的父親司馬防曾經有恩於司空，可在這件事情上，怕也是無能為力，保不住司馬懿性命……史阿死戰跛足，猶被斷去手筋，那如果司馬懿活著，恐怕是……所以他沒有露面。」

曹朋點了點頭。

這很有可能！

雖說史阿無法和司馬懿相提並論，但如果曹操真的起了殺心，司馬懿還真就活不了。

「伯侯，若他活著，會藏在何處？」

「這可就不好說了。」杜畿笑著搖搖頭，「司馬氏乃河內大族，親眷頗多，其三代為官，還是有些門生故吏。不過，若我是司馬懿的話，惹出這麼大的禍事，絕不會返家躲避。因為，即便是司馬防，也未必能護他周詳……司馬氏家族龐大，累世官宦，其根基是在溫縣，但是……」

「但是什麼？」

「我依稀記得，司馬懿的高祖司馬叔平，曾為豫章太守；而司馬叔平之子司馬量，也曾履任豫章……一般而言，兩代在同一地為官者，甚少。而司馬家恰恰曾兩代在豫章為官，其根基亦非同小可。雖其後兩代未履豫章，但其基業卻非兩代可以消除。司馬氏，是否在豫章存有根基？若有，那我為司馬防，會使司馬懿前往豫章，隱姓埋名，積蓄力量以待時機。」

「豫章嗎？」

那可是江東的地盤。

豫章郡始建於西漢初年，在東漢時，領二十一縣，絕對屬於上郡之列。不過後來，孫策分出兩縣，領廬陵郡；孫策死後，建安十年，也就是在前一年，孫權又把豫章郡分為彭澤郡和鄱陽郡，把豫章郡一分為四。由於豫章是水軍重地，所以孫權非常重視，所任官員皆心腹之人。

即便是曹操派人去豫章尋找，也未必能找到當初司馬氏的根基。更何況，隨著曹丕的死，曹操似乎也不想再追究責任，所以權作司馬懿已死，不再過問。

而司馬氏，似乎也當司馬懿不存在。

可是，真的不存在了嗎？

曹朋深吸一口氣，突然覺得心裡面好像壓了一塊石頭，沉甸甸的有一種喘不過氣的感覺。

算了，且把這件事放在一旁，待日後再去打聽吧……

想到這裡，曹朋將面前的酒水一口喝乾，而後看著史阿問道：「史老大，你可願意留在我身邊？」

「史阿一廢人，蒙公子不棄，願意收留，豈敢推辭！」

史阿也想通了！曹朋都不怕，他又怕什麼？

舉起酒杯，他一飲而盡，「雖說俺手殘了，腳跛了……可是一身所學，都存在腦袋裡。公子若用得上我史阿，只管吩咐。別的我不說，至少牽馬墜鐙，史阿倒也做得，但望公子不棄。」

牽馬墜鐙？那簡直是大材小用。

曹朋道：「既然如此，史老大且先住下，不必拘束，至於幹些什麼，你隨意就是。不過我還是那句話，你右手雖殘，尚有左手；你腳雖跛了，可還能騎馬，大可不必妄自菲薄。我相信，王師教出的徒弟，絕不是隨隨便便就放棄的人。來，咱們滿飲此杯，明日還有事情要做。」

杜畿和史阿不敢怠慢，連忙舉杯飲酒。

青銅爵重重的砸在了桌子上，曹朋站起身來，負手走到門口。片刻後，他突然道：「起風了！」

章二

宗屬國

夏秋相交，起風最正常。

清晨，曹操負手於花園之中，聆聽著羊衜的彙報。

「如此說來，阿福也算是以大欺小了。」

羊衜笑了，「以大欺小倒算不上，不過的確是狠狠的殺了一下周不疑的威風。可是他在酒宴上所說的那些東西，不免匪夷所思。那海外蠻夷，果真也有那等見識過人的高士存在？卑職還是覺得，這事兒有些玄乎……歐羅巴、希臘……還有那個什麼亞里斯多德，卑職從未聽說過。」

曹操笑著搖頭，「進之，你沒有聽說過，不代表就不存在。阿福是個謹慎的人，絕不可能無的放矢，胡言亂語。他既然敢在大庭廣眾之下說這些，那必然是確實存在。呵呵，不知天下之大，焉論天下之事？阿福這句話說的不錯，我也甚感有趣。至少那大秦國，還有波斯，是確實存在。」

「嗯，若北方戰事結束，我倒是有心派一隊使者，出使一番。就按照阿福說的那樣，從西域一路過去，好生的去看一看這九州之外的世界。呵呵，說不定，還會有令人驚喜的收穫。只是，我有些奇怪，阿福又是如何知曉這些事情？還有他說的那本什麼《歷史》，還有什麼《伯羅奔尼薩斯戰爭史》，又是

什麼樣的書呢？能得阿福這樣推崇，必非普通文章。若是能有機會，倒真想看看，真想看看啊……」

說話間，曹操臉上露出悠然神往之色。

曹朋並不知道他在毓秀樓那一番話，引起了多麼巨大的反響。

第二天，孔融帶著應瑒前來拜訪，也仔細的詢問了一下曹朋所說的那些事情是否存在。曹朋當然予以肯定。

當孔融問及他是如何知道的時候，曹朋也早有準備，他順水推舟的把這件事推給了那位他素未謀面的仙長。不過，他並沒有說出左慈的名字，但只要是瞭解曹朋過往的人大都知道，他在幼年時曾得一道人教授，才有而今之雜學。

孔融對那位道長不由得悠然神往。

而他來找曹朋，還有另一件事，那就是希望曹朋能為應瑒引介一下。這對曹朋而言，並不是一樁難事，不論是他姐夫鄧稷，還是他老子曹汲，抑或尚書府的荀彧，或者司空曹操，其實說白了，也就是一句話的事情。

不過，曹朋並不想把這位建安七子之一推薦給其他人。

他即將前往南陽，需要大量的人手來組建班底。雖說他已經招攬了杜畿，並派人前往東郡，向鄧稷借調鄧芝。對了，還有一個不知道是否能招攬過來的盧毓盧子家，滿打滿算，也僅只三個人而已。這遠遠不夠，絕對不夠……想他在西北時，不過河西五縣，手底下就聚集了多少人才？龐統、徐庶、孟建、龐林……其幕僚之龐大，也使得他可以順利的平定西北之亂。而今，南陽郡的狀況，遠不是河西郡可以相比。

一個僅僅三人的幕僚班底，肯定不夠。

應瑒，雖不清楚他其他的本領，但是以他建安七子的名號，做一個從事，綽綽有餘。

所以曹朋是打算把應瑒截留下來，為自己所用。他可不想將來到了南陽後，再重新組建幕僚。於是，他熱情的對應瑒發出邀請，讓他暫時在奉車侯府住下。

「我與德漣一見如故，正該好好交流一番。若德漣不棄，可先在我這裡住下，待我這段時間迎接完了呂氏漢國，再為德漣引介，如何？」

孔融和應瑒倒也清楚呂氏漢國抵達在即。據說，他們已和曹真的虎豹騎會合，最遲明日便會到達許都。曹朋剛獲任用，必然有許多事情要處理。既然他已經答應，那自然就無須擔心，只須耐心等待便是。同時，對於曹朋的邀請，應瑒也極為心動，在考慮了一下之後，便答應了下來。

晌午，曹朋便前往大鴻臚劉曄的府上拜訪。

曹汲和劉曄有交情，兩人之前常一起飲酒。不過當時，劉曄是感無施展才華的餘地，而曹汲則頗有隨遇而安的閒情逸致。如今，曹汲官拜涼州刺史，坐鎮西北，已成為一方的大員。

而劉曄呢，也是忙得不可開交。年初，他先是出使鮮卑，與中部鮮卑大人軻比能達成了盟約。而後他剛返回許都，便聽說呂氏漢國將要歸附。

這可是一樁大事！自永元年以來，就未有發生過這樣的事情。外邦來投，請求歸附，對於朝廷而言，無疑是一樁大快人心的好事。經年戰亂，也需要有一個可以振奮人心的好消息了……

曹朋抵達劉府的時候，劉曄正忙得不可開交。

接待外邦使節，是一件極為嚴肅的事情。這禮制所定，每一個步驟都不可以發生偏差，需要仔細的推演。劉曄一見曹朋，頓時喜出望外。他拉著曹朋的手，責怪道：「友學，何以來遲？」

不等曹朋解釋，劉曄拉著他便走進了書房。

「你若再不來，我就要派人去找你。」說著話，他取出一塊令牌，遞給曹朋道：「你立刻帶儀仗動身，務必於天黑前抵達長社。呂氏漢國今夜就在長社留宿，你去迎接一下，明日隨同使團返還。」

「這麼急？」曹朋詫異道：「叔父，我也知呂氏漢國歸附的重要性，可這迎接儀仗……按道理說，應該是行人丞負責，何故要我前去？」

劉曄神色古怪，半晌後輕聲道：「我也知不合規矩，可這是呂氏漢國使節所請！」

曹朋頓時恍然……

長社，位於許都以北，洧水以西。

原本是春秋時，鄭國長葛邑。後相傳因社廟樹木猛長，故而得名長社。《史記·秦本紀》記載：昭襄王二十三年，客卿胡傷攻魏長社。中平元年，東漢名將皇甫嵩，曾在此縱火，大敗黃巾賊。

「高將軍！」

天將黑，浩浩蕩蕩的使團抵達長社城外。

曹朋與長社官員出城相迎，站在最前面。長社，是許都北面的屏障。若長社丟失，就是一馬平川，朝夕可至許都。所以，長社的官員品秩比同等規模的縣城要高出一個級別。可即便是如此，長社令領大小官吏，還是恭恭敬敬的站在曹朋的身後，卻沒有一個人反對。

曹朋，不是一個小小縣令就可以相提並論。他雖然只是譯官丞，論權力根本無法和縣令相比，可是卻沒有一個人因為曹朋是譯官丞，而敢表露出驕橫之色。

城門下，燈火通明。

曹朋遠遠就看到了一面火紅色大纛下，縱馬而來的高順。

虎豹騎呼啦啦分為兩排，讓出了一條通路。高順縱身下馬，快走幾步之後，看到曹朋卻一怔。

「曹……阿福？」

「呵呵，高將軍，別來無恙。」

曹朋聽聞，不由得呵呵的笑出聲來。

也難怪高順有點疑惑，有些辨認不出曹朋來。說起來，他和曹朋並沒有幾次接觸。滿打滿算，也就是曹朋在溫侯府被呂吉陷害時，兩人曾照過面、交談過。其他幾次，高順都站在人後，從不開口。他生性沉默寡言，當時雖說受呂布所重，但地位相對而言並不是太高。

高順不屬八健將。即便他忠心耿耿，最終也只是在中郎將的位子上止步。甚至在呂布馳騁天下之初，高順也沒有過獨領一軍的機會。

距離上次和曹朋相見，已經快十年了。那時候的曹朋不過十五、六歲，生得又比較瘦弱，所以透著一股清秀的靈性。而今呢？

曹朋看上去可是魁梧而健壯。至少單從體格上而言，高順是真認不出來。在他的腦海中，曹朋依舊是那個瘦小單薄、相貌清秀的少年。哪裡似現在，雄壯魁梧，已然是赳赳大丈夫。

「曹公子，別來無恙。」

高順鄭重其事的朝著曹朋一禮，而曹朋坦然接受。

在他而言，這一禮他受得心安理得。若非當年他私縱呂氏家眷，而今高順已化為一塚枯骨。說穿了，曹朋還是高順的救命恩人。所以，即便高順而今貴為呂氏漢國的使臣，他也可以毫無心理負擔的接受高順的一拜。

「高將軍，城中已設好了酒宴，正好與將軍一醉。」作為主人，曹朋自然要熱情招呼。

哪知道高順一搖頭，「曹公子，當知我的性子。我身負重任，滴酒不沾。所以，這酒宴就免了吧？請公子為我等準備好住所，早早歇息為好。明日一早，還要趕赴許都。若公子欲飲酒，待高順此行圓滿

之後，必與公子一醉方休。」

怪不得高順在呂布軍中的地位一直不高。

在這東漢末年，找個不好酒的人，還真不容易。曹朋身邊的人大都好酒！不管是甘寧還是夏侯蘭，抑或是潘璋、龐德……更不要說似典韋、許褚這種餐餐必有酒肉方能快意的人物。當然了，似甘寧他們，大都可以分得輕重，什麼時候喝酒，什麼時候不能喝，他們心裡明白。可如果說，似高順這種一旦有事情便滴酒不沾的性格，也的確是非常的少見。

而且，這傢伙說話太直了吧！

曹朋並未理睬身後官員的輕聲抱怨，微微一笑，「高將軍，一別近十載，你這認真的脾氣，還是沒變。」

高順一怔，旋即哈哈大笑。他面帶歉意，朝曹朋一拱手，「公子勿怪，蓋因順此行身負重任，故在出發時便立誓，絕不飲酒。」

「也好，這一路辛苦，車馬勞頓，好好休息一下也是一樁正經事。住所已經安排妥當，可以安置使團所有人馬。請將軍隨我入城，咱們一邊走，一邊說話。」

說著，曹朋探手抓住了高順的手臂，兩人把臂而行。

曹真在這時候，自動充當起副手，下令虎豹騎在城外駐紮。

曹朋一邊走，一邊感覺有些不自在，身後好像有一雙目光一直在盯著他看，可是他又不能停下來回頭觀瞧。好在那目光中並沒有隱藏殺氣，也就是說，對方並無惡意。曹朋也不必擔心會有危險！這裡是長社，說起來是他的地盤。天底下也不是人人都是冷飛，也許只是使團的人對他感覺好奇？

在驛館門外，曹朋突然停步，藉側身讓路的時候，猛然回頭。

但見身後，全都是使團的成員。

天色昏暗，也無法看清楚剛才凝視他的那雙目光，究竟是出自何人……

「高將軍，請。」

「曹公子，請。」

兩人相視一眼後，展顏而笑，一同走進了驛館。

驛館裡的驛卒，早已經將房間安排妥當。長社這個地方和其他縣城不太一樣，有一點軍鎮的性質。驛館的面積很大，足以容納整個使團的成員。曹朋和高順又聊了一會兒，見天色已晚，於是起身告辭。走出驛館大門，他突然駐足停步，仰天看著漆黑夜空，深吸一口氣。

也許，很多人沒有覺察到曹朋和高順之間的稱謂。

按道理說，高順身為呂氏漢國使臣，代表著呂氏漢國的體面。他在呂氏漢國，官拜大司馬之職，曹朋不應該稱呼他為『將軍』；同理，高順對曹朋的稱呼，也不應該是『公子』稱謂。

這兩個稱呼，從某種程度上延續了當年在徐州的那段交情。

高順沒有拒絕曹朋仍稱他為『高將軍』，而曹朋呢，也沒有拒絕『公子』稱謂。從這一點來說，曹朋知道高順此來許都是懷著誠意。或者說，他並不單單是為了歸附，更多的，則是來還曹朋當年私縱之情。兩個稱呼，也代表了雙方都牢記著當年的情誼……

想必，此次呂氏漢國歸附，問題不會太大。

曹朋的心也隨之輕鬆下來，對於剛才凝視他的那雙目光，也就拋到了腦後。聽高順說，他此行的使團成員，大都是當年陷陣營的將士。若如此的話，也就是說，那裡面肯定有認識曹朋的人。高順還有一個請求，那就是尋找當年陷陣營將士的家眷，他希望能夠在離開中原時，帶那些家眷一同離開。

對於這個請求，曹朋滿口應承。

自呂布帳下有陷陣營這個編制以後，人員一批換了一批。

呂氏一家離開徐州、遠赴海外的時候，陷陣營的成員大都是以徐州本地人士為主，其成員主要集中在下邳、彭城和沛國三地。高順手裡有一個名單，剛才交給了曹朋。對於曹朋來說，這件事並不困難，按照名單上的地址，派人查找便是。就算曹朋不幫忙，曹操也會插手。與其說是一個請求，倒不如說是一個人情……所以，曹朋絲毫沒有感受到壓力。

出驛館後，曹朋立刻找來驛卒，將名單裝好，連夜送往許都，呈報劉曄手裡。

「請大鴻臚一式三份，一份留存，一份遞交呈報司空。剩下一份，待我返還許都之後討要。」

「卑職明白。」

驛卒不敢怠慢，連忙備好馬匹，星夜趕赴許都。

曹朋呢，則回到了自己的住所。他就住在距離驛館不遠的一所房舍裡。

一進門，曹朋就看到曹真正坐在廳堂上，大快朵頤。

「哥哥，何故一副餓死鬼投胎的模樣？」曹朋笑呵呵的走進屋中，在桌旁坐下。

曹真也不說話，給曹朋滿了一杯酒，又給自己滿了一杯，二話不說，一飲而盡。他抹了一下頷下短鬚上的酒漬，長長出了口氣，對曹朋道：「那高順活脫脫是個木頭，我陪他兩天，卻快要憋悶死我了。問他話，十句裡面能回答一句；請他吃酒，卻又是個滴酒不沾的傢伙。好生無趣，好生無趣……」

曹朋聽聞，忍不住哈哈大笑，他大致上可以猜出曹真那狼狽的模樣。

「哥哥，你這話說得可就差了，我倒是覺得，高將軍為人挺友善。」

「那是對你！」曹真吐槽不止，苦笑道：「你信不信，從我接到他到方才在城外，整整兩天，我是第一次見他露出笑容。平常和他在一起，總是板著臉，好像誰欠他錢似的。也就是對你，他今天笑了。若非親眼看見，我甚至以為這傢伙根本就不會笑。請他看歌舞，他不看；請他吃酒，他不吃。留宿時，就躲在住所中，不是看書，就是早早的歇息……呼，真真個無趣到極點。」

「可這個人，當年曾令叔父吃了不少的虧。」曹朋抿了一口酒，「高將軍就這脾氣，當初在呂布麾下時，以他的才華和幹練，絲毫不遜色於文遠。特別是臨陣之機，更號稱從無敗績。這一點，連張文遠都佩服無比，常與我稱讚。」

「他沒什麼喜好，最大的樂趣，就是演練兵馬。也許正因為這樣，他不懂與人交際，更不知溜鬚拍馬。所以，當時呂布對他既看重，又排斥，地位非常尷尬。若不是到了海外，恐怕他也不得好下場。只可惜了他那一身兵法謀略。」

「阿福，這高順，真有那麼厲害？」

「你若是不信，等回到許都之後，去問問別人就知道。那傢伙是個天生的軍人……如果沒有仗打，我估計他也活不下去。留在中原，早晚丟了性命。」

曹真聽聞，頓時無語。

的確，海外和中原的情況，有很大的不同。

海外蠻荒，戰亂不止；而中原，戰爭總伴隨著各種各樣的陰謀。

高順是個直人，恐怕是很難在那種傾軋之中存活下來。如果換到西漢初，想來他的下場未必能比彭越、英布之流更好。

曹真嘆了一口氣，沒有繼續談論下去。

兩人在屋中一邊喝著酒，一邊閒聊著，不知不覺，亥時已至。

「哥哥，早點歇息吧，明日一早還要趕路。」

曹真答應一聲，將杯中酒喝乾淨，與曹朋告辭離去。他住在城外軍營當中……雖說城裡已經給他準備了住處，曹朋這裡也能為他騰出房間，可曹真也習慣了，更願意在軍營裡休息。

用他自己的話說：「若是聽不到那刁斗聲響，我可能會睡不著。」

這，也是個已經習慣了軍營生活的主兒！

曹朋送走曹真，找人清理了屋中的杯盤狼籍。

他返回臥房，剛準備換了衣裳，上床休息。就聽門外有人輕輕叩擊房門，「公子，公子？」

曹朋拉開門來，探出半個身子。

卻見門外長廊下，一名驛卒恭恭敬敬的朝他行禮，「公子，呂氏漢國高使節，請公子前往一敘。」

高順找我？

曹朋一愣，旋即點頭道：「你等著。」

他合上門，對著一人高的銅鏡整理了一下衣冠，心裡面卻有些疑惑：都這麼晚了，高順找我，又有什麼事情？難道說，他還有其他的事情希望透過我，與司空託付？可即便如此，也大可以明日再說嘛。

想了半晌，他也沒有想出頭緒。

門外，驛卒還在等候，曹朋拉開門，邁步走下門廊。

「前面帶路。」

「喏！」

驛卒答應一聲，便領著曹朋，步出了住所。

準確的說，曹朋的住處屬於驛館的一部分。只是驛館人手不夠，所以基本上都留在使團那邊負責。出門一拐，沿著幽靜小路，很快就來到了呂氏漢國使團的駐地。這是一個大跨院，分內外兩進。外面是使團的雜役親隨，而高順則住在後宅。

曹朋在那驛卒的帶領下，來到後宅的月亮門下。一個呂氏親隨，攔住了去路。

「是高使者請曹公子前來……」驛卒連忙解釋，以免發生誤會。

那親隨一笑，用帶著淡淡的下邳口音的官話道：「我知道，我在這裡正是奉高司馬之命，恭候公子前來。你回去吧，這裡沒有你什麼事情了……曹公子，請隨我來，高司馬已恭候多時。」

「高將軍喚我，有什麼事情嗎？」

親隨笑道：「這個，卑職可就不知道了……公子，順著迴廊往裡走，拐過那個彎兒就到了。」

「你不領我過去嗎？」

「呵呵，公子昔日曾有恩於我等，說起來並非外人，只管去就是，卑職還要在這裡值守。」

曹朋一頭霧水，看了一眼那扈從，點了點頭，而後邁步行去。

這高順，究竟在搞什麼鬼？

暮秋的夜晚，帶著絲絲的冷意。

庭院中，殘留著淡淡的桂花香韻，若不仔細感受，很難察覺出來。風柔柔的，萬里無雲……一輪皎月照映在庭院中，照映在滿牆的藤蔓之上。繁星點點，風吹過，帶著沁人肺腑的氣息。

在門廊下，跪坐一名少女，正守著一尊土爐。土爐有兩個爐口，溫著兩壺美酒。

酒香、花香……還有這月光、這風……組合成一幅絕美的美人溫酒圖。

當曹朋走過來時，少女抬起了頭，臉上閃過一抹調皮的笑容。

「阿福，猜猜我是誰？」

曹朋頓時呆在了那裡，愕然的看著美人。有點陌生，又有些熟悉……但最關鍵的問題是，高順在哪裡？這女子是誰？為何會在此處？而且聽她話語間的口吻，似乎和自己頗為熟悉。

仔細打量，美人年紀大約在二十四、五的模樣，和曹朋應該差不太多。站起來，約一百七十五公分的身高，體型高䠷，又透著豐潤之美。一頭烏黑秀髮，將髮絲攏結，挽成大椎形狀。椎中處結一個白色絲

繩，狀如馬肚，墮於腦後。這正是東漢末年，女子最為常見的墮馬髻髮式，又稱之為倭墮髻。

一襲月白色長裙，在胸口收束。如此一來，更襯托出美人婀娜體態。

一張瓜子臉，柳眉恰似彎月，眸光璀璨若星辰。美人端坐壚旁，嬌靨透出粉色。也不知是那壚火的原因，抑或是她內心激動所致，眼中閃動著一抹水色，臉上卻帶著燦爛笑容。

阿福，猜猜我是誰？

曹朋腦海中，靈光一閃，他脫口而出道：「大小姐？」

「笨阿福，總算是聰明了一次。」

曹朋頓時懵了！

呂藍，眼前這美人，竟然是呂藍！

曹朋陡然清醒過來，倒吸一口涼氣，快走幾步上前，緊張道：「大小姐，妳怎會返回中原？」

我的個天，呂藍竟然來到了中原！

要知道，她可是呂氏漢國的國主，代表著呂氏漢國的國體。別的事情曹朋不知道，但他卻知道，如果被曹操知曉，就算他沒什麼想法，以郭嘉、荀彧等人的手段，也會扣留呂藍，以加強對呂氏漢國的統治。這種事，歷史上曹操可沒少做。

建安中，南匈奴單于呼廚泉到許都參拜，結果被曹操一下子扣住，封了個爵位，讓他留在許都。隨後，曹操趁呼廚泉不在，暗中扶立去卑，使南匈奴南遷。他本意是想要歸化南匈奴，卻不成想，南匈奴竟趁機將整個並州占據，獲得更大的利益。

五胡亂華，南匈奴是第一個對中原發動攻擊，消滅了西晉，建立了漢國。

可以說，把並州廣袤土地交給南匈奴休養生息，是曹操決策上的一大失誤。但也不可否認，當時曹操扣押了呼廚泉，扶立去卑之後，使得並州在數十年中得到喘息，北疆從此無虞。

呂藍竟然敢跑回中原，那不是羊入虎口？
看到曹朋如此緊張，呂藍的心裡卻不由得一甜。
「阿福不用擔心，此次返回中原，隨行皆我心腹。他們在歸漢城成家立業，妻兒都留在那邊，絕不可能背叛。而且，我是以男裝而來，平日裡就在高司馬身邊。整個使團知我者，不過十人耳。而這十人，都忠心耿耿，絕無可能背叛。待此次歸漢成功，我便隨高司馬，返回呂漢。」
「妳……還要回去？」曹朋鬼使神差，說了一句。
卻見呂藍粉靨一紅，旋即露出一抹哀傷之色，「我若不回，又能去哪兒？父親走了，母親和小娘都在那邊……我的家，也在那裡，雖說中原是故土，卻很難有我立足之地，我怎能不回？」
是啊，她又能去哪兒？
曹朋很想說：留下來，我保護妳！
可他知道，不能！
呂藍的身分實在是太敏感，以曹朋而今的能力，著實難以保全呂藍。除非……
曹朋在呂藍身邊坐下，而呂藍也沉默不語。用托子從卡在壚中酒壺的耳下提起酒壺，慢慢的為曹朋斟滿一杯酒水。
「看看，可合適？這是我到了那邊以後，隨小娘學的本事。母親說我溫酒的本領，比卓文君還要好。你試試看？」
昔年那個嬌憨刁蠻的大小姐，居然學會了溫酒？
曹朋微微一笑，雙手捧起酒杯，先嗅了一下酒香，而後輕輕點頭，慢慢的品了一口。
「大小姐的手藝，果然不凡。」
呂藍的眼中突然閃過一抹悲傷，「爹爹最喜歡飲酒，我那時候還與他保證，將來定每日為他溫酒。

可是我學會了溫酒，爹爹……」
曹朋不知道該如何安慰呂藍。猶豫了一下，他伸出手，輕輕拍了拍呂藍的手臂。
時值暮秋，秋夜甚寒。呂藍並沒有穿得太厚，一襲白綢裙，雖隔著長袖，卻可以感受到那猶若凝脂般的玉臂的溫暖。
她身子輕輕一顫，抬頭瞪了曹朋一眼。
「對了，聽說你已經成親了？」
「嗯！」
「可有孩子？」
「而今三男三女，大的已四歲，小的才幾個月。」
「嘻嘻，卻是好福氣。」呂藍眼中閃過一抹黯然，但旋即又笑了。「對了，聽說你又惹了禍事？」
「……禍事倒說不上，不過妳來了，我這禍事也快要結束了。說起來，我還沒有謝妳呢……」曹朋扭頭，偷偷的看了呂藍一眼。
「若言謝，其實我應該先謝謝你！」呂藍小心翼翼的將一壺酒取出壚口，又為曹朋斟上一杯，彷彿自言自語道：「當年，我並不知道你是冒了多大的風險，才把我一家送走。我們在那邊，多虧了你的幫助，才算是站穩了腳跟。母親和小娘也時常提起你，說你是個好人。」
好人嗎？
曹朋抿了一口酒，苦笑道：「我若真是好人，就不會送你們去那蠻荒受苦。」
呂藍扭頭，一雙明眸凝視曹朋。片刻後，她突然笑了，輕聲道：「你若是當時隨我們去了，說不得而今就沒有呂氏漢國。」
曹朋心裡一動……

「對了，夫人和小夫人她們好嗎？」

「都挺好。」

「那就好……也算不負當年溫侯信任。我聽說，你們會協助主公，拖住高句麗兵馬？可不要勉強……」

呂藍輕聲道：「其實也沒什麼勉強，高句麗和我呂漢國，早晚會有一戰。去年我們攻下了慰禮城，改歸漢城，已經等於表明了立場。新羅和高句麗，對此頗有不滿，與我們發生過數次衝突。若高句麗不滅，呂漢國恐怕也不得安寧。我們之所以要對高句麗用兵，其實也是為了我們自己，畢竟我們不是土著，始終會遭受排斥，與其將來被他們打，倒不如先下手為強。」

此時的呂藍，言語中透出一種強大的自信。

曹朋輕輕點頭……

她終究不再是當年的那個嬌憨少女。能為一國之主，自有其不凡之處。不管是靠著什麼手段，也真真個了不得。也不知在這些年她受了多少苦，才有今日的成熟。若呂布在世，必然會感到欣慰。昔日的嬌嬌女，而今已經能獨當一面……想到這裡，曹朋不由得長嘆一聲。

「阿福，你會去幽州嗎？」

「去幽州？」曹朋愣了一下，片刻後搖搖頭，「我已受命，待你們此行結束之後，我便會前往南陽郡。」

「南陽郡？」

「是啊，劉備打下了宛城，南陽局勢不穩。我幼年時曾在南陽郡生活，也算是半個南陽郡人。所以主公讓我過去，盡量穩住那邊的局勢。至於幽州，想來問題不大。以主公之能，絕不是袁熙可以抵抗，幽州之戰，勝敗已定。」

「曹操，很厲害！」
「是啊，是很厲害……」
「這次我們渡海前來，曾在渤海郡見到了文遠叔父。他對曹操也很敬佩，言語間和高叔父頗有些生疏……我不知道，再過十年，你是否也會如此？」
張遼，生疏嗎？
曹朋一怔，旋即反應過來。
他側眼向呂藍看去，卻見她臉上有一絲惆悵。下意識的，他握住了呂藍的手。曹朋感到呂藍的身子輕輕一顫，似乎本能的想要掙脫，但旋即就安靜下來。
「我不會……其實不只我，張將軍依舊掛念著你們。但……妳可知道當年張將軍歸降，曾與我有約定，他要做到渡遼中郎將，唯有這樣，才可以照顧你們。只是，他而今在主公帳下效力，若是對你們太過親近，恐怕很難達成目的。非是他與你們生疏，而是不得不生疏。他和我的情況不同，身為降將，畢竟會有許多掣肘。」
「真的？」
「當然是真的。」
曹朋停頓了一下，「人生不如意事，常十居八九！文遠將軍當時，是想要以死報效溫侯，只因我勸說，他才歸降。這些年來，他原本有機會留在江淮……妳知道嗎？當年妳口中的『破地方』，已經變成了富庶之地。可文遠將軍卻一直向北靠攏，所為的，便是那渡遼中郎將的身分……大小姐，莫要怪他，他是為你們著想。」
「那你呢？」
「我？」

「是啊，也為我們著想嗎？」呂藍瞪大一雙明眸，皓齒輕咬朱脣，頗為期待的看著曹朋。一雙纖纖玉手，在不知不覺中，抓緊了曹朋的手。

曹朋不由得有些恍惚，眼前的美人，在剎那間和當年那個嬌憨刁蠻的小丫頭合為一體。他鄭重其事的點點頭，「我自然也為你們著想。」

「嘻嘻，我就知道。」

呂藍這才留意到自己緊握著曹朋的手，不由得臉一紅，連忙鬆開。

氣氛陡然間顯得有些尷尬，兩人都沒有再說話。呂藍為曹朋斟一杯酒，曹朋就滿飲一杯。

片刻後，呂藍突然道：「阿福，我求你一件事，可以嗎？」

「說。」

「你去南陽郡，會與劉備交鋒，對不對？」

「嗯。」

「幫我殺了他，還有關羽。」

曹朋先一怔，但旋即便明白了其中緣由。

呂布和劉備那一攤子爛帳，說實話很難分清誰對誰錯。呂布落魄時，是劉備接納了他，後來呂布趕走了劉備，占領了徐州；但隨後，在劉備走投無路時，呂布並沒有殺他，反而給了他安身之所。雖幾次俘虜劉備的家眷，卻始終待若上賓，未曾有半點的冒犯，更送還給劉備。劉備幫過呂布，呂布也曾為劉備解圍……不過說穿了，兩個人都是在利用對方而已。

不過在呂藍的心裡，恐怕還是站在呂布一邊。更何況，呂布死於關羽之手……

其實，不用呂藍說，曹朋和劉備、關羽之間，也沒有緩和餘地。

於私，曹朋倒是挺敬佩劉備；但於公，他是曹操的族姪，從他投奔曹操的那一刻起，就註定了和劉

備之間必然是你死我活。而今，呂藍的懇求，卻讓他又多出了一個殺劉備的理由。

他深吸一口氣，點點頭：「妳放心，我必不會與之善罷甘休。」

呂藍笑了！

「對了，聽說你去了河西？」

「是啊。」

「河西好玩嗎？」

「好玩？算不上吧……不過倒也有趣。」

「那和我說說，和我說說。」

呂藍似乎又變成了當年在海西時，那個刁蠻嬌憨的大小姐。她似乎對什麼事情都很好奇，不停的詢問曹朋這些年來的經歷。哪怕是一點點細微的細節，她也會反反覆覆的追問不停。

而曹朋，也不厭其煩的與她講述。時不時，他還會問一問呂藍這些年來的生活。對於三韓，他頗有些好奇。那究竟是怎樣一個奇葩的民族，以至於在兩千年後演變出一群奇葩的生物。

呂藍越說，越興奮。兩人從一開始還有些陌生，漸漸的，變得再也不復隔閡……

「大司馬，這樣好嗎？」

長廊盡頭的拐角處，高順和一個親隨正默默的關注著。

高順笑了，輕聲道：「有什麼不好？我倒是覺得，挺好……至少，這些年來，你可曾見大小姐如此開心過嗎？不管怎麼說，有曹公子在，於我們而言，會帶來更多的便利和好處……說實話，如果當初曹公子有而今這般聲望和本事，說不得已經和大小姐……」

說到這裡，高順突然輕輕嘆了口氣，彷彿是自言自語般的道：「時也，命也！」

天亮後，呂漢使團再次動身。

不過這一次，呂漢使團的規模和陣容可就變得龐大許多。虎豹騎從使團隊伍中拖後拉出，而改為儀仗出行。此次，為迎接呂氏漢國的到來，曹操也著實下了本錢，以宗屬藩國的儀仗迎接。整個儀仗隊伍，浩浩蕩蕩有千人之多，前面有旌旗開道，後面有車馬隨行，聲勢浩大。

這也是曹操的安排！

透過這樣的方法來告訴大家，他奉天子討伐不臣以來，政績斐然。

看看，連海外番邦都前來歸附，這說明什麼？說明了曹司空執掌朝堂，所作所為大長了中原威風。

這對於曹操接下來置丞相府、設十三曹，有著極為重要的意義……

至於漢帝？誰還真的在乎！

也許，只有那些朝堂上的老臣們對漢室還存有眷顧。不過其中也有不少人，是為名為利而考慮。一俟曹操真的設置丞相府，到時候漢室還會有多少臣子，可就再也無法揣測出來。

曹朋隨儀仗而行，但身邊卻多了一個小親隨。

呂藍女扮男裝，成為曹朋的一名扈從。

她此次返回中原，就是希望能與曹朋再次相見，至於政務，自有高順去對付。馬上就要到許都，她若繼續混在使團當中，難免會露出破綻，畢竟許都裡有太多高人存在，不論是荀彧、荀攸，抑或是郭嘉、董昭，都是眼睛雪亮、絕頂聰慧之人。如果不在許都，或許還方便一些，可到了許都之後，使團必然會遭遇到各方面的關注，誰又敢保證呂藍不被看穿？

呂藍在建安初離開了中原，一晃已近十載。但她畢竟曾出現在下邳，哪怕女大十八變，長相與當初有許多改變，卻難免會有人認出來。

曹朋和呂藍飲酒直至丑時，在分別時，他突然想到了這個問題，於是建議呂藍不要再留在使團當中，倒不如充作自己的親衛，抵達許都之後，在奉車侯府藏身。待使團抵達許都之後，所有的目光都將集中在使團上，相比之下，曹朋和奉車侯府所受到的關注都將大大的削減，於呂藍而言，無疑更加安全。

呂藍也覺得曹朋的這個主意非常合理。她本就不是為了歸附而來，只是想見見曹朋。而今能與曹朋朝夕相處，正合了心思。

同時在高順看來，呂藍越安全，當然就越好。他原本就不太贊同呂藍前來，只是拗不過呂藍執意要來……說句心裡話，從他們在渤海郡登陸開始，高順的心裡就一直忐忑。呂藍能藏匿蹤跡，也正中了高順之意。

於是，曹朋身邊便多了一個親隨。

曹朋從許都過來，帶了一千多人，誰是儀仗、誰為扈從，根本就沒人知曉，包括曹真也沒有留意到曹朋身邊多了個人。所以這一路下來，倒也安安穩穩，未有任何差池。

建安十一年九月二十六，呂氏漢國抵達許都。

曹操代表漢帝，率文武百官出城相迎。而曹朋呢，則順理成章領著呂藍從隊伍中退出……

「高司馬，別來無恙。」

當曹操見到高順的時候，也忍不住生出萬般感慨。

這，可是他的老對手！當年和呂布在濮陽交鋒時，他可是沒少被高順收拾。而其部下眾將，大都與高順有過交鋒，比如典韋、許褚、曹仁、曹洪……幾乎都吃過高順的虧。

當初曹操殺死呂布之後，曾想要招攬高順。可惜，曹朋卻私自將高順連帶著呂布一家人，送去海外。

一晃十年，當初那個呂布帳下的悍將，而今已成為呂氏漢國的大司馬。如果從職務而言，高順的職務絲毫不比曹操差。同樣是三公，大司馬的職務甚至比司空還要高出一籌。所以，曹操見到高順的時候，一邊是暗自感慨世事無常，另一邊又忍不住有些埋怨曹朋。

這孩子，可真真個壞了我的大事……

曹操接了高順之後，便一同進入許都。

曹朋則帶著呂藍，神不知鬼不覺的返回奉車侯府。他把呂藍剛安頓下來，就接到了劉曄的通知，讓他前去參理事務。所謂參理，是一種比較好聽的說法，說難聽點就是『趕快過來伺候』。呂氏漢國抵達之後，必然會有接風和飲宴，說穿了那就只是一個過場……

身為大鴻臚，劉曄必須要和使團的副手進行接觸。雙方把即將商議的各種條陳羅列出來，而後分別呈報給曹操和高順。

第二天，曹操和高順之間的商議，就是從這些條陳當中，先挑選出一些容易達成一致的東西，進行試探。隨著一項項條陳的通過，當雙方基本上達成一致之後，漢帝將登場，表示接受呂氏漢國的歸附。

最後，歡慶！

差不多就是這麼一個程序。

劉曄所擔負的，就是一個溝通和商議，曹操負責決斷。至於漢帝，最後出場時差不多也就是一個傀儡的角色，基本上無法參與到具體的商議之中。

雙方都很有誠意，所以也不必擔心失敗。

曹操親自下令，安排了使團駐地。高順則暗自慶幸，幸虧曹朋提醒，事先把呂藍帶走，否則的話，入駐驛館需要登記姓名，到時候就很容易露出破綻。呂藍在曹朋身邊，也容易出入駐地，畢竟曹朋是譯官丞，擔負著對使團接待的事務，所以進出駐地不費吹灰之力。

使團抵達許都當晚，雙方並沒有任何實質性的磋商。

劉曄和呂漢副史先接觸了一下，準備談判的話題……曹操呢，則在司空府設宴，款待高順。

就這樣，一夜無事。

從第二天開始，雙方的談判也隨之展開。

呂氏漢國此次前來，曾提出了幾個條件。第一個條件，就是曹朋……這個問題已經解決，曹朋身為譯官丞，已經無須再去討論。

第二件事，呂氏漢國希望能獲得曹操的資助，並懇請開放海河口（渤海郡）、不其縣、介亭（今膠州灣）以及郁洲山三處港口，以方便於往來。

待曹操平定幽州，開放遼東四郡，以加強呂氏漢國與中原的貿易往來。

第三件事情，鑒於呂氏漢國土著偏多，不利於監管和治理。故而提出希望能夠從中原遷徙移民三萬戶，以加強呂氏漢國對三韓的控制。

第四件事情，懇請輸送輜重。

第五件事情……

呂氏漢國此次一共開出了九個大項，共二十七條請求。除了第一條之外，其他都需要認真的磋商。開放港口，加強往來，是一件好事。只是雙方如何貿易、怎樣交流，還有很多細節需要磋商，這件事問題不算太大。真正困難的是遼東四郡，以及遷徙三萬戶中原百姓，才是雙方磋商的重點。

遼東，有公孫氏為豪強……歷史上，他們後來歸附了曹操，並與曹操聯手對高句麗實施打擊，令高句麗慘敗，不得不退守丸都。而此時，公孫氏與袁氏走得很近，與曹操是敵對的關係。開放遼東四郡？牽扯到對遼東，以及之後與高句麗政權的對策……

此時的高句麗，定都國內城。

袁熙為向高句麗借兵，讓出了樂浪郡和玄菟郡。所以，如果曹操答應開放遼東四郡，就預示著在解決了袁熙之後，他還要對遼東、遼西繼續用兵。

曹操是否願意如此連續興兵呢？

這個問題，完全要看對袁熙之戰的結果。

所以，曹操一時無法答覆。

遷徙三萬戶，那就是十五萬人口。

中原歷經戰亂，人口本就有些匱乏……遷徙十五萬人到呂氏漢國，可不是一個小數目，所需要投入的人力、物力、財力，極為驚人。更不要說若十五萬人到了呂氏漢國，會壯大呂氏漢國的力量。萬一呂氏漢國壯大之後，會不會變成第二個高句麗自立呢？曹操也不得不慎重。

這裡面牽扯到方方面面，需要仔細的考慮才可以。

對此，曹朋沒有什麼發言權，甚至沒有資格參與談判之中。

不錯，他對呂氏漢國的確是有恩。但那又如何？

這可是兩個國家之間的事情，個人的感情很難參雜進去。即便是高順，也不可能退讓太多。

總之，隨著雙方的接觸，一條條協議出現，談判開始變得激烈起來。

曹朋呢，隨著談判的深入，他變得越來越輕鬆。到後來，別說曹朋了，就連劉曄都無法涉足其中。曹朋也樂得清閒，乾脆不再操心，大多數時間就在侯府陪著呂藍，日子倒也輕鬆。

建安十一年十月，曹操和高順就遷徙人口達成協議。

曹操會在三年之內，向呂氏漢國遷徙十萬人口，同時，呂氏漢國也會向中原販賣十二萬土著奴隸。十萬漢人入三韓，將會在很大程度上改善呂氏漢國的人口種族狀況。而十二萬土著奴隸一旦進入中原，基本上就是滄海一粟，產生不了太多影響，反而可以給中原帶來更多的勞力。這是一個雙贏的局面，既能滿足高順的要求，又可以控制住呂氏漢國的人口。

不過再接下來，談判就變得有些不太順利……

曹朋沒有去關注談判的結果，因為他很清楚高順是抱著極大的誠意過來，歸附一事已是不可阻擋。之所以糾纏於遼東四郡，說穿了是為了得到更多的利益。

十載，昔日呂布帳下那個直男，而今也學會了手段。

藉由遼東四郡的契機，為呂氏漢國爭取更多的利益……這政治，歷來是最能磨礪人。連直男也開始懂得耍一些手段，來謀取利益了！

司空府中，曹操和高順脣槍舌劍。

而曹朋則趁此機會，在無聲無息中將盧毓招攬到了手下。

他以願意為盧植出版為藉口，先是和盧毓取得聯繫，而後透過與盧毓不斷的接觸，漸漸瞭解到盧毓的狀況。

別看盧毓出身名門，其父盧植聲名顯赫，地位頗高。而在後世，盧毓更是五姓七大家之中，范陽盧氏的創立者。范陽盧氏，始祖就是盧植，後盧毓官拜曹魏司空，其子孫盧欽、盧志、盧諶等四世累居高位，至北魏太武帝時，盧玄首應旌命，入局朝廷，范陽盧氏才一躍成為北方高門大閥，與太原王、趙郡李、滎陽鄭、隴西李、博陵崔、清河崔等幾大高門，組成了豪門貴冑。

此時的盧毓，正處於人生低谷。

盧植為官清廉，加之耿直忠厚，並未積攢下太多的家產。盧植死後，盧氏旋即衰頹，特別是在經歷了袁紹和公孫瓚的戰亂之後，盧氏受兵禍之厄，幾乎是一貧如洗。盧毓的兄長，死於兵禍。盧毓更靠著微薄俸祿，來供養整個家族。盧植有四個兒子，而今只有盧毓一個兒子存世。一家子大大小小幾十口人，哪怕是曹操對盧植萬分敬重，卻也無法給予太多的資助。

盧毓而今領著一家子人，在許都幾乎是靠著盧植當年的朋友資助，勉強生存……否則，他也不會連給他老子的著作拓印成書，都要四處求人。

這年月，作者可沒什麼稿費之說，也沒有出版社之類的機構，想要出書，那就得自己出錢。有時候，你出的這些書，還賣不到錢，只能當作送人的禮物。

東漢末年，紙張昂貴，連雕版印刷術都還沒有出現。出書，基本上就是一個賠錢的買賣……花費極為昂貴。哪怕是盧毓的那些朋友，也無法給予太多幫助。

而且，不是你有錢，就可以幫我出書。你想幫我出書，也要看你有沒有這個身分……

所以，盧植聲望雖大，可是卻遲遲找不到出資人。

曹朋在士林的威望，足夠了！同時，他又號稱是曹操帳下最能賺錢的人，有充足的財力。

在拿到了盧植著作的刊印權後，曹朋又給予盧毓許多資助，然後好一番糊弄，最終把盧毓說動，成為他將來前往南陽郡的幕僚。至此，郭嘉推薦的三人，已全部歸附。

建安十一年十月十七，許都迎來了初雪。

也就是在這一天，歷經半月之久的談判終於有了結果。

曹操和高順在談判良久無果之後，各退一步，達成了統一。隨後，高順以呂氏漢國大司馬的身分，代表呂氏漢國，正式向曹操遞交了國書，從此以後，中原為兄，呂漢為弟，世代臣服。

這國書遞交當天，整個許都都為之震動……

「阿福，我要回去了。」

「……」

奉車侯府的後花園中，白雪皚皚。

一陣風拂過，捲起雪晶飛揚。呂藍依偎在曹朋的懷裡，陪著他欣賞這滿園的雪景，突然淒淒而言。

曹朋一震，環在呂藍腰間的手臂，下意識收攏。

片刻後，他輕聲道：「真要走嗎？」

「我的根，終究在呂漢。母親和小娘也須我照拂。而今朝廷已接納我等歸附，開春就將與高句麗開戰。這個時候我必須回去，否則呂漢必軍心不穩……阿福，什麼時候去南陽？聽說那邊的情況很糟糕。」

曹朋一笑，「更糟糕的事情我都經歷過，區區南陽，不足為慮。」

說話間，他伸手攙扶起呂藍，正色道：「但有件事情，妳必須要應下。回到呂漢，不可以再似早先那般親自上陣搏殺。而今周大叔在東陵島正組建水軍，想來以後聯絡也能方便一些。」

「對了，最好能儘快在沿海尋找一優良港灣，以方便船隻停靠。我已命人通知徐州九大行首，讓他們派人前往渤海，與你們接洽。有些東西與其透過朝廷，倒不如透過這些個商蠹子來解決。而今我雖然已不在海西，他們對我也不似當年那般恭敬，可只要有利益，他們必然會參與。這幫商蠹子，可以用，卻不可以信。至於這其中的分寸，妳可一定要把握好。」

「嗯！」

呂藍垂下頭，修長白皙的頸子劃出一道柔美的弧線。

曹朋心裡陡然生出不捨，下意識把呂藍緊緊的擁在懷中……

來許都已近一個月，兩人朝夕相處，感情漸漸深厚。

本就有一定的基礎，當年曹朋在海西時，雖說並沒有太過刻意，但下邳冒死將呂藍一家救走，還有那海上的送別，都使得呂藍魂牽夢繞。只是，無論是她還是他，都很清楚而今還不是在一起的時候。若想長相廝守，還須忍耐。可這分別之苦、相思之苦，終究令人難過。

曹朋輕輕揉了揉呂藍的頭，道了聲：「外面冷，且回屋吧。」

呂藍順從的和他一起返回屋中。

男女之間，其實也就是隔了層紙。

特別是當郎有情、妾有意的時候，一切自當水到渠成。

呂藍在抵達許都後不久，便與曹朋有了肌膚之親。原本按照曹朋的想法，不想讓她再離開，可呂藍卻還是堅持著要返回歸漢城。

這女子，一旦執拗起來，誰也勸說不得。哪怕是曹朋哀求，也沒能改變呂藍的決心。畢竟，曹朋雖是她的愛人，可她的母親、小娘還有朋友，都在呂漢。這些年來，高順、曹性忠心耿耿的輔佐著她一家人，打下而今呂漢基業，更不要說那些跟隨呂家遠赴呂漢的將士……

呂藍柔弱的肩膀上，卻承擔著巨大的壓力。

她不僅僅是一個弱女子，更是整個呂漢國的希望，大名鼎鼎的呂氏女虎。

曹朋無法改變她，也從沒有想過要去改變她……既然她已經有了決意，那就只有支持。

所以，曹朋在過去的一段時間裡，接連發出信函，給東陵島的周倉、給下邳的九大行會、給河西的蘇雙等人……他要盡一切力量來支持呂漢，分擔呂藍的壓力。對此，呂藍並沒有拒絕，而是默默的感受著情郎對她的關懷和體貼。

呂氏漢國正式歸附中原，也預示著呂藍在許都的日子不會太久了。

在舉行祭天封禪大典之後，呂藍也將要返回呂漢。

曹朋知道，呂漢雖然在三韓站穩腳跟，但是呂藍身邊的可用之人卻不是太多。一直以來，她幾乎就是依靠著高順和曹性來打天下，身邊連個可用的謀臣都沒有。高句麗不同於百濟和馬韓。歷史上，隋煬帝發兵百萬，三征高句麗未得成功；而唐太宗也曾多次征伐，損兵折將，最終才大獲全勝。而今的高句麗，雖然遠非三百年後的那個高句麗可比，但畢竟占據了大半個朝鮮半島，實力雄厚。

高順和曹性，年紀都漸漸大了，總不可能一直靠著他們。

而且呂漢如今的形勢，和當初初至三韓又不一樣。那時候，呂漢和新羅之間還算是友好，可現在，呂藍拒絕了新羅國主的求婚，更與新羅刀兵相向。如此一來，呂漢在牽制高句麗的同時，還要面對著新羅的夾擊，壓力必然大增。

所以，曹朋思來想去，命人前往滎陽，將龐明找來。

龐德，他要帶去南陽郡，一時間抽調不出。但龐明，卻可以隨同呂藍前往三韓相助……只是這武將好找，謀臣難尋。想要為呂藍找一個可以出謀劃策的謀臣，著實不太容易。

本來，曹朋準備過些年，等張遼當上了渡遼中郎將之後，讓李儒前往三韓。可目前看來，恐怕一時間難以成行。李儒在年中已秘密前往成都，親自主持那個金融戰略，也抽不出手。

至於其他人……

曹朋思來想去，也未能想出一個合適的謀臣人選。

這個時段，三國時期的謀臣要麼已經名花有主，要麼就是剛出生，抑或是在敵對的陣營裡，想要發掘，並非一樁易事。而且，謀臣和武將有很大的不同。武將可以四方飄零，但謀臣大都是出身望族，其鄉土之情和家族的歸附感很強，讓他們飄零海外，的確有些困難。

所以，這謀臣的人選，就有很大的局限性。

首先，他不可能是名士，也不能是望族出身……

其次，他在中原已找不到其他的出路。若有真才實學，當然是首選留在中原，誰又願意遠赴海外，去那蠻荒之所？

單只是這兩點，就使得曹朋可以選擇的範圍大大縮小。

寒士，有真才實學，又難在中原立足……曹朋一時間還真想不出有什麼人符合這些條件。

「阿福，你莫著急。這種事可遇而不可求，也許是機緣未至吧。若機緣到了，自然就會出現人選，你又何必揪心？」

是啊，機緣未至。

曹朋認認真真的召見了龐明，也沒有任何隱瞞，甚至將呂藍找過來。

「這是呂氏漢國國主。安平，我需要你幫我走一趟呂氏漢國，輔佐玲綺一家，對抗高句麗。當然，此為權宜之計。主公即將對遼東用兵，玲綺到時候將擔負牽制高句麗的責任，須上將方可擔當。你可願代我一行？」

龐明在三思之後，答應下來。

他雖然受曹朋重用，但他很清楚，此去南陽，他很難得到獨領一軍的機會。南陽郡的情況和西北不同，曹朋必然受到許多牽制。且不說而今駐守南陽郡的魏延，即便是前些時候趕赴南陽的典滿、許儀二人，也都有著極其深厚的背景。在這種情況下，他又如何能獨領一軍？

相反，若是到了呂漢，他可以得到大把的機會。

用曹朋的話說，那就是一個中郎將，輕而易舉……

大丈夫當揚威於海外，建立功業。而今，他有了這麼一個機會，而且他又不是徹底脫離中原。

龐明願意前往呂漢，令曹朋自然萬分高興。

他讓人從許都城外的田莊裡，挑選出六百健卒，隨著龐明一同出發。不過，龐明要提前離開，先悄悄趕赴渤海郡，找到張遼之後，透過張遼的關係藏起來。等到呂漢使團抵達渤海之時，龐明等人再隨同前往。有龐明到呂漢，至少能令呂氏多一些保障。

曹朋把這件事情告訴了高順，高順自然萬分高興。

他年紀確實大了！再征殺個十年、二十年，恐怕就無法繼續征戰。如果他無法繼續征戰，何人可以代替？龐明和王雙的出現，無疑令高順的壓力大大緩解。

只是謀主的問題，卻始終得不到解決。

連曹朋自己都面臨同樣的麻煩，又如何幫助呂藍？

如果之前曹朋沒有招攬到杜畿，說不定可以向呂藍推薦杜畿前往。可現在……估計杜畿未必同意。

盧毓就更不要說了，大名鼎鼎盧中郎之子，就算曹朋沒有招攬，也會有其他人招攬。他怎可能會離開中原，前往三韓？

鄧芝也不可能！同樣是心高氣傲之人，斷然不會去呂漢效力。

麻煩，著實麻煩！

曹朋拍著額頭，卻想不出一個合適人選。

雖說呂藍告訴他，不必太費心思，可曹朋還是希望能夠為呂藍分擔一些壓力……

也許，真的是機緣未至？

建安十一年十月二十二，漢帝命尚書令荀彧，率文武大臣前往嵩山，代祭天封禪。

而後，他在皇城接見了高順，並正式承認呂氏漢國在三韓的地位。

漢帝本打算趁此機會，能夠和呂氏漢國交流一下，可是卻被曹操阻止。當晚，曹操在司空府設宴，招待高順等人。

曹朋作為大鴻臚譯官丞，在這個時候就必須要出席。

入夜，司空府中張燈結綵，無比熱鬧。文武百官，除卻荀彧帶走前去嵩山封禪的官員之外，其他官員大都出席了酒宴。

曹操非常高興，經過一番波折，終於完成了呂氏漢國歸附的事情。

這也算是開疆擴土吧！

曹操在酒席宴上，更是連連勸酒。

高順這時候也破了戒，連飲了數爵……

「高司馬，沒想到咱們有朝一日，竟能同坐一席，實在是令人感慨。」

高順則說：「全賴司空之關照，小國此次才得以順利歸附。我等飄零海外，思家鄉久矣。而今能重回中原，已是三生之幸。司空，過往恩怨，順代鄙國國主願與司空一筆勾銷。從此之後，只有三韓呂漢，再無彪虎呂氏。」

曹操一怔，旋即大笑，「不錯，一筆勾銷。」

高順這番話，無疑表明了他們的態度：當年曹操和呂布之間的恩怨，從此不會再計較。我呂氏一族，願永駐三韓，遵宗屬之禮制。

曹操也算是放下了一樁心事。

「昔年溫侯風采，我今仍記憶猶新。說起來，我與溫侯也曾結交，只可惜造化弄人，到頭來……今見故人之後，能揚威於域外，我心甚慰，我心甚慰！來，高司馬，咱們共飲一爵。」

兩人又飲了一杯酒，相視而笑。

曹朋在一旁，默默的觀瞧，心裡也在暗自感慨這世事當真無常。

突然，從外面走進來一行婢女，手捧酒壺，上前斟酒。曹朋本也沒有太過留意，只是大眼一掃。卻不想，他這一掃，眼中突然閃過一抹冷芒。

高順和曹操笑著，舉杯正要吃下，曹朋卻突然大吼一聲：「高司馬，且慢！」

高順一怔，愕然向曹朋看去。

而曹操則眉頭一蹙，看著曹朋問道：「友學，何故上前阻止？」

曹朋卻沒有理睬，手指一名女婢，厲聲道：「妳，過來。」

「公子，有何吩咐？」

曹朋回身，與曹操和高順躬身一禮，「請主公與高司馬恕罪。」

而後，他上前一把攫住那美婢的手臂，從她手中搶過酒壺，放在鼻子下聞了聞，森然笑道：「姑娘，煩妳將此酒飲下。」

那美婢臉色頓時大變！

章三 人在做，天在看！

司空府大廳上的喧譁，驟然間消失。

整個大廳變得靜悄悄，鴉雀無聲。氣氛從歡愉到凝重緊張，不過眨眼之間。典韋和許褚閃身站在了曹操身前，警戒的看著曹朋和他手中的美婢，大手似在不經意間放至腰間佩劍之上。

這大廳裡，一共有三人佩戴武器。除了許褚和典韋二人，就只有曹朋一個人。

高順先是一怔，旋即看了一眼桌案上的銅爵，臉色陡然變幻。他可是清楚記得，自己眼前的這杯酒，正是由曹朋手中的美婢斟滿。難道說……高順的眼睛瞇成了一條線，放在桌案上的大手青筋畢露，做出躍躍欲試、隨時出擊的姿態。

而曹操，更面沉似水。不過他沒有出聲，只靜靜的看著曹朋。他很清楚曹朋絕不會在這時候鬧事。

許都城裡，最希望呂氏漢國歸附的，不是曹操，也不是高順。

真正希望歸附成功的人，毫無疑問便是曹朋。

美婢露出懼意，看上去楚楚可憐，「公子，此等玉漿，又豈是奴婢能夠品嘗？」

「我准妳品嘗。」曹朋直視美婢。

曹操突然道：「吃！」

美婢一怔，臉色變幻。

突然間，她猛然將手中的酒壺狠狠向曹朋砸去。

曹朋側頭閃躲，卻不想這美婢長裙飄動，一隻腳從裙影中唰的一下竄出。那精美的弓鞋，閃過一抹冷芒，狠狠的踹向曹朋的下巴！

尼瑪，無影腳……曹朋也嚇了一跳，閃身向後一退。

哪知道美婢卻趁機一甩手，硬生生震開了曹朋的手掌，同時藉著曹朋的手臂用力，猛然騰空而起，猶如凌燕歸巢，凌空向桌案後的高順撲去，再從衣袖中滑出一柄短劍，劍刃透著一抹藍芒。

曹操身前，有許褚和典韋保護，所以想要擊殺曹操，頗有難度。

可是高順……

眼見著美婢撲來，高順大吼一聲，手覆食案，雙手陡然發力。

那沉甸甸食案一下子飛起來，向美婢砸去。卻見美婢在空中不慌不忙，纖纖玉足啪的踩在桌案上，身形再次拔高。只是這一次，她刺殺的對象已不是高順，而是另一邊的曹操！

典韋和許褚大吃一驚，因為這美婢的身形竟從他二人頭頂掠過！

「叔父，小心！」

曹朋也是被打了個措手不及，他萬萬沒想到這美婢居然還是個高手。看她這一身功夫，只怕絲毫不遜色於當年那個冷飛。或者說，她出手的套路和冷飛相差不多。

眼見著美婢就要到了曹操身前，曹朋急中生智，將手中的佩劍呼的脫手擲出。

他這一擲，可說是用足了力氣，寶劍在空中閃過一道寒光，鐺的一聲響，被美婢用短劍磕飛在地上。不過，也就是這一眨眼的工夫，許褚已經橫身擋在了曹操身前。而典韋怒吼一聲，拔劍就刺向了美婢。

曹操臉色煞白，剛才如果不是曹朋擲劍相救，他很可能就傷在美婢手中。心中頓時勃然大怒，曹操在許褚身後厲聲吼道：「仲康、君明，休放走了這賤婢！」

許褚立刻應了一聲，拔劍就衝了過去。

那美婢的身手的確不差，身形步伐極為靈活。饒是典韋這等人物，面對著美婢，也無法立刻結束戰鬥。只氣得他哇呀呀的暴吼如雷，掌中佩刀舞動，呼呼作響，但見刀光閃閃，聲勢駭人。

而許褚從旁加入戰團，美婢頓時就失了分寸。

兩大高手夾擊，美婢斷然不是對手。

她偷眼看了一下，發現大堂上的文武官員已紛紛退去。而曹操和高順，也已經被衛士保護起來，再想要刺殺，只怕是難以成功。不過美婢發現，曹朋赤手空拳站在一旁。一雙美目中，閃過一抹恨意。她猛然側身閃躲，也就在這時，許褚一拳就到了跟前。美婢看似閃躲不及，被許褚一拳擊中，嬌小的身子頓時飛出，只見她噴出一口鮮血，身體卻藉著許褚這一拳之力飛快的掠出，手中的短劍一閃，竟朝著曹朋撲去。

曹操看到，也大驚失色。他連忙想上去把曹朋的佩劍拾起來遞給曹朋，可是卻已經來不及了！

說時遲，那時快，美婢就到了曹朋跟前。

「阿福，小心……」

卻見曹朋不慌不忙，也不閃躲，抬起手臂，猛然一個翻腕，啪的一聲機括響，一枝鋼弩從衣袖中飛出，蓬的正中那美婢的肩膀上。巨大的力量竟帶得美婢登登登連退數步，仰面朝天的倒下。

「曹賊，今殺不得你，我做鬼也不會放過你們！」

那美婢說話間，翻手一劍就扎進了胸口。只見她身體抽搐了一下，那張嬌美的面龐露出一抹痛苦之色，旋即便氣絕身亡。胸口，鮮血呈黑色，瞬間流淌一地。曹朋想要阻止卻已經來不及了。他連忙上前幾步來到美婢的身邊，伸手在美婢的鼻子下探了探鼻息，眉頭緊蹙一起。

「阿福，怎樣？」

「死了！」曹朋說話間，抬起頭來。「是個死士。」

他伸手，拔出美婢胸口的那柄短劍。

有衛士上前想要接過，卻聽曹朋沉聲道：「小心，上面有毒。」

「來人，給我把這賤婢亂刃分屍！」曹操可真是被嚇得不輕，不禁惱羞成怒。

幾名衛士立刻上前，卻聽曹朋道：「主公，且慢。」

「阿福，你沒事吧？」

曹朋拱手，「多謝主公掛念，朋無礙。」

說著話，他朝高順看了一眼，正色道：「高司馬，請勿怪罪。剛才我留意到，這女子身上的衣服不太合體，衣著應非她所有，故而冒昧……此必是有人想要破壞與貴邦之友誼，才發生這種事情。她為高司馬斟酒的時候，手微微有些顫抖，故而覺得她有些不太正常。」

今晚的酒宴，是曹朋一手安排。

所有侍奉的婢女，也都經過一番準備。衣衫，是專門訂做；而在酒宴之前，更安排好了各自斟酒的對象。

曹朋沒有想到會發生這樣的事情，原本只是覺得美婢有些不太正常，所以才上前阻攔。不成想，這美婢竟然是個經過專門訓練的死士。他向高順解釋了一下，而後對曹操說：「司空府戒備森嚴，這女子竟然能混進來，恐怕……以卑職之見，最好先找人辨認一下。」

沒錯，司空府的守衛可以說是極為嚴格，甚至比皇宮大內還要森嚴，外人想要混進來，著實不太容易。而能神不知鬼不覺的混入人群，並且還擔當了斟酒的重任……這又怎可能是一般人所為？最重要的是，這個女子又怎知道她是為高順斟酒，而不是其他人？裡面，肯定有問題。

曹操這時候也冷靜下來，「那就交給阿福你來處理。」

曹朋答應一聲，轉身掃過在廳堂上那些負責斟酒的女子。

「來人，取名單來。」

既然可以安排來斟酒，那必然會有詳細的記錄。曹朋邁步，來到一個婢女身前，沉聲道：「妳可認得那刺客？」

「回公子，小婢不認得！原本給高司馬斟酒，是小玉負責的。剛才上酒前，她突然跑過來，說是小玉病了，讓她臨時頂替。當時小婢們都忙著置酒，所以也沒有在意……公子，我等和這刺客……真、真的沒有關係！」

「賤婢狡詐，須大刑伺候！」許褚怒聲吼道，只嚇得小婢瑟瑟發抖。

曹朋靜靜的看著她，半晌後突然轉身，「司空，還是請人先辨認一下這女子的來歷。」

「阿福，你的意思是……」

「這女子必是府中婢女，否則斷無可能知道小玉給高司馬斟酒的事情。還有，請司空立刻派人在府中搜索，我估計那小玉，此時可能已經遇害。就在酒房周圍，一定能找到屍體。」

曹操連忙下令：「仲康，立刻帶人查找。」

「喏！」許褚二話不說，健步如飛，便衝出大堂。

「究竟是何人欲壞高司馬性命？」

曹朋沒有回答，而是走到那婢女跟前，蹲下身子，在屍體上摸索。他想要從女子的身上找到一些蛛絲馬跡，可是這女子身上卻沒有留下半點線索。短劍，名魚腸，不過並非歷史上那把魚腸劍，而是依照魚腸劍的式樣，專門打造而成。

曹朋剛站起身來，就聽到有人如此詢問，於是冷笑一聲，「自然是不希望主公得偌大功績者所為。」

他這一句話，令大堂上眾人頓時閉上了嘴巴。

不希望曹操得到這麼大的功勳？

開疆擴土，那絕對是不世功業。即便是帝王，也對此極為贊成。偏偏有人不願意出現這種狀況，誰？整個許都，若說最不希望曹操坐大的人，那恐怕只有帝黨一支。

曹操臉色陰晴不定，但是卻沒有開口。目光，從廳堂上幾個漢室老臣的身上掃過，令那幾人頓時臉色慘白如紙。

「咦，這不是五公子門下的小迷糊嗎？」一個家臣在清理狼籍的時候，無意中看到了躺在血泊裡的美婢屍體，驚奇的說道。

「你說什麼？」曹操聽聞，不由得一驚，厲聲喝問。

那家臣嚇得撲通一聲跪下，「小人、小人是說……看著有點像是五公子門下的小迷糊。」

「你給我看仔細一點。」

家臣戰戰兢兢，走到了屍體旁邊。他蹲下身子，仔細辨認了一下，抬起頭道：「司空，就是小迷糊。我見過的……平日裡給五公子磨墨的小迷糊。本來叫什麼，我們不是太清楚。不過她總是迷迷糊糊、丟三落四的，所以我們就叫她小迷糊。沒錯，小人絕不會認錯……若司空不信，可以再找人來辨認一下。」

五公子，那不就是曹沖？

這一來，連曹朋也閉上了嘴，退到一旁不再出聲。

這件事看上去，似乎變得有些複雜了。怎麼好端端的，把曹沖也牽累進來了？曹沖，不是已經送去潁川讀書了嗎？難道說，他不滿曹操的安排，所以派人刺殺曹操？

這聽上去很荒謬，但又不是不可能。自古以來，父子反目的事例多了去，父殺子、子弒父，也並非沒有可能。

曹朋相信，這件事和曹沖怕是沒有關係。可是在這種時候，他也不敢再開口，因為他看到，曹操的臉色已經變得鐵青……

曹操雙手握緊了拳頭，片刻後突然一聲怒吼：「曹真何在？」

「末將在！」曹真從大廳外飛奔進來。

「你立刻帶人，星夜趕赴潁川書院，給我把那逆子抓回來。」

「這個……」

「怎麼，你要抗命不成？」

曹真心中暗自叫苦不迭。

他猶豫了一下，拱手道：「卑職不敢，這就領命。」

「慢！」

曹朋突然站出來，在曹操身前跪下，「叔父，此事和倉舒絕無關聯。倉舒素明白事理，怎可能做出這等大逆不道之事？以姪兒之見，此事當有蹊蹺。恐怕連倉舒也不知道此女的來歷。最好還是先詢問一下，這女子是如何混到了倉舒公子身邊。若主公心懷疑慮，大可以讓兄長親自前去潁川書院詢問一下，何必大張旗鼓，與主公絕無益處。」

曹操不禁猶豫起來。他也知道曹沖不會幹出這樣的事，可是這刺客被認出是曹沖身邊的人，他若是不做出表態，弄不好就會被高順誤會。

他偷偷向高順看了一眼，卻見高順面色如常，邁步走上前來，「司空，依我看，曹公子所言頗有道理。若是大張旗鼓的追查，反而不美。還是先查一查這女子如何混入府中，再問五公子不遲。」

既然高順開口了，曹操自然也不再堅持。

片刻後，許褚返回，「回稟司空，在酒房後面的雪堆中，發現了一裸身女子，正是那個小玉。」

「查！給我查清楚，這女人如何混進府內！」

曹操這一次，可真是怒了。

這麼一個女人混進府裡，居然沒有人覺察。

萬一她要刺殺曹操，那曹操可真的是非常危險……也幸虧曹操平日裡戒備心甚重，典韋和許褚二人總有一個跟隨左右，若不然……

曹操激靈靈打了個寒顫，不由得心生懼意。

這時候，一名老管家走過來。

「司空，老奴對這女子，倒是有些印象。」

「哦？」

「應該是年初吧，有一次五公子出門，回來時帶著這個女子。當時老奴記得夫人有過詢問，五公子說是和周不疑去坊市時，看到這女子賣身葬父，故而心生不忍，便買回身邊服侍……沒錯，就是這個女子！老奴還記得，夫人一開始是打算讓她去廚上，但五公子說她識得字，所以便留在五公子身邊。」

「你可確定？」

「老奴千真萬確……」

曹朋的臉色在這時候卻突然一變。他呼的站起身來，大叫一聲：「不好！」不等曹操詢問，他便衝出了廳堂。

「君明，快帶人，隨阿福過去。」

曹操雖然不太明白曹朋為何會反應如此激烈，但本能的，他還是選擇了相信曹朋這一遭。

典韋答應一聲，帶上十名衛士，緊隨曹朋而去。

曹操立於廳堂上，看了一眼堂上的屍體，扭頭又看了看高順，臉上不由得泛起一抹苦澀笑容……

「誰知道周不疑的住處？」曹朋在司空府大門外跨坐上馬，大聲問道。

「公子，我知道。」

「前面帶路。」曹朋也不廢話，馬鞭一指那家臣。

家臣更不敢怠慢，連忙上馬，在前面領路。直到曹朋已經離開，典韋才帶著人來到府門外。見曹朋已經走了，典韋氣得破口大罵：「爾等還不立刻備馬！」

司空府的家臣們立刻七手八腳的忙碌起來。片刻後，馬匹前來，典韋一把就推開了家臣，翻身上馬，朝著曹朋離去的方向，打馬揚鞭而去。

夜風，陣陣。

初雪過後，氣溫陡降，許都的夜晚極為寒冷。

曹朋騎在馬上，迎著風，疾馳。

自高順等人入許都後，漢帝一黨一直表現的太過於平靜。不是曹朋想要生事，而是於情於理，帝黨都不應該如此平靜才是。越是平靜，就越是說明帝黨在醞釀一個大動作。否則，眼睜睜看著呂氏漢國歸附，曹操因此獲得巨大的名望，進一步架空漢帝，豈不是坐以待斃？

曹朋自認，若他是帝黨，絕不會就此甘休。

只是隨著時間的流逝，曹朋的警戒心也漸漸鬆懈下來……

他萬萬沒有想到，帝黨竟然是這樣子來進行安排。酒席宴上，若高順被毒死，剛剛歸附過來的呂漢會是什麼態度？高順是呂漢的肱骨之臣。如果他死了，就算呂漢依舊有心歸附，只怕也無法繼續牽制高句麗。他們在三韓，必然會面臨一個混亂的局面，甚至會落入下風。

誰都知道，呂漢而今是兩面受敵。

之所以歸附中原，固然是有私人的因素在裡面，但就公事方面，呂漢也希望藉由此次歸附，來謀求中原的援助和支持。畢竟而今三韓，的確是一個蠻荒，特別是百濟、馬韓，在此之前不過是一個城邦制的國家，體制非常鬆散。想要對抗高句麗這樣的龐然大物，若無外力支持，的確是一樁麻煩事。

歷史上，高句麗在曹魏以後，不斷發展壯大。歷經五百年發展，他們幾乎占領了漢江流域，將新羅、百濟壓制在朝鮮半島的一隅。

城邦制的國家，終究不是那種中央集權的對手。

高順若死了，呂漢歸附必然無疾而終，而曹操也將聲望大減……

一箭雙鵰！

帝黨的手段，可謂毒辣。

不過，曹朋沒有想到，帝黨竟然藉此機會，把曹沖和周不疑都牽扯進去。

曹沖在月前已經被送往潁川書院，在書院裡叫什麼名字，恐怕只有曹操和鍾繇兩人知道。

而周不疑……他斷然沒有這樣的手段。那孩子倨傲、孤高，有些偏執，但究其本質而言，始終還只是一個孩子。

曹朋現在擔心，帝黨會藉此機會把周不疑當成替罪羊扔出來。不過，必然是一隻死羊……

周不疑受曹朋打擊，已經心灰意冷。在那天晚上之後，如銷聲匿跡般，很少拋頭露面。

曹朋可以感覺得出來，周不疑有點想回家了。可是，帝黨會這麼輕輕鬆鬆的放周不疑回家？

曹朋不信！

「公子，前面就是銅駝巷。」帶路的家臣猛然勒馬，回頭大聲提醒。

曹朋也立刻駐馬觀瞧。

銅駝巷，位於毓秀街的盡頭，是一條幽靜偏僻的小巷子，環境非常舒適。這裡是在建安四年，許都擴建後才有的一條街巷。當時，城牆向外移出六里，在古城牆廢墟的基礎上開設了銅駝巷。

許都的城市規模，和漢魏雒陽城頗為相似。

洧水從此流淌而過，銅駝巷就依洧水而建。其面積不大，卻很幽靜，環境也非常優美。但由於這裡距離鬧市較遠，出入不太方便，所以居住在銅駝巷的人，大都是一些書生和士子。

入冬後，銅駝巷的人很少，所以顯得有些寂靜。

路上的積雪還沒有消融，可以看到一溜溜的腳印……

家臣在前面領路，曹朋緊隨其後。

「這裡原本是環家的一處別院，去年夫人把這個院子送給了周不疑。小人曾奉五公子之命，給周公子送過幾次東西，所以倒也不算陌生……公子小心，這裡的路面不是特別平整。」

家臣在前面領路，藉助路旁宅院門口的氣死風燈籠光亮，隱約可以看清楚路面的狀況。

曹朋也沒有吭聲，手握長刀，警戒的跟在那家臣身後。順著有些昏暗的小巷往裡走，很快就來到了銅駝巷的盡頭。周不疑的住處，就在銅駝巷最裡面，門外有一排古松，蒼雄糾結。

院門緊閉，那家臣上前，砰砰砰叩響門扉，但是裡面卻沒有半點動靜……

曹朋一蹙眉，沉聲道：「讓開。」

家臣連忙閃身，就見曹朋上前，一腳狠狠的踹在門上。

卻聽卡嚓一聲響，那緊閉的大門被曹朋一腳踹得四分五裂。曹朋二話不說，邁步就走進了院子。院子的面積不大，圍牆大約在兩米左右的高度。牆上生有青藤藤蔓，給這庭院平添了幾分幽冷氣息。一共有三間房舍，正中央是正堂，後面連著兩間偏房。此時，院子裡靜悄悄的，屋子裡也都暗著，似乎沒有

人。曹朋在庭院裡喊了兩聲周不疑的名字，可是並沒有回應。
「可有引火之物？」
「回公子，小人這裡有火摺子。」
「嗯，隨我來。」
曹朋說著，便邁步走上了正堂門階。
門虛掩著，裡面黑漆漆，靜悄悄……曹朋推開了房門，就著月光掃了一眼，頓時臉色大變。
「把燈點燃。」
「喏！」
家臣連忙擦亮了火摺子，找到了窗臺上一盞油燈。
他把油燈點亮後，屋中頓時有了光亮。回身看去，卻見正堂上有一張食案，一個少年俯伏在食案上，一動不動。曹朋正蹲在少年的身邊，將少年翻過來，招手示意家臣把油燈湊上前。
果然是周不疑！
那少年，面色蒼白如紙，氣息幾若無有。
曹朋連忙為他號住脈，眉毛挑了挑，扭頭向食案上看去。
「立刻請張仲景先生和華佗先生過來。」
看到這種狀況，那家臣自然也清楚發生了什麼事。他連忙把油燈放下，跌跌撞撞的跑了出去。不一會兒的工夫，就聽到門外傳來馬蹄聲，緊跟著有典韋那粗豪的聲音傳了進來。
「阿福？阿福可還好？」
「叔父，進來吧。」
曹朋抱起周不疑，往廂房裡走去。他把周不疑放在床榻上，然後猶豫了片刻，扭頭對剛走進來的典韋道：「這孩子被人投毒了。」

「啊？」

「司空府的事情，應該和他關係不大。這孩子恐怕也是受人唆使……那什麼小迷糊的來頭，估計他也不太清楚。對方想要把他扔出來當替罪羊，所以提前一步投毒。我剛才留意到，食案上的酒菜已經冷了，估計兇手早已經離開。我已經派人去請華佗和張機先生過來，希望能來得及把這孩子搶救回來……」

「阿福，你還是這麼心善。」典韋忍不住發出一聲感慨。

他可是很清楚周不疑這兩年都幹了些什麼事情，屢次詆毀曹朋和胡昭，氣焰極為囂張……不過這段時間，這小子倒也還算是老實，沒有惹出什麼狀況來。可在典韋眼中，周不疑絕對不是什麼好東西，甚至至聽說他中毒，還有些幸災樂禍。

「把火盆子點上，讓人在廚房燒水。一會兒華先生他們過來，說不定會有用。」

曹朋沒有回答典韋，目光在房間裡掃了一眼，卻落在床榻木枕旁的一個灰色包裹上。他走上去，打開包裹。典韋舉著火把湊過來為他照明。包裹裡是一些衣物，還有幾卷書籍，以及一個乾糧袋，和一個錢袋子。錢袋子裡大約也就是三貫銅錢的樣子，數量並不是很多。

拿起那書卷，曹朋一怔。

《八百字文》、《三字經》，還有一卷拓印的《三十六計》。

曹朋的《三十六計》剛剛完成，並沒有拓印成書，市面上也沒有怎麼流傳，除了少數人之外，甚至沒有人知曉他做了這麼一部兵書。這少數人當中，除了曹朋家人和龐德、龐統、夏侯蘭、甘寧等部曲之外，就是曹操、郭嘉，還有陳群、荀彧幾個人。周不疑居然有他剛完成不到三個月的《三十六計》？

不過想一想，似乎也不奇怪。曹沖那邊肯定有這部書，周不疑和曹沖的關係那麼好，有個拓印本，倒也正常。只是看周不疑這架式……曹朋眉頭，不由得一皺。

「怎麼了？」

「這孩子，怕是要離開。」

「那他怎麼……」

「估計就是因為他想要走，才會遭此大難。」

這時候，銅駝巷完全沸騰起來。

衛將軍夏侯惇領兵馬已經封鎖了整個許都，銅駝巷更聚集了許多人馬。

領兵前來的，正是城門別部司馬夏侯尚，也就是夏侯真的親哥哥，曹朋的大舅子。他步履匆匆的跑進來，看到曹朋和典韋，連忙拱手道：「典中郎，末將奉衛將軍命，特來查探。」

曹朋扭頭道：「華先生他們來了嗎？」

話音未落，就聽門外有人道：「莫急、莫急，老夫在這裡。」

華佗邁步走了進來，喘了口氣，朝著曹朋一拱手，「公子，老夫來了……不知公子有何吩咐？」

「這孩子中毒了！」曹朋一指周不疑，然後側身讓開。

華佗連忙上前，俯下身子，為周不疑檢查了一下。

「堇草？」

「啊？」

「一種毒草，毒性甚烈，中毒者口鼻中會帶有一種很獨特的甜味……不過這種草很容易辨別，所以常被人將之與肉食相混合。但如此一來，堇草的毒性就稀薄，相對毒性就會減弱……嗯，毒性還沒有入肺腑，尚有得救。不過救醒之後，怕會有後遺症，具體是什麼狀況，因人而異，我也說不準。」

「還請先生施聖手，救他一救。」

「那是自然、那是自然。」

華佗也不囉嗦，立刻開始動手施救。

而曹朋則拉著典韋和夏侯尚出了廂房，只留下華佗和他的兩個弟子在房中忙碌。不一會兒的工夫，張機也來了。聽說華佗正在裡面施救，他也不客氣，帶著徒弟馬真，也加入其中。

「兩大聖手聯手施救，若還是不成，恐怕也沒辦法了。」

曹朋深吸一口氣，邁步走下門廊。

「伯仁。」

「嗯？」

「煩你派人前去司空府稟報主公，就說周不疑和此事無關，而今他被人下毒，正在施救，尚不知結果。」

「和他無關？」

曹朋苦笑，拎著周不疑的包裹。「這孩子看樣子都準備要回家了，何苦做這種事情？」

「說不定……」

夏侯尚本想說周不疑說不定是畏罪潛逃。可畏罪潛逃，也不至於把自己毒死不是？他想了想，點頭答應，立刻命人返回。

「阿福，那我先回去？」典韋問道。

「嗯，司空府裡目前形勢不明，有一名死士，難保沒有第二個死士。叔父還是當回去保護司空，同時提醒司空，小心呂氏漢國使者的安全。有些人，不鬧出點事情來，只怕是不會心安。」

曹朋想了想，突然轉身，邁步往外走。

「阿福，你要去哪裡？」

曹朋沒有回答，只回頭對夏侯尚道：「伯仁，這裡不用留太多兵馬。我出去一下，待會兒就回來。」

說完，他便衝到門外。

向一名軍卒討來一匹馬，曹朋翻身跨坐馬上，打馬揚鞭而去。

夏侯尚跑出來的時候，曹朋已經走了。他連忙讓一隊兵卒跟上去，而後站在庭院中，有些不知所措。

曹朋縱馬衝出銅駝巷，直奔毓秀街而去。

片刻工夫，他就來到了毓秀街上一座大宅門口。縱身從馬上跳下來，曹朋三步併作兩步竄上門階，抓起門環，砰砰砰連續拍擊。那大門上的小門開了一道縫，從裡面探出一個腦袋。

「誰啊！」

曹朋也不贅言，抬手按住小門，猛然發力。就見那小門呼的一下子被推開，裡面的門子被一股巨力頓時撞飛了出去，摔在地上昏迷不醒。

曹朋邁步，走進大門內。

而這座府邸中的家丁，聽到門口傳來的動靜後，紛紛探頭出來查看。

「有刺客！」一個家丁扯著脖子叫喊。

可沒等他喊完，就見曹朋抬手翻腕，一枝鋼弩咻的飛出，正中他身邊的門框。

「劉光，你再不出來，休怪我砸了你家大門！」

「阿福，去劉子玉家裡了？」

司空府中，曹操眉頭緊鎖，露出若有所思的表情。

與會的文武大臣，除了郭嘉等幾個人之外，大都留在了廳堂上。高順也跟著來到了曹操的書房，看上去好像什麼事情都沒有發生過似的，隨手拿起一卷書，津津有味的閱讀，彷彿渾不在意。

可實際上，他又怎可能不在意？

「周不疑的情況如何？」

「好像有點麻煩，華太醫和張機先生都在，但估計一時半會兒也不會有結果。」

「奉孝，你說阿福這算是什麼意思？」曹操抬起頭，向郭嘉看去。

而郭嘉則微微一笑，朝著高順看了一眼。「依我看，友學是想要保住周元直。」

「哦？」

曹操也看了高順一眼，高順把手中的《孟德新書》放下來，問道：「周不疑是什麼人？」

「一個小孩子，有些聰慧，卻又是個狂生。」

「他很厲害嗎？」

郭嘉笑道：「厲害不厲害，卻說不準，不過有些急智，辯才不俗。去年曾多次抨擊友學，不過友學沒有理他。前些時候，兩人再次交鋒，友學好像把他罵得狠了些，以至於最近頗為安靜。否則的話，這孩子不曉得又會發出什麼言論……」

曹操掃了郭嘉一眼，苦笑一聲，卻沒有說話。他隱隱約約猜出了曹朋的心思，可是又無法做出決斷。

對於周不疑，曹操最初還是滿欣賞的，可隨著周不疑在許都接連挑釁，令他多多少少感到不喜。而且，這孩子的背景頗為複雜，身後存著帝黨的影子，也讓曹操很不高興。只是曹沖喜歡和周不疑一起交流，曹操卻沒有阻止。一方面，他對周不疑根本就不屑一顧；另一方面，他也希望曹沖能夠藉此機會增長見識。

想必，他這次一定得了教訓！

阿福莫非想把周不疑送去呂漢？

倒也不是不可能。

曹操可是聽說，曹朋把他的家將龐明，連同六百健卒，送往渤海，似乎準備前往呂氏漢國。

對於這麼一個舉動，曹操剛開始有些不滿，但後來一想，曹朋和呂氏之間原本就存著一些不清不楚的關係。當年他冒死把呂氏一家送往海外，也說明了這個問題。據說，呂氏漢國的國主和曹朋……這些是曹操在偶然問和高順閒聊時知道的。

當時曹操覺得好笑，沒想到這阿福還是一個風流情種，家裡有兩妻三妾不說，和蔡琰好像又有些不清不楚。而今，又出來了一個呂漢國主，倒也真是一個『妙人』。

這麼一想，曹操也就釋然。

呂氏漢國為什麼要求豁免曹朋？說穿了就是那點男女之事。而曹朋呢，投桃報李，也必然會為呂漢著想。呂漢而今的壓力，的確是很大，特別是一旦呂漢答應牽制高句麗，所要面臨的威脅必然增加。曹朋給呂漢送去幫手，與其說是私通外邦，倒不如說是幫他的小情人。

至於周不疑……

曹操有些猶豫。

說心裡話，周不疑雖然聰明，而且有辯才，但這樣的人物，曹操手下還少了不成？論機智，他不如郭嘉；論幹練，他不如荀攸；論沉穩，他不如荀彧；論手段，他不如賈詡；論忠誠，又不比程昱。更不要說曹操手下還有董昭、滿寵、毛玠、陳群這些能人，又怎可能真看得上周不疑？曹操或許會欣賞周不疑的聰慧，可是卻沒想過有朝一日會重用他。哪怕周不疑來歷可以，曹操也沒有把他放在心上。

曹操站起身，從書房裡行出。

郭嘉非常知趣的隨著曹操一同出來，兩人在門廊拐角處停下。

「奉孝，你以為如何？」

「那要看主公是否想要處置周不疑。」

「處置他做什麼？一個小孩子，恐怕還沒有這等周密的心思。這件事，恐怕是和他無關。」

「阿福怕也是這麼認為。」

「可就這麼放過他？」曹操又覺得有些不太甘心。

「這個，就要看主公是否已做好了準備。」

做好什麼準備？

當然就是和帝黨翻臉的準備。

歷史上，曹操在建安十九年廢后，算是徹底與帝黨反目。但如果仔細琢磨就會發現，曹操和帝黨徹底反目時，雙方的實力對比大有差異。曹操在歷史上是建安十二年設立丞相府，而後興赤壁之戰。赤壁失敗之後，他發出唯才是舉令，並且在短短五年中，三發唯才是舉令，使得他的羽翼完全豐滿。憑藉西征涼州、攻擊漢中的功業，曹操權勢越發驚人。

建安十九年，曹操已經身為魏王，可以說北方局面被他牢牢的掌控手中，已無人可以抗衡……那時，傾向漢帝，或者說漢帝的盟友，同時又是曹操肱骨之臣的荀彧已經死了。帝黨的實力已經落到了谷底，而曹操權勢如日中天。在這樣的情況之下，曹操才有廢后的舉措。

而如今，曹操雖然強勢，更奪取了西北，可他的權勢還沒有真正的建立起來。

從奉天子以令諸侯，到挾天子以令諸侯，有一個非常明顯的分水嶺，那就是丞相府的設立。

曹操還沒有做好和帝黨徹底撕破面皮的準備。

郭嘉微微一笑，「發生這種事，總是要有人頂罪。周不疑或許無辜，但他現在也必須要擔上這個罪名，否則主公你就只有……如果周不疑死了，一切都好說，若是活著，主公又要如何治他的罪名呢？這件事牽扯到高司馬，更關聯呂漢的態度。主公又何不順水推舟呢？」

這件事，你別插手了！交給高順去處置……

看曹朋的這個意思，是有心要保周不疑。

他未必是打算把周不疑送給高順，卻不妨礙讓高順出面解決。

如果高順願意接受，那自然好說；若他不願意接受，曹朋也不會有什麼反對的意見，皆大歡喜。

郭嘉笑道：「除非，主公有憐才之意。」

曹操聽聞，卻森然冷哼一聲。

「小小狂生，何至於我生憐才之心？若是十五歲的阿福，說不得我會憐才一番。可這小狂生與阿福比起來，分明是天壤之別。」

「那就交給高司馬，也可以向呂漢表明主公心意。」

曹操想了想，輕輕點點頭。

十五歲的曹朋，隨著鄧稷，已經在海西創出了一番局面，更跟隨荀衍出使江東，還得了陳登的重視。而陳登在建安五年故去，當時曹朋被罰閉門思過。

曹朋十六歲，便主持了曲陽之戰，力抗呂布和陳宮大軍，最後更大獲全勝……

十五歲的曹朋，做出了《陋室銘》，在東陵亭七步成詩，為徐州士林所稱讚。

十五歲的曹朋，交友極為廣闊，不但有荀衍、陳登這樣的人物看重，還和陳群、徐宣、陳矯等人友善，身邊更有步騭這樣的良吏相隨。

所以不管怎麼看，周不疑都比不得曹朋。

曹操或許有憐才之心，但絕不是對周不疑這樣的人。想一想，當年他是如何對付禰衡，便可以看出端倪。

「若那孩子命好，能活下來，就交給高順處置。」

「主公英明！」

曹操哈哈一笑，背著手溜溜達達往書房走。

走了兩步之後，他突然停下來，回頭看著郭嘉道：「奉孝，你猜阿福，會如何與劉子玉說呢？」

臨沂侯府，曹朋跪坐席榻之上，一言不發的看著劉光。

說起來，劉光和曹朋差不多的年紀，但看上去，卻好像比曹朋要年長許多，以至於似三旬而立。瘦削的面頰，稜角分明，如刀削斧砍；濃眉，朗目，若星辰璀璨；高挺的鼻梁，更平添英武氣概；頜下短鬚，使得他有顯得沉穩幹練。一襲黑色大袍披在身上，劉光臉上帶著笑容，端坐在榻上，同樣是一句話也沒有出口。

兩人就這麼你看著我，我看著你。

半晌後，曹朋突然道：「劉子玉，還記得你我初見否？」

「啊？」

「建安二年，我初至許都。當時你與我三哥鬥犬獲勝，我用一口刀，抵了我三哥的黑龍。」

劉光一怔，露出一抹懷念之色。他閉上眼睛，許久後自言自語道：「太久遠，卻已經模糊了！」

「模糊了嗎？」曹朋冷笑，「那你還記得，我離開許都之前，與你在北市的相見嗎？」

「不記得了。」

「可我記得。」曹朋看著劉光，一字一頓的說：「我至今仍記得，當時一個少年……好像也是十五歲。他在北市的一座酒樓下攔住我，還對問我說：我們是否可以做朋友？只是我當時，沒有回答。」

十五歲！

當劉光聽到這三個字的時候，不由得微微一顫，面容有些抽搐，卻沒有睜開眼睛。

曹朋口中那個十五歲的少年，說的不正是劉光嗎？

那時候的劉光，剛從長安到許都。他渴望得到朋友，所以才會有那麼一幕景象。曹朋站起身，「十年前的那個問題，我想我現在，已經有了答案。臨沂侯，你可想聽一聽嗎？」

「哈，願聞其詳。」

曹朋用拇指指著自己，「我姓曹。」而後，他用食指指著劉光，「你姓劉。」

「如何？」

「所以，你我永遠都不可能成為朋友。」

劉光的身子在寬大的棉袍裡，輕輕的顫抖著。

半晌後，他睜開眼，「如此，我知道了。」

「還有一句話。」

「請說。」

「人在做，天在看……明日果，乃今日因。臨沂侯，你多保重。以後吃飯的時候，小心點……聽說你已經有了孩子，更要多加小心才是。告辭！」

曹朋說完，扭頭就走。

劉光臉色一變，呼的站起來，厲聲道：「曹友學，自非私怨，何必牽累子嗣？」

而曹朋在大廳門口停下腳步，半晌後幽幽道：「正因為不是私怨，我才會心平氣和與你說話。否則，你焉有命在此與我交談？」

說完，曹朋大步流星走出大廳，揚長而去。

劉光下意識的握緊拳頭。他很想下令將曹朋留在府中，可他知道，即便這裡是臨沂侯府，只怕他的一舉一動也難逃曹操的眼睛。

「一介賤民，何至於此？」他冷聲道。

曹朋已走下了臺階，聞言，扭頭疑惑的看了看劉光，「劉子玉，你又比他高貴多少？」

劉光的臉色，陰沉似水……

走出臨沂侯府，已過了子時。

氣溫越發低寒，小風襲來，讓曹朋激靈靈打了個寒顫。

「伯仁，你怎會在這裡？」

曹朋意外的看到在臨沂侯府外，夏侯尚正牽著馬，微笑著看著他。

「我擔心小真守寡。」

「哈，你可真會說笑……這許都而今還是朝廷治下，焉有宵小敢取我性命？那些人，也就是賣弄一下小聰明，耍弄一些陰謀詭計。這朗朗乾坤，我自有一腔浩氣長存，諸邪不侵呢。」

曹朋的聲音很大，可以清楚的傳進臨沂侯府。

如果說，冷飛刺殺他的時候，曹朋尚對劉光存一分情義，那麼現在，他們兩人再無半分情義。

昔年那個北市街頭的怯怯少年已經死去，而今活著的，只是一個為達目的而不擇手段的陰險之人。

曹朋從夏侯尚手中接過了韁繩，翻身跨坐馬上，「這裡的空氣裡，都存著一股腐臭的陰謀氣息，老子以後再也不想來這裡。除非，能一把火讓這腐臭的味道完全消散……走，我們回去。」

夏侯尚聽聞，不由得仰天大笑。

兩人打馬揚鞭，氣焰囂張無比。一隊軍卒緊隨兩人之後，朝著銅駝巷的方向疾馳而去。

臨沂侯府的門，緩緩關閉。

回到銅駝巷的時候，已經是後半夜了。

當曹朋和夏侯尚邁步走進院子，迎面就見馬真和張機走出來。

「張先生，情況如何？」

「已無性命之虞。」

「活過來了？」

「呵呵，有元化在，區區堇草，焉能奈何？不過，也著實有些驚險。若再晚一炷香，那孩子必死無疑。也不知是何人竟如此心狠手辣。」

「都是些見不得光的鼠輩。」

曹朋說著，拱手向張機道謝，而後讓夏侯尚派人護送張仲景回家。他逕自走進了廂房，卻見華佗正在收拾。周不疑臉色蒼白的躺在榻上，依舊昏迷不醒，但是氣息卻悠長許多。

「華先生，多謝了。」

華佗微微一笑，淨了淨手，扭頭看了一眼仍昏迷不醒的周不疑，輕聲道：「危險雖已過去，但還要看之後的狀況……這小子命好，也幸虧是遇到你，若換個人……未必會理睬他死活。」

曹朋沒有吭聲，目光落在了周不疑的身上，久久不語……

章四 準備

天亮了！但卻沒有出現太陽。

黎明時，許都迎來了建安十一年的第二場雪，雪勢很大，頃刻間令天地變成白皚皚一片。

司空府出現刺客，差點使呂漢使節喪命……

還不到中午，消息已傳遍大街小巷，幾乎是人盡皆知。

許都城門加強了警戒，行人進出，受到了嚴格盤查。大街小巷，就看到成群結隊的執金吾巡邏，令氣氛陡然間變得格外凝重。商鋪依舊營業，可是客人卻明顯稀少許多。北市冷冷清清，與往日的喧囂繁華截然不同。城中的達官貴人們，紛紛嚴令家中子弟不得擅自出去，並警告說：若在此時招惹了禍事，誰也救不得他們性命……所以，都老老實實待在家中。

紈褲們雖然不太情願，但也知道這件事非同小可。

刺殺外邦使節？

在這種時刻，若被牽連進去，恐怕連皇帝老兒出面，都解救不得。

「聽說，是那個周不疑指使。」

「是啊，可真想不到。」

「有什麼想不到……那小子早就看他不順眼，來到許都後是何等張狂？這種人，必然是居心叵測，竟然連外邦使節都敢刺殺。我看他，分明是活得不耐煩了。嘿嘿，司空必不會饒他。」

「張黑子，你早兩個月不還說那周不疑英明神武嗎？」

「呸呸呸呸，你可別亂說……這種話傳出去，可是要掉腦袋的。」

庭院裡，一群奴僕竊竊私語。

而房間中，環夫人則面色慘白如紙，好像失了魂魄。

從昨天晚上開始，她就被勒令不得走出房門。這也是環夫人自入曹操家門以後，曹操對她最為嚴厲的一次。昨天晚上，當她聽說周不疑出事的時候，整個人都好像瘋了似的連忙跑出去，想要找曹操求情。可沒想到，曹操連見都沒有見她，只是讓典韋轉告，讓她回房。

究竟是什麼情況？這周不疑，怎好端端的要毒殺呂漢使節？還有，聽說刺客就是倉舒身邊的小迷糊……從前看她挺乖巧的，沒想到竟然是一個死士！

一想到這些，環夫人就不由得感到發冷。她看著俯伏在榻前的環芳，突然厲聲喝道：「這就是你說的俊傑？這就是你擔保的萬無一失！」

「夫人……」

「閉嘴！」

環夫人閉上眼睛，耳朵邊卻是嗡嗡直響。

半晌後，她終於冷靜下來，輕聲道：「司空打算如何處置周不疑？」

「據說那周不疑得知事情暴露，便服毒自盡。但是卻被曹朋小兒趕去，讓華佗和張機救活……」

環芳話未說完，突覺一陣風襲來，緊跟著，就聽砰的一聲。他腦袋嗡的一聲響，一下子倒在了地上。

曹賊

四章 準備

啪！

一個銅爵摔落在地上，滾了兩滾，便靜止不動。

鮮血，順著額頭流淌下來，瞬間模糊了環芳的眼睛。可他不敢擦，連忙爬起來，惶恐的俯伏在地。

「曹朋小兒，也是你說的？」

「我……」

「接著說。」

環芳腦袋還在發懵，但是卻不敢遲疑。他可是很清楚，眼前這個姑姑看似柔弱，但也是個心狠手辣的人。哪怕她現在被曹操關了禁閉，可要殺他，簡直比碾死隻螞蟻還簡單。

環芳的心撲通撲通亂跳，可是嘴上回答道：「不過，小姪聽說，周不疑雖然救活了，卻似乎變成了傻子。張機和華佗認為他得了離魂症，所以……司空見問不出什麼，便把他交給了呂漢使節，由呂漢使節處置，目前情況不明。」

「離魂症？」環夫人不由得愕然。她猶豫了一下，問道：「會不會是裝的？」

「據說不是……中午的時候，夏侯尚已把那小子送去了驛館，交由呂漢使節高順來處置。」

「竟然，有這樣的事情？」環夫人一臉的茫然。

就在這時，屋外傳來奴僕的呼喚：「夫人到。」

環夫人一怔，忙站起身來，可還沒等她走到門口，就聽環珮聲響。

房門拉開，卞夫人帶著兩個婢女，款款走進屋中。

「環蒗，拜見姐姐。」

而今形勢不饒人，不管環夫人是否願意看到卞夫人，都必須要恭恭敬敬，做出歡喜之色。

沒辦法，誰讓曹沖是周不疑的朋友？

卞夫人連忙上前，攙扶住了環夫人，柔聲道：「妹妹，我聽說出了事，所以來看看妳……妳臉色可是不太好，要多穿些衣物。對了，怎只讓人生了一個火盆？這天寒地凍，怎受得了呢？」

環夫人心裡暗罵：妳是來看我笑話的吧。

不過她臉上強露笑容，輕聲道：「倉舒交友不慎，竟發生了這等變故，小妹心中愧疚，又如何有心思理睬？」

「欸，這件事和倉舒有什麼關係？」

說著話，卞夫人看了一旁滿臉是血的環芳一眼。

環芳心裡明白，連忙躬身退出。

卞夫人擺手，讓那兩個婢女也退下，拉著環夫人坐下。這時候，屋外有婢女捧進來兩個火盆，使得屋中暖和了一些。

卞夫人將身上的披衣解下，披在了環夫人的身上，而後才坐下來。

「妹妹不必擔心，沒事的。」

「怎能沒事？」環夫人面露苦澀，輕聲道：「我聽說，司空已下令子丹前往潁川，也不知道……倉舒那孩子性子傲，若萬一惹怒了司空，我擔心他……姐姐，倉舒和周不疑不過萍水之交，喜歡在一起吟詩作賦，並無太多的交情。誰又能想到那周不疑竟然……也是我疏忽了，竟然把刺客留在身邊……而今，我縱然渾身是嘴，恐怕也說不清楚。可憐倉舒他……」

「妹妹，妳胡思亂想什麼？」卞夫人溫言道：「這件事和妳無關。刺客狡詐，也不是妳的過錯。要說起來，我也曾見過那小迷糊幾次，不一樣沒有發現？若說過錯，那我也逃不掉關係。至於倉舒，不會有事，妳放心好了。」

「我聽人說，最初夫君是很生氣。不過經友學勸說，他也就是派子丹去潁川詢問一下而已。周不疑既然被抓住了，而且已經送去了呂漢使團，這也說明司空並無意繼續追究下去。」

「真的？」

「當然……」卞夫人看上去，顯得很真誠。她低聲道：「不過，倉舒恐怕也會受到一些影響……這也難怪，當初那周不疑大放厥辭時，倉舒竟不予辯駁，累得友學頗為尷尬，司空多多少少還是會產生不滿。而今又發生了這種事，難免對倉舒有一些不高興。但想來也算不得什麼，過些時候自然會消氣……所以，妹妹若真要擔心的話，不妨讓人與友學說一說。」

環夫人卻沉默了。

卞夫人並沒有停留太久，寬慰了環夫人幾句之後，就走了。

不過，她前腳剛走，環夫人的臉色頓時沉下來。

「姑姑，妳看這件事……」環芳已經洗乾淨了臉上的血汙，溜進屋中，低聲詢問。

真要去向曹朋低頭嗎？

環夫人倒也不是拉不下這個臉面。為了兒子，她什麼都可以做。但卞夫人剛才的那些話，真的是出於好心，才說出口的嗎？

她不相信！

環夫人也聽說了一些消息，待呂漢使團離去之後，曹朋就會外放赴任。

也就是說，曹朋即將重新入仕……而這個時候，環夫人若出面和曹朋接觸的話，一來給人以勢利的感覺；另一方面，妳私自與外臣接觸，是何用意？

以前環夫人和曹朋接觸，有曹沖這麼一層關係在裡面，所以天經地義。即便是曹操也不會有什麼表示，畢竟當初曹朋主動寫信給曹沖，讓他加強民生方面的學習，曹操對此也是頗為讚賞。可現在，所有人都知道曹沖和曹朋產生了一些分歧，甚至於曹朋在滎陽一年的時間，曹沖也沒有過去拜會曹朋。

反倒是曹彰，跑到滎陽就學。

所有人都知道，說是就學，實際上就是陪著曹朋。

因為這件事，曹彰可是得了不少分數。如夏侯惇等曹操心腹愛將，對曹彰的行為是讚不絕口。

而這時候自己出面，實在是太搶眼了。

「環芳！」

「喏！」

「你即刻前往潁川書院，拜會五公子。想來子丹這時候已經到了，倉舒也應該聽到了風聲。你告訴倉舒，他已經很久沒有向先生遞交功課了！」

這件事，只能讓倉舒自己出面。

反正環夫人是絕對不能出面，至於能否挽回曹朋的好感，就要看曹沖自己的修行了。這一點，環夫人非常有自信。曹操這三個年齡較大的孩子，曹彰豪烈，輸於直爽；曹植儒雅，卻失於輕浮；曹沖的才智，未必輸於曹彰和曹植，而在學問上，他似乎更留意實用的學問。

環芳聽聞，連忙躬身應命。

他匆匆離去，而環夫人則站在門口，看著環芳離去的背影。

這個姪兒，人雖聰明，但氣度和格局不免小了些。他對曹朋心懷恨意，環夫人也不是不知道。可她相信，環芳能分得清楚輕重。而且她也不知道該派什麼人才好，似乎只有這個姪兒最為可信。

看著庭院中的積雪，環夫人輕輕嘆了口氣。

內心中，陡然生出一絲悔意，她搖搖頭：早知今日，又何必當初呢？

「讓他去歸漢城？」

呂藍睜大水汪汪的眼睛，疑惑的看著曹朋。

她站在房屋門口，卻見屋中一個少年，正呆呆的躺在那裡，兩眼無神，精神也透著萎靡。

「中原，已無他立足之地。」

曹朋嘆了口氣，輕聲道：「這孩子也是個可憐人，被人利用之後，到頭來差點變成了替死鬼。」

「你是說，那漢家犬？」

呂藍知道劉光，而且不甚陌生。

當年董卓在長安時，常與漢帝鬥犬。這劉光，曾多次勝過董卓的鬥犬，讓董卓丟了好幾次臉面。

呂布那時候是董卓的親隨，基本上是寸步不離。當時，貂蟬還未出現，王允也沒有獻連環計，所以董卓和呂布的關係極為密切。呂布每次回家的時候，也會提及劉光，言語中頗有調笑之意。所以，當曹朋提起劉光的名字時，呂藍立刻回想起這劉光當年在長安的綽號。

「而今可非是漢家犬，而是大名鼎鼎的臨沂侯，大司農了。」

「哼，一犬奴耳。」

很明顯，呂藍對劉光的觀感並不是很好。

曹朋邁步走進房間。

周不疑聽到腳步聲，扭頭向他看去。

「你是誰？」他滿面迷惑之色，眼中透著迷茫。

一開始，曹朋也不信他患了離魂症。可後來經過反覆的試探，他也不得不面對這個現實。

說實話，他倒是沒想過把周不疑送去三韓。他之所以闖臨沂侯府，只是一時惱怒，卻不想被曹操誤會，見周不疑真的失憶了，就交給了高順。

高順對此也頗為無奈，只得收留下來。

曹朋微微一笑，「我是誰不重要，關鍵是你知道，你是誰嗎？」

「我？」周不疑脫口而出：「我叫曹朋。」

尼瑪！

曹朋頓時拉下了臉，扭頭向呂藍看去，卻見呂藍咯咯直笑。

說來也奇怪，周不疑醒來以後，忘記了很多事情。他忘記了自己的名字、自己的出身，也忘記了他來自於何處、家中還有什麼親人。

可是，他卻記得曹朋的名字，甚至以為自己就是曹朋。

按照華佗的推測：周不疑在昏迷之前，恐怕是想到了曹朋，以至於被救回來之後，他下意識的想要把過去的經歷忘掉，所以只記得曹朋這個名字。

可這樣一來，又讓曹朋感到頭疼。

呂藍這時候走過來，在床榻旁邊蹲下。

她柔聲道：「你不叫曹朋，他才是曹朋。」

「那我是誰？」周不疑一臉迷茫，天真的看著呂藍道：「姐姐，妳又是誰？」

「你……叫做呂新。」

「呂新？」

「是啊，你叫呂新，字巨山。」

「我叫呂新，呂巨山？」

「嗯！」

曹朋一旁聽得迷糊，連忙拉著呂藍到一旁，「玲綺，妳幹什麼？」

呂藍嘻嘻一笑，「你不是說，他挺可憐的嗎？既然他什麼都記不起來了，乾脆就讓他做我的弟弟。

我帶他回歸漢城，也就名正言順了。」

「開什麼玩笑！」曹朋頓時緊張起來。

這傢伙萬一不是真的失憶，或者有朝一日他清醒過來，以這傢伙的才智，說不定會給呂藍一家帶來大麻煩……他連連搖頭，正色道：「這件事，我不同意！」

呂藍的態度，也同樣堅決。

說實話，去掉那一股倨傲之氣的周不疑，在後世而言，絕對屬於是粉嫩粉嫩的小正太級別。特別是那一臉的茫然和無助，更能讓女人產生憐惜之情。

呂藍從小就是一個人，用她的話說，很想有一個弟弟。可惜，這個弟弟一直沒有出現，卻有一個對她虎視眈眈的哥哥。呂藍從不願意提起呂吉，似乎是不屑於提及。

她態度非常堅決，希望能把周不疑帶走。這麼一個孩子，就算放了，只怕也早晚被人所害。

周不疑的父母，把他託付給了劉先，結果劉先來了一趟許都，把周不疑往許都一丟，瀟灑的去出任武陵太守了。兩年來，周不疑的家人幾乎未與他有過聯絡，其家人的親情也就可見一斑。

一個失去了用處的棄子，誰又會在意？恐怕連那位『宅心仁厚』的劉皇叔，也未必會再去重視周不疑這麼一個小人物。

許都，容不下他；荊州，同樣容不下他……

這天下雖有九州之大，可是周不疑，又能去哪兒呢？

仔細想來，似乎也只有三韓可去。

曹朋有一種搬起石頭砸自己腳的感觸。

呂氏漢國使團，即將返回三韓，所以呂藍也趁機搬出奉車侯府，返回使團的駐地之中。就目前而言，呂漢使團已不再受人關注。所有人都緊張的盯著司空府，想要知道曹操的態度如何。

奉車侯府，也再次引起眾人的注意。

曹朋返回奉車侯府的時候，天已經很晚了。他有些疲憊的在侯府門前勒馬停下，卻見杜畿匆匆跑出來，迎上前一把抓住了馬匹的轡頭。

「公子，有一位濮陽先生，在府中恭候多時。」

「濮陽先生？」曹朋一怔，連忙下馬。

在許都，複姓濮陽的人不少。但是和曹朋有交情的，只有一個。

他匆匆走進府中，逕自來到後院書房。果然，濮陽闓正在屋中看書，濮陽逸和陸瑁兩人則陪伴在他左右。

「濮陽先生，何故來此？」曹朋連忙走進屋中，拱手行禮。

對於這位老者，曹朋也是頗為敬重。

也許，濮陽闓的才學並不如那些歷史牛人們厲害，但他卻是第一個追隨曹朋、鄧稷的幕僚。從海西返回之後，曹操曾欲征辟濮陽闓為司空主簿，但濮陽闓卻拒絕了，反而選了在太學院授課。手中沒有了權力，濮陽闓活得非常自在瀟灑，已年過五旬，但看上去精神矍鑠。

老頭平日裡教教書，帶帶學生，或者和那些名士清流們唱和。他閒來無事，則跑去找張仲景和華佗，求教養生之道，所以別看他五十多歲的人了，但頭髮烏黑，精神矍鑠，耳不聾、眼不花，走起路來也很有精神。那淡泊的生活，卻正合了道家長生之道。

濮陽闓呵呵笑了：「阿福，我今日來，是有事相求。」

「請先生吩咐。」

「是這樣，我前些時候，聽到了你在毓秀樓的那些言論，心裡頓感好奇。我一生，僅在中原遊轉，起起伏伏，自認閱歷豐富。而今聽你說，這天地間竟然如此的廣闊，所以有些心動，只是太遠的地方，我恐怕也去不得……思來想去，聽聞三韓呂氏當家，便動了心思。我想去三韓走走，卻苦於無有門路，故而冒昧前來，還想請阿福你代為引介。」

許都城裡，直呼曹朋『阿福』的人不多。

除了曹操那幫人之外，也許只有濮陽闓可以這麼隨意的呼喚曹朋的小名。

論年紀，濮陽闓是長者；論資歷，濮陽闓是最早跟隨曹朋的元老。所以，對這麼一個稱呼，曹朋非但不覺得反感，甚至感到很親切。但若是換個人，恐怕他就可能會沉下臉，與人爭執。

「先生欲往三韓？」

「是啊。」

「先生可知三韓生活甚苦……」

「苦，能苦過當年陳留食不果腹的日子？」

「這個……」

「呵呵，阿福啊，我已經想過了。我這把年紀，留在中原，也不可能有什麼大作為。無論司空還是你，手下而今人才濟濟。我這點本事，教人讀書、算算帳、看個家什麼的也許還成，可要說有大作為，已不太可能了。」

「三韓那邊偏荒，正須我等教化。聽說，呂漢國主乃是呂藍大小姐？我當年在海西，也算是有些交情。去了三韓，想必大小姐總不至於讓我餓著肚子。不過，我去三韓倒也輕鬆，可子安與子璋，卻多多少少不太放心。子安而今已二十有三，子璋也有雙十，總留在太學院裡不是個事情。我聽人說，阿福你過些時候要外放，不知能否帶上他們呢？」

子安，就是濮陽逸，濮陽闓的兒子。

子璋便是陸瑁，他當初秘密隨濮陽逸渡江返回海西，而後又隨濮陽闓從海西來到了許都。

曹朋頓時明白了。

濮陽闓哪裡是去增長見識，分明是為兒子鋪路。

其實，以濮陽闓和曹朋的關係，介紹濮陽逸和陸瑁隨行也不算困難。問題是曹朋這次再外放出去，必然受到各方關注，恐怕連曹操也會在他身邊安排人手，若如此，濮陽逸和陸瑁能否獲得出頭之日？

他剛才過來，和杜畿閒聊時，得知曹朋正在為三韓的謀士發愁。

濮陽闓不是個急智之人，更不是那種奇謀詭計百出的謀主，但他勝在一個做事沉穩，有治理地方的經驗。而今，人常言海西能有今日，賴三傑之功勞。鄧稷和曹朋，都不屬於三傑，他們是主持大方向的人；真正處理日常雜務的，就是步騭、戴乾和濮陽闓三人。那海西三傑所指，正是此三人。

而今，步騭已榮升武威太守，坐鎮一方。戴乾早在建安四年，孫策跨江而擊廣陵時，戰死於海陵縣。剩下的濮陽闓，在許都太學教書。

算起來，曹朋虧欠濮陽闓許多……

讓濮陽闓去三韓？曹朋不免有些猶豫。

濮陽闓笑道：「阿福莫擔心我，我身體而今好得很呢！而且我也不是獨自前往。前兩日周奇來我家中，與我談及三韓時，頗有嚮往之色。他而今在潁川書院授書，也頗有些屈才。所以，我準備邀周奇一同前往，至少可以相互為照應。」

周奇，曹朋的師弟，年紀卻比曹朋大很多。他出身不高，是一介山民出身，甚至連寒門庶民都算不上。但他確有才學，並有急智。

曹朋原本打算讓周奇隨同前往南陽，可是卻被周奇拒絕。看得出，他並非攀龍附鳳之人，想以自己的才學搏取功名利祿。可問題是，以周奇如今的身分，想要獲得大用非常困難。即便是獲得了大用，也會被人稱作是得了曹朋的照拂。

周奇是一個挺自尊的人，當然不想如此。若是他去了三韓，以周奇和濮陽闓兩人，至少能站穩腳跟。

「若如此，那朋拜謝。」曹朋深吸一口氣，拱手向濮陽闓一揖。

而後，他看著濮陽逸和陸瑁，笑呵呵道：「子安、子璋，實不相瞞，我很可能會前往南陽郡出仕。你二人若願意，就暫且在我身邊，充作從事。將來若有機會，我自會讓你們一展才學。」

濮陽逸和陸瑁也極為看重這次濮陽闓為他們爭取的機會。兩人立刻躬身一禮，「我等願隨公子，效犬馬之勞。」

「那我明日就去找周奇，和他商量一下。」

「如此，有勞先生。」

曹朋把濮陽闓三人送至府門，並喚來杜畿，讓他拿著自己的令牌，送三人返回家中。畢竟，許都夜禁，沒有令牌，他們是無法在長街上行走。而曹朋身為譯官丞，負責此次呂氏漢國使團的接待，所以他手中持有司空府的通行令箭，可以在入禁之後在長街上行走。

送走濮陽闓三人之後，曹朋回到書房。

周奇的事情，給他提了一個醒……

臥龍谷書院的學子多為山民，這些人一輩子都很難有出頭之日。既然周奇有這樣的想法，那其他人會不會有這樣的想法？臥龍谷書院的學子有幾百人，哪怕百分之一的挑選，也能湊出一些人手來。如果他們在三韓獲得成功，豈不是能讓更多山民有了奔頭？

想到這裡，曹朋立刻鋪開一張鹿紋箋，把自己的想法寫出來。

待天亮以後，他會派人把這份信送往陸渾山，交給胡昭。想必胡昭也不會反對，這樣一來，至少可以解決呂藍手下人手不足的問題。畢竟，而今的呂藍，手底下實在是太缺乏幫手了。

把這件事處理過後，曹朋總算是暫時了卻一樁心事。

雖說謀主仍未能得到解決，可是能為呂藍解決一些燃眉之急。呂藍手下，連負責日常政事的小吏都很匱乏，先把這個問題解決，能令呂漢的政務正常運轉起來，再考慮謀主的事情。

這種事，真的是可遇而不可求……

建安十一年十一月初，呂氏漢國使團在完成了朝貢之後，於十一月六日啟程離開許都。他們將長途跋涉，先趕奔渤海，而後從海河口登船入海，返回歸漢城。

同日，司空府傳出詔令，任曹朋為南陽郡太守，加都督軍事，又拜曹朋為武亭侯。

至此，曹朋終於得到了一個爵位。雖說曹汲早就是奉車侯，但畢竟是一個雜號侯爺，並沒有得到食邑。但亭侯，可就不同了！那是正經的爵位封號，並配享有食邑俸祿，比之奉車侯的級別要高出不少。而這個爵位，也正式表明了曹朋一家由此將步入豪門之列……

一門雙侯，在東漢並不常見。

即便曹汲只是一個雜號侯，卻終究是個侯爵。

這武亭，在何處？

就在廉堡以北，靈武谷之畔。武亭，是曹朋當初在河西所設立，曾呈報於許都，卻並未獲得批准。在建安十年末，曹操自鄴城返還許都，才正式批准了武亭的存在。

這武亭，也是河西第一亭。

曹朋封爵武亭侯，著實引起了不少人的反對。以漢室老臣為首的一干朝臣，紛紛上書反對，言曹朋一門雙侯，不合禮制。而且曹朋年紀還小，就得了武亭侯的爵位，未免有些過了，許多從長安陪同漢帝東歸的漢室臣子都還沒有得到亭侯的爵位，憑什麼他曹朋就能為武亭侯？

而曹操，根本不予理睬。

呂漢歸附朝廷之後，隨著荀彧在嵩山封禪，曹操聲望暴漲，權勢日盛。他表現出了前所未有的強勢態度，不理朝堂上的各種反對之聲，直接下令，封曹朋為侯爵。

如此一來，曹朋可就再一次站到了風口浪尖之上。

「司空何故如此迫不及待，令阿福身處風口？」郭府中，鍾夫人忍不住問道。

郭嘉笑了笑，卻沒有回答。

何故如此迫不及待？

只因司空，欲為丞相……

許都，城北——

一連數日驕陽普照，令冰雪消融。

天氣很冷，讓人不由得直打哆嗦。

「高司馬，待返回歸漢城，還望請代老夫向國主問好。」

曹操帶著文武百官，送呂氏漢國使團啟程。在十里亭外，他命人呈上酒水，與高順告別。

高順接過酒，一飲而盡。

「司空，多保重。」

「高司馬，保重。」

高順謝過了曹操之後，翻身跨坐馬上。他撥轉馬頭，返回隊伍當中。卻見呂藍跨坐馬背上，翹首眺望，似在等什麼人。

「他昨日，已返回滎陽了。」

「啊？」
「剛得到消息，曹公子即將出任南陽郡太守，所以提前返回滎陽準備。咱們，該上路了……」
呂藍露出一抹失落之色，點了點頭。
車隊，在儀仗的護持下，緩緩行進。虎豹騎在前方開路，鐵蹄踏出，冰屑飛揚。
此次前來許都，收穫頗豐。不但得到了朝廷的正式認可，甚至還將獲得許多物質上的支持。待來年開春之後，朝廷將會向三韓輸送大批物資，其中也包括已經說好的十萬人口，將會極大的改善呂氏漢國在三韓的局面。
同時，濮陽闓和周奇的到來，也讓高順感到滿意。
周奇是曹朋的師弟，深淺尚不知；可濮陽闓，確實是處理政務的一把好手。當年濮陽闓在海西時，就做出了不小的成績。最重要的是，濮陽闓和呂藍的關係不錯，也可以值得呂藍信任。
車馬行進，轉眼間，許都已不見蹤影。
忽然，有人來報，說在前方的山丘上，出現了一支兵馬。
曹真聽聞眉頭一蹙，連忙派人前去打探。
一匹馬從遠處奔行而來，距離車隊很遠，就大聲喊道：「曹都督莫要誤會，我乃武亭侯家臣，奉命前來送信，請高司馬相見。」
曹真連忙喝止兵卒，見馬匹已到近前。
馬上男子，正是杜畿。
高順縱馬上前來，杜畿迎上前，從懷中取出一個小包。
「請高司馬轉交貴國國主，我家公子，請她保重。」
「多謝！」

杜畿在馬上躬身一禮，而後又和曹真一搭手，撥馬就走。

曹真是一頭霧水，有些弄不清楚狀況，想要詢問時，卻見高順已撥馬返回使團車隊當中。

高順將包裹交給呂藍。呂藍打開包裹，卻見裡面有一串用相思子串成的項鍊。

那相思子的色澤略顯暗淡，顯然不是臨時摘取。畢竟這寒冬臘月，何來相思子盛開？項鍊是用鹿紋箋包裹，上面有幾行字跡：

紅豆生南國，春來發幾枝。願君多採擷，此物最相思。

建安十一年冬，朋自許都還。忽感有佳人歸去兮，故令人於市集取相思子一零八枚。粒粒相思，雖天涯咫尺，願得佳人一笑。

呂藍鼻子一酸，一行珠淚無聲滑落。

她在車隊中，舉目向遠處山丘眺望，卻見一騎立於山丘……風捲衣袂，飄飛舞動。呂藍的視線，一下子模糊了！

「這才回來沒多久，又要走了？」

滎陽縣曹府中，張氏嘟嘟囔囔，發著牢騷。

算起來，曹朋回家也差不多有兩年了。可是在張氏眼中，兩年眨眼間便過去，實在是不足以道。為人母者，自然希望孩子能陪伴在身邊，最好是永永遠遠的陪伴在自己的身邊。

張氏而今也近五旬。她身體很好，而且兒孫滿堂，家境無憂，在普通人眼裡可算得上幸福。

但於張氏來說，卻不這麼想。丈夫身在西北涼州，一年也就回來那麼一、兩個月的時間；女兒女婿在東郡，同樣是難以著家；而今，最為牽掛的兒子也即將離開，雖說滎陽和南陽相隔並不遠，至少和涼州相比，算是近的。可張氏心裡，還是難免會生出不捨的心思。

她嘟嘟囔囔的說個不停，幫著曹朋收拾衣物。本來這種事情讓婢女們做就好，可張氏還是堅持要自己親手為曹朋收拾。曹朋呢，坐在一旁，靜靜的聆聽著母親的嘮叨，臉上始終帶著笑容。

十年了……

他重生於這個時空，整整十年。

對於這個家庭，他投注了許多心血。

對於眼前的母親，他從一開始的陌生、抗拒，到而今的親近、濡沫，已成為真正的一家人。

十年來，他奔走四方，從東邊的海西，到西邊的河西。算起來，和母親在一起的日子也不過只五年左右。他重生十年，有一半以上的時間是在外面。這兩年待在滎陽，雖說每天可以相見，可當真的分別時，曹朋同樣是感到極為不捨。

「娘，妳莫忙了。」曹朋走上前，抱住了母親。「南陽是咱老家，距離這邊又不遠。等過些時日，待兒子在南陽站穩了腳跟，到時候向主公懇請，接娘親過去。呵呵，咱們回舞陰，回中陽鎮……」

中陽鎮？

張氏的身子不由得輕輕一顫。快十年了，她卻從未忘記老家的房舍。

「這次過去後，記得要回去看看。老家的房子，還有你王伯伯的房子，必須討要回來才行。」

「知道了！」

張氏的臉上露出一抹慈祥笑容。

她拉著曹朋的手，在炕上坐下來，而後輕輕的拍了拍曹朋的腦袋。

「回南陽後，自己要多小心。我聽人說，那邊現在也不是太安生。可不要似在涼州那樣，每一次都衝鋒在前。你而今已經是幾個孩子的爹了，小寰又要生了，你身上可擔著一大家子呢。去了南陽，好好做事情，別掛念娘。娘不準備回許都了，那邊太嘈雜，實在是不舒服。娘呢，和小鸞、小惢還有小寰，會住在這邊。」

「對了，走之前別忘了去見見蔡姑娘。她孤孤單單的母子三人在洞林湖那邊，也著實有些冷清。把她接過來吧，聽說她是個大才女，正好幫我好生的教教綰兒他們。」

蔡琰母女，在十月中就抵達滎陽。

當時蔡貞姬還專門從南城縣跑來滎陽，幫著蔡琰在洞林湖畔安居。期間，黃月英和夏侯真等人曾多次登門拜訪。對於蔡琰的才情，黃月英也是萬分的敬重。

此次曹朋將赴南陽，黃月英和夏侯真獲准隨行。不過，步鸞、郭寰、甄宓三女就不得跟隨了，一來，郭寰有了身子；二來，張氏決意要在滎陽定居，也需要有人照拂。

至於許都的奉車侯府，已經變成了武亭侯府。曹操原本打算賜曹朋一座府邸，但是被曹朋拒絕。不過，他讓人把侯府旁邊的兩處宅子買下來，將來做鄧稷夫婦的住所。鄧稷常年在外，在許都竟然連個房產都沒有，即便他日後無法入住中樞，可這場面上的排場還是需要。與其到時候另外置辦，倒不如就在侯府旁邊安置，一家人也能相互走動。

曹朋非常認真的聽著母親的叮囑，不時點了點頭。

對於讓蔡琰搬過來的事情，他卻不是很有把握，但想必也不太難，讓黃月英出面，必能成功。

說實話，曹朋也覺得洞林湖那邊太冷清了。雖然有一個洞林寺，可實際上呢，香火並非特別興盛。與其讓蔡琰和蔡眉孤零零的住在那邊，倒不如讓她母女過來，相互間也能有一個照應不是？

畢竟，張氏對蔡琰可是非常感激。

而且呢，曹綰和曹陽，一個五歲，一個四歲，都到了啟蒙的年紀，有蔡琰這麼一個大才女不用，找其他人，曹朋還真不是特別放心……

而蔡迪，此次將作為曹朋的書佐，隨同前往南陽郡。如此一來，曹朋也就更有理由照顧好蔡琰母女

二人的生活。
除了蔡迪之外，鄧艾也將隨行。
這是鄧艾自己的決定。
「舅舅，我已經十歲了……反正學堂裡教授的那些，我又不喜歡，倒不如隨舅舅一起，還能增長些見識。」
曹朋本來不太願意帶鄧艾，可是見鄧艾態度堅決，張氏也沒有反對，便點頭答應了下來……
除此之外，曹朋還將令龐德和姜冏同往南陽。
這二人都有統兵的才能，留在滎陽，著實有些可惜了。
雖說如此一來，滎陽曹府的守備會有些空虛，不過說實在的，誰又敢跑來這裡找曹府的麻煩？
滎陽太守王植，以及升任為武庫令、諸冶監監令的郭永，足以保護曹府無虞。更不要說，這曹府的田莊裡還有數百家丁，那都是拿起兵器就能與人搏殺的健卒，所以無須太擔心。
杜畿、盧毓兩人，與濮陽逸和陸瑁，都已離開許都，在潁陰等候。
而今曹朋就是等鄧芝抵達，便可以啟程動身。
鄧芝也表示願意為曹朋效力。
只是鄧稷卻不太高興，專門透過驛站送信給曹朋，把曹朋大罵了一頓。好在如今東郡風調雨順，也無須鄧稷太過於費心。他身邊尚有從海西調過來的舊部人馬，所以即便是鄧芝走了，也不會給鄧稷帶來太大的影響。只是這麼一個可以為他出謀劃策的幕僚，居然被曹朋奪走了……鄧稷當然是很不高興。
為此，曹朋還專門寫信向鄧稷解釋。
不過這時候，陳群卻為曹朋解決了這麼一個問題。
時許都城裡，郭嘉等人正在謀劃著重置丞相府、開設十三曹的事情。陳群受曹操征辟，一旦十三曹設立，那麼陳群將主奏曹，是一個極為重要的職務。聽說這件事以後，陳群向鄧稷推薦了一個人，那便是剛自江東來投的楚國平阿人蔣濟。蔣濟三十有餘，曾仕郡計吏。蔣濟從揚州而來，本欲投奔曹操，謀求一場富貴，不想陳群橫插了一桿子，把他引介給了鄧稷。

蔣濟在揚州時，也曾聽說過鄧稷的名字，特別是對鄧稷在海西所創立出來的功績，非常稱讚。

他千里迢迢來投曹操，但心裡並沒有太多的把握。畢竟，他並非那等名氣多麼驚人的名士，在許都更沒有許多朋友。陳群是他少有的幾個朋友之一，在打聽了鄧稷的情況之後，蔣濟決意暫時先投奔鄧稷。畢竟這個時候，就算他投奔了曹操，也不可能一下子獲得曹操重用。

再加上蔣濟的身分還很特殊。他出生於江東，還擔任過江東的郡吏，難免會遭人懷疑。特別是剛發生了一場刺殺事故，所以曹操在選拔人才的時候，會有許多的考量。

他若是跟隨鄧稷，倒也不差。

首先，鄧稷以一殘臂之人而任東郡太守，足以見曹操對他的信任。而在鄧稷身後，還有曹氏一家龐然大物。曹汲是涼州刺史，曹朋更甚得曹操喜愛。蔣濟若是投靠了鄧稷，機會也將隨之增加。更不要說陳群出面引介，蔣濟哪怕是看在陳群的面子上，也無法拒絕邀請。

殊不知，歷史上的蔣濟，在建安十三年，出任了丞相府主簿之職。

也就是這麼一個陰差陽錯，使得蔣濟的命運隨之發生了變化。

鄧稷得了蔣濟，自然非常開心。蔣濟隨後又向鄧稷推薦了他的同鄉，也是至交，同在江淮地區小有名氣的人物——胡質。

事實上，蔣濟和胡質在江淮有些名聲，和朱績並稱揚州三傑。

只是朱績的身分，比之蔣濟和胡質高很多。他是丹陽太守朱然之子，所以被稱之為三傑之首。但相對而言，朱績和蔣濟、胡質兩人的關係並不是很好，這也是蔣濟要來投奔曹操的原因之一。

胡質，字文德，壽春人。

蔣濟投奔曹操之後，舉薦胡質，招為頓丘令。魏文帝時，胡質官拜東莞太守，在東莞九年，政通人和。後升任荊州刺史，政績卓著，是三國時期的一位名臣。此人重視農業，對政務非常在行。

胡質的到來，更讓鄧稷是萬分高興。

總之，有此二人之後，鄧稷也就不再嘮叨。

鄧芝已經從濮陽動身，前來滎陽，估計這幾日便會抵達滎陽，與曹朋會合。

所以，曹朋在滎陽主要便是等待鄧芝的到來。

曹朋回到滎陽後，立刻找到了郭永，請求郭永將之前由他設計而成的八十三架八牛弩調撥出來。

所謂的八牛弩，其實就是一種床弩。早在春秋戰國時代，便有相關記錄。

床弩的大規模使用，是在東漢時期。根據《後漢書．陳球傳》記載，陳球曾以『弦大木為弓，羽矛為矢，引機發之，遠射千餘步，多所殺傷』。東漢末年的床弩，弩臂大約在兩米以上，殺傷力頗為厲害。

但是在唐以前，這種弩機被稱之為車弩，直至宋以後，統稱床弩。

曹朋前世，曾在一個科學探索節目中，看到過宋代的八牛弩介紹。

根據已經模糊的記憶，他和黃月英經過兩年時間的摸索，基本上將那近乎失傳的八牛弩復原出來。

他採用了多弓床弩的形式，張弦時少則五到七人，多則一百人以上，才可以成功。瞄準、發射，須專人司職。所用的箭矢，以木為桿，以鐵片為翎，基本上達到了傳說中那『一槍三劍箭』的形狀。這種弩箭，其實就是一支槍矛。在宋代，稱之為踏橛箭。成排發射，可沒入夯土城牆，而後攻城者可攀沿登城。同時，曹朋還設計出了寒鴉箭等不同的種類。

原本他設計這種機動性極差的床弩，是為了配備給周倉的水軍。

曹朋當然希望能發明出火藥，可是在這個時代他卻做不到，因為火藥產生的過程並不安全。至少就曹朋自己而言，是不想參與其中。當然，他更不希望黃月英跑去做實驗。他很清楚，以黃月英那種性格，若知道有這麼好玩的事情，必然會去嘗試一番，那萬一出了事……

所以，曹朋還是決定，火藥最好是等恰當的時機，再做研究。

把床弩配備到水軍的船隻上，可以增強水軍的攻擊力。試想，一艘樓船配上二十架床弩之後，在水戰發生時，將會產生何等巨大的威力？不過水軍現在還正在籌建……用周倉的話說，沒五、六年的時間，斷然不可能組建出一支水軍。

原因？很簡單，曹操水軍的基礎，太差了！

從造船到水軍訓練，幾乎完全是一個空白。

由於受地理位置的影響，造船技術幾乎被南方所壟斷，集中於長江上游的巴郡、荊州的長沙郡，還有江東的柴桑地區。這三個地區，也是船隻工業最為發達的區域。相比之下，江北地區的造船工業非常薄弱。哪怕曹操決心興建水軍，可單只是造船，就足夠曹操感到頭疼。

沒辦法，沒有人，更缺乏船塢工坊。

東陵島水軍雖然已經開始興建，但薄弱的基礎，註定了不可能在短短幾年內就獲得成功……

試想一下，歷史上曹魏水軍一直處於劣勢。

直到西晉，歷經了幾十年的開發，還有與江東的對峙，北方才算是有了屬於自己的水軍。

曹朋原本想要把那些八牛弩送給周倉，但一來周倉那邊的水軍還在籌建的狀態之中，二來曹朋覺得自己去南陽，也需要這樣的武器。

建安十一年十二月初一，呂氏漢國使團在經過艱難的長途跋涉之後，抵達渤海郡海河口。

同日，曹朋終於等來了鄧芝。

與母親和妻妾兒女好一番難捨難分之後，曹朋帶領龐德、姜冏和鄧芝三人，領六百白駝兵和二百飛駝兵，浩浩蕩蕩離開了滎陽，踏上了前往南陽的征途。

這一天，滎陽迎來了一場大雪……

前世宿敵，今生何如？

「郭奉孝，你知道你在做什麼嗎！」

荀彧面色通紅，衝進房間之後，朝著郭嘉憤怒的咆哮起來。

一直以來，荀彧都給人一種溫文儒雅的印象。不管遇到什麼事情，哪怕當初曹操打徐州時，呂布差點抄了曹操的老家，時留守於濮陽的荀彧，面對敵兵強勢仍是一副風輕雲淡的模樣。

可是今天，他真的怒了。

郭嘉正捧著一卷書，津津有味的閱讀。

荀彧衝進來，朝著他憤怒咆哮，讓郭嘉不由得一怔。

「文若，你這是怎麼了？」

「怎麼了？」荀彧強壓著怒火，指著郭嘉吼道：「今日涼州刺史曹汲、冀州刺史程昱、兗州刺史滿寵、豫州刺史賈詡，還有河南尹夏侯淵、京兆尹曹洪、河東太守曹仁、渤海太守張遼，十數人聯名上奏，請置丞相府，開設十三曹。郭奉孝，你可別告訴我此事和你沒有關係！」

郭嘉笑了：「當然和我有關，此事是我一手推動。」

「奉孝，你想要幹什麼？」

「不幹什麼，只是重置丞相，開設十三曹而已。今陛下不問政務，須有能臣輔佐。我也知道，重置丞相府於情理不合，畢竟從綏和元年（西元前八年）成帝置三公輔政以來，而今已二百一十四年。可文若你當清楚，本朝開國時便有丞相之職，更有蕭何、曹參、陳平等名相迭出，數次挽朝堂於危難之中。這也說明丞相一職關係重大，不可以不置。」

「而今天下大亂，諸侯林立。荊州劉表、漢中張魯、巴蜀劉璋、江東孫權，皆亂臣賊子。這些人治下已久，非陛下可以應對。而唯一能治其人者，非司空莫屬。如今重置丞相，正是為將來能橫掃六合，為漢室中興想。文若何故惱怒？」

「郭奉孝，你休要誑我！」荀彧大怒，指著郭嘉的鼻子道：「依我看，你才是那亂臣賊子！」

郭嘉卻絲毫不在意，反而悠悠然坐下。

「我是亂臣賊子？文若，你這話說得可真是有趣。人常言，食君之祿，忠君之事。我乃司空軍事祭酒，所效命者乃司空耳。我所做的每一件事情，皆可謂是為司空著想，這亂臣賊子，又從何談起呢？」

「你……」

比辯才，荀彧不是郭嘉的對手。

他怒視著郭嘉，半晌說不出話來。

而郭嘉呢，依舊悠然而坐，只是那雙明亮的眸子裡，卻透出一絲冷意……

「棄我去者，昨日之日不可留；亂我心者，今日之日多煩憂。友學所唱之詞，卻總是讓人感觸頗深。文若，我知你心思，但我也望你能看得清楚，今日之漢室，已非當年之漢室；今日之朝廷，已非當年之朝廷。」

「之前我與友學閒聊時，他曾對我說：人這一生，其實就是不斷的選擇。我當時倒不在意，不過細想，卻頗有道理。有的時候，你必須要做出一個選擇，為自己，為家人，為蒼生做一選擇。若總是想左右搖擺，非但沒有好處，反而落得個兩面都不是人。」

「文若，你的心思我理解。但我的決意，你也應該明白……重置丞相，非我之謀，乃天下人之意。若天下人不願，我即便推動，也無法改變這個結果。而我，只是與他們提了一句，可結果……文若，事到如今，你難道還想再繼續留守中間嗎？」

郭嘉的目光灼灼，凝視著荀彧。

剎那間，荀彧的氣勢隨之一落，頹然坐在椅子上。

郭嘉的意思，已非常明顯。

這丞相府，開也得開，不開也得開……而且坐在丞相這個位子上的人，也只可能是曹操。

丞相府一旦重設，則曹操可集天下之權。而漢帝劉協，也將因此徹底變成一個傀儡，休想再有復起之日。除非有朝一日，曹操願意將朝政還給劉協。

可曹操真的會如此嗎？

設身處地，若是荀彧坐在曹操那個位子上，絕不會還政於漢帝。不還政，又集生殺大權於一身，那時候的曹操，會願意甘做一個定遠侯嗎？

未來是什麼樣子，荀彧可以想像。

他必須承認，如果曹操成為丞相，對天下而言，有莫大好處。至少他不會再有掣肘，可以獨斷朝綱。但相對的，一旦重開丞相府，漢室的日子也就不多了。

荀彧自幼立下志願，希望能做一個名臣。但他也知道，而今之天下大勢，也許只有曹操可以統一天下。他一方面希望曹操能統一天下，另一方面又希望延續漢室的氣運。也正是這種極為矛盾的思想，讓他始終無法下定決心做出一個最終的選擇。

郭嘉等於在他面前，撕破了他最後的幻想。

哪怕是曹操不願意，郭嘉他們也絕對不會同意有朝一日還政朝堂，到那時候……

荀彧突感疲憊萬分，抬起頭來，向郭嘉看去。

這位往日裡極為熟悉的同窗好友，此時在荀彧眼中，卻變得格外陌生。那瘦削的面頰，透著一絲冷意。

荀彧知道，郭嘉既然這麼做，一定是有把握，重置丞相，非他荀文若可以阻攔。

良久之後，荀彧突然一聲長嘆。

「棄我去者，昨日之日不可留；亂我心者，今日之日多煩憂。」

「文若，你要去哪兒？」

「我去面見司空。」

「你……」

「別擔心，我不是勸阻司空，只是……我突感疲憊，想向司空告假些時日，好好考慮一番。」

「文若，幽州之戰開啟在即，你豈能……」

荀彧腳下一頓，回過身，扭頭看著郭嘉，片刻後慘笑一聲，「奉孝，你放心。幽州之戰開啟之時，我一定會回來。只是現在……只得暫時麻煩你和公仁，萬望勿怪……」

說完，荀彧走出了房間。

郭嘉呆立片刻之後，突然跑了出去。

他想要追上荀彧，可是走了幾步，又停下來。這種事，不是他可以幫忙的。荀彧那糾結的心思，只有他自己能夠解開，而非是旁人可以幫忙。

「夫君，文若他……」鍾夫人悄然來到了郭嘉的身後，輕聲問道。

半晌，郭嘉嘆了口氣，「放心吧，以文若之才智，必能想清楚這其中的道理。」

章五
前世宿敵，今生何如？

「可是，萬一他想不通呢？」

「若他想不明白……」

郭嘉咬著嘴脣，轉過身，將鍾夫人攏在懷中，卻沒有再說下去。

但鍾夫人卻陡然感到了一絲寒意。

如果荀彧到最後也無法想明白，迎接他的，就只有……

曹操哪怕是對他再倚重，也不會願意容忍一個左右搖擺的謀臣，而且是他最為信任的謀臣。同樣，朝廷那邊，同樣會對他心懷惡念。如果真的到了那一步，荀彧的命運可想而知。但願得如郭嘉所言，他能想明白。

可有的時候，越是聰明的人，就越容易鑽牛角尖。

鍾夫人也瞭解荀彧，不由得對他的未來感到了幾分憂慮。

建安十一年十二月，以冀州刺史程昱、兗州刺史滿寵、豫州刺史賈詡、揚州刺史孔融等四州刺史為首，連帶各郡太守共三十七人，向朝廷上書，請求重置丞相府，總攬大小政務。

漢帝一開始，以沉默來應對。

但三日後，又加上了涼州刺史曹汲，以及徐州刺史徐璆等三州刺史、郡太守十七人，再次向朝廷上書，懇請重置丞相府。

如此一來，七州刺史聯名上書，外加大大小小各地太守，近六十人，所產生的效果令朝堂感到了莫名的惶恐。漢室老臣紛紛表示反對，上書不可以重置丞相府，說這是祖宗法度，不可以廢除。但隨即便被人以漢初便有丞相，成帝罷丞相，其實也是違背了祖宗法度。

一時間，雙方爭執不休，亂成了一團。

可無論是作為曹魏方的首腦曹操，還是漢室一脈的領袖劉光，都表示了沉默。

十二月十七日，以京兆尹曹洪、河南尹夏侯淵、衛將軍夏侯惇等為代表的一干軍方人物站出來，表示支持七州刺史的主張，重置丞相。

這軍方代表一出面，所產生的效果自然不一樣。那些先前反對最激烈的漢室老臣，頓時偃旗息鼓。有道是秀才遇到兵，有理說不清。

他們可以和程昱那些人爭辯，了不起就是互相指責。可如果軍方代表站出來，就不僅僅是動口那麼簡單的事情。

這時候，大司農臨沂侯劉光站了出來。出人意料的是，他竟然贊同重置丞相。

漢室老臣對此也無可奈何。

劉光之所以贊同，不是他心向曹操，而是因為他根本無法與曹操抗衡。如果堅持下去，弄不好就會出人命……而今漢室忠臣越來越少，死一個，對於朝廷而言，都是巨大的損失。曹操損失得起，可漢帝卻損失不起。

數日後，漢帝下詔，重置丞相，拜曹操為漢相，在司空府的基礎上，開設十三曹。

曹操上書請辭，表示不願接受詔令。

次日，漢帝再次下詔，任命曹操為丞相，可曹操依舊上書請辭。

不是曹操不願意做，這算是規矩。三請三辭，一方面可以表現出曹操的虛懷若谷，另一方面也可以表現出漢帝的求賢若渴。

對此，漢帝也明白。不管他是不是心甘情願，這第三道詔書，還是依照規矩發出。

於建安十二年正月初一，也就是十日之後，改毓秀臺為拜相臺，祭告祖先，任曹操為丞相。

這就是正式的拜相。只有經過了這道程序，曹操才算是真正的丞相。

第三道詔書發出後，曹操沒有再推辭，而是順水推舟的答應下來……

十二月二十四日，荀彧返回許都。依舊為尚書處尚書令，看上去好像並沒有什麼反對之意，一如早先那般，為幽州之戰而做準備。

待曹操拜相之後，幽州之戰也將隨之拉開序幕。

此時，呂氏漢國使團一行也在呂漢港口登陸。那港口，名福島，至於是什麼意義，也只有他們自己明白。

呂藍下了船，回身向大海眺望。

也不知道，阿福此時是否已抵達南陽郡了呢？

「啊嚏！」

曹朋跨坐在獅虎獸身上，猛然打了一個噴嚏。

他揉了揉鼻子，忍不住破口大罵道：「這該死的鬼天氣……都快開春了，怎麼突然下雪了呢？」

也難怪曹朋如此惱火，此行還真是有些不太順暢。

在十二月初一離開滎陽之後，就遇到了一場罕見的大雪。只得在新鄭暫時停留三日，總算是等雪停了才上路。不成想剛過了長社，又是一場大雪，而且雪勢很大，直接把道路封鎖。曹朋無奈之下，在潁陰和杜畿、盧毓等人會合後，在潁陰停留了兩日，才又上路。

待在潁陰的兩日，對曹朋而言，絕對是一場災難。

潁川書院啊，有木有！

那裡是豫州，甚至是整個中原培養讀書人的搖籃、聖地……

小小一座縣城裡，聚集了當今名士大儒，更不要說世家林立，單只是拜訪，就讓曹朋吐血。你拜訪了鍾家，不拜訪陳家？

好嘛你看不起我……

可如果你一家家的拜訪，又著實受不了。

一個潁陰，有大大小小十幾個豪族，如果一一拜訪，沒個四、五天，休想結束。最後還是鍾繇老頭出了個主意，以鍾氏、陳氏、荀氏、韓氏四家出面，邀請潁川各家家主聚會，一併見面。

那一場酒宴，可著實無趣到極點。

與這幫老大人們的交往，實在是令曹朋感到乏味。

不過有趣的是，曹朋這次來到潁陰，正趕上了鍾繇納妾。

鍾繇的妻子姓孫，也是潁川世族子弟，生有一子，名叫鍾毓，年方八歲。而鍾繇呢，已經五十五歲了，膝下只此一子。也許是感覺人丁不旺，對不起自己這鍾氏家主的身分，所以鍾繇便又納了一個年僅十六歲的妾室。這妾室姓賈，姿容不俗，不過卻是出生在揚州江左。

孫氏是個極好妒的女子，嘴上雖不說什麼，可是臉色並不是太好看。

曹朋回到住處後，提起此事，不由得感慨自己的運氣好。黃月英和夏侯真，都不是那種善妒的女子，容忍他有三個妾室不說，還接納了呂藍的存在。這也讓曹朋感慨上天對他的照顧。

只是，曹朋卻沒有想到，隨後發生的事情讓他感到哭笑不得……

屋外的風，已經小了很多，但氣溫仍然低寒。從前方驛館傳來的消息說，通往召陵的道路已經可以通行。曹朋這一路的行程，是由潁陰至臨潁，而後自煙強過潁水之後，前往召陵。經平輿，過吳房，順瀙水，穿中陽山，而入南陽郡。

這條路，也正是當年曹朋一家逃亡許都時所通行的道路。

這不是在搞什麼回憶錄，而是吳房距離舞陰最近。豫州刺史加太中大夫、都亭侯賈詡，此時就駐守舞陰縣。雖說南陽郡並非豫州治下，但從禮貌上來說，曹朋這個南陽郡太守還是應該先拜訪賈詡，而後再赴任。

其實，去哪兒都無所謂。南陽郡的郡治宛城，如今被劉備攻占。也就是說，曹朋即便到了南陽郡，也沒有真正的治所住處，可以隨意的在當地安排。

既然如此，曹朋就選擇了舞陰。

一來，舞陰是他重生後的老家。雖說他從沒有去過舞陰縣，可中陽山終究屬於舞陰縣所屬。曹朋此次返回南陽郡，也算是衣錦還鄉。治舞陰縣，至少能得到當地人的支持，不至於太過被動。

也許會有人說，中陽鎮於舞陰縣而言，無異於後世的鄉巴佬和城市。

可實際上，在東漢時期，這鄉黨的觀念實在是太過於強大。後世不是有『老鄉見老鄉，兩眼淚汪汪』的俗語嗎?當漂泊在外的兩個同鄉人相遇，最容易抱成一團。

對舞陰人而言，中陽鎮雖是舞陰治下，但也是舞陰的一部分。而今，從舞陰走出去的曹朋回來了！舞陰人的認同感將遠遠大於排斥感。這一點，曹朋曾與郭嘉討論過，當時郭嘉就選了兩個地方落腳。

一個舞陰，另一個就是棘陽。

不過，棘陽與涅陽，那可真是一衣帶水，中間只隔了一條棘水，位置太過於凶險。

而舞陰，位於南陽郡的東部，也是汝南的一處門戶要地。一旦舞陰淪陷，劉備就可以長驅直入，打進汝南郡。從戰略意義而言，也占據了重要地位。所以，曹朋思來想去，還是決定治於舞陰，遙領葉縣、魯陽、雉縣和堵陽四縣。

葉縣有魏延駐守，許儀和典滿分守堵陽、雉縣，與劉備軍對峙。

劉備雖占據了宛城，卻不敢輕易出兵。至少在舞陰未奪取的時候，他絕不可能輕舉妄動。

這一點，曹朋頗有把握。

夜已深了，曹朋在驛館的書舍中，仍未歇息。他拿著一封書信，認認真真的閱讀。

黃月英和夏侯真命人煮了一碗粥，送到了書舍裡。

「你在看什麼？」

夏侯真疑惑的詢問，而曹朋放下書信，發出了一聲感嘆。

「倉舒，果天資聰慧，少有人及。」

「怎麼說？」

「妳們看看吧……」曹朋把書信遞過去，「這是倉舒昨日派人呈上來的信函，是他最近的功課。當初，我令他讀《洪範》，學《食貨》，這孩子竟然提出了新貨幣論。他認為而今幣制混亂，已難以適用，所以建議重新製幣，加強管理。並且他的這個主張，頗有些貨幣集權化的意思，令我感觸頗深。」

有漢以來，貨幣其實一直很混亂。

雖說這五銖錢是由國家統一發行，可實際上，控制並不嚴格。

後世形容一個男人出眾，設立了『潘驢鄧小閒』的標準。這其中的『鄧』，就是西漢漢文帝時期，蜀郡南安人鄧通，此人靠著漢文帝的關係，私自鑄幣，坐擁銅山，是聞名當時的富豪。

而縱觀兩漢，鄧通這樣的人物並不算少，或許沒有達到鄧通那樣的層次，可私自鑄幣的行為卻屢禁不止。甚至皇帝老兒一高興，就會賜予銅礦，准許私人鑄幣。如此一來，也造成了私幣流通、劣幣充斥的現象。

曹沖在書信裡提出，要杜絕私幣的鑄造，加強統一的管理。言語中，對中央銀樓的用途更明確化。

這也讓曹朋不禁感慨萬千。

章五 前世宿敵，今生何如？

「夫君，你怎麼看？」

曹朋想了想，臉上露出一抹苦笑。

曹沖寫這封信的意思，非常的明顯，就是希望能修復當初和曹朋產生的裂痕，甚至在書信裡，也非常明白的流露出了這個意思。

對於貨幣的管理，曹朋在建安九年便曾有上書，只不過當時曹操忙於軍務，一直沒有做出回應。作為曾經的弟子，曹沖對曹朋的思想脈絡自然不陌生。所以在書信裡，他準確的抓到了曹朋的癢處，令曹朋更產生出了萬般的感觸……

這孩子，的確是很聰明。

但曹朋可以肯定，此信並非出自曹沖本意，應該是環夫人的意思。以曹沖的年紀，不可能有如此人情世故。畢竟才十一歲，怎可能懂得那麼多呢？

曹沖想要修復兩人的關係，或者說，是環夫人希望修復。

可是，裂痕已經出現，何時聽說過破鏡重圓，覆水能收？

曹朋陷入了沉思，片刻後輕聲道：「倉舒聰慧，自不可辯駁。然此子功利心太盛，實……他與我之前已經產生了矛盾，恐怕也難以挽回。哪怕他主動表示修復的意圖，可誰又能保證他心中不是藏有怨恨之念？這封信寫得很好，我會呈交叔父。但是與環夫人和倉舒，最好還是不要走得太近……至少目前如此。」

黃月英和夏侯真相視一眼，輕輕點頭。她二人也能明白曹朋的顧慮，曹操正籌謀置相，也是最為敏感的時期，最好還是別太接近了。

「明日一早動身，夫人可收拾妥當？」

「嗯，都已經收拾好了。」

「小艾他們呢？」

「也都睡下了……不過，有件事還須告知夫君。小艾已十歲了，身邊也須有個婢子伺候。讀書習武時，也能有人服侍。畢竟夫君而今為亭侯，小艾的父親更是東郡太守、真兩千石的朝廷大員。這規矩和排場總是需要，特別是到了南陽郡，對這些事情特別注重。」黃月英輕聲提醒。

夏侯真也連連點頭，表示贊同黃月英的說法。

曹朋重生時，已經十四歲……而且當時家境貧寒，不久又逃離家園，流亡許都。對於南陽郡的風俗習慣，特別是大戶人家的習俗，瞭解並不是特別多。而且，以他當時的身分和地位，也著實不可能瞭解太多這方面的事情。

但黃月英不一樣，她出身江夏豪門，對於豪門世族的規矩瞭解頗多。雖說她不是南陽郡人，可當時隨她父親黃承彥出入豪門的機會卻非常多。

而夏侯氏，是譙縣大族。夏侯真幼年時依靠夏侯淵的幫助生存，對世族的規矩也非常瞭解。

曹朋忍不住道：「那妳們的意思是……」

「想辦法給小艾添個婢子吧，也能有些照應。」

「可咱們明天就要走了啊。」

「這有何難，又不是非在潁川買。到了汝南可以買，到了南陽也可以買，只是夫君要記得此事才好，莫要因公務，而忘記了此事。」

曹朋想了想，便記在了心理。

這件事，的確是他個人的疏忽……

南陽郡的規矩大，習俗多，去了南陽郡，還真需要多小心才是。

他雖然是南陽郡人，可畢竟在南陽郡沒有過太多的生活，許多事情難免孤陋寡聞。他此前在海西、在河西，說穿了都是偏荒之地，所以規矩也相對比較少。特別是西北，更是如此。河西郡和武威郡多是羌胡勢力，哪來的許多規矩？在那裡立足，靠的是比拳頭，比武力。

但南陽郡……

曹朋想到這裡，不由得眉頭緊蹙。

第二天，天剛亮，車馬就已經準備妥當。

曹朋一行人離開潁陰，鍾繇等人則出城相送。

「友學，我見你此去南陽，只帶著兩位夫人，卻未帶太多的僕從，恐怕到了南陽之後，難免會惹人恥笑……我知友學簡樸，但南陽奢華，還須謹慎。今友學赴任，老夫也無賀禮，就準備了僕從二十人，隨友學前往南陽郡，以壯友學行色，切不可推辭。」

鍾繇帶了不少隨從相送，有男有女。

一開始曹朋還覺得奇怪，搞不明白鍾繇帶這麼多僕從幹什麼。但聽他這一說，曹朋才恍然大悟。

鍾繇，是福紙樓的股東。

潁川鍾氏富庶，但一大家子下來近千人，每年所需要花費的錢帛同樣令鍾繇感到巨大壓力。此前，曹朋邀他入股福紙樓，鍾繇一開始還有些拒絕，可是現在，福紙樓每年為他帶來了萬貫家財，令鍾繇對曹朋的好感也大大的加深了……

他說得情真意切，曹朋還真不知道如何拒絕。反正，他去南陽郡也要買僕從，既然鍾繇如此真切，曹朋知道若拒絕了，反而會傷了和氣。

「如此，就謝過繇公。」

鍾繇頓時眉開眼笑。

收下了那些僕從的賣身契後，曹朋讓蔡迪接收清點。

二十名僕從，十二男八女。男的是強健壯碩，女的則多在雙十年華，不過也有三、四十的健婦，和年紀看上去頗為幼小的女婢。

曹朋與鍾繇等人告辭後，啟程上路，卻無意間看到一個幼小的婢女，衣衫單薄，在人群中顯得是楚楚可憐。那小婢女的年紀，大概在十歲上下，長得眉目清秀，想來長大了也是個美人胚子。

「妳，上車去，以後就負責服侍兩位夫人。」

「喏！」

小婢女連忙恭敬的答應下來，向馬車行去。也許是天太冷，她衣服太單薄的緣故，走了兩步，腳下一個趔趄，險些一下子摔倒在地上。好在旁邊的鄧艾伸手，一把將她攙扶住，才不至於摔倒。

「多謝少爺！」小婢女輕聲道謝。

哪知道鄧艾聽聞後，頓時臉通紅，期期艾艾，竟說不出個完整話來。

曹朋沒有在意，命車隊加快行進速度。

道路雖說已經通暢，可是這路上的冰雪尚未消融，車馬行進起來極為艱難。行出不到十里路，一輛馬車轟隆一聲倒在了路旁。原來，路太濕滑，以至於車馬在行進中很容易出事。

「取些麻繩，纏繞在車輪上，防止滑倒。」曹朋見此情況，立刻下令。

軍卒和奴僕紛紛行動起來，將一根根繩索截斷，纏在車輪上，充當防滑鏈。如此一來，車仗行進的速度雖然緩慢，可是卻安全了許多，也省心不少。

曹朋在馬上想了想，突然擺手，招蔡迪過來。

「記！」

「喏。」蔡迪連忙從隨身兜囊裡取出一塊硬皮紙板，鋪上了一層白紙，而後取出炭筆，瞪大了眼睛

章五
前世宿敵，今生何如？

看著曹朋。

「姪朋拜奏。今往南陽，天寒地涷，道路濕滑難行。思幽州之戰，苦寒之地，氣溫更低，恐叔父遭遇同樣狀況。姪於途中思一方法，於車輪之上裹布革，令車仗行進安全。叔父在幽州時，須謹防此等狀況，可根據車仗的情況，以布革製防滑鏈，加強車仗安全。今別許都，正往臨潁，請叔父保重。」

蔡迪迅速寫好書函，曹朋又取來曹沖的書信，並在一起，封好後滴上火漆，蓋上了印章。

「命人火速送往許都。」

「喏！」蔡迪把書信收好，立刻撥馬而走。他要趕回潁陰，透過潁陰驛站，將書信送交許都。

看著浩浩蕩蕩的隊伍，曹朋重重出了一口氣。

人道是好事多磨！此去南陽，恐怕是少不得一番波折了……

當晚，曹朋留宿臨潁縣驛館。

在巡視了一圈之後，他返回驛館書舍。

一盆熱水已經準備好，他脫下了鞋襪，把腳浸泡在盆裡，臉上露出一抹舒爽之色。

「夫君，昨日妾身與你說，給小艾尋一婢子……正好繇公送來的這些僕婢之中，有一人倒正合適。」

黃月英突然對曹朋說道。

「哦？」曹朋抬起頭，疑惑的看著黃月英，「這麼巧嗎？是哪一個？」

黃月英取來一張賣身契，遞給了曹朋。

契約的內容，是鍾繇將家中婢女張菖蒲贈與曹朋為婢。

曹朋拿著賣身契，看了半晌後，抬起頭一臉迷茫之色問道：「張菖蒲？又是哪一個？」

「你忘了？」夏侯真笑道：「便是你派到車上，服侍我們的那個小女娃。」

曹朋的記憶真的模糊了！

不過，他覺得『張菖蒲』這個名字似曾相識，好像有點熟悉。難道說，這女娃還是三國時的一個名人嗎？他輕拍額頭，思忖半晌後，突然間露出一抹怪異之色。

「夫君，你怎麼了？」

曹朋沒有回答，只是拍著手，哈哈大笑，笑得眼淚都快要流出來。

對許多人來說，張菖蒲這個名字，的確很陌生。

就連曹朋也是在前世一個偶然的機會下，在網上看到了一個名叫《鍾家圍牆裡的那些事》的帖子，才知道了這麼一個人的存在。

張菖蒲一生，倒也沒有太大的功業，但是卻有一個了不得的好兒子。而她的兒子，也就是咸熙元年，三國末期曹魏的一員名將，鍾繇的次子，鍾會。

曹朋之所以記得這個名字，很大程度上也是因為鄧艾的緣故。

鄧艾在咸熙元年，也就是西元二六四年攻破蜀國之後，死於鍾會、衛瓘、師纂、胡烈等人聯手合謀。但始作俑者，就是鍾會。最初鍾會誣陷鄧艾造反，晉武帝司馬炎命鍾會將鄧艾押解回帝都。鍾會呢，倒也沒有殺了鄧艾，命人把鄧艾父子遣送離開後，便在成都發動叛亂。

不過，害人者人恆害之。

鍾會的叛亂並未成功，被及時鎮壓，而鍾會本人也當場被殺。

本來鄧艾的部曲，已經把鄧艾解救出來，卻不想誣陷鄧艾的另一個主謀衛瓘，既害怕鄧艾的報復，又想要獨享誅鍾會的功勞，便讓田續將鄧艾父子殺於綿竹以西，而鄧艾在雒陽的其他兒子全部被殺，鄧艾的妻子和孫子也被流放到了西域，一直到泰始九年才返回中原。

衛瓘，今司隸校尉，加侍中衛覬之子。田續，則是田疇的從孫。

章五
前世宿敵，今生何如？

而今，鄧艾變成了曹朋的外甥，自然不可能容忍鄧艾再被人陷害。

歷史上，鄧艾是一個孤兒。能最後成為滅蜀之功臣，是他一步一步的走上來，靠著自己的本事。可畢竟身後沒有任何背景，雖得司馬懿的青睞，但由於性情剛直急躁，也沒有結黨營私，以至於當他七十多歲時被鍾會等人所誣陷，朝中竟然沒有一個人站出來為他說話。直到鄧艾死後的第四年，時為議郎的段灼上書，為鄧艾喊冤，且六年後，他的冤情才得到平反，嫡孫返回中原。

真的是司馬氏看不出鄧艾的冤屈嗎？

曹朋卻不以為然。

且看看陷害鄧艾的這些人，都是些什麼來頭吧！

鍾會是潁川鍾氏子弟，衛瓘則是河東衛氏子弟。還有一個胡烈，是歷史上晉州刺史胡遵之子，不過胡遵現在已經和馬超走了。至於剩下一個害死鄧艾的師纂，雖為寒士，卻與衛瓘等人走得很近。對了，還有一個姜維作祟，當時在益州，也是有著無人所及的能量和名望。

這麼多人聯手陷害鄧艾，有世家子弟、有寒門、更有降臣……

司馬炎就算是明白鄧艾的冤屈，也只能狠下心處置鄧艾。不過，他未必想要殺死鄧艾，所以才有了要把鄧艾押解回雒陽的舉動。可鄧艾一死，連司馬炎也無可奈何，只得治鄧氏滿門的死罪。其後整整十年，司馬炎也曾想過為鄧艾洗刷冤情，但是又迫於世族的壓力，只得甘休。

整整十年，鄧艾的孫子才算是返回中原，可是卻又無法報仇雪恨。

也許正是這個原因，曹朋才在重生多年之後，仍能想起張菖蒲的身分。

鍾會的老娘……那可是鍾會的老娘！張菖蒲會在十九年之後，生下鍾會。可現在，卻是個一文不名的小女婢。

命運，有時候還真的是令人感到無法琢磨。

在原來的時空裡，鍾會害死了鄧艾；卻不想在這個時空裡，鍾會可能再也無法出現，而他的娘親，卻成為了鄧艾身邊的婢女。曹朋越發感受到自己對這個時代所帶來的巨大變化……

那麼一個鼎鼎大名的人物，就讓他這隻小蝴蝶一忽閃翅膀，給搧沒了嗎？

「夫君，你笑什麼？」

曹朋好不容易止住了笑聲，黃月英也好，夏侯真也罷，都無法理解。

對於曹朋的開懷大笑，聽聞夏侯真詢問，忍不住又一次大笑起來……

「就讓這張菖蒲伺候小艾吧。哈哈……這小丫頭的年紀，和小艾也差不多大，卻正合適。」

小子，我可是給了你報仇的機會！把鍾會他娘當婢女使喚，也算是為你原本的冤屈有一個報應吧！

鍾會死了，卻還有衛瓘、師纂和胡烈。

衛覬而今尚未生下衛瓘，而且以曹朋和衛覬的關係，衛瓘恐怕很難再去危害鄧艾的性命。至於師纂和胡烈？如今還下落不明。若有機會的話，必將此二人除掉，以絕鄧艾日後之難。

想到這裡，曹朋依然滿面笑容，可心裡面卻充斥著濃濃殺意。

再次啟程時，張菖蒲已變成了鄧艾的隨行女婢。

曹朋曾偷偷的觀察了一下，卻發現鄧艾每次看到張菖蒲的時候，都會忍不住臉紅。曹朋不得不感慨，東漢的少年果然早熟。鄧艾才十歲，而張菖蒲十一……還別說，倒也能湊一起。

只是曹朋清楚，以鄧艾目前的狀況，娶張菖蒲為妻的可能性不大，最多也就是一個妾室。

他老子是東郡太守，他老娘也得了誥命，而他的外公是涼州刺史，他老舅更是南陽太守、當今名士。如今的鄧艾，出身與歷史上的鄧艾完全不同。雖算不得富貴逼人，但如果按照九品中正制的演算法，他至少也是個二品下的出身，在而今這個時代，絕對是非比尋常。

章五

前世宿敵，今生何如？

唉，想什麼呢？

曹朋在馬上輕輕拍了拍額頭，轉過身向遠方眺望。

才十歲而已，就是這傢伙十四歲成親，也還有四年……再說了，他老子都不急，我急什麼？

就這樣，曹朋把張菖蒲的事情拋在了腦後。

眼見著年關一天天的臨近。

往年這個時候，正是一家人團聚，忙著操持年貨的日子。

今年的新年，曹汲將返回許都述職。按照原來的計畫，曹朋本打算和父親好好團聚一下，卻沒想到被派往南陽郡。

這又將是一個不完整的新年，讓曹朋越發產生了莫名的失落。

這官職，是越來越大；可是這家，卻好像越來越散。

鄧稷在東郡，聽郭嘉說，等幽州之戰結束之後，曹操似有意命鄧稷出任河內太守之職。從東郡到河內，郡縣的品級調高一等，治下的面積也增大了一些。

可問題不在這裡！河內不僅僅有治下十八座縣城，還承擔著連通河南和長安的重地，其治下多河內世族，其中又以溫縣司馬為首。到那時候，一旦鄧稷出任河內郡，所要面臨的壓力必然增大，公務更加繁忙。

而涼州，來年就要全面推行桑基魚塘和果基魚塘，同時西域商路將會隨之完全被打開，曹汲身上的壓力也會越來越大。母親還有步鸞她們，到時候就只能在滎陽。也不知道，自己這一去南陽，多久才能回還？

想到這些，曹朋不免感覺有些惆悵。

不知不覺中，車馬已抵達吳房縣。順著瀙水向西，過中陽山就將進入南陽郡治下。

曹朋心裡有些緊張，看著車馬沿著山路緩緩的行進，心裡陡然間恍惚……

南陽郡，將會是什麼狀況？

章六 相逢一笑泯恩仇

南陽，宛縣——

荀諶神色匆匆的闖進宛縣的府衙，就見劉備正在大堂上飲酒。

「友若，何故如此慌張？」

「剛得到消息，曹操已委任其族姪曹朋，出任南陽郡太守之職。車馬已出發許久，想必快要進入南陽。主公若不及早打算，只怕是會有麻煩。」

不等劉備開口，大廳裡的眾人中，張飛和關羽二人陡然間面露一抹怒色。

「那曹家小賊，要來南陽？」張飛咬牙切齒，面目透出猙獰扭曲之色。

荀諶嚇了一大跳，疑惑的問道：「翼德，何故如此？」

「哇呀呀……」張飛暴怒咆哮，卻沒有說出原因。他也實在是沒法子說出來。難不成說自己曾被曹朋搶走過馬匹？

建安四年，曹朋自徐州還許都，途徑驛站，與張飛發生了衝突。不管曹朋是用什麼樣的手段，結果就是他搶走了張飛的愛馬，還轉贈給了甘寧。也就在那一年，劉備和曹操徹底反目，不得不逃亡汝南。

關羽和曹朋沒有太多的交集，卻對曹朋的印象很差。他兒子關平，曾被曹朋打得落花流水。他這個當老子的，早就想要為關平討回公道，和曹朋掂量幾下。

除此之外，劉備手下第一流的外交官孫乾，被曹朋俘虜，而今在許都，生死不知。

如果再往前計較，曹朋曾在海西斷了劉備的財路，更曾在下邳城外劉備大營的轅門口，一刀斬斷了轅門大纛。更不要說，劉備愛將陳到的兄長，在建安四年的時候死於曹朋手中。

這一筆筆陳年舊帳，說起來可真是不少。

剎那間，大堂上群情激憤，眾人一個個怒不可遏。

只是這些事情，荀諶並不清楚，諸葛亮也沒有聽說過。所以兩人看著關羽等人臉上的怒色，都感到頗有些驚訝。

劉備身後還站立一人，此人身高八尺，相貌堂堂。一身雪白的素衣戰袍，在大堂上顯得格外搶眼。聽到曹朋的名字，他先是一怔，旋即露出一抹回憶之色。

依稀記得，在許多年以前……嗯，的確是有很多年了！小蘭曾寫信給我，讓我去投奔一個名叫曹朋的少年。當時我沒有答應，因為我與主公早有約定。我還寫信邀請小蘭一同為主公效力，但是卻被小蘭拒絕。一晃，八年了！小蘭所說的曹朋，莫非就是這南陽太守？那我趙子龍卻要好生掂量掂量，這位南陽太守究竟有何等本事，能讓小蘭那般推崇備至……

劉備沒有出聲，只是眉頭緊蹙，面露悲戚之色。

諸葛亮忍不住問道：「主公何以不快？」

這不問還好，一問之下，劉備竟放聲大哭，眨眼間淚流滿面。

「我哭公佑，若無曹家小賊，今何為階下囚？小賊三番數次壞我大事，偏偏又狡詐心狠。我雖有心除去此獠，奈何……想我劉備半生顛沛流離，好不容易有了落腳之處，何故又讓此小賊前來？我若不除此獠，必將夙夜難寐。」

諸葛亮頓時沉默了！

說實話，他對曹朋的瞭解並不是很多。

諸葛亮比曹朋的年紀稍大一些，十七歲落戶荊州的時候，曹朋方重生於中陽山。後來雖聽人說過曹朋的名字，卻未放在心上。甚至於得知龐德公欲收曹朋為弟子的時候，諸葛亮甚至表露出不屑之色。為此，諸葛亮曾讓他的姐姐諸葛玲，私下裡勸說龐德公要多加留意。

曹朋在九女城遭遇陷害，時棘陽令蒯正派人往鹿門山送信。正是諸葛亮私自將書信壓下，足足一個月的時間，信才轉到了龐德公的手中。

不過當時曹朋已經離開了南陽，隨典韋奔赴許都逃難。為了這件事，龐德公發雷霆之怒，差一點讓姪子把諸葛玲休掉，好在龐、諸二人感情很深厚，才算免了此厄運。但也正因為如此，諸葛亮本可以入鹿門山求學，卻被龐德公拒絕。後來，諸葛亮又憑藉家中的關係，拜入水鏡山莊。

曹朋的名字，從那以後，也從諸葛亮的耳邊消失。

他在水鏡山莊苦讀時，曹朋隨著鄧稷，千里迢迢趕赴海西縣就任。海西政績斐然，成就了鄧稷之名，而曹朋也只是因《陋室銘》和曲陽之戰，小有名望。諸葛亮當時聽說，沒有放在心上……直到數年後，徐庶和石韜返回潁川，投奔曹朋時，諸葛亮才又想起了曹朋這個人的過往來歷，只是這個時候，曹朋已是臥龍谷胡昭的弟子。

建安七年，曹朋遠赴河西就任，又挖走了諸葛亮的同窗好友，孟建。

這時候，諸葛亮才算是正視曹朋的存在，只是荊州距離河西遙遠，他始終無法深入瞭解曹朋。後來投奔了劉備，又從劉備的口中，零零碎碎的聽說了不少曹朋的事情，諸葛亮這才算對曹朋有了一個大致的瞭解。

從內心而言，諸葛亮並不把曹朋看在眼中。在他眼裡，曹朋徒有虛名，不過是運氣好一些罷了。以曹朋的出身，註定他不可能有太大的成就。哪怕他後來歸附曹氏，成為曹氏族人，諸葛亮依舊不屑一顧。曹朋那個『曹氏族人』的身分，著實不靠譜，未嘗不是曹操拉攏人的手段。

諸葛亮，出身琅琊豪門，累世官宦，有著尋常人所沒有的傲氣。

歷史上說他耕讀南陽，居住茅屋。可這並不是說，諸葛亮的家境有多麼貧寒。事實上，他家境並不算太差，至少也是個中上的家境。所謂耕讀南陽，在東漢末年是一種風尚，不只是諸葛亮耕讀，當時很多文人雅士都有耕讀的習慣。就好像後世在城市裡過得累了，於是嚮往田園生活，跑去農家樂的性質差不多。至於居住茅屋，同樣也是一種特立獨行的手段。

不過，自從歸附劉備之後，諸葛亮並未大權獨攬，蓋因他過於年輕，也沒有經過劉備三顧茅廬。而劉備的手下，還有荀諶這麼一個謀士的存在。無論是從名望、身分、地位，還是出身，諸葛亮與潁川大族荀氏出身的荀諶相比，終究差距甚多。

「兄長何必擔心，想那小賊有何本事？不過是靠著小手段，騙取今日之聲名。小弟不才，願領一部兵馬，殺奔舞陰，將那小賊項上人頭取來，為兄長下酒……」張飛長身而起，振臂呼喝。

哪知道劉備卻掃了他一眼，冷冷道：「翼德有此心，我心甚慰。然則曹朋，卻非那只知小手段的無能之輩。你休要聒噪，且坐下來，聽軍師如何應對，莫要再仿效當年，莽撞行事。」

說起來，劉備和曹朋有過三次交鋒，其中兩次，都是張飛挑起的事端……

第一次，張飛在下邳搶走了曹朋送往曹營的糧草輜重，還打傷了曹朋的人，以至於曹朋一怒之下，率部堵住劉備營門，砍斷了劉備轅門大纛。第二次，則是張飛要硬搶驛站的房舍，和曹朋再次發生衝突，甚至連坐騎都丟了。至於第三次嘛，卻非曹朋主動，純粹是因為曹朋為朱贊報仇，不小心揭發了劉備的陰謀，並殺死了陳到的兄長，令劉備的計畫隨之敗露。

總之，劉備和曹朋之間，於公於私，都有著不可磨滅的深仇大恨。

諸葛亮沉吟良久之後，輕聲道：「曹友學詭計多端，且又是南陽郡人，很容易得到南陽本地豪強的支持。主公欲坐穩南陽郡，須從兩方面來著手。一方面，對曹軍持續施加壓力，使曹朋無法騰出手來，進行疏理；另一方面，要加快拉攏南陽本地豪強，使曹賊難在南陽立足。亮有一計，卻不知能否奏效。」

「願聞其詳。」

「今曹朋初至南陽，根基未穩。觀此人過往手段，每到一地，必會推行屯田之法，想必他來南陽郡，也會用如此手段……主公可命人傳信各地豪強，言曹朋將推行屯田，丈量土地，清查家奴人口。想必那些豪強子弟必不甘如此，甚至會產生抵觸行為。一旦曹朋推行屯田之法，定會遭遇抵抗，而主公可趁機出兵，將曹朋趕出南陽郡。」

劉備聽聞，不由得大喜。

「除此之外，主公還應與曹朋下馬威。不知主公可聽說過岑公孝的故事？曹朋雖說是南陽人，可是在南陽郡卻毫無根基，何不仿效岑公孝之事，令其無法立足？」

岑公孝，本名岑晊，棘陽人。此人乃南陽大族棘陽岑氏子弟，與劉表等人並稱江夏八俊。論其出身，乃東漢開國之功臣，雲台二十八將之一的岑彭之後。其父岑豫，曾為南陽太守。

岑晊才高有大志，五經六藝無不洞貫。

時成瑨為南陽太守，岑晊為功曹。成瑨的命令，甚至無法走出太守府大門，整個南陽郡皆由岑晊掌控。以至於當時有諺語說：南陽太守岑公孝，弘農成瑨但坐嘯。這但坐嘯的意思，就是閒來無事。成瑨是朝廷欽命南陽太守，卻根本無法掌控住南陽郡的局勢，以至於他的功曹岑晊，更似南陽太守。

諸葛亮的意思非常簡單，就是讓劉備出面，攛掇南陽郡豪強入郡廨幕僚，架空曹朋。

相比之下，曹朋雖然是南陽郡人，卻非豪強出身，也不太容易被南陽本地的豪強們輕易接受。一旦曹朋被架空，那麼劉備也就能獲得更大的空間。

諸葛亮這一計，確實很高明。

只是荀諶看了他一眼，眼中閃過不屑之色。

你諸葛孔明這是什麼狗屁計策？你這樣一來，固然可以令曹朋無法立足，可莫忘記了，你抬起了荊襄世族，卻也為主公將來留下了巨大的隱患。日後，這些豪強世族可以架空曹朋，也能架空主公。那麼主公即便是南陽之主，又有何用？南陽豪強，恐怕更願意追隨荊襄世族。

可荀諶也不好當眾反對，因為他一時間也想不出什麼妥善的對策。沉吟片刻後，他突然開口道：「主公，既然曹友學來到了南陽，作為南陽之主，您豈能沒有表示？」

「友若先生的意思是……」

「我估計，曹友學來到南陽，會暫時治於舞陰。主公當遣使者前往，以探聽那曹友學的虛實。」

荀諶有一種感覺，雖說曹朋在海西、在河西，先後都是以推行屯田而打開局，可是在南陽郡，他斷然不會如此。因為南陽郡的情況，和海西、河西截然不同。

曹朋並不是那種一招鮮，走天下的主兒。相反，他很會因地制宜，根據不同的情況，來推行不同的政策。他在海西和河西都曾推行過商業，但事實上，兩地推行的手段卻不相同。

在海西，是以民辦為主，設立九大行會，以加強民間商業的競爭力。這是因為海西坐於江淮地區，而江淮的商市本就發達……可是再看他在河西郡的手段，卻是以官方進行推廣。設立河西商會，幾乎就是一個官方的組織，他透過官方進行貿易、掌控，來加強河西郡的商業繁榮。

兩個地區，兩種手段，也說明曹朋非是墨守常規的人。這種人，絕不能以常規的心態來對待。

他在海西、河西推廣屯田，卻未必會在南陽推行……

但是他的手段，究竟是什麼？荀諶一時間也無法猜測出來。

曹賊

章六

相逢一笑泯恩仇

可他沒有辦法當眾說明，一來是照顧諸葛亮的面子；二來嘛，諸葛亮的主意在短時間裡，還是能夠產生效果。所以荀諶決定，暗中觀察一下，對曹朋做出瞭解之後再做打算。

劉備問道：「那派何人前往？」

荀諶想了想，「馬孟常素有名望，而且能隨機應變。可以使其出使舞陰，探聽曹朋的深淺。嗯……還可以讓子龍隨行，也能給予孟常足夠保護。」

劉備聽聞，欣然應允。

曹朋是誰？

就在劉備開始為曹朋的到來而感受到巨大壓力時，整個南陽，甚至於荊州，都在談論這個名字。

年關將近，襄陽迎來一場大雪。

劉表靠在床榻上，疑惑道：「孟德何以令小兒獨當一面？」言語中，透著萬般的不屑。

但是在床榻旁邊的蒯良、蒯越、蔡瑁、張允、伊籍和李珪等人，卻知道劉表有些言不由衷。事實上，劉表的確是感到可惜！這曹朋，原本應該是屬於他的手下！卻不成想被黃射逼走，遠赴許都。

當年，黃射九女城逼反曹朋的事情，劉表怎可能沒有聽聞？他至今仍記得龐季兄弟跑到州廨當中憤怒質問，令他啞口無言。只是當時劉表也沒有在意。一個是微不足道的草民，另一個則是江夏黃氏子弟、他心腹愛將黃祖的兒子，孰近孰遠，自然能一目了然。而龐季兄弟雖然對此不滿，也僅僅是質問了一番，便沒有下文。因為他們知道，這件事不可能有結果。

最終，龐季病逝，而龐德公入鹿門山隱居，從此不問世事，這件事也就慢慢的平靜下來。

直到兩年後，曹朋在東陵亭以一篇《陋室銘》而揚名時，才引起了劉表的關注。

劉表對有文采的人，有著莫名的好感。他本身就是當時的八顧之一，在荊州更被稱之為江夏八俊。

他治理荊襄，除了最早期的嚴苛鐵血之外，基本上是以文而治。當他看罷《陋室銘》後，也不禁連連稱讚，不過當他問過了身邊人這曹朋是何來歷之後，便立刻拋在了腦後……

再往後，曹朋做《八百字文》，望父成龍，為當時佳話。

劉表再次對曹朋產生了興趣，曾私下裡對左右人言：「可惜我有良才，卻不得為我所用……」

直到那時候，他開始感到後悔。

《八百字文》以後，曹朋一發不可收拾。《三字經》、《弟子規》兩篇文章出世，得曹三篇之名。

劉表若放在後世，絕對是那種文學青年的典範，看罷《三字經》後，也忍不住扼腕長嘆，深感可惜。

那也是劉表第一次，對黃祖表示了不滿。

當然，黃祖那時候已經死了！

榻旁眾人皆以沉默來應對。

曹朋真的是一介『小兒』？若真如是，他也不可能在西北滅馬騰、定羌胡，為曹操謀取整個涼州。

「玄德而今若何？」

「劉皇叔坐鎮宛城，正秣馬厲兵。曹朋小兒若至，恐也討不得好處……父親無須擔心，夏侯惇非玄德公對手，曹朋亦非對手。」

說話的，是劉表從子，劉磐。

「巨石，此言差矣。」

巨石，是劉磐的表字。

蔡瑁冷笑道：「我聽人說，夏侯元讓性情剛烈，然曹友學則善於後發制人。此人絕非夏侯惇一介莽夫可比，況乎他本為南陽郡人，比之夏侯惇，有著極大優勢，更能得當地豪強所重。劉備能勝夏侯惇，卻未必是曹朋對手。」

章六

相逢一笑泯恩仇

劉磐是劉表的從子，卻是堅定的嫡長子黨。所謂嫡長子，就是劉琦。劉磐和劉琦的關係，遠非劉琮可比。他也是山陽舊部，而且手握兵權，出鎮長沙。論權勢，未必輸於蔡瑁等人。

劉磐冷冷道：「那以將軍之意，莫非束手就擒？」

「我……」

「德珪、巨石，你們休要爭執。玄德駐紮南陽，也並非沒有好處，至少可以為荊州守住門戶。他是不是曹朋的對手，暫不清楚，但我想，玄德定會有所試探。不過，單靠玄德，不免有些勢單力孤……虎兒何在？」

「姪兒在！」

劉磐身後站出一個三旬男子，身高近九尺，生得膀闊腰圓，孔武有力。

此人名叫劉虎，是劉表的姪兒。同樣是山陽舊部，不過他雖與伊籍等人走得近，卻更忠心於劉表。劉虎是一員悍將！早年駐守武陵，與五溪蠻交鋒多次；後來又前往江夏，曾與孫策搏殺。他也是劉表麾下少有的驍勇悍將。劉表曾讚說：「江東獅兒，亦難敵吾家猛虎。」

此前，劉虎出鎮江陵，掌控整個荊襄的輜重糧草。

劉表道：「巨岩可願駐守章陵？」

章陵位於新野以東，與湖陽只隔一座襄鄉縣。同樣也是荊州門戶所在，有著極其重要的地位。這地方，須有心腹之人駐守。一方面可以協助劉備，牽制曹軍湖陽兵馬；另一方面，又能節制劉備，防止劉備在南陽坐大。

劉虎插手應命：「姪兒憑叔父調遣。」

「文德！」

「末將在。」

「就由你坐鎮朝陽，巨岩在章陵，還請你多多照拂。」

文德，名李珪，是劉表幕官。所謂幕官，就是沒有實權的幕僚，類似於後世的參謀職能。不過，李珪對劉表同樣忠心，所以劉表委任他為朝陽守將，其目的和劉虎出鎮章陵頗為相似。

李珪想了想，道：「末將願往朝陽……不過末將還希望，能向磐公子討要一人，不知可否？」

劉磐立刻露出警戒之色，「文德，你想要誰？我先說好，你若是討要叔平，我斷然不會同意。」

叔平，名王威，官拜裨將軍，也是劉表帳下一員頗有能力的將領。不過，王威是荊襄人士，所以屬於劉琮一脈。但此人確實很有能力，劉磐出鎮長沙，也不想和荊襄世族鬧得太僵，所以讓王威在他手下做事。

李珪不由得笑了，「磐公子不必緊張，我知你重王叔平，並不欲討要。我向公子所借之人，乃黃漢升，卻不知公子能否割愛呢？」

劉磐不禁猶豫了！

李珪所言的黃漢升，名黃忠，南陽郡人氏。此人極為驍勇，曾與劉磐共守攸縣，並寇於艾、西安諸縣。後來孫策不得不分海昏、建昌為左右六縣，並下令太史慈為建昌都尉，才算是抵住了劉磐等人。此人亦為劉磐所重，只是年紀已長，所以相比較而言，劉磐更重視王威。

可是，黃忠有萬夫不當之勇，借出去還是有些不捨。但李珪既然開口，而他之前又說了除王威之外都可以借調的話語，也不好反悔。

「文德要借漢升亦可，不過卻不能委屈了他。」

李珪笑道：「巨石放心，漢升之勇，我很清楚。若磐公子願意借給我，那我就再向主公討要一裨將軍之職，不知主公可否答應？」

劉表笑而應允。

曹賊

章六

相逢一笑泯恩仇

只是，除了蒯越之外，誰也沒有留意到劉虎臉上閃過一抹不快之色。

劉虎也不過是裨將軍，如今一老卒竟與他同階？這讓劉虎感到非常不高興，甚至有一種受辱的想法。

蒯越在心裡暗自嘆了一口氣，並未說話。

商議一番之後，劉表感到很疲憊，於是便讓眾人退下。

蒯良、蒯越二人走出了州廨大門後，蒯良正要登上馬車，卻聽蒯越道：「兄長，可願與我同車而行？」

蒯良一怔，笑道：「難得弟弟相請，為兄怎會不願？」說罷，他示意家臣，趕著車馬跟隨身後。而他則登上了蒯越的馬車，在車廂裡坐下，舒展了一下身子。

「異度，你這車子，確實奢華。」

蒯越好奢華，這是荊襄人士人盡皆知的事情。

聽了蒯良的感嘆，蒯越笑道：「兄長若喜歡，待會兒就贈與兄長。」

「那為兄可就卻之不恭。」

兩兄弟的關係很好，彼此間也沒有什麼客套。

蒯良問：「異度找我，可是有事情要說？」

蒯越沉吟了一下，開口道：「兄長，以為曹公命曹友學任南陽太守，可有深意？」

蒯良掀開了車窗窗簾，向外面看了看，輕聲道：「曹友學其人，我亦有所瞭解。當初蒯正為棘陽令時，曾寫信說那曹友學不可等閑輕視，只是誰也沒有想到後來竟然……黃家子誤事，使我等坐失良才。觀曹公行事，每一步皆有深意，他命曹朋出鎮南陽，恐是為日後謀劃。河北之戰已迫在眉睫，袁氏子絕非曹公對手。待曹公一統北方，則必出兵征伐荊襄。」

「曹朋，能穩住南陽？」蒯越又問道。

「不好說……但曹公用人，素來謹慎。連夏侯惇都不是劉玄德之對手，而曹公卻以曹朋為南陽郡太守，想必是相信曹朋能敵住劉備。」

「劉玄德，豺狼乎？若他坐穩南陽，只怕荊州不保。」

蒯良深以為然，點頭不語。

「今日我留意到，李文德舉薦黃漢升時，巨岩公子似有不快。想那黃漢升一介老卒，竟與巨岩公子同階。我剛才本想勸阻，但是見主公似乎已經決意。若我猜的不錯，要是荊襄有失，則章陵必為破綻。劉備恐難阻曹朋，你我須為族人謀一出路。」

蒯越輕聲說著，令蒯良神色一變。

「那以異度之見，我等當如何行事？」

「明日，請兄長前往鹿門山，無論如何，都要見到德公。就說，他當年弟子重返南陽，若不忍荊襄生靈塗炭，還請德公出山，代為向他的弟子說項。」

很多人都知道，當初龐德公想要收曹朋為弟子，後來曹朋成名之後，龐德公不止一次在眾人面前說可惜。只是誰也沒想到，曹朋又拜了胡昭為師，這也是龐德公感到心灰意冷的一個原因。在那之後，黃承彥一去許都，再不復返，而龐季病故，最終使得龐德公遁入鹿門山，從此隱世不出。除少數人外，都不清楚他的下落。

恰好，蒯良就是那少數人之一。

「此外，曹友學初至南陽……讓蒯正走一趟舞陰吧，探探曹友學的口風。我記得他而今賦閒在家，那就加他一個從事的官職。便請兄長代我走這一趟了。」

早在潁陰的時候，杜畿、盧毓等人就和曹朋談論過，關於他出任南陽太守後，將帶來的影響。

章六
相逢一笑泯恩仇

曹朋也估計到，他的到來會引起許多人的關注。

想要不聲不響的就任？可能性不是太大。

在南陽這塊地界上，有什麼風吹草動，那些世家豪門會在第一時間知曉。

沒辦法，那是一群地頭蛇！

所以，曹朋也沒有打算隱藏身分，在抵達吳房之後，便立刻高調起來。他命人通知舞陰賈詡，正式告知南陽的官員，他即將抵達舞陰。只不過，越過中陽山後，他並沒有立刻前往舞陰縣。而是帶著龐德和杜畿，與黃月英、夏侯真、鄧艾等人，一路趕赴中陽鎮，並要在那裡留宿一晚。

中陽鎮，是他的老家。

曹朋沒有忘掉出發前母親對他的叮囑。

「到了南陽，記得把老家的祖屋和田產收回來。」

於是，曹朋便直奔中陽鎮。

一晃，十年。

十年前的秋天，曹朋殺了成紀，與父母和王猛父子一起逃離中陽鎮，前往棘陽避難。那天晚上，風雪交加……但也就是從那時候開始，曹朋一家的命運，註定了翻天覆地的變化。

誰又能想到，當年鎮上那不起眼、老實巴交的曹鐵匠，而今竟成為涼州刺史？

誰又能猜到，那個整日裡病懨懨、看上去隨時都有可能死掉的少年，如今卻成了南陽太守？

當飛駝開道，白駝簇擁車馬來到中陽鎮外的時候，整個中陽鎮也隨之沸騰了！

南陽太守！

這也許是小小的中陽鎮自建鎮以來，到訪的最大官員。特別是舞陰還屬於曹操的治下，中陽鎮自然也是朝廷所屬。聽說這位南陽太守很了不得，而且很年輕，據說才二十五歲。這麼小的年紀就做到了南陽太守的位置，一定是有大本事的人。不僅僅是百姓慌亂，鎮上的里長三老也紛紛在中陽鎮十里外列隊迎接。

只是，誰也沒想到，這位南陽郡太守就是當年那個殺人逃亡的曹氏一家。

十年光陰，物是人非。

十年前的老中陽鎮人，如今已不太多了。剩下的那些人，也有人還記得『曹鐵匠』。聽說新任南陽太守叫做曹朋，他們不禁感到疑惑。

「孩子他爸，這個南陽太守的名字，怎麼這麼耳熟？」

「怎麼了？」

「你還記不記得，當初在鎮西頭的老曹家？」

「妳是說……曹鐵匠嗎？」

「是啊！」一個村婦抱著孩子，壓低聲音說道：「我可是記得，曹鐵匠的兒子好像就叫曹朋吧。」

「噓！」鎮民甲，也就是村婦的丈夫連忙示意她閉嘴。「婦道人家，休要亂講。曹鐵匠而今是生是死，還不一定。再說了，曹家那病懨懨的小傢伙，怎可能是太守大人？同名，不過同名而已。妳可別亂說，萬一被太守大人聽到，說不定會治妳一個胡言亂語的罪名。」

村婦哪禁得住恐嚇，頓時閉上了嘴巴。

只是夫婦二人並不知道，不只是他們，還有不少人都不約而同想到了當年那個老實巴交的曹鐵匠一家。但誰也沒有開口，因為在他們眼中，根本就無法把堂堂太守和曹鐵匠聯繫在一起。

十二月二十八，是一個好天氣。

一連好幾天，陽光明媚，風和日麗。官道上的積雪已經融化，在路旁的原野中，已開始透出一抹嫩綠的色彩。

遠遠的，一隊車馬行來。當先是一支騎軍，大約二百人左右，清一色白色衣甲，胯下大宛良駒。長矛，大刀，在陽光下折射熠熠光輝，遠遠便可以看到。

騎軍後，則是一行車馬。在車馬後方，還有一群騎著奇形怪獸的軍卒。西域白駝，白衣白甲，大刀強弓，行進間透出一股莫名的肅殺之氣。

看到那些兵馬，鎮民們不由得發出連聲驚呼。他們大都是祖祖輩輩生活在中陽山下老實巴交的百姓，何曾見過如此詭異的動物。那白色的駱駝，披掛著白漆鐵甲，只露出修長的脖頸和頭部。為首的三老連忙回頭呵斥，而後整了整衣衫，努力做出燦爛笑容，快步上前。

「中陽三老張成，拜迎太守大人。」他誠惶誠恐，俯伏在路旁。

三老一跪下來，其餘人紛紛跪下。

騎隊戛然停止住，張成俯伏在地上，可以感受到那戰馬噴出來的灼熱鼻息。

緊跟著，有蹄聲響起。

「張老先生，請起。」

抬頭看去，張成就看到一個魁梧的青年，跨騎一匹高頭大馬，在他不遠處停下來。不知為何，張成發現這青年似乎有些眼熟，可是他又可以肯定自己沒見過這個青年，心裡不禁萬分奇怪。不過，張成卻不敢怠慢。

「太守大人親臨小鎮，乃小鎮的榮幸。小人代表這中陽鎮三千七百口鄉親，準備了薄酒一杯，特為大人接風。」

說話間，一個青年捧著一個托盤，上面擺著一只精美銅爵。青年雙手高舉過頭，戰戰兢兢，走到了那匹較之尋常馬匹明顯要高許多、大許多、強壯許多的獅虎獸跟前。他是張成的長孫，年二十二歲。為

了這次敬酒，張成可是花費了不少心思，才為他的長孫爭取過來。

「草、草、草民敬大人酒。」

馬上的青年，正是曹朋。但見他眼睛一瞇，臉上露出了一抹古怪的笑容，凝視著那三老，良久也不言語。

伸出手，接過酒盞，曹朋在馬上舉起，遙敬周遭的中陽鎮百姓，而後仰脖子，一飲而盡。

「張老，還認得我嗎？」曹朋把酒盞握在手中，突然間沉聲問道。

張成聽聞一怔，抬起頭來，疑惑的看著曹朋，「大人，恕小老兒老眼昏花，莫非有幸與大人相識？」

「十年前，我從這裡走出去……」

「啊？」

張成嚇了一跳，聽這位南陽太守的口氣，似乎是中陽鎮人?他再次仔細觀瞧，卻越看越覺得眼熟，但就是想不起曹朋的來歷。

曹朋看了張成一眼，突然長出一口氣。

十年前，張成就是這中陽鎮三老，而那時候，曹朋不過是一介草民；十年後，曹朋貴為南陽太守，而張成，卻還是這中陽鎮的三老。當初，張氏到中陽鎮的成記商行裡變賣祖傳玉珮，被成紀看中，想要吞沒，於是便當眾誣陷張氏是一個竊賊。張成身為中陽鎮三老，明知道張氏是被誣陷，卻毫不猶豫的站在了成紀一邊……若非當時的王猛，張氏可能要受牢獄之災。

不過也正因為這件事，才讓曹朋一怒之下殺了成紀。

十年了！

曹朋當年離開中陽鎮的時候，曾發誓有朝一日回來，要讓當初那些欺負他母親的人好看……可不知為什麼，當他看到張成那滿頭白髮、一臉歲月的溝壑時，報復的心思突然間淡了。

章六 相逢一笑泯恩仇

他，是堂堂南陽太守，又何必與這麼一個不起眼兒的小角色斤斤計較？人走到了一定的位置，對於過往的事情總是會有所釋懷。兩個人，已經不再是同一個層級的人物，曹朋對張成，還真就生不出半點的殺心。

聽到張成的回答，曹朋忍不住仰頭哈哈大笑。這一笑，卻讓他感到心胸陡然間寬闊不少。人常說，相逢一笑泯恩仇。

曹朋再見張成的時候，心中無恨無怨，生不出半點波瀾。

他猛然抬手，手中馬鞭在張成頭上啪的一聲甩過去，而後長出一口氣，扭頭對龐德喊道：「令明，可願隨我前去，一觀昔年故居？」

龐德在馬上拱手，「固所願也，不敢請耳……公子，請！」

曹朋把酒盞放回托盤，一催胯下戰馬，獅虎獸希聿聿一聲咆哮，揚蹄飛奔。周圍的中陽鎮百姓頓時一陣騷動，紛紛讓開了道路。而龐德令飛駝兵縱馬跟隨，眨眼間便衝進了中陽鎮。

張成仍感到莫名其妙。

這時候，一個青年催馬來到張成跟前，笑咪咪道：「張老不用擔心，我家公子既然這麼做，就是說他不會計較過往的事情。只是，中陽鎮卻需要有些變化，到時候還望張老切勿怪罪。」

「敢問……」

「在下棘陽鄧芝，乃公子帳下司馬。」

「鄧公子，太守大人他……」

「張老莫非忘了十年前中陽鎮成記商行血案不成？」

「啊？」

張成聽到『成記商行』四字，不由得激靈靈打了一個寒顫。他終於想起來為何看著曹朋有些眼熟。

曹汲，那個鎮西頭的曹鐵匠。曹朋少年時，因身體不好，故而顯得單薄瘦弱，有些秀氣文若，可隨著他身體不斷強壯起來，曹朋的相貌也就越發與曹汲變得相似起來。

鄧芝一擺手，車隊再次行進。白駝兵押後，在姜冏的率領下緩緩駛進了中陽鎮。

「果然是曹鐵匠家的！」

一個村婦失聲叫喊，卻被丈夫立刻伸手，捂住了嘴巴。

「作死不成……曹鐵匠也是妳能稱呼?妳這婆娘，好不曉事。那是堂堂太守大人，妳再這樣口無遮攔，小心人頭落地。」

村婦頓時閉上了嘴巴。

「真的是老曹家的小子？」

「沒想到啊……老曹家竟然有這等了得的人物。」

「孩兒他爹，我記得當年你和阿福哥、虎頭哥的關係不錯，不如去拜見一下，也能搏一個前程。」

「……我早就說過，曹老哥一家，不比常人。」

鎮民們亂七八糟，說什麼的都有，有的驚訝，有的羨慕，有的卻感到莫名的惶恐。

而張成則是臉色煞白，呆呆的站立在路旁，半晌也說不出話來。當初，他為了迎合舞陰令本家兄弟，不惜昧著良心冤枉張氏……而今，報應來了，報應來了！

「爹，你怎麼了？」

半晌，張成露出一抹難看的笑容，「兒啊，大禍事，大禍事……」

章七 鄉黨

中陽鎮西頭的曹家祖屋，如今是一片廢墟。

殘斷的牆垣似乎告訴人們，這裡曾有人居住過，除此之外，就是一堆被叢生雜草湮沒的殘磚斷瓦。這裡，曾經是曹朋重生後最初居住的地方。

曹朋在牆垣外勒馬，甩蹬離鞍。站在一截倒塌的牆垣外面，他向裡面眺望，眼中流露出一抹傷感之色。他還記得自己的臥房在何處、父母的房間在哪個位置，還有緊鄰大門口的一座鐵爐，是當時曹汲用來修復農具的地方。而今，那鐵爐已經不見了蹤跡，只剩下一堆焦黑的土塊。

龐德等人沒有跟上來，在距離二十步外下馬警戒。邁步走進院子，曹朋怔怔的站在那裡，一動也不動。

在這一刻，他想起了王猛。記得第一次見到王猛，是他重生後的第三天。王猛從山裡獵來了一隻黃羊，興高采烈的交給母親，讓她給自己烹煮。可是現在，王猛已經故去！王買遠在龍耆城，不知何時能夠返回。

身後，腳步聲響起。卻是黃月英和夏侯真跟上來。

「小時候，我就是在這裡長大。」曹朋回過頭，臉上露出一抹笑容，似是與黃月英夏侯真解釋，又好像自言自語：「我記得，伙房在那兒……我當時大病初癒，呆傻傻的坐在門廊上。虎頭從這裡跑進來，跟我說猛伯給他買了一支獵刀。我記得，他那時候開心得不得了，在我跟前不住的炫耀，還被猛伯訓斥。那口獵刀，是我生平第一次殺人所用的凶器。」

黃月英和夏侯真一人握著曹朋的一隻手，陪伴在他左右。

鄧艾呢，則好奇的站在門外，看著這一眼的荒涼，露出疑惑之色。他沒有經歷過曹朋和鄧稷他們最艱苦的那段時光，生下來時，曹朋他們已經在許都站住了腳。雖然他小時候常聽母親說起當年的艱難，可畢竟沒有經歷過，也說不上有太多感受。

可是，看到這滿眼荒涼，鄧艾似乎懂了！

他下意識握緊肋下佩劍，小臉上露出了憤怒之色，「這是誰幹的？」

這時候，遠處突然傳來了一陣騷亂。

「什麼事？」曹朋聽到了動靜，回身蹙眉問道。

卻見蔡迪一路小跑過來，「老師，有一個人，自稱是您的故人，前來求見。」

「故人？」

曹朋一怔，邁步走出了廢墟。

卻見門外有一個青年，身高大約在七尺六寸，也就是一百七十五公分上下，長得頗為魁梧壯碩。看年紀，和曹朋差不太多，也就是二十五歲左右的樣子。古銅色的面膛，顯然是在戶外勞作所致。他身穿一件打著補丁的粗布裾衣，腳下蹬著一雙布靴。

見到曹朋，青年咧嘴笑了，他快走兩步，拱手道：「阿……曹太守，還記得南邦嗎？」

南邦？

曹朋看著青年，隱約有些眼熟，不過他確定，這青年和自己並無太多交往。就算是有交往，也應該是在重生之前，至少在他的記憶裡，對這個青年的印象非常模糊。

「陳式啊……還記得嗎？」青年看曹朋露出迷惑之色，忍不住說道：「小時候，你，還有虎頭哥，我們三個經常一起玩耍的。」

「啊……」曹朋手指陳式，「我想起來了！」

不過，他不是想起了陳式和他的關係，而是依稀記得三國裡面好像有一個叫陳式的人，只是他不清楚眼前這陳式是不是重名。但聽他提起了虎頭，那想必是關係不太差。

曹朋可是知道，王買的小名不是誰都能呼喚，除非關係很好。而且看他之前開口的那個『阿』字，恐怕是要喚自己的小名。所以可以肯定，這個陳式和他與王買，關係應該不是太差。

曹朋殘留下來的記憶，已經很模糊了。很多事情，曹朋早已經忘記。

不過陳式卻顯得非常高興，連連點頭道：「想起來了？呵呵，小時候我們經常一起，在鎮外的溪邊打漁。你還記得不？那個教咱們識字的方士？還是我先看到的……不過後來我隨家父出去討生活，等我回來的時候，你和虎頭都走了。」

還真是少時玩伴！

曹朋臉上露出一抹笑容，擺手示意龐德等人放他過來，而後快走兩步，與陳式走近。

「若非你提起，我險些忘記了當年故友。」

「是啊，我也沒有想到能與你重逢……我是在你走的第二年回來。一打聽才知道，你惹了禍事。當時我本想去找你，可家父病重，我不能離開……一晃，可過去了整整十三年。」

那就是了！

曹朋重生之後，並沒有見過陳式。之所以感到眼熟，恐怕還是原來的那個曹朋殘留的一些烙印。

「我回來時，你家就變成了這樣子。聽人說，是成家的人來緝拿你，沒有抓到你們，就把你家還有虎頭的家都燒了。前兩年曾有人想要把這裡占下，不過被我阻止了。我就知道，總有一天你和虎頭會回來的……對了，虎頭現在可好？怎麼沒有見到他呢？呵呵，那傢伙是不是還和以前一樣，好勇鬥狠？」

陳式嘟嘟啦啦的說出了一長串，但對曹朋而言，趁著他說的這一番話語，也大致上瞭解了情況。

曹家的祖屋，是被老成家燒了。想來那時候成堯派人來緝拿曹朋，不想卻被曹朋殺了成紀，與王猛一家逃離中陽鎮。這成堯一怒之下，命人火燒兩家房舍，權作是洩私憤……

不過，成堯已死！

算算時間，成堯父子也死了快十年之久。

曹朋笑了笑，拍了拍陳式的胳膊，「陳式，多謝你了！」

「誒，你還是叫我小狼吧。」

陳式很會說話，這一句話就拉近了距離。想必小狼是他的小名，也是當年與曹朋他們之間的稱呼。

曹朋道：「那就多謝了，小狼。」

「哈哈，我剛才還真有點不敢相信，居然真的是你。你怎麼當上太守了？」

「這話，說起來可就長了……對了，我此次回來，準備重修祖屋。還有猛伯家的房子，一併修繕起來。你幫我問問看，虎頭家的宅子如今被誰占據，我可以出錢再買回來……」

「買個甚！」陳式道：「虎頭的宅子和這邊差不多，都荒了，沒有人在。你要是想修繕的話，我一會兒找些人來幫忙。咱中陽鎮好不容易出了你這麼一個大官，大家心裡都高興得很呢。你只要發話，農耕之前，肯定把老屋修好，比張成家的宅子還大。對了，虎頭哥現在哪兒呢？」

「哦，他在涼州龍耆城，為西部都尉。」

「西部都尉？」陳式聽聞，又嚇了一跳。他瞪著曹朋，半晌後突然道：「阿福，你不會是要告訴我，曹叔父如今就是那涼州刺史？」

「正是！」

陳式聽聞，呆若木雞。

中陽山是地處南陽和汝南交會之處，往來的行商不少，資訊也還算是暢通。

陳式聽人說過，許都有一個曹三篇，文武雙全，在西北打得馬騰狼狽而走，堪稱當世英豪。

不過，陳式卻沒有把那曹三篇，和當年一起玩耍的曹阿福聯繫在一起，哪怕曹朋以南陽太守的身分出現在中陽鎮，他也沒有想那麼遠。

當年打鐵的曹汲，就是隱墨鉅子？他可真的無法相信。直到剛才問起王買，聽說王買竟然當上了西部都尉，陳式才大吃一驚。他這才把涼州的曹三篇還有曹汲，和眼前少時的玩伴聯繫在一起，卻不禁感到了巨大的壓力。

曹朋笑了笑，拍了拍陳式的肩膀。

「令明，今日就在中陽鎮落腳，你命人在鎮外紮下營寨。立刻派人前往舞陰，告訴賈太中，就說我會在正月初一啟程，前往舞陰縣。不過這幾天，就暫時在中陽鎮落腳。若有什麼事情，可以派人與我聯繫……嗯，待我向賈太中告一聲罪。」

「喏！」龐德領命而去。

陳式仍有些發懵。

「小狼……對了，你這表字，誰給你取的？」

「啊，是前些年我去縣城時，請一個算命先生取的名字。他說什麼《詩．大雅》裡有什麼式是南邦，就給我取了南邦的表字。為了這個字，害得我花了十大錢，那老兒忒黑心了些。」

《詩經．大雅．崧高》中，有『王命申伯，式是南邦』的句子。

曹朋笑了笑，心道一聲：這算命先生，還真敢取名字。

「小狼，今晚我就借住你家裡，不知是否方便？」

「借住我家？」

陳式聽聞，先是愣了一下之後，旋即興奮的連連點頭，「什麼借不借的，阿福你住我家中，乃我之幸也……不過，我家的環境不是太好，只怕會委屈了你和兩位夫人，還有你的公子。」

「我的公子？」

曹朋愕然，順著陳式的目光，就看到身後的鄧艾。

「小狼，他不是我兒子，我兒子還在滎陽，和我娘住在一起。這是我阿姐的兒子，我外甥鄧艾……小艾，過來拜見你陳叔父。他可是我少年時的好友。」

「姪兒，見過叔父。」

陳式頓時手忙腳亂，連忙攙扶鄧艾。

「是楠姐的孩子？都這麼大了……呵呵，小時候楠姐對我，可是好得很呢。」

哪怕陳式算是中陽鎮裡見過世面的人物，可是面對曹朋這一行人，還是感到了莫名緊張。畢竟，甚身分和地位的懸殊實在是太大了。他甚至覺得自己不應該稱呼曹朋的乳名，那可是極大的不敬，只是他又不知道該怎麼稱呼。稱呼『大人』，似乎有些疏遠了……可若是稱呼名字，卻不免有些無禮。

陳式心裡面糾結萬分，不知道該如何是好。

卻見曹朋伸手，蓬的抓住他的胳膊。

「走，去你家看看……對了，子安！你派人到舞陰縣，只管購買酒水食物，再去請舞陰最好的廚子過來，我要在中陽鎮擺三天流水席，以感謝鄉親們當年對我一家的照拂。此家母特別吩咐，還請父老鄉親們莫推辭才是。」

眾人聽聞，頓時喜出望外……

舞陰，縣廨——

賈詡正在大廳裡，和遠道而來的魏延商議事情。

魏延而今出鎮葉縣，與典滿、許儀兩人三足鼎立，使得劉備兵馬無法再有寸進，雙方暫時處於相持階段。聽說曹朋出任南陽太守之職，又將郡治設立於舞陰縣，於公於私，魏延都要前來拜訪。於公，魏延拜中郎將，而曹朋為南陽太守，他隸屬於曹朋帳下；於私，當年九女城結下的友誼，至今已近十年，所以魏延早早便從葉縣趕來，想與曹朋見上一面……

「友學暫留中陽鎮？」賈詡愕然放下手中的一份公文，露出若有所思之色。

「是，曹太守命人前來傳信，說是正月初一自中陽鎮動身，當天晚上就可以抵達舞陰縣。只是……」

「只是什麼？」

「曹太守的人，在縣城大肆收購糧米酒水，令集市上頗為混亂。而且，曹太守還讓人把城裡的廚子都帶去了中陽鎮，搞得人心惶惶……據曹太守的人說，曹太守打算在中陽鎮開三天流水席。也不知究竟是什麼用意。太中，要不派個人去問問？」

賈詡卻突然間笑了！

「不必，告訴下面，曹太守衣錦還鄉，不過是與鄉親同樂，無須擔憂。」

「喏！」

待傳信人退下之後，賈詡卻扭頭說道：「我就知道，那小子是最適合南陽太守之職的人選。」

魏延聽聞愕然，「太中此話怎講？」

「文長可知，那小子為何要逗留中陽鎮？」

「這個……很正常啊。遊子還鄉，自當慶賀。末將當初出鎮湖陽時，也曾返鄉與鄉親共飲。人道是錦衣還鄉，豈不知是？」

賈詡搖頭笑道：「若僅如此，卻把那曹友學想得簡單了。據我所知，他雖累世居住中陽鎮，但並非人望出眾家族。之前我還派人打聽過，很多人甚至已經忘記了曹氏一家的存在。說實話，他與中陽鎮有多麼深厚的感情，我卻是不太相信。」

「南陽，自光武皇帝中興以來，便是鄉黨最為嚴重的地方。曹友學出鎮南陽，自須入鄉隨俗。依我看，他在中陽鎮，並非是單純的衣錦還鄉，只怕還有結鄉黨以立足的心思在裡面。如此倒也正合了南陽郡習俗，至少他在舞陰可以有立足根本。」

鄉黨，泛指家鄉。

古人以五百家為黨，一萬兩千五百家為鄉，合而稱之為鄉黨。

不過在某些特定的環境下，鄉黨還有著極為特殊的意義在其中……南陽郡，是一個鄉黨之風極盛的地區。每一個地區，都會有鄉黨存在，雖受制於官府，卻又隱隱超脫於官府之外。

就比如之前所提到的岑晊和成瑨。

岑晊以功曹身分，而治南陽；成瑨雖是朝廷命官，卻無法控制南陽，反而要受制於岑晊。這其中，就有鄉黨的力量作祟。

換而言之，這鄉黨頗類似於後世的本土主義。

但凡在南陽立足，若無鄉黨的支持，就很難成功。曹朋雖是南陽人，畢竟久離家鄉，在南陽並無根基，所以他要立足南陽郡，就必須有鄉黨支持。而曹朋的鄉黨，就在那中陽鎮。

中陽鎮，有人口三千七百多。但這只是中陽鎮本地的人口統計。事實上，從中陽鎮走出、落戶於舞陰縣城，或者其他地方的中陽鎮人，為數不少，這些人加起來有近六、七千人之多，算是舞陰縣一個極大的力量。

不過，由於中陽鎮一直沒有什麼傑出的人物出現，所以如此眾多的人口，卻無法形成一股力量。這也使得中陽鎮在舞陰縣的地位始終不高。當年成家可以在中陽鎮橫行，一方面固然是因為成堯是舞陰縣令，另一方面則是由於中陽鎮拿不出可以與成家抗衡的人物——也就是一個旗幟似的領袖。

再舉一個例子。眾人皆知南陽郡豪強林立，但這些豪強多有鄉黨支持，比如棘陽的岑氏和鄧氏。岑氏之所以能壓制住鄧氏一頭，就是因為出了一個岑晊；可不管岑氏如何強盛，卻始終無法趕走鄧家，是因為鄧家的鄉黨力量。

南陽，自東漢以來，有十大豪強。

但不論是棘陽的鄧氏和岑氏、穰城的宗家、新野來家等等，身後都有著極為強大的鄉黨力量。之前夏侯惇在南陽，雖手握強兵，卻始終無法融入南陽，究其原因，還是在這鄉黨二字之上。反觀劉備，在出鎮新野之後，大力招攬本地士人，寒士如張存、王連，高士似馬氏五常。再加上諸葛亮的居中調解，以及荀諶在一旁的輔助，所以還是得到了不少豪強的支持……

而今，曹朋返回南陽，就必須要擁有足夠強大的鄉黨力量支持。

無論是曹朋選擇以舞陰作為郡治，還是在中陽鎮的停留，無不流露出他要結鄉黨而自立的想法。

賈詡隱隱約約猜出了曹朋的心思，也不禁暗自點頭。

曹朋無疑是透過中陽鎮，向整個南陽郡傳遞一個資訊：我是南陽人，我當以南陽利益為重。

「文長。」

「末將在。」

「曹太守開始布局，估計已有腹案。我想，接下來他一定還會有其他的動作。咱們就不要再等他了，你立刻返回葉縣，隨時等候命令。嘿嘿，這一下，南陽恐怕會熱鬧起來。你回葉縣之後，要小心提防劉備的舉動。」

魏延是個聰明人。

歷史上，他敢向劉備豪言：若曹操傾天下之兵，末將為主公拒之；若曹操統十萬大軍，末將為主公吞之。

也許，會有人以為魏延是在吹牛。

但能說出這樣的言語，也表明了魏延本身就是一個極有能力的人。一個有能力的人，大都反應機敏。他或許開始有點不太明白，可是隨著賈詡的一句話之後，他便反應過來。

曹朋已經開始布局了嗎？那麼接下來，少不得就會有一場龍爭虎鬥，熱鬧要開始了！

夜了，但中陽鎮卻張燈結綵，喧囂熱鬧。

整個城鎮，到處可以看到松油火把，照得如同白晝一般。

在陳式住所門外的長街上，擺著一溜食案，大大小小的足有幾百桌。酒水源源不斷的送來，幾十個從舞陰縣趕來的廚子忙碌不止，烹煮好的菜肴更是不停的送來。所謂流水席，就是不間斷的飲宴，你可以吃飽了回家睡上一覺之後，再接著過來吃，總之沒有任何限制。

一般來說，擺出流水席，都是有天大的喜事，更須金主出資。

曹朋是一個大金主，且對於中陽鎮人而言，如今官拜南陽太守的曹朋無疑將成為中陽鎮人的驕傲。

陳式家的條件不算太差，有一個挺大的院子，還有幾間房舍。曹朋就在陳府的廳堂上，不停與眾人邀酒。酒席宴上，但見他談笑風生，忽而與眾人訴說當年在中陽鎮的生活，忽而談及中陽鎮的未來。在不知不覺中，曹氏祖屋和王猛住所的修繕事宜，就安排妥當。

「張老！」曹朋端著酒盞，笑呵呵走到張成的身邊。

張成身為中陽鎮三老，雖說心裡面惶恐不安，可是這酒宴卻必須參加。見曹朋過來，他連忙起身，弓著身子，露出阿諛的笑容：「太守大人。」

「誒，你我鄉親，休要用這種稱呼，豈不是有些疏遠？過往的事情，就讓它過去。而今南陽局勢混亂，我初返家鄉，還需要眾位鄉親齊心協力，一起經營。咱南陽怎麼說也是光武皇帝的陪都，總不成被一些外鄉人占據，在這裡作威作福，是不是？」

「那是，那是！」

不僅是張成連連點頭，大廳裡的耆老們也紛紛表示贊同。

能坐在這廳堂裡的人，多是中陽鎮德高望重、有些能耐的主兒。曹朋見眾人點頭，臉上笑容更盛。

「剛才張老向我請辭三老之職，我同意了。張老這些年來在中陽鎮勞苦功高，也是時候頤養天年。只是，這新任三老的人選，還需要各位多多費心，給我一個人選才是。但不知張老可有什麼推薦，也好讓小子能夠明白？」

張成人老成精。他很清楚，自己早年得罪了曹朋一家，而今曹朋不會為難他，並不代表著他可以繼續執掌中陽鎮。

中陽鎮三老的人選，必然會有變動。曹朋的幕僚鄧芝，之前也已經把話挑明，他不可能繼續擔任三老。所以，早在酒宴開始前，張成便來到陳式家中向曹朋請罪，將三老之職辭去。

這是一個態度的問題！

辭去三老之職，雖說會使得張成一家地位下降，但卻可以保全家族……而且張成也很清楚，曹家的崛起，已註定了中陽鎮的格局將發生巨大變化。從前，張成靠著左右逢源、靠著家產，可以坐穩三老的位子，但是現在，已輪不到他繼續坐下去。

與其被曹朋趕下去，倒不如主動一點。

很明顯，曹朋對張成的知趣也非常讚賞。所以酒宴開始以後，他對張成父子一直是和顏悅色。

三老，屬於縣的下一級官員，類似於後世鄉長的職務，負責查證調停糾紛、進行教化，同時要保證稅賦的足量徵收。這種職務，一般是由長者來擔任，其權力和任務，就好像一個宗族的族長。不過，族長的對象是宗族，而三老則帶有極為強烈的地域性質，負責一個地區。

張成與廳堂上眾耆老相視一眼，心中不由得暗自一聲苦笑。

從這一刻開始，中陽鎮以往一盤散沙的局面，將會發生改變。從今以後，中陽鎮將會打下濃重的曹氏烙印……

南陽之訪客

曹朋在中陽鎮結鄉黨，並非黨錮的『黨』。

事實上，這只是一個以曹氏為首的地區性群體。

曹操也有鄉黨！譙縣在曹操崛起之後，給予極大的支持。在曹魏集團當中，有很多來自譙縣的士人，擔任著重要的職務。曹朋同樣如此，他需要在南陽凝聚出一股巨大的鄉黨力量，來幫助他站穩腳跟，並對抗劉備的力量。

三天流水席，眨眼過去。

曹朋雖付出了大筆的錢帛，卻也收穫頗豐。

黃月英和夏侯真決定暫時留在中陽鎮，監督祖屋的修繕事宜。

既然曹朋要結鄉黨，那麼這祖屋的修繕可就不是一樁簡單的事情。依照曹朋的想法，就是還原早先的房舍，但黃月英和夏侯真都不同意。既然曹朋已經成為中陽鎮的代表人物，那麼曹氏祖屋，還有王氏宅邸，就必須要大興土木，使其成為中陽鎮最具代表性的標誌建築。

如此一計算，這工程量可不小。必須要先購置土地，而後進行宅邸設計，再破土動工。

購置土地？這並不困難……堂堂南陽郡太守在老家置辦宅邸，那還不是輕而易舉的事情？

至於宅邸設計，則由黃月英負責。同時，黃月英很喜歡中陽鎮的環境，這裡依山傍水，景色秀麗，而且頗為幽靜和雅致。黃月英準備在中陽鎮住下，著手一件極為重要的研究。

對此，曹朋也沒辦法。黃月英是個很有主見的女人，她若是定下了決心，就很難做出改變。

夏侯真則想在中陽鎮陪伴黃月英，同時監督宅邸的修建。

如此一來，當曹朋在正月初一啟程離開中陽鎮的時候，隨行人員一下子減少了一半有餘……

蔡迪，被留在了中陽鎮。還有一百多名僕從，也被留在了中陽鎮。此外，尚有二百白駝兵暫時駐留中陽鎮，負責保護黃月英和夏侯真。

不過曹朋在離開中陽鎮的時候，也帶走了幾十名中陽鎮的青年，其中陳式作為牙將，和曹朋一同前往舞陰。陳式常年在中陽山狩獵，身手矯捷，力大過人，同時他對舞陰縣的情況非常熟悉，可以給予曹朋極大的幫助。

與黃月英二女依依不捨的道別，曹朋率領車馬直奔舞陰縣。當天將晚時，車馬抵達舞陰縣城外。

賈詡沒有出面迎接。不過作為舞陰縣縣令的呂常，率領舞陰大小吏員以及本地縉紳，在舞陰十里外的接官亭中，迎接曹朋的到來。

賈詡，豫州刺史、太中大夫、都亭侯。

而曹朋呢，卻只是南陽郡太守，領沔水校尉，武亭侯。

除了爵位相等之外，曹朋的官職比之賈詡，相差甚多。自古以來，有賢君迎高士，卻沒有上官迎下官的說法。賈詡的官階遠比曹朋大，所以沒有出來迎接也在情理中，曹朋並不奇怪。

呂常，南陽博望人，頗有聲名。此前領雉縣長，夏侯惇兵敗宛城的時候，正是這呂常率本部兵馬，死死抵住了劉備軍的攻擊，才使得曹軍穩住了陣腳。賈詡接手之後，便把呂常從雉縣調到了舞陰，拜舞陰令一職。雖說還是一縣主官，但品階上卻有提升。

用賈詡的話說：元讓駐守南陽兩年，最大的政績，就是發掘了呂常這個人才……

由此可見，呂常確實不簡單。

曹朋在眾人簇擁下，行入舞陰縣。

別看他是舞陰縣人，可實際上，卻沒有來過舞陰。或者說，曹朋的前身曾來過，可是自他重生以後，卻未曾進過舞陰縣的城門。

這舞陰縣的格局，和大多數縣城很相似。面積雖然和滎陽縣差不多，城牆堅厚，顯然是經過精心修建。也不奇怪，建安二年曹操兵敗宛城之後，就駐紮於舞陰。當時為了抵禦張繡的攻擊，所以曹操下令重修舞陰縣城的城牆，同時將舞陰縣的面積擴增了一倍有餘。

整個舞陰縣，有人口七萬餘人，是一個大縣。縣城依五行格局而建，分為五個區域：正中央是縣廨所在，以及一應公房建築；西北角是校場，西南角則是市集，東北是貧民區，而東南居住的大都是本地富戶，或者縉紳豪強。總之，這舞陰縣的格局很簡單，可以一目了然。曹朋一邊走，一邊聆聽著呂常的講解，同時在心裡對呂常暗自稱讚。

這呂常，倒也真是一個人才。他的思路很清晰，講解的也非常流暢，對於一些資料更是張口就來，顯然是下過一番苦功。要知道，呂常來舞陰也不過兩、三個月的時間，便能有如此的瞭解，應該算得上是一個有心人。

曹朋暗自稱奇，這應該也是個有本事的人，何故聲名不顯？

事實上，呂常並非曹朋所想的那樣，是個不為人知的主兒。無論是在《三國志》，還是在《三國演義》裡，呂常都有登場。不過，《三國演義》中對呂常的描寫很簡單，更歪曲了事實。

《演義》中說，呂常曾被關羽擊敗；可是在《三國志》中，呂常官拜橫海將軍，西鄂都鄉侯。當時

關羽犯境，呂常率部抵禦，令關羽無功而返。在其有生之年，威懾江東。直至黃初二年正月，呂常享年六十一歲而卒，孫權才派遣部將陳邵占領襄陽。所懼者，也正是呂常……

可惜，三國名將如雲，實在是太多了。加上《三國演義》的渲染和歪曲，使得呂常並不為人知。

「子恒可知，這附近有什麼隱士賢人？」在前往縣廨的路上，曹朋隨口詢問。

呂常想了想，「舞陰縣的隱士賢人，要說起來也不少，只是以下官看來，卻多是一些不合用的人……坐而論道，或許還成，可若是治理地方、練兵治軍，恐怕不堪大用。不過，太守既然詢問，下官倒也有一個人選，卻不知能否合太守心意？」

「哦？說來聽聽。」

呂常想了想，輕聲道：「舞陰主簿李嚴，宛城人，字正方，素以辦事幹練而著稱。然則此人清高自矜，所以不為人所喜，故而在舞陰主簿的位子上已有三年，未曾有過升遷。此前，他本欲還鄉，不成想劉備出兵，占領了宛城，才使他不得不留下來。下官就任以來，李正方出力甚巨。舞陰能有而今之平穩，非下官的功勞，全賴正方盡心竭力。」

呂常沒有留意到，當他提到李嚴的時候，曹朋腳下微微一頓。

李嚴？

曹朋心裡不由得感到驚訝，莫非就是那個在諸葛亮出兵祁山，他督運糧草不力而編造謊言，把諸葛亮騙回成都的李嚴嗎？他也是南陽人？依稀記得，這傢伙似乎是巴蜀的官員，在劉備進駐西川的時候，才歸降了劉備。而今，他應該在劉璋的帳下效力，何故會在南陽舞陰？

也難怪曹朋會有這樣的誤會。

李嚴在《三國演義》中登場的時候，便是負責鎮守綿竹。所以，曹朋一直以為李嚴是西川人，沒想到這傢伙居然是南陽人，而且就在他的治下。

南陽之訪客

可事實上，在建安十二年的時候，李嚴的確是在南陽就任官吏。

建安十三年，他為秭歸縣令，因曹操兵犯荊州，而投奔巴蜀劉璋，被劉璋委任為成都縣令……

曹朋停下腳步，回頭向身後看了一眼問道：「誰是李嚴？」

呂常聽聞，臉上不由得露出一抹尷尬之色，期期艾艾半晌後，才輕聲道：「正方在三日前偶感風寒，所以一直告病在家，故而不在這裡。」

偶然風寒，告病在家？

曹朋眉頭微微一蹙。是真的偶感風寒？抑或是……

呂常剛才說了，這李嚴清高自矜，說穿了就是有點自負，目中無人。三天前，若非曹朋前往中陽鎮，應該已經抵達舞陰縣。所以，曹朋覺得這李嚴沒有出現，恐怕有更深層的涵義。

「那倒是可惜了，本來還想見識一下這位李正方。」

曹朋突然一笑，便把這話題帶過去。

呂常心裡不由得暗自可惜。這是多好的一個機會，若是李嚴在場的話，正好可以為他引介，從此飛黃騰達。只可惜這傢伙臭毛病太多，莫名其妙的就張狂起來，如此一來，卻平白丟了一個大好機遇。

一行人，不知不覺便來到了縣廨。

天色已晚，呂常讓官吏和縉紳們先散去，而後陪著曹朋走進了縣廨的大門。

賈詡正坐在客廳裡，看到曹朋進來，清臒的面容上頓時閃過一抹笑容，「友學，何以遲來？」

曹朋連忙上前行禮，卻見賈詡站起來，將他攔住。

「友學不必多禮，你我也算是老相識……退之在涼州，常書信與我，言友學對他多有照拂。一直想要當面道謝，卻不想今日方得償所願。」賈詡的話語中透著一絲親熱。

只是見到賈詡，曹朋心裡就有一種莫名的提防。他連忙道：「照拂不敢當，退之大才，頗有賈豫州

之風采。我在西北，得退之幫助甚大。此次前來南陽，本欲辟退之，不想西羌近來有些不穩，退之一時間也抽不出身來。說起來，我應該感謝賈豫州才是，萬萬當不得賈豫州此話。」

說罷，兩人相視，突然間哈哈大笑……

賈詡，陰鷙而詭詐；曹朋，多謀亦幹練。

兩個人合作的機會不多，唯一一次合作，便是在白馬一把大火，燒死了顏良近萬兵馬。此後各奔東西，再也沒有機會聯手應敵。但不管是賈詡，還是曹朋，內心裡頗為希望兩人再次聯手。此際在南陽郡，兩人再次攜手，而他們的敵人，也從之前的袁紹變成了如今的劉備。

「劉玄德堅韌而果敢，才能卓絕，且又懂得拉攏人心的手段，所以在南陽，特別是新野地區，極受擁戴。此人而今是不得勢，若一朝得勢，必將扶搖三萬里。友學此次要對付的對手，比之早先的那些要高明百倍。」賈詡提醒曹朋。

曹朋雖然沒說什麼，卻也心有戚戚焉。

劉備究竟有多麼高明？

《三國演義》裡，老羅把他塑造成一個只會哭的寬厚長者，欺騙了無數人。劉備的手段之高明，絕不是只會執手而泣的無能之輩。曹朋前世在網上曾看到，所謂諸葛亮三把大火的第一把，博望坡之戰，並非出自諸葛亮手筆，而是劉備所謀。博望大火燃燒起來的時候，諸葛亮還未曾歸附劉備，所以自然不可能和他有關。劉備在用兵上，絕對不是諸葛亮可以比擬。

他戎馬半生，多少次從危險中逃脫出來，可謂經驗豐富。這樣一個連袁紹、曹操都為之欽佩的人物，又怎可能是諸葛亮初出茅廬可以相提並論呢？

曹朋從一開始，就沒有小瞧過劉備。

曹賊 章八

南陽之訪客

舞陰縣城，市集——

馬玄走進一家規模不大的客棧，逕自上樓，在一間客房外停下腳步。他敲了敲房門，旋即把房門拉開。一隻腳剛邁進客房的門檻，卻見一抹寒光陡然出現，唰的向他撲來。

馬玄嚇得一聲輕呼：「子龍，是我！」

話未說完，一桿丈二銀槍陡然間停下，鋒利的槍刃就抵在馬玄的咽喉。

「孟常，下次開門，先報名。」

房中的男子收回長槍，而後返回榻上，用一塊黑布把長槍重新包裹起來，「剛才再慢一點，你就性命難保。」

馬玄笑道：「子龍，何必如此緊張？」

「小心無大錯。」

馬玄輕呼一口氣，伸手抹了一把額頭上的冷汗，邁步進入客房，反手將房門關上。

「曹朋到了。」

「哦？」男子眼中閃過一抹異彩，把長槍橫架在床榻的扶手上，而後好奇問道：「感覺此人如何？」

「我只是遠遠觀察，哪能看出什麼端倪？不過，他的隨行扈從卻是極為精悍，除一部分騎軍之外，尚有一部分騎著西域駱駝的軍卒。單以軍容而言，非同一般。此人至少是個善於治軍的悍將……比之夏侯元讓，未必遜色。」

男子聽聞，頓時笑了：「能征戰西北，平定涼州，斬馬騰，鎮西羌，焉是等閒人？」

他想了想，輕聲道：「孟常，那接下來該如何安排？」

「三日後，曹朋將會在舞陰擺酒宴，宴請賓朋。我估計到時候會有許多人前來，所以也準備前去參加。酒宴上，我會伺機而動，挑撥曹朋和本地豪強的關係。至於會有什麼樣的效果，我現在也說不太好。

反正，一切按計畫進行。」

男子微微一笑，「那就有勞孟常。」

「子龍，你這兩日要小心一些，莫露了行藏。雖說你平日裡很少露面，可是曹軍中認識你的人，應該有不少。若是被人發現，弄不好會有麻煩。」

男子聽聞，卻毫不在意。

「孟常，你忒小看了那曹友學和賈文和。你我的行藏，想要瞞過他們，根本就不可能。而今曹朋已經到任，咱們大可不必偷偷摸摸，只管去通報便是。兩國交兵，不斬來使。咱們現在是以使者身分前來，他們奈何不得咱們。」

「這個……」馬玄想了想，點頭道：「子龍言之有理。」

馬玄，字孟常，是襄陽人氏，在荊州頗有名望，是一個有才學的人。兄弟五人，他排行老大。其中，三弟馬良與諸葛亮交往親密，關係極好。而且，馬良甚得劉備所重，出任劉備的幕僚從事。馬氏五兄弟中，他性情最為謹慎小心。此次他奉命前來舞陰，想要查探曹軍虛實，哪知道曹朋在中陽鎮設宴，卻一下子耽擱了行程。

馬玄可不是賈詡，也不是荀諶或者諸葛亮那樣的人物，對於曹朋在中陽鎮設宴，他並沒有考慮太多，以為那不過是曹朋的個人行為而已。

不過，馬玄有一個好處，那就是從善如流。

趙雲說的頗為在理，所以馬玄也沒有反對，便點頭應下。

論資歷，他比不得趙雲；論功勳，他也不是趙雲的對手。表面上此次來舞陰，趙雲是隨從，可實際上呢？馬玄卻是以趙雲馬首是瞻。

兩人商量了片刻之後，馬玄決定第二天一早便派人前往縣府中遞名刺，正式照會曹朋。天色已晚，馬玄和趙雲商量完畢，便回房歇息。

而趙雲，則坐在榻上，看著那書案上光線昏暗的油燈，片刻後一咬牙，猛然從榻上站起身來……

只見他，換上了一身黑衣，而後悄然打開後窗。客房位於二樓，有三米多的高度，不過這高度對於趙雲而言，卻不在眼中。他抄起長槍，從後窗探出身子，縱身向樓下跳去，手中銀槍啪的點在地上，身體順勢一滑，悄然落地，毫無聲息。

向四周看了一眼，他認清楚了方向之後，閃身便沒入了一條小巷之中。這條小巷，直通舞陰縣的中橫街。到了中橫街，就能夠看到縣廨高牆。趙雲抵達舞陰已有多日，對這道路非常熟悉。

他去縣廨，自是為拜會曹朋。

不過，他不是去投奔曹朋，而是想要探聽一下夏侯蘭的消息。

夏侯蘭是曹朋的家臣，雖然是河西統兵校尉，可聲名並不特別顯赫。趙雲和夏侯蘭，算是穿同一條褲襠長大的玩伴，後來夏侯蘭得罪了公孫瓚，逃奔曹操，再也沒有消息。直到數年後，夏侯蘭讓人送了一封書信給趙雲，說是他如今在一個名叫曹朋的少年手下做事，並邀請趙雲一同過去輔佐。

當時的趙雲，早已經心向劉備。而且曹朋那個時候聲名不顯，根本不為人所知。

趙雲在那種情況之下，毫無疑問選擇了劉備，拒絕了夏侯蘭。他甚至寫信，邀請夏侯蘭一同輔佐劉備，可是夏侯蘭卻沒有回覆。趙雲心裡面一直覺得奇怪，夏侯蘭也是個心高氣傲的人，為何對一個少年如此死心塌地？

隨著時間的流逝，曹朋也隨之逐漸聲名鵲起。但使他真正成名的，還是在西北一戰，消滅了馬騰，平定了涼州。

趙雲已經可以肯定，這個曹朋，就是當初夏侯蘭所說的那個曹朋……

而今，曹朋抵達南陽郡，即將成為對手。但趙雲還是希望能藉此機會，打聽一下夏侯蘭的情況。

南陽郡與河西，相隔甚遠。東漢末年，沒有什麼互聯網路。雖說劉備也留意西北的動靜，可畢竟還是不夠通暢。再者，劉備關注的是曹朋，這也使得夏侯蘭並不為人知曉存在。

算算時間，趙雲和夏侯蘭分別也有十多年了，他真的有一些掛念。

天色已經很晚，舞陰縣仿效許都，採用了街鼓報時。大路上，不時會出現兵馬巡邏，令整個縣城透出一股凝重之氣。

趙雲穿小巷，走小路，很快便來到了縣廨牆外。辨認了一下四周的情況，趙雲可以肯定這院牆後面應該就是縣廨的後宅。曹朋今晚就住在縣廨中，而呂常則在縣廨外居住。見四下無人，趙雲後退幾步，而後幾個小跳步衝上前，手中丈二龍膽槍啪的抵在院牆上，藉著那股力量趙雲騰空而起，輕飄飄的便越過了院牆。

雙足落地，他呼的蹲下來，把銀槍橫置地面上。

這裡是縣廨的後花園，面積不大，但雕琢卻非常的雅致……

時值初春，萬物復甦，但園中仍顯出一抹寒冬過後的蕭瑟之氣。

警衛似乎並不是特別森嚴，也看不到什麼兵卒巡邏。可是趙雲卻不敢懈怠，依舊俯伏在草叢中，觀察了良久，確定園中無人之後，他才站起身來。整個後宅，一片漆黑，只有一處房舍仍亮著燈。趙雲循著那燈光迅速靠上去，旋即看清楚了那房舍的格局和面貌。

是一座三間連為一體的廂房。正中間似乎是臥房，裡面亮著燈。旁邊的兩間屋子則黑漆漆，看不出一個端倪來。

趙雲深吸一口氣，邁步想要上前，卻不想腳下似乎絆到了什麼，緊跟著就聽到一陣鈴鐺聲響。

壞了！

趙雲嚇了一跳，心知這房舍周圍必有機關，他撤步想要退走，可進來容易，想退走卻沒有那麼簡單。

南陽之訪客

就聽咻咻兩聲輕響，兩抹烏光從黑暗中飛射而來，趙雲連忙閃身躲避，兩枝鋼弩砰砰兩聲，正插在他剛才立足的地方。弩箭沒入土中近一半，顯示出不同尋常的力道。緊跟著，從廂房兩邊的暗處，唰唰唰飛射出十幾枝鋼弩來……

趙雲舞槍撥打，暗自感到心驚。

就在這時，十名黑衣男子從暗處猶如鬼魅般撲出，清一色的橫刀，刀光閃閃，將趙雲圈在中央。

「曹朋，休要誤會，我此來並無惡意，只是想打聽一下夏侯蘭的近況，不知他可安好否？請速現身，否則可別怪我心狠手辣。」

話音未落，就聽那房間裡傳來一個洪亮的聲音：「有朋自遠方來，不亦樂乎……還以為是何方宵小，不想卻是子龍前來。呵呵，大家退下吧，子龍乃誠實君子，無須擔心。」

說話間，房門拉開，曹朋邁步走出了房門……

雖然已經是後半夜，但曹朋並沒有休息。

賈詡給他準備了一份極為豐厚的禮物，那就是過去兩年間，南陽郡的人口、經濟、軍事等各方面的綜合資料。有的使用竹簡做成的資料，有的則是用福紙樓所販賣的紙張記載，林林總總，加起來有一百多斤。雖然曹朋在許都已看過不少關於南陽郡的資料，但賈詡準備的無疑更加豐富、更加全面，也更加準確一些。所以，曹朋用過晚飯後，就待在臥房裡翻閱這些資料，不知不覺已經到了後半夜。

由於南陽郡如今混亂，又是一個戰亂區域，所以曹朋的警戒絲毫沒有放鬆。除了白駝兵和飛駝兵之外，在曹朋住所附近，還暗藏著一支不為人知、經過特殊訓練而成的武裝力量。

曹朋為之取名：闇部。

所謂闇部，顧名思義，就是不可以為人所知。其訓練內容包括了暗殺、潛伏、刺探、化妝、搏鬥等

一系列的項目。而訓練的手段，則是以特警訓練的手法為主，至於其他方面的訓練內容，則結合這個時代的特點，專門進行打造。

特警訓練，自然不可能與後世特種部隊的訓練手段一樣。

也不是曹朋不想依照特種部隊的訓練手法，而是他根本就不太清楚那種方式。

好在他當過員警，前世曾差一點進入特警部隊，對於特警的訓練手段倒也不算陌生。而且，在這個時代，特警訓練的手段也許更加適合一些。同時，闇部的成員也不算太多，除了曹朋身邊十個扮作僕從的闇部銳士之外，滎陽還有二十餘人，只是尚未訓練出來而已。

這闇部的訓練，極其複雜，需要長時間培訓。

曹朋身邊的十名闇士，經過了兩年多的訓練，才算是堪堪合格。而新一批的闇士，才剛開始著手。唯一的區別就是，從之前祝道一人，又加入了一個史阿。

祝道的劍術和搏殺，似乎更類似於堂堂正正的鬥劍。

而史阿的劍術，明顯比祝道高明。雖然跛足殘肢，但史阿師承王越，涉獵劍術的種類更多，懂得專門的刺殺劍術。就這一點而言，史阿接掌闇部，似乎比祝道更為合適。

本來曹朋準備帶祝道前來，卻被史阿攔住。他需要祝道協助他熟悉闇士的訓練方法，便把祝道留在了滎陽。

即便如此，十名闇士依舊有著驚人的戰鬥力。他們一個個看似平凡無奇，可是卻有著非凡的力量。

當趙雲進入縣廨，闇士就已經發現了他的存在。同時，曹朋的房舍四周，設置了各種各樣的機關，趙雲一靠近臥房便立刻露了行藏。好在趙雲並沒有惡意，否則必有一番惡戰。

臥房外的庭院中，突然亮起火光。

趙雲手持長槍立在庭院當中，臉上毫無懼色。

章八
南陽之訪客

曹朋站在門廊之上，好奇的打量著這位傳說中三國第一豪勇之士。

趙雲和呂布，孰強孰弱？誰也說不清楚。但若單以名頭而言，趙雲不輸呂布，甚至隱隱蓋過呂布的風頭。

他，身高八尺，不胖不瘦，體格不是那種魁梧壯碩的類型，但是卻透著一股令人心悸的危險。就好像一頭隨時可能出擊的獵豹，只是靜靜的站在那裡，卻讓人感到了一種莫名的壓力……

曹朋聽到『夏侯蘭』的名字時，便隱隱猜出了趙雲的身分。

他打量著趙雲，而趙雲也在打量他。兩人誰也沒有搶先開口，只是默默的彼此注視。

龐德悄然站在趙雲的身後，手中虎咆倒橫在身前。他同樣能感受到趙雲身上那種高手的氣質，並有一種莫名的緊張。

那種氣息，和馬超極為相似。

龐德甚至認為，如果自己和趙雲過招，最後落敗的人一定是自己……這是龐德很久沒有遇到的事情，也讓他感到非常好奇。此人和夏侯蘭認識？子幽既然認得如此高手，為何不介紹與公子呢？不過看公子的模樣，似乎認得此人，甚至對這個傢伙非常熟悉……

「趙雲？」曹朋突然開口。

趙雲微微一笑，「曹公子。」

他沒有稱呼曹朋的官職，只是以公子相稱。

但不要以為他是臣服曹朋。他口中的『公子』，和龐德等人口中的『公子』，意義截然不同。

龐德他們稱呼曹朋『公子』，更多是發自內心的敬重。

而趙雲言語裡的『公子』，則有一絲不屑。很顯然，他並不認為曹朋有出任南陽太守的能力。甚至在趙雲眼中，曹朋能有今日的作為，更多是依靠著曹操的支持，而非出於本身。

也難怪，誰讓曹朋的年紀太年輕了呢？

至少在趙雲眼中，他實在是太小了……

「令明，讓大家退下吧。」

「公子……」

龐德不由得一驚，連忙想開口阻止，卻見曹朋一擺手，表示不用勸說。

「子龍乃君子，他若是有惡意，只怕今晚這縣廨之中，要血流成河……呵呵，更何況他已經說了，是來詢問子幽的情況。」

龐德猶豫了一下，點頭應下。

闇士以及牙兵立刻退下，眨眼間沒入黑暗之中。

可是，不要以為他們就真的離開了，他們只是從臨戰的狀態轉入戒備的狀態而已，若是趙雲稍有不當的舉動，這些人會立刻殺出來。

龐德呢，沒有退下，只是向後退了幾步，依舊一副戒備的模樣。那淡淡的殺氣，令趙雲同樣感到心驚肉跳。這小小的縣廨，看上去警衛鬆懈，可是沒想到竟然有這樣的好手。而最讓趙雲吃驚的，莫過於是曹朋給他帶來的壓力。

曹朋手中並沒有兵器，看上去好像很隨意的站在門廊上，卻讓趙雲有一種莫名的危機感……

那種感覺，就好像一團火。火焰隨時可能暴漲，將他吞噬其中。

這傢伙，單以武力而言，只怕和身後那個人，不分伯仲。

如果單對單，趙雲穩操勝券。可一對二，趙雲自認絕非對手……更不要說那些藏在暗處的衛士。

丈二銀槍橫在胸前，趙雲腳踩陰陽步，警戒的注視曹朋。

曹朋邁步，從門廊上走下來，在距離趙雲還有十幾步的時候，停下腳步。

「龍膽，好槍。」

趙雲沒有回答，依然警戒凝視。

「呵呵，比之子幽的丈二龍鱗，據說要重二十斤。」

子幽……是小蘭嗎？

趙雲心裡一怔，旋即醒悟過來曹朋口中的子幽所指何人。

別誤會，趙雲還真不知道夏侯蘭的表字是『子幽』。他和夏侯蘭都是出身卑微的人，所以兩人都沒有『字』。趙雲命好一些，拜師童淵，並得童淵賜字『子龍』。而夏侯蘭呢？就沒有趙雲這麼好的運氣。當初他拜師的時候，童淵根本就看不上他，如果不是趙雲說情，甚至連留在山上學藝的資格都沒有……如此情況下，童淵自然不可能賜他表字。

直到後來跟隨曹朋，到了廣陵之後，夏侯蘭才算是有了一個表字。

而這個表字，趙雲當然不可能知曉。

不過，曹朋既然能對他的兵器如數家珍，足以說明了曹朋對他的熟悉程度。而這種事情，除了夏侯蘭之外，一般人根本就不可能知道。就連劉備對他的兵器，也算不得特別瞭解。

和夏侯蘭分別十餘年，中間除了幾次書信相通，便再也沒有聯絡。

特別是建安七年，夏侯蘭再次寫信，誠懇邀請趙雲前來，被趙雲嚴詞拒絕之後，兩人幾乎就斷絕了書信的往來。一晃，又四年多了。若說不思念兒時夥伴，那顯然是不太可能的事情。

對趙雲而言，夏侯蘭不僅僅是他兒時夥伴，更是他最信賴、最親近的兄弟。

身體不由得輕輕顫抖，趙雲深呼吸，努力讓自己平靜下來，可是一開口，聲音仍有些發顫。

趙雲的腔調，有著非常明顯的常山口音，並帶著一點點幽州方言，這與他的經歷有莫大關係。他生於常山真定，而入世後，便追隨公孫瓚在幽州征戰。人生最為重要的兩個階段，就是在這兩個地方度過。

後來他雖四處飄零，更在荊州生活多年，卻依然無法改變鄉音。

「小蘭，如今可好？」

曹朋沉聲道：「子幽而今為河西統兵校尉，屯駐武亭。」

「武亭？在哪兒？」

「呃……就在河西靈武谷附近，靠近石嘴山口。地方雖說有些荒僻，但卻非常重要。他除了出任統兵校尉之外，還執掌廉堡軍府，為使漠北中郎將，抵禦鮮卑和匈奴。原本這次我來南陽，想把他徵調過來，只是子幽而今在武亭逍遙快活，頗有些樂不思漢，故而沒有前來。不過，他託我給你帶了一封書信，還有一件禮物。若子龍今日不來，我正發愁如何轉交。你這一來……呵呵，倒也正好。你且在這裡稍等片刻，我為你取來。」說著話，曹朋轉身就走。

趙雲驀地緊張起來，緊盯著曹朋，丈二銀槍微微向上抬起。

但也就在他抬起銀槍的一剎那，身後傳來莫名殺氣。龐德那森幽的聲音傳入趙雲耳中：「休要輕舉妄動，我告訴你，這四周至少有一百枝弩箭對著你。只要一聲令下，可使你亂箭穿心。」

趙雲回過身，看了龐德一眼：「觀閣下亦為好漢，何故在此，助紂為虐？」

銀槍，復又低垂下來。

龐德聽聞，頓時冷笑：「誰為紂王，誰為周武，尚未可知。不過，公子乃當世豪傑，又豈是那寄人籬下，若喪家之犬者可以相提並論。今日若不是看在子幽的面子，爾能否站在這裡說話尚未可知……真英雄，何以在背後論他人之是非？」

趙雲的臉，騰地一下子紅了……

南陽之善緣

曹朋拿著一封信，還有一把劍，從房中出來。

而庭院裡，趙雲和龐德仍劍拔弩張的對峙著，彼此間透出淡淡殺意。

趙雲不是個善於言辭的人，同時更不喜歡在背後說人閒話，只不過剛才一時沒能忍住，才有了那一番言語。不過他的意思，倒也不是說曹朋就是那『紂王』，而是指曹操。站在趙雲的立場，曹操挾天子以令諸侯，廢祖宗律法，重置丞相，本就是漢賊，而所有為曹操做事的人，全都是助紂為虐。

所以，趙雲只能是個武將，無法成為說客。

龐德可不管你說的是誰！

他是曹朋的家將，趙雲說他助紂為虐，自然指的就是曹朋。說起來，曹朋對龐德可是不薄，把他視為心腹之人。從盧水灣被俘，到後來龐德歸附，曹朋待龐德可算得上極為親厚。而龐德呢？又是個直性子人。人敬我一尺，我敬人一丈，更不要說曹朋對他的知遇之恩。

所以，趙雲說誰都可以，就是不能說曹朋。

他口才不差，一句話硬生生的就把趙雲頂了回去。

趙雲一方面感到羞愧，另一方面又有些不滿龐德生硬的態度，於是乎兩個人就這麼敵視起來。

「子龍，這是子幽讓我帶給你的書信。這口寶劍，名為驚鴻，是家父今年的作品。本來是贈給子幽，沒想到子幽將此劍送來，讓我轉送給你。有道是寶劍贈烈士，想必是子幽以為子龍方配得上這驚鴻劍，請子龍帶回吧。」

趙雲聽聞，大吃一驚。

曹朋的父親是誰？那可是大名鼎鼎的隱墨鉅子，當今鑄兵大師。

曹汲這幾年已經很少再造刀鑄劍，一方面是地位的緣故，另一方面也是因為他沒有時間。身為涼州刺史，或許不是日理萬機，但也事務繁忙，哪怕身邊有諸多幕僚輔佐，不管是徐庶還是闞澤，可以為曹汲分擔大部分的事務，卻依然有些忙不過來。所以，曹汲幾乎封爐，很少鑄劍造刀。若不是曹朋在建安十年末創造出覆土燒刃之法，引起了曹汲的注意，斷然不可能讓他再重新開爐鑄劍。

曹汲在建安十一年，耗費半年的時間，用覆土燒刃之法，結合之前的鑄劍造刀記憶，共造出七劍三刀，為無數人所垂涎。

不過，沒什麼人敢去找曹汲討要。

這十口刀劍，剛出爐便已經有了主人。

其中，開天劍被曹操定下；鎮尺雙劍，一支為郭嘉所得，一支為荀彧取走；夏侯淵得了一支龍淵，曹仁得了一支追風。夏侯蘭之所以能得到驚鴻，還是曹朋說情，為他專門留下來的。而剩下一口金鋒，被王買獲得，蓋因王猛表字千金，這口金鋒劍，是曹汲為紀念王猛所鑄，自然要送給王買。

三口寶刀，分別名為涼州龍雀、河西清剛和西極含光。其中，涼州龍雀由曹汲所持，河西清剛送給了鄧範，西極含光則是曹朋的佩刀。

十口刀劍在出爐時，著實引起了一番震動。原因嘛，非常簡單——曹汲決定封爐，從此不造兵器。

也就是說，這十口刀劍，是曹汲封爐之作，也代表著曹汲鑄兵技藝的巔峰。以後市面上的汲造神兵，將會是有價無市。除了曹家的神兵閣裡還有一些存貨，市面上很難再找到曹汲的作品。

當時曹朋也表示了遺憾。不過曹汲告訴他，他找到了已故師兄的後人，將由那位後人傳承技藝……

曹朋倒是記得，曹汲早年確有一位師兄，姓蒲。不過後來就失去了聯絡，沒有想到還有後人存活於世上。

趙雲聽聞眼前的寶劍是曹汲所造時，也嚇了一跳。

當曹朋把書信和寶劍遞給趙雲的時候，他竟然有些手足無措。

「好了，子幽讓我做的事情，我總算是完成了。若子龍有回信，可以派人送到我府上，我會找人轉交子幽。天已經不早了，子龍若無事，那就恕我不留了。」

趙雲再次愕然。原本以為曹朋把書信和驚鴻劍送給他，會說兩句挽留的言語。

當然了，趙雲一定會毫不猶豫的拒絕曹朋。

可人家二話不說，直接送客，卻讓趙雲有些不知所措了。遲疑了一下，趙雲一拱手，「雲今日冒昧，打攪了公子，還請公子見諒。不過，今日公子贈我寶劍，他日戰場之上，雲也定不會留情。」

曹朋聞言，微微一笑：「那咱們就疆場之上，見分曉吧。」說完，他一擺手，轉身返回臥房。

隨著房門一關，趙雲心裡不免有一種莫名的感觸。

「喂，隨我走吧……莫再翻越牆頭，說我家公子不曉得待客之道。」

龐德說話，那是真不客氣。

趙雲臉通紅，狠狠的瞪了龐德一眼，「那請帶路。」

庭院裡，已經安靜下來。

曹朋放下手中的書卷，站起來伸了個懶腰，將案上的燈火吹滅。他走出臥房，站在門廊上，手扶廊柱，舉目仰望那一輪懸掛在夜空的皎月。眼睛，不自覺的瞇成一條縫，手指輕輕敲擊廊柱。

剛才，他不是不想拉攏趙雲。要知道，曹朋前世可是忠實的『雲彩』。

三國之中，要說他最喜歡什麼人，恐怕就是趙雲了。特別是長阪坡上七進七出，在後世被傳唱成各種版本，大江南北，婦孺皆知。

早在聽說夏侯蘭和趙雲是兒時好友的時候，曹朋就動過拉攏招攬趙雲的心思。可是直到後來他才知道，想在這個時代拉攏招攬人才，可不是隨隨便便一、兩句話就能夠達成目的。當初一個夏侯蘭，就費了不少的力氣；更不要說甘寧，之所以投奔曹朋，也是有著特殊的原因；為招攬龐德，曹朋更付出了巨大的心血。

而今想要招攬趙雲，其難度遠非甘寧和龐德可比……

東漢末年，想要招攬人才，可是有很多講究。

曹操起家，是依靠著族人和夏侯氏的支持。但他真正能招攬到人才，卻是在他討伐董卓、孤軍追擊之後。當時諸侯攻陷雒陽，只有曹操和孫堅兩人奮勇追擊。曹操全軍覆沒，但是卻獲得了巨大的名聲，而後才有了荀彧等人歸附。

袁紹，那就更不要講了。他得罪了董卓，棄官而走，跑去了渤海郡那樣的偏荒之地，可是卻靠著他的出身，獲得了大批人才。乃至於後來奪取冀州，也不費吹灰之力，有許多人願意相隨。

這就是出身的力量！

沒有名望，沒有出身，那就要靠機緣。最好的例子，莫過於劉、關、張三人。

劉備當時不過是一個織席販履的傢伙，卻能夠與關羽、張飛志趣相投。這其中有劉備的個人魅力因素，更是機緣所致。如果沒有黃巾之亂，如果不是程志遠率兵兵臨涿郡，恐怕劉、關、張三人即便是相逢，也只是陌路而已。

曹朋，有名望，也得了一個出身。但要招攬趙雲，卻錯過了最好的時機……若強行招攬，反而會適得其反。這種事情，真的是需要一個機會……對此，曹朋也很無奈。

站在門廊上，他輕輕搖頭。

剛才若是強行留下趙雲，恐怕也就是一具屍體而已。

想要招攬，難度太大。趙雲對劉備的忠心，很難動搖。他又是個認死理、好鑽牛角尖的主兒，也就讓難度變得更大。否則，以趙雲對劉備的好感，當劉備占據了徐州的時候，他大可以留在劉備身邊，可趙雲卻還是選擇離開了劉備，回到公孫瓚那裡。不是說他對公孫瓚有多大的好感，而是說他不願意背負一個背主的名聲。

想到這裡，曹朋輕輕拍擊額頭。

這還真是一個麻煩……

殺死趙雲？

曹朋真有些不捨。

可如果不能招攬趙雲的話，終究是一個威脅。

實在不行，也只有……

曹朋想到這裡，下意識握緊了拳頭。

身後，腳步聲響起。曹朋沒有回頭。

「公子，已經把那人送走了。」龐德來到曹朋的身邊，低聲道：「我觀公子，對此人似乎極為重視，剛才何不將他留下來呢？」

「令明，此人身手如何？」

「雖未交鋒，但他當強我一籌。不過，若是與公子聯手，五十個回合之內，必能將他拿下；若有閻士相助，他撐不住二十個回合。」

龐德看趙雲有些不順眼，可還是實話實說，言語中沒有半點摻假。

曹朋笑了，輕聲道：「若留下來，也只是一具屍體……如此英雄，就這麼死了，卻有些可惜。況且子幽與他自幼交好，我若殺他，豈不是令子幽難過？今日且結下一段善緣，若有緣時，自可以得償所願。不過令明你還要小心，若在疆場與此人交鋒，切不可以力敵。此人乃槍絕童淵的親傳弟子，槍法出眾，且膽大心細，須謹慎小心。」

龐德追隨曹朋也有三年多了，這還是他第一次見曹朋以如此鄭重的語氣，讓他小心某一個人。臉上頓時露出幾分凝重之色，他拱手道：「公子放心，若疆場與此人相逢，德必會多加小心。」

「如此，甚好！」

曹朋微微一笑，深邃的目光向西邊眺望。

劉玄德，終於可以和你正面交鋒了……只是不知道這一次，你是否還能保持你的好運氣呢？

舞陰，在悄然不經間，更換了主人。

原本南陽一直是由賈詡主持大局。只是賈詡這個人，更喜歡藏在幕後出謀劃策，對於檯面上的事情並不是特別操心。這也就是賈詡和李儒之間的區別！

曹朋曾在私下裡分析過兩人孰高孰低，但得出的結果卻是不分伯仲。

賈詡長於謀略，目光毒辣，手段老道，更長於隨機應變。

而李儒呢，在機變方面不如賈詡高明，同時對於大局的洞澈，也不似賈詡那麼敏銳。李儒的長處，在於一個『全』字。他同樣擅長謀略，更精通民生內政。當初在董卓帳下時，李儒能為第一謀主，蓋因

曹賊

章九

南陽之善緣

他這個『全』字。

相比之下，賈詡在內政民生的手段就顯得有些不足。加之他善於自保，好低調行事，所以在當時的情況下，並不為太多人知曉。不過，賈詡是第一個提出奉天子以令不臣的概念，可以說早在關中混亂之時，賈詡已經看出了未來發展的大勢，並開始為自己進行謀劃。

之前，夏侯惇敗退，身受重傷。身為豫州刺史加太中大夫的賈詡，不得不挺身而出，主持大局。只不過，賈詡在主持大局時，更注重一個『穩』。他並沒有急於和劉備等人進行交鋒，而是穩住了陣腳，默默進行觀察。如今曹朋抵達舞陰，賈詡立刻將手中的大權交出去，再次隱身於幕後。至於他究竟有什麼決意，曹朋並沒有詢問。他相信，賈詡在該說的時候，自不會隱瞞。

但願，這一次他不要再把劉備逼急了！

對舞陰人而言，父母官的更迭，必然會產生一定程度的波動。

只是聽說這位南陽太守，竟然就是舞陰本地人，而且之前在中陽鎮的流水宴席，更坐實了這件事情。舞陰人非但沒有緊張，反而非常高興。對舞陰人而言，舞陰人治舞陰，更能讓他們接受。所以，在曹朋抵達舞陰的頭一天，舞陰縣一如往常，甚至沒有出現任何異常波動，大家都泰然自若的接受了曹朋的存在，特別是生活在舞陰的中陽鎮人，更表示了對曹朋的歡迎……

不過，接下來，這位曹太守要如何治理南陽郡？他的第一把火，究竟會在何處開始燒起來？這讓許多舞陰人，包括南陽各家豪強，都感到好奇。

舞陰縣，很平靜。

曹朋到任的第二天，並沒有立刻就任，而是邀請了舞陰的耆老們，在舞陰縣周圍尋訪查探。第三天，他就待在府邸中，足不出戶。

「此前，劉景升曾任荀諶領南陽太守之職。」

書房裡，曹朋把卷宗放下，抬頭向鄧芝和杜畿、盧毓三人看去，臉上露出一抹詭異的笑容。

盧毓的年紀，和曹朋差不太多，但看上去卻好像一個文弱秀氣的少年，給人一種稚氣未脫的感覺。他微微一笑，「看起來，玄德的日子也不太好過。」

「不止是不好過，劉表對劉備的猜忌，似乎比之早前更重。」

杜畿沉聲問道：「如此，公子可有定計？」

「劉表和劉備之間的問題，自有別人操心，咱們無須再橫插一腳。不過，劉備依然對荀諶委以重用，此人心胸之豁達，的確是非同一般。之前我已聽人說，南陽郡流傳我要推行屯田之策，故而有許多人感到不滿。這謠言來得頗為詭異，連我自己都不太清楚該如何治理南陽，屯田之策又從何而來？我想，此必劉備詭計，想要把我推到南陽豪強的對立面。」

盧毓點頭道：「這倒也符合劉玄德的作風。」

盧毓沒有見過劉備，雖然劉備曾在盧植門下求學，但是兩人卻從未有過交集。劉備求學的時候，盧毓還沒有出生，而等到盧毓出生的時候，劉備已經出師。所以二人雖說有同門之誼，但感情並不算深厚。特別是盧植死後，盧毓一家過得極為清苦，而劉備更無隻言片語。

從某種程度上來說，盧毓對劉備的認識，多來自於他的兄長。

但盧毓的哥哥，顯然對劉備沒有好感。盧植是勤儉持家，門風樸素；劉備求學的時候則好奢華，喜歡穿昂貴的華服，吃上等的酒菜。兩人為此還產生了好幾次的衝突。後來盧植把劉備逐出師門，未嘗沒有盧毓兄長的作用在裡面，所以盧毓對劉備也沒有好感。

「而今，劉備已經出招了，卻不知公子準備如何應對呢？」鄧芝突然發問，看著曹朋。

「以不變應萬變，劉玄德既然造出了謠言，我這時候無論說什麼，都會被人懷疑。而今，主公即將

南陽之善緣

對幽州開戰，所以最好不要招惹是非。關鍵在於，要儘快在南陽郡站穩腳跟。而今南陽，豪強林立，唯有取得他們的支持後，再做籌謀不遲。只是，這南陽豪門甚巨，當從何著手？」曹朋說著，目光掃視鄧芝三人。

杜畿閉目沉吟，片刻後輕聲道：「南陽豪強林立，但若說首領者，也僅止十家。宛城陳、棘陽鄧與岑、穰縣來、丹水黃，以及其餘五家豪強。這十家豪強，多起家於光武皇帝中興之時，雖說不少家族已經沒落，但是在南陽郡，仍享有極大的聲譽和影響力……其中，尤以棘陽鄧沒落最快，可是卻不能否認，這棘陽鄧氏是當年十家豪強中最為強盛的一支。公子與其結好各家，倒不如扶持一家，如此一來，可以更容易站穩腳跟。」

當杜畿說完棘陽鄧氏四字以後，曹朋的目光便轉向了鄧芝。

鄧芝苦笑搖頭，「我早就知道伯侯會把主意打到我身上。我倒是可以去聯絡鄧氏，但分量卻有些不足。當年家父正是不滿族中的不作為，憤而離家，至死未曾返回棘陽。所以在族中，我沒有太大的聲望。若公子欲扶立棘陽鄧氏，還需要有一位夠分量的人物前往棘陽，我可以從旁輔佐。如此，才可以使鄧氏一族安下心來。」

曹朋聽聞，眉頭一蹙：「伯苗，你不會是說……」

「若無小艾前往，恐鄧氏難以心安。」

「讓小艾去棘陽？」曹朋不由得失聲驚叫。片刻後，他搖搖頭，「伯苗，非是我不答應，小艾年紀實在太小了……」

鄧芝並不是推拒，這一點，曹朋心裡很清楚。

其實，返回南陽，若說最想要施展才華的人，鄧芝絕對算得一個。他是南陽人，他渴望能在南陽做出一番事業，讓當年小覷他的人好好看看。但越是如此，鄧芝也就越是謹慎冷靜。

算起來，近十年的歷練，令鄧芝成長卓然。他不再是當初那個心高氣傲的毛頭小子，考慮事情也變得更加全面起來。

光武中興，東漢開國，南陽郡共有十大豪強……

可是現在，昔年的十大豪強基本上都已經沒落。不過多年形成的鄉黨力量，使得十大豪強仍在各地豪強中，占據領袖地位。棘陽鄧村，更是如此。當年鄧村尚有鄧濟為劉表帳下中郎將，令鄧村勉力支持。但是建安二年末，曹操第二次征伐宛城時，鄧濟在湖陽被魏延所破，使得棘陽鄧村再也沒有能拿得出手的人物。

也不是沒有出眾之人，比如鄧稷，如今就是八面威風。可當初鄧稷背井離鄉、逃離南陽之後，就再也沒有和鄧村有過半點聯繫。

這也讓棘陽鄧村感到很是難堪。

鄧芝回鄧村說服鄧氏族老，問題算不得太大，可是能不能說服鄧村真心歸附，還需要有一個能夠穩住他們軍心的人物。思來想去，還真就是鄧艾最為合適。

但曹朋卻不是特別情願！

棘陽，與涅陽一水之隔，臨近新野，靠近朝陽。那裡隨時都可能發生戰爭，讓鄧艾前往棘陽，曹朋著實不太放心。可問題是，他又找不到一個更合適的人選……

如果鄧範在這裡，倒也是一個合適的人物，而且曹朋不會為鄧範的安全擔心。鄧艾，年紀太小了！僅十歲的鄧艾，便要擔負起如此危險的任務，萬一有個差池，曹朋又如何與姐姐交代？

見曹朋不言語，鄧芝也沒有再說下去。他知道，曹朋最終一定會做出最為正確的選擇。

正月初五，曹朋才算是正式露面，召見南陽大小官吏。

如今，南陽的局勢非常不好，不僅僅是宛城失守，劉備逐漸坐大，更有吏員等方面的麻煩。

曹朋手中直接控制的幾個縣城中，除了舞陰、湖陽、葉縣、堵陽、雉縣、魯陽六縣，其餘諸縣均無主官。有幾個縣城，基本上是靠著一些吏員勉力支撐，情況顯得極為糟糕。特別是棘陽，如今幾乎是處於無政府的狀態之下。前任棘陽令，被劉備所殺，縣城大小吏員早已四散而逃。

後來賈詡收回了棘陽，卻找不到合適的人選進行安排……無奈之下，他只好讓傅肜暫領棘陽縣尉之職，勉強穩住了局面。可是傅肜似乎更善於治軍，在內政方面明顯不是特別合適。他接手棘陽後，和劉備軍幾次衝突，不分伯仲，但棘陽的形勢依然混亂。

誰可以接掌棘陽？

這也是曹朋一直在考慮的問題。

在他心裡，倒是有一個合適的人選，可是在召見官吏的時候，他卻沒有看到那個人……

「李嚴，何故不至？」曹朋執名冊，清點了一下人員之後，忍不住蹙眉，沉聲問道。

呂常有些尷尬的說：「正方身體不適，一直未有好轉。所以未能奉召，還請太守多多海涵。」

又是身體不適！

四天前，他就身體不適，甚至沒有去迎接曹朋。

而現在，曹朋赴任後第一次召見吏員，李嚴又身體不適。

如果說之前曹朋還沒有太過留意這件事的話，那麼現在他已經可以確定，李嚴不是身體不適，而是心裡不適。恐怕，他對於自己出任南陽太守有些不太服氣，或者心懷不滿吧。

想到這裡，曹朋把手中的卷宗放下，眸光閃動，露出一抹若有所思的表情來。

「既然這李正方身子不舒服，那就好好在家休養，莫再讓他操勞公務。這樣吧，李嚴手中事務就由子璋暫時接手，什麼時候他身體好了，再給他安排事情做吧。」

「可是……」呂常一怔，透出一絲憂色。

「子恒勿再贅言。難不成我南陽郡少了他李正方，就運轉不得了嗎？他而今為主簿，各式文牘都需要他來處理，每積壓一日，就會造成諸多的損失，總不可能我要等著他康復，才能著手安排事務吧？子璋才學卓著，曾在太學中就學，熟讀經典，善於處理文牘。以後，就由他代行主簿之責。至於李正方，身體什麼時候康復了，再委以重任不遲。此事就這麼決定！晚上我會在府中設宴，款待各方來客。到時候還要煩勞子恒，多留意城中狀況。」

曹朋一言定乾坤，令呂常立刻閉上了嘴巴。

他倒不是和李嚴有多麼親密的關係，只是覺得有些可惜。

李嚴的心思，呂常大致上能猜出來一些，想必是他那自矜清高的毛病又犯了！他怕是不太服氣曹朋，哪怕曹朋聲名響亮，可畢竟年歲太小。李嚴自己呢，又是個極其高傲的人，感覺就不是特別舒服。他只是想透過這種手段，來給曹朋一個下馬威，卻不想曹朋直接就讓人代替了李嚴的主簿職務。如果這傢伙能識相一點，說不得大好前程就在他的眼前……

可惜，可惜了！

呂常犯不著為李嚴而得罪、甚至觸怒了曹朋，畢竟他以後還要在曹朋手下做事。

一個小小的主簿，竟然敢拿架子，挑釁太守？這若是換個人，比如夏侯惇那樣剛烈的脾氣，弄不好就直接要了他的性命。所以，呂常也只能是勸說兩句，便不復談論李嚴的話題。

就內心而言，曹朋並不喜歡李嚴。

前世讓他對李嚴的印象極差，特別是在諸葛亮兵出祁山，眼見司馬懿已經耗盡了糧草，勝利在望的時候，李嚴卻因為督糧草不利，害怕擔負責任，於是向後主劉禪進讒言，誣告諸葛亮，致使諸葛亮兵出祁山之策功虧一簣。從這一點而言，曹朋對李嚴的人品和德行，都不太能看得上。

如今李嚴竟然又和他拿架子？

曹朋絕無可能向他低頭……

所謂三顧茅廬，所謂禮賢下士，也需要分人。

如果是龐統、諸葛亮這樣的人，曹朋倒也不在乎三顧茅廬。可是對李嚴這種自矜清高的人，越客氣，他就越囂張。所以，李嚴既然說他身體不好，那曹朋倒也不介意讓他好好休息。反正，他手中的人手暫時還算充足。

當晚，在府衙中，曹朋宴請了前來道賀的賓客。

馬玄也前來赴宴，原本想要在酒宴之上挑動是非，但是看到端坐於酒宴之上的客人，他非常明智的閉上了嘴巴。因為在宴席上，有劉表派來的使者，正是鹿門山的龐山民。龐氏不但和蔡家有關係，與諸葛亮也頗有聯絡。有龐山民在，馬玄還真不太好搬弄什麼是非。

不過，他卻從龐山民的到來，看出了劉表的心思。

也許劉表並不希望和曹氏交惡，所以讓龐山民前來，也正是為了向曹朋釋放善意。整個荊州都知道，想當年龐氏對曹朋有知遇之恩，如今龐德公雖然已經歸隱，但曹朋和龐氏的這份人情猶在。馬玄一看到龐山民，就立刻感覺到情況有些不太妙……劉表，莫非是要與曹氏談和？

馬玄頓時無心繼續逗留舞陰，於是匆匆赴宴後，便告辭離去。他必須要儘快返回宛城，把龐山民到訪的事情告訴劉備，也好讓劉備提前做好準備……

對馬玄，曹朋也沒有挽留。他只知道這馬玄是馬氏五常的老大，是那白眉馬良的大哥。

雖然歷史上記載，馬玄很有才華，可在曹朋的記憶裡，《三國演義》中甚至沒有提及馬玄的姓名。這種人也不太方便拉攏，而且給他點好臉色，反而容易讓他們更加驕傲。弄個不好，還會自取其辱。這

種事，曹朋不屑為之。

只是有些可惜，趙雲隨馬玄一同離開。他甚至沒有與曹朋道別，連面都不照一下便走了……

曹朋知道，他現在招攬不得趙雲。可這麼平白放走了趙雲，說實話，他心裡真的有點不太情願。

當晚，曹朋在府邸中與訪客們賓主盡歡。

龐山民告訴曹朋，龐德公如今就在鹿門山，若有時間，還請曹朋造訪。

曹朋欣然應允。

第二天，曹朋送龐山民離開。

他剛回到縣廨門外，就見杜畿匆匆迎上前來，「公子，剛才有一人自稱公子故交，正在廳上等候。」

故交？

曹朋聽聞，不由得一怔。他在南陽有故交嗎？

似乎除了龐德公之外，曹朋在南陽並沒有任何朋友和親眷。

心中感到有些疑惑，曹朋連忙來到了大廳。才一走上門階，他就看到那大廳裡有主僕兩人，一個已年過三旬，看上去形容有些蒼老，兩鬢生有白髮；而另一個，則是一位老者，看年紀，應該快到古稀之年……

曹朋見到這兩人，臉上頓時露出了燦爛的笑容。他快步走進大廳，朗聲大笑：「蒯兄、老管家，兩位什麼時候來到舞陰？朋有失遠迎，還望恕罪。」

章十 荊州事，荊人治

蒯正，這些年來極不如意……

當年的曹朋一家人從中陽鎮投奔女婿鄧稷時，棘陽縣的縣令正是蒯正。那時候，多虧了蒯正的照拂，曹汲一家才迅速的在棘陽安頓下來。不管蒯正是出於什麼樣的用心，但他對曹朋一家確實是非常照顧。當初黃射要陷害曹朋一家的時候，蒯正還竭力的想要保護住曹朋和鄧稷。

只不過，蒯正雖是蒯氏家族出身，卻是旁支庶出子，家中的地位本就不算太高，根本無法和黃射這種宗房嫡子的地位相提並論。

後來，曹朋和鄧稷在夕陽聚遭黃射陷害，音訊皆無。黃射命人將曹朋的父母和姐姐抓起來，想要害了他們的性命，蒯正也與黃射發生了激烈的衝突……之後，曹朋劫走了曹汲，殺死鄧才、馬英後，遠赴許都。蒯正因為這件事受到了牽累，被蒯家召回族中，再也不予培養……

說起來，襄陽蒯氏與江夏黃氏，不分伯仲。蓋因為蒯正是庶出子，蒯氏當然不希望因為他而得罪了當時氣焰囂張的黃祖，壞了兩家的情分。如此一來，蒯正再也未能復起，在老家整整消耗了近十載光陰，甚至到了山窮水盡的地步。

宗族自有宗族的規矩。他們不會對族人坐視不理，但也不會平白無故的施捨。

蒯正最初在族學裡面授課，靠著微薄的薪水過活……當初那些投靠他的族人，見他失勢，便紛紛離去。妻子見他落魄，便返回娘家，一去不回，甚至還請娘家人出面，與蒯正解除了婚約。如今，蒯正身邊除了那位跟隨他多年的老管家之外，再也找不到能貼心的人來。

一開始，他尚能靠著族學授課為生。可是後來，鄧才的妹妹，也就是嫁給蒯家宗房子的小妾，鼓動丈夫出面為難蒯正。那位宗房子和蒯正素有矛盾，加之後來又得了蒯良的賞識，在家中地位不低。他這一出面，逼得蒯正根本無法在族學立足，最後不得已離開族學，與老管家在襄陽城裡開設了一家小店面，雖得溫飽，可是也沒了東山再起的機會。

十年了！蒯正已經心灰意懶。可是沒有想到忽有一日，蒯良派人到襄陽找到了他，讓他返鄉覲見。

蒯正感到莫名惶恐。

蒯良，那可是宗房嫡子，在族中的地位僅次於族長蒯越。一般沒什麼事情的話，族人很難見到蒯良。如今蒯良突然要召見自己，莫非發生了什麼事情？抑或是有人又說了他的壞話？

說實話，這幾年蒯正過得的確是大不如意，甚至可以用窮苦潦倒來形容。

他可是想不出來蒯良找自己能有什麼好事……弄不好，又是那位宗房子在後面鼓搗是非吧？

這幾年，這種事情可不少見。

不過蒯良召見，蒯正自然也不能拒絕。

時，曹朋抵達中陽鎮。

蒯正則滿懷惶恐，來到了中廬縣。

蒯氏的鄉黨根基是在南郡中廬，也就是後世的湖北南漳。不過大家多稱之為襄陽蒯氏，是因為蒯氏早已走出了中廬，成為荊襄豪門，但其宗房仍建在中廬縣。

曹賊

章十 荊州事，荊人治

蒯正一到中廬，便覺察到有點不太對勁。首先，蒯良竟然命人在十里亭等候他的到來，說明事情一定非常重要。而迎接他的人，正是蒯良的心腹，名叫蒯弗。

「伯平何以來遲，二老爺在家中已等候多時。」

「弗叔，究竟什麼事，竟勞您親自等候？」

「伯平休贅言，快隨我去見老爺。」

正值年關，中廬縣裡一派熱鬧非凡的景象。縣城裡，瀰漫著新年即將到來的歡樂氣氛……

蒯弗拉著蒯正進了縣城，卻突然停下腳步。

「伯平，何以穿著如此單薄？」

寒冬臘月，蒯正還穿著破舊的秋裝。蒯弗猶豫了一下，拉著蒯正直奔中廬縣的一家成衣店。他為蒯正挑選了兩套華美衣裳，讓蒯正換上。

「大老爺平素最重這禮儀，若你身著寒酸，只怕令大老爺不喜。伯平，我知你這十年來受了不少的委屈。不過你終究是蒯氏族人，今大老爺有要事召見你，你可不能推辭。若此事能辦得妥當，你復起只在眼前。一會兒見了大老爺，要注意禮儀。」

復起？

這聽上去，是一個何等陌生而遙遠的詞句。

當年剛從棘陽返回老家時，蒯正也想著復起之事。然則十年過去……復起之心，早已經淡泊。他甚至做好了準備，待老管家故去，他就離開荊州，到外邊討生活去。於蒯氏而言，多他一人，少他一個，似乎也沒有什麼太大的影響。

「弗叔，究竟發生了什麼事？」

「你見到大老爺，自然明白。」

一個數年來未曾返還祖宅的族人，突然在蒯弗的引導下回到祖宅，自然引起了不少人的猜測。蒯正在蒯府後宅的書房裡，見到了蒯良，心裡面的惶恐也越發強烈。

「姪兒蒯正，拜見叔父。」

蒯良滿面春風，笑呵呵拉著蒯正坐下。寒暄幾句後，蒯良突然開口問道：「伯平，我聽人說，你當年在棘陽，曾與曹氏一家交好嗎？」

蒯正心裡不由得一咯登。

都過了這麼多年，還要翻舊帳嗎？江夏黃氏已經衰頹，似乎沒有必要再追究自己吧？

蒯正猶豫了一下，輕聲道：「姪兒那時候年輕氣盛，不曉得事。為一庶民而與黃氏交惡，實為不智之舉。姪兒這些年來常暗自反省，亦深感後悔。此事……姪兒已向宗房交代，還請叔父恕罪。」

看著蒯正那蒼白如紙的面容，還有眼眸中的懼色，蒯良卻不由得一陣懊悔。

當年的事情不是你錯了，而是我們錯了……

誰又能想到，昔年的小子，如今竟是朝廷欽封的南陽太守？看起來，蒯正這些年來過得極不如意。也不知他當年怎來的勇氣為曹朋討公道。

「伯平，昔年之事，是非難辨。於家族而言，黃祖氣焰囂張，甚得州牧所寵信。我蒯氏雖定居荊襄累世，也不得不避其鋒芒。我也知道，這些年來，想必你也受了不少的苦處和委屈。不過，不管怎樣，你都是家族子弟，而今家族有重任與你，還希望你能忘記過往的不快，盡心竭力……我可以保證，會給你一個公道。」

言下之意，無非是告訴蒯正，我會為你報仇。

說著話，蒯良突然擊掌，就見蒯弗手捧一個錦匣，走進書房。

「這是為叔，給你的第一個公道。」

章十

荊州事，荊人治

「啊？」蒯正愕然抬頭，看著蒯良，有些不知如何是好。

蒯弗上前把錦匣放在蒯正身邊的桌案上，蒯正猶豫了一下，伸出手來，將那錦匣慢慢開啟……

驀地，他瞳孔放大，臉色更加蒼白。

一股血腥氣，撲面而來！

只見那錦匣中擺放著一顆人頭，臉上的血汙還未乾涸，顯然是剛被人殺掉。再仔細辨認，蒯正認出這人頭赫然是那位宗房子的愛妾，也就是鄧才的妹妹！

這，究竟是怎麼回事？

他扭頭向蒯良看去，卻見蒯良神色平靜，好似古井不波。

「賤婦長舌，壞我族中法度，竟使德生迫害族人，實罪該萬死。」

蒯良看都沒有看那錦匣一眼，沉聲道：「至於德生，你伯父已派人將其召回，並決議罷去他夫夷長之職，讓他回家潛心思過。這也算是給你的第二個公道，不知伯平心下以為如何呢？」

德生，也就是那位宗房子。

蒯正懵了！

但他心下卻很清楚，蒯良既然做到了這一步，若他拒絕，那麼下場恐怕比那宗房子好不到哪兒去。

別看蒯良的表字是子柔，但做起事情來，手段卻絲毫不會柔和。

蒯正連忙躬身道：「姪兒身為蒯氏族人，生為蒯氏人，死乃蒯氏鬼。叔父若有吩咐，但請說明。姪兒必不推辭，願為家族效犬馬之勞。」

蒯良那張清臒而略顯剛直的面龐，頓時浮現出一抹笑容，也使得他臉上的線條柔和許多。

「伯平怕還不知道，當年你所維護的曹家子，而今情況如何？」

「呃……姪兒這些年忙於生計，卻是不太清楚。」

「那你可聽說過，曹三篇之名？」

蒯正一怔，點頭道：「曹三篇所做八百字奇文，姪兒能倒背如流。其《三字經》和《弟子規》，姪兒亦熟讀於胸，當然知曉。」

「那你可聽說過，福紙樓？」

「哦，也知道。」蒯正臉上露出一抹羞澀，「姪兒早聞鹿紋箋之名，可惜卻無緣一見。」

蒯良道：「那我告訴你，曹三篇，也就是當年曹家子。而那福紙樓，不過是他名下的一處產業而已。如今，曹家已然崛起，當年的曹汲，乃隱墨鉅子，所造刀劍乃天下人所求。他如今官拜涼州刺史……那曹家子，便是朝廷所任，南陽太守。」

嘶！

蒯正不由得倒吸一口涼氣，接著一股氣直沖頭頂，而後迅速蔓延全身。

他終於明白蒯良何故召見他，又何故對他和顏悅色……不是他蒯正如何，而是他蒯正當年的作為，如今讓蒯氏看到了巨大的利益。

曹家子，便是曹三篇，便是那位新任南陽太守？

鹹魚翻身！

蒯正知道，這一次，他真的是鹹魚翻身了……

「我要你前往舞陰，以你私人身分，拜訪曹友學。此次拜會，你需要什麼支援，只管說明。我已命人為你準備百金……我的要求是，留在曹朋身邊。我不求你能得一官半職，但至少要想辦法加入曹朋的幕府，保持和曹朋的友誼。伯平，你可願往？」

端坐在廳上，蒯正看著眼前這英武青年，也不由得感慨這世事無常。

想當年，誰又能想到那個文弱少年，而今竟然有如此的成就？當初他念在鹿門山龐氏的情分上，給予了曹朋一家照拂。卻不想今日，憑著曹氏一脈，東山再起，真讓人感慨。

不過，蒯正非常高興，曹朋仍念著他。

當認出他的時候，曹朋顯得極為興奮，拉著他的手，不肯鬆開。連帶著那位老管家，也頗受曹朋的尊重，硬是給老管家安排了一個座位。

東漢時，講究尊卑高下。若換個人的話，曹朋對老管家的這種態度，會立刻拂袖而去，甚至認為曹朋是羞辱他。可蒯正卻不一樣……十年來他歷經坎坷，當年追隨他的人都跑了，只有這位老管家不離不棄的跟隨他、照應他。在蒯正心裡，老管家並不是奴僕，而是他最為信任的親人。

曹朋對老管家的尊敬，在蒯正看來，正說明曹朋的念舊。

「伯平兄，我後來曾讓人打聽你的消息，卻得知伯平兄被召回襄陽。不知而今，近況如何？」

曹朋是真高興，能重逢故人，絕對是一樁喜事。當年蒯正待他一家不錯，這份情，他牢記在心中。

哪知蒯正聽聞，卻露出苦澀笑容。

「說起來，可是一言難盡。」

將這十年來的遭遇，大致的與曹朋講述了一遍，令曹朋也是唏噓不已。

「說起來，當年我雖是受黃射所迫，被逼拿下令尊一家，可這心裡面，一直不太舒服。後來我雖據理力爭，想要討回公道，奈何黃氏勢大，而我在族中地位不高，所以也沒什麼用處。思及起來，正愧賢弟多矣。」

漂亮話人人都會說，蒯正身為蒯氏弟子，自然也懂得這說話的藝術。

他講述當年過往瑣事，卻沒有責怪曹朋連累了自己，只說他未能保護曹汲一家而感到愧疚。

他越是愧疚，曹朋也就越是愧疚。不管蒯正當時是出於何心維護自己一家的利益，可他終究是因為自己而遭受了這麼多年的磨難。十年！算算日子，距離前往九女城，整整十年。一個人能有幾個十年？更何況是蒯正最為關鍵的十年……如今，蒯正三十多，可那衰老的模樣，看上去好像四十歲一般。

曹朋咬牙道：「兄長休要說羞愧二字，你這麼說，豈不是折煞了小弟？如今兄長既然來了，就別走了！小弟雖不才，未能與兄長大前程，可是出人頭地卻還有些把握。至於那些當年羞辱你的人，不是不報，時候未到。待有朝一日，小弟定為兄長討回公道。」

老管家一聽，連忙起身道謝：「朋公子，我家公子不須什麼公道，但只請朋公子能出面，將我家公子的少爺討要回來即可。」

「怎麼？」

「當初少夫人與公子解除了婚約，連同小公子一同帶走。我家公子日思夜想，希望能得小公子重逢。奈何少夫人家中勢大，而族中又不肯為公子出頭，以至於小公子……公子所求無他，只希望小公子莫從了他人姓，辱沒祖宗的名聲。」

曹朋抬頭，向蒯正看去。

半晌後，他輕嘆一聲，「敢問那女家是何來歷？」

「便是零陵劉氏。」

零陵劉氏？

那豈不就是周不疑母親的家族？

曹朋一蹙眉，沉吟片刻後，突然高聲道：「伯侯，可在？」

「公子！」杜畿連忙走進大廳，躬身行禮。

曹朋道：「持我名刺，立刻派人前往武陵，與武陵太守劉先知，就說要他劉家把伯平兄的公子交出來，就算我欠他一個人情。」

曹賊

章十

荊州事，荊人治

劉先身為武陵太守，屬於典型的曹派。

他傾向於曹氏，而且得曹操所重，才有了武陵太守的職務。

雖說劉先在劉氏宗族中並非翹楚，可是地位也不算太低……畢竟兩千石俸祿的大員，即便是劉氏而今最為出色的人才劉巴，也無法相提並論，因此劉先在家族中說話還算是有些分量。曹朋和劉先並沒有什麼交情，但這並不妨礙劉先願意結交曹朋。

更何況，曹朋如今已不是待罪之身。真兩千石的南陽太守，在品秩上，可是比劉先那比兩千石的武陵太守，高出兩個級別呢……

蒯正不由得涕淚橫流，起身一揖到地。

「賢弟恩義，正必永世難忘。」

曹朋笑道：「伯平兄，你我也算相知十載，那些虛透巴腦的話，還是莫要再言。你我兄弟今日相逢，定要一醉方休。不過，我相信伯平此來找我，必身負使命。你但說無妨，能答應的，我絕不會推辭……待商量了正事，就請老管家回去報信。你留下來，待我熟悉了情況，必然與伯平兄一個妥善安排。」

曹朋說話沒有拐彎抹角，而是開門見山。

可越是如此，蒯正內心中就越是激動。他深吸一口氣，對曹朋道：「賢弟，似你這般談吐，真不曉得是怎麼走到了今日。」話語中也多了幾分輕鬆，甚至還打趣了曹朋。

「拐彎抹角，我也會……不過卻要看是對什麼人。若是不熟的，或者看不上眼的，我倒不介意與他虛與委蛇。但我與兄長，也算是故交。與朋友說話，何必耍什麼心計？若有那精神，倒不如喝上兩杯痛快。」

蒯正聽聞，不由得莞爾。

「我此次前來，乃奉族中長者之命，送一封書信。」

蒯正說著話，向老管家看去。卻見老管家將身上的布袍脫下來，撕開了夾衣，取出一封書信，雙手呈遞給了曹朋。

曹朋接過書信，當面打開來，迅速的看了一遍。

蒯良信中倒是沒有說什麼大事情，只是說他有個姪兒蒯正，聽說與曹公子是故交。而今他在荊襄，也沒什麼出頭之日，所以想要請曹公子為他安排一下，將來也能有一個照應。信中還提到了龐德公，說德公近來身體不是太好，並託他與曹朋帶信，問他可讀通了《尚書》。

想當初，龐德公授曹朋《尚書》，從某種程度上，已經是認下了曹朋這個弟子。只是造化弄人，曹朋後來又拜師胡昭……

蒯良的信中，並無一件事談及公務，卻又處處透著別樣的意味。

曹朋看罷書信之後，沉吟不語。他大致上明白了蒯良的意思，其實就是希望勿在荊襄興起刀兵，保住荊襄之地的太平。

「老管家。」

「公子，有何吩咐？」

「煩你回去告訴良公，朋奉朝廷旨意，出鎮南陽，也只是希望還荊襄一個太平，並無什麼惡意。但自古以來，普天之下莫非王土……我奉旨而來，乃奉天承命。可是這南陽，卻有兩個太守。所謂一山不容二虎，我也非常難做。而今丞相征伐北疆，乃是為漢室中興，可總有一些宵小在暗地裡搬弄是非，挑動風雨。」

「南陽這些年來戰事不斷，劉荊州與丞相本都是明事理的人，卻奈何小人作祟，以至於衝突不絕。結果，也只可能是令我荊襄百姓飽受蹂躪……此絕非我期望，亦非良公所期望之結果。我一直信奉，荊州事，荊人治。想我荊襄九郡，自古以來物華天寶，人傑地靈，乃精英輩出之地，何至於今日卻要看外人的眼色，受外人的挑唆？此荊州之不幸，荊人之不幸。」

曹朋這一番話，絕對是說中了要害。即便是蒯正在一旁，也連連點頭。

「賢弟所言不差，荊州事，荊人治，何須外人插手？」

這外人所指是誰？不言而喻……

曹朋沒有說明，蒯正也沒有說出，但大家都心知肚明：劉備！

荊州事，荊人治。

曹朋無疑是明確的告訴了蒯良，他的方針政策，乃至日後曹操會推行的方針政策。而這六個字，也是關鍵所在。

老管家聽曹朋和蒯正反覆提及這六個字，哪裡還能不明白含意？其他那些話，記個大概就成，關鍵是這六個字，絕不能記錯……

曹朋不可能給蒯良書面上的回應，想來那也不是蒯良所希望看到的結果。

只要有這六個字，老管家足以向蒯良交代。

「如此，老僕立刻動身。」

「慢！」

曹朋喚住了老管家，讓人取來一身華美新衣，親手披在老管家的身上。

「公子，這如何使得？」

「老管家，當年我和姐夫一起前往九女城的時候，老管家你曾親自相送。這份情意，朋牢記在心中。我已讓人安排了車馬，送老管家回去。見良公後，還望老管家早日回來。我相信，伯平兄一定會非常牽掛你，莫要讓他太過擔心。等老管家回來，說不得伯平兄已有了大好前程。」

老管家聽聞，不由得淚流滿面。他這一輩子忠心耿耿，所期望的就是蒯正有朝一日出人頭地。

「朋公子請放心，老僕還想早點回來，隨公子好好享兩天清福呢……」

蒯正在一旁，也不禁淚流滿面。

老管家離去後，曹朋在府中設宴，為蒯正接風洗塵。他並沒有急於給蒯正安排，而蒯正呢，也沒有詢問。

當晚，蒯正就在府邸中住下來，等待老管家回來。

一路奔波，蒯正也著實累了，加上又喝了不少酒，以至於回房便沉沉睡去。

曹朋卻不能睡下，喝了一碗醒酒湯後，他便來到書房裡，翻看公文案牘。

不知不覺，夜已經深了。

就在曹朋剛準備吹滅燈火去休息的時候，就聽到書房門外，有人輕輕拍擊房門，「舅舅，我有事，與你商量。」

燈光下，鄧艾小心翼翼的拉開房門，探頭進房間。

曹朋疑惑的看著他，「小艾，這麼晚了，你怎麼還沒有睡覺？別忘了，明天可是還要早起練功呢。」

鄧艾咧嘴，笑了！

對曹朋，鄧艾有著極為深厚的感情。外甥和舅親，這也算是一個不成文的習俗。

鄧稷常年在外，待在家裡的時間很少，一方面是因為他事務繁忙，另一方面則是因為他身子殘疾，始終無法進入中樞，只能在外任職。官職小的時候，鄧艾還可以跟隨，但隨著鄧稷的官職越來越大，鄧艾再想跟隨父親，難度很大。因為比兩千石俸祿的官員家屬必須留駐京畿，不可以隨同赴任。這也是為了牽制官員，一種變相的人質手段。

曹朋這些年起起落落，反而待在家裡的時間比鄧稷要多上許多。

曹賊

章十

荊州事，荊人治

建安五年，官渡之戰結束後，曹朋被幽閉三載。

建安十年，他又因為殺了韋端，而被鬼薪三歲……雖說不到三年，可是卻能與家人朝夕相處。再加上鄧艾與曹沖產生了矛盾，跑到滎陽居住，這也使得甥舅二人的感情更加深厚。

鄧艾平日裡和曹朋說話挺隨意，如今吞吞吐吐的，讓曹朋不禁有些奇怪。

「舅舅，聽說伯苗叔父要去棘陽？」

「嗯。」

「我能不能一起去？」

曹朋幾乎沒有任何思考，斬釘截鐵道：「不可以。」

哪知道，鄧艾居然頂嘴道：「為什麼？」

「棘陽，太危險。」

「可是如果我不去棘陽，伯苗叔父能夠成功嗎？」

曹朋一怔，眼睛頓時瞇縫起來。

此前，鄧芝曾建議讓鄧艾前往鄧村，穩定鄧氏族人的心思。但曹朋沒有同意，因為他覺得那裡實在是太過於危險……可沒想到，鄧艾竟然知道了此事。

他心中陡然生出一絲怒意，聲音也隨之變得森寒：「此事，誰告訴你的？」

「舅舅，沒有人告訴我，是前日……我看丞相所著新篇時，有些地方不太清楚，所以去找伯苗叔父商議。正好在門口，聽到伯苗叔父和伯侯世伯在談論事情，在偶然間聽到的消息。」

「舅舅，你莫生氣。甥兒已經不是小孩子了，此次隨舅舅前來，也希望能多增長些閱歷。甥兒幫不到舅舅太多忙，可是甥兒真的希望能為舅舅分擔憂愁。這麼多年來，一直是舅舅在支撐著這個家，雖然舅舅從未說過什麼，但甥兒卻知道，舅舅很辛苦。從離開滎陽，舅舅這一路上都沒能好好休息，每天總是到很晚才睡。越是這樣，甥兒就越是覺得沒有用，越是希望能為舅舅分憂。」

「鄧村是我老家，可甥兒卻從未回去過。這次，甥兒不過是返回祖居而已，若因此能為舅舅分擔憂愁，甥兒這心裡面也會感到很舒服。」

「舅舅，甥兒也知道棘陽危險。可是棘陽再危險，也比不得當年舅舅在九女城所遭遇的危險吧？那時候舅舅才十四，也只比甥兒大三歲而已。甥兒覺得，甥兒雖然比不得舅舅天資聰慧，但也可以擔負一些事情。」

鄧艾一開始說起話來結結巴巴。他這口吃的毛病，雖然經過曹朋的糾正，有很大的好轉，可一到緊張時還是忍不住發作。不過，隨著他話語越來越多，條理也越來越清晰，結巴漸漸消失，到最後竟然有些滔滔不絕。

曹朋看著鄧艾，眉頭緊蹙。

而鄧艾呢，在說完這番話以後，毫不畏懼的迎著曹朋的目光。

「你，真想去？」

「嗯！」

曹朋面頰抽搐幾下，良久之後，輕輕嘆了口氣。

「小艾，非是舅舅不願讓你歷練，只是你年紀還小，舅舅實在不希望你去參與這些事情。而今，你要做的是好好讀書，練好武藝。等你再大一些，舅舅保證，一定會委以你重任，如何？」

「不，我要去！」

「不行！」

鄧艾的態度很堅決，但曹朋的態度同樣堅決。拋開前世對這位歷史名將的喜愛不說，單只是鄧艾是他的外甥，曹朋就不能讓他輕易冒險。

章十 荊州事，荊人治

於是，雙方不歡而散……

曹朋見鄧艾悻悻離開，也是感到非常無奈。

這年月，十歲出戰的人並不是沒有。想當初宛城之戰的時候，曹丕隨曹操出戰，也只十歲而已。可一想到當時曹丕所經歷的凶險，曹朋就不敢冒險。曹丕是運氣好，才沒有和他兄長一樣慘死育水河畔。鄧艾能有曹丕的運氣嗎？就算是有，他也不會願意讓鄧艾前往棘陽。

那裡，距離前線太近了！

實在不行，就讓鄧芝先回去，試探一下鄧家的口風。

曹朋在三思之後，終於拿定了主意。

「伯侯。」

「喏。」

「我準備讓伯苗出任棘陽令，你代我問一問，他有什麼打算。」

「讓伯苗為棘陽令？」杜畿聽聞，連連點頭，表示贊成。

「此事，我還要和賈太中商議一下，再做決斷。你先讓伯苗準備一下，待十五過後，就前往棘陽赴任。在此之前，我還會與他再商議一次。」

「喏。」杜畿躬身應命，迅速退下。

就這樣，經過短暫的喧囂之後，南陽郡迅速平靜下來。

許多人，至少就舞陰等地的南陽人而言，也算是接受了曹朋的到來。只是，一郡兩太守，必然會產生各種各樣的矛盾和衝突。

南陽各地豪強一方面接受了曹朋的存在，另一方面又在默默的觀察。因為他們還不清楚曹朋將如何應對目前的狀況。劉備在南陽郡立足已久，有一些實力；而曹朋身後，則有曹操的存在。從名義上來說，曹朋似乎才是真正的南陽太守。

這兩人，必然會有一番衝突。

誰勝誰負？

這對南陽豪強而言並不重要，重要的是，他們如何在這場衝突中進行選擇，來獲取最大利益。

曹朋可以感到有無數雙眼睛在注視著他，這也讓他產生了一絲絲壓力。

不過，出乎所有人的預料之外，曹朋在就任以後，並沒有什麼大動作。

除了翻看案牘卷宗之外，他大部分時間是接見南陽各縣的官員，有時候則會帶著人四處巡視。從正月初十開始，他接連走訪堵陽和葉縣兩地，並且與當地官員進行了交談。

表面上看去，他還在熟悉情況。可瞭解曹朋的人卻知道，他正在著手布局。

劉備雖然經歷過無數起伏和挫折，但卻不得不承認，曹朋給他帶來的壓力僅次於曹操。

「友若，這樣下去，恐怕也不是辦法啊。」

劉備將荀諶、諸葛亮和馬良找來，苦笑著說道：「曹友學此人不動聲色，就越是說明他有大圖謀。此人不動則已，動則必有大事發生。我等而今當如何應對，還要早一些做好謀劃。」

馬良輕聲道：「這曹友學，倒能沉住氣。」

諸葛亮輕搖羽扇，沉吟不語。

說實話，曹朋的不動聲色，讓他也感到非常為難。

劉表已經派人前來告知，不得擅自挑起爭端。也就是說，劉備在這種情況下，無法先發制人，只能見招拆招的應對。這也使得劉備失去了先機。誰又能猜出，曹朋下一步的計畫？

人常說，諸葛亮智謀無雙，算無遺策。

也許，在歷史上他真的曾達到這樣的高度。可就目前而言，以他的年紀，還真無法做到這一點。

「主公，而今之計，咱們無法妄動。以亮之見，還是當挑動南陽豪強與他的衝突，唯有如此，才能打亂曹朋的計畫。亮有一計，卻不知能否奏效。」

劉備聽聞，頓時喜上眉梢：「孔明，有何妙計？」

一旁的荀諶看似毫不在意的看了諸葛亮一眼，眉頭輕輕一蹙，眼眸中閃過了一道精芒……

與此同時，遠在南郡中廬縣的蒯氏祖宅中，蒯越頗有些驚訝的問道：「那曹友學，果真如此說嗎？」

「正是。」蒯良道：「伯平已留在南陽，看得出曹朋對他非常友好。他派人前來回信，只說了六個字，我想足以表明曹朋的態度。荊州事，荊人治……此六個字，與你我兄弟之前的主見，基本一致。曹朋似乎也不想打亂而今荊州格局，所以你我兄弟……」

「荊州事，荊人治？」

蒯越沉吟半晌後，突然間撫掌大笑。

「曹三篇這六個字，正合我意。既然他已經表明了立場，那就說明他和我們之間並沒有什麼衝突。那麼，我們也要有所表示才行，至少應該向他表明我們的誠意。對了，他派人去找劉先，要幫伯平討回孩子？」

「正是。」

「零陵劉氏，這件事做得很沒有道義。我蒯氏子弟，豈能做他人子嗣？這樣，請兄長立刻書信一封，讓蒯弗帶去零陵。我也會和劉巴聯繫，讓他們把孩子交出來，然後送還給伯平。至於德生嘛……」蒯越想了想，冷笑一聲道：「就讓他去黎丘閉門思過，潛心耕讀為好。想來伯平對這麼一個結果，應該會非常滿意。」

黎丘，位於中廬以東，有一處蒯氏的田產。把那位『德生』發配黎丘，也就等於是把他徹底流放了，以後再也別想有復起的機會。

對於世家而言，家族利益高於一切。

蒯良和蒯越更是如此。在他們的眼中，沒有什麼家族子弟是不可以拋棄的。

蒯良微微一笑，「相信伯平會非常滿意。」

章十一 幽州硝煙起

建安十二年正月十六，曹操向幽州開戰。

張燕率部，搶占了廣昌，以佯攻之勢，同時威脅上谷、代郡和涿郡三地，同時切斷了代郡與涿郡的聯繫。與此同時，徐晃在壺口主動出擊，做出攻擊態勢，將高幹所部牽制在上黨郡。

而張遼，則自參戶亭起兵，直逼涿郡。

早在建安十一年，張遼便開鑿了平虜渠和泉州渠，以加強輜重周轉的速度。平虜渠自滹沱河起，入泒水，其上游在後世的沙河，而下游則流經天津海。而泉州渠則南起於後世的天津武清，承潞水（今北京通縣以下的北運河），連接溝河河口，入鮑丘水。這兩道水渠開通之後，大河以南的物資可以經白溝入海，而後經海運直達遼東。此為曹操為整個幽州之戰，做出的準備工作。

張遼起兵之後，在短短數日便攻占了樊輿亭，攻破北新城，兵鋒直指范陽。若范陽一旦告破，則涿郡門戶洞開。

駐守范陽的袁軍將領，一個叫做趙犢，另一個叫做霍奴。此二人是袁熙在幽州新招攬過來的將領，此前在幽州為盜匪，給袁熙造成了巨大的麻煩。

好在後來袁尚兵敗戰死，其部曲牽招和蔣義渠二人，逃亡幽州。

當袁紹時代，牽招就是獨領一軍的統兵大將，兵法卓絕。而蔣義渠雖聲名不顯，但也是一位能征慣戰的悍將。二人歸附了袁熙之後，立刻鎮壓了趙犢、霍奴兩人，並將二人生擒活捉。

原本，袁熙是想要把兩人殺掉，卻被牽招攔住。

「公子今居苦寒之地，抗拒老賊虎狼之師，正須禮賢下士，招攬人才，共同抵禦。趙犢、霍奴二人雖罪大惡極，但請公子念在二人皆豪勇之士，饒其性命。這樣一來，他二人必然會感恩戴德，歸降公子。同時也能為幽州那些盜匪立下一個榜樣，順勢收編人馬。」

袁熙這個人很平庸。他不是嫡長子，沒有袁譚那麼大的野心，也不是袁尚那樣聰慧、甚得袁紹喜愛，清高自傲。可也正是這樣，袁熙做事往往很踏實，能聽得進去別人意見。

牽招的這一番話，令袁熙怦然心動，於是親自召見趙犢、霍奴二人，並為二人披衣斟酒，表現出了極大的誠意。趙犢和霍奴，兩個盜匪而已，起於微末之中，那受得了袁熙這樣的待遇？兩人頓時感激涕零，二話不說，便歸降了袁熙。並且，二人主動向袁熙懇請，願意招降涿郡盜匪為袁熙效力。袁熙欣然應允……

這兩個傢伙，為袁熙招攬了八千多名山賊盜匪，並被袁熙委以重任，出鎮范陽。

建安十一年，北海人管承聚眾三千戶、萬餘人起事。曹操在八月出兵，將之擊潰。管承率殘部，逃亡海島。蔣義渠向袁熙建議，招降管承所部人馬。袁熙也同意了！

十二月，袁熙拜管承為雍奴長，橫水都尉。這雍奴，正好位於泉州渠上，而管承又是海賊，精通水戰，倒也極為適合。

曹操早就知道，幽州這一戰絕不輕鬆。只是他沒有想到，僅僅是一個范陽就讓他感到了巨大壓力。趙犢和霍奴二人，或許並不是兵法出眾之流，但盜匪出身的兩人，絕對稱得上是凶悍……兩人堅守

曹賊

章十一 幽州硝煙起

范陽不出，與曹軍鏖戰不止。

而這個時候，袁熙也覺察到了曹軍的真正目的，立刻下令上谷抽調兵馬，來涿郡參戰。

同時，袁熙命蔣義渠率部，馳援范陽。

但是張遼早有防備，命曹彰在督亢亭設伏，大敗蔣義渠。

曹彰在伏擊了蔣義渠之後，依照張遼的命令，迅速攻占方城，將涿縣援兵和范陽的聯繫切斷。而曹操火速命史渙攻占了故安，又使呂虔率部出擊，屯紮臨鄉，占據了聖水的下游……

這聖水下游，也就是後世永定河下游位置。

如此一來，涿縣與范陽的聯繫被徹底掐斷。攻破范陽，也只在早晚。

然而，誰也沒有想到，范陽之戰竟然會變得格外慘烈……

幽州之戰拉開了序幕，立刻吸引了無數人的關注。

劉備占據宛城，雖有心幫忙給曹操添一些亂子，奈何曹朋嚴令魏延、典滿、許儀三人堅守不出，不得應戰。以至於，劉備軍數次挑釁，可曹軍卻置之不理。

敵不動，我不動！

這是曹朋給魏延的六字真言。

劉備的動作越大，想必劉表對他的忌憚就會越重。

這也使得劉備感到很頭疼。曹朋根本不與他正面交鋒，讓他空有一身力氣，卻不知往何處用。

「什麼，小艾去棘陽了？」

曹朋從葉縣返回舞陰，還未喘一口氣，就聽到了一個讓他無比驚怒的消息。

「他何時去的棘陽？」

濮陽逸苦笑道：「就在昨日。」他取出一封書信，「我昨日一早找他晨練，不想他屋中卻空無一人。聽門丁言，昨天天還沒亮，艾公子帶著他的婢女，還有幾名家將便離開府邸，說是鍛鍊身體。艾公子每日晨練都起得很早，所以門丁倒也沒有懷疑，卻不想他竟偷走了公子令箭，騙開城門之後，再也沒有回來。我在他書房裡找到這封書信，是艾公子交與公子的信函……」

說著話，濮陽逸把書信放在書案上。

曹朋拿起來，打開書信。

字跡，是鄧艾的，這一點曹朋一眼可以認出，其內容大致是告訴曹朋：舅舅，我要去棘陽，回老家……舅舅不用擔心，我都打聽過了，棘陽那邊暫時很安全。我到了棘陽之後，會先與傅肜將軍聯繫，而後再回鄧村。我也想看看，當年爹娘還有舅舅生活的地方。如果有可能，我會設法將舅舅的意思，轉告給族老們。

「這孩子、這孩子……」曹朋驚怒萬分。

不過，他重生這十年來，畢竟經歷過太多的事情，加之重生前的年紀，如果論實際年齡，曹朋如今也是近四十歲的人了。

在片刻慌亂之後，他很快的就冷靜下來。

鄧艾既然想歷練一番，也不是不可以。雖說棘陽和涅陽是一衣帶水，可是在目前的狀況下，並不會有太大的危險。想必用不了多久，荊州方面就會做出反應。蒯越要曹朋的態度，曹朋已經給了！那麼接下來，就要看蒯家表態，想來蒯氏不會無動於衷。

再者說了，棘陽有傅肜在，也還算安全。傅肜這個人，曹朋不是特別瞭解，但知道他是魏延的老鄉，魏延對他也極為看重。這次去葉縣時，魏延還專門和曹朋提起了傅肜，說傅肜這個人雖有些木訥，可卻是一個值得託付的人……傅肜忠厚，且剛烈無比，屬於那種滴水之恩當湧泉相報的主兒，在忠誠方面，不需要有什麼擔心。問題就在於，他並不是一個善於思考的人。

「伯侯。」

「喏。」

「讓伯苗立刻來見我……」

曹朋冷靜下來之後，仔細分析了一下情況，便做出了決定。

不一會兒的工夫，鄧芝匆匆趕來。

「公子，喚芝來有何吩咐？」

「伯苗，你準備好了嗎？」

鄧芝被曹朋這沒頭沒尾的一句話，說得一怔。但旋即，心中湧起狂喜。

他早就知道曹朋準備把他派往棘陽。這些天來，鄧芝可說是一直在為此事而做準備……

原以為，曹朋會再考校他一下，可現在聽曹朋的意思，似乎是要他立刻走馬上任。鄧芝心裡怎能不喜？項羽曾說：富貴不歸故鄉，如錦衣夜行。鄧芝如今雖算不得富貴，但若能以棘陽令的身分返回祖籍，那同樣是一種光耀門楣的事情。

衣錦還鄉，是每一個遊子的夢想。

鄧芝的父親，當年因與宗房發生矛盾而離開棘陽，定居新野。而鄧芝呢，更漂泊多年，從海西到東郡，也算是歷經波折。現在，他終於可以昂首挺胸，返回家鄉了！

「公子，那小艾他……」鄧芝在來的路上，已經聽杜畿講明瞭狀況。他心裡雖然高興，但並沒有忘乎所以，忘了這關鍵的問題。

「小艾一心想要歷練一番，那就讓他留在棘陽吧，想來鄧村的鄉親也不會對他如何。更何況，還有和樂在那裡照應，問題應該不會太大。不過，不要讓他待在鄧村，他要歷練，就讓他到軍中，或者到府衙裡做事。你這次過去，再帶兩名鬪士前往，跟隨小艾。那小子若是不聽話，就把他給我抓回來。若他聽話……那就指點他一番。讀了這麼多年的兵書，也是時候歷練一番。但是，一定要保護好小艾的安全。」

曹朋把話說到了這個分上，鄧芝哪裡還能不明白？

曹朋，已經決意要推行他的計畫了！

當天，鄧芝不敢停留，帶上人手，匆匆趕赴棘陽。

而曹朋則把蒯正找過來，「伯平兄，我而今有一樁麻煩，還要請伯平兄為我分憂。」

「賢弟但說無妨。」

「我聽說，劉荊州命劉虎駐紮章陵，頗有敵意。湖陽距離章陵甚近，那劉巨岩待在那邊，我很不放心。所以，我想拜託伯平兄，代我出鎮湖陽，不知伯平兄可願意？」

蒯正聽聞，頓時大喜。

他來舞陰也有十天了，曹朋待他甚厚，可越是如此，他心裡就越是過意不去，希望能做些事情，為曹朋分擔壓力。

湖陽？比之棘陽，可要高出一級。

不過，蒯正並沒有立刻答應，而是沉吟了片刻後，輕聲道：「賢弟，非我不願。而是我不知兵事，湖陽又是賢弟的南方屏障，與劉荊州毗鄰，衝突不可避免。萬一……我恐是力有不逮。」

曹朋笑了！

他喜歡蒯正這種態度，很務實，不浮誇。有一是一，沒有半點虛假的成分在裡面。

曹朋想了想，「我倒是有一個人選，說不得能助兄長一臂之力。只是此人自矜清高，還要兄長好生打磨一番。」

自矜清高？

只看這評語，就能猜出曹朋所指何人。

蒯正忍不住笑了！

李嚴，曹朋說的，明顯就是李嚴。

說起來，蒯正對李嚴的熟悉程度，可是要比曹朋高許多。

曹朋對李嚴的認識，大都是源於前世的記憶，加之他對李嚴的感覺並不是太好，所以在本能上對李嚴產生了一絲排斥。得知李嚴就在舞陰以後，又趕上李嚴拿架子，讓曹朋對他更加不喜。

反觀蒯正，則不太一樣。李嚴十六歲就開始出來做事，最初是一個縣丞小吏。從一個極為普通的胥吏，一步步爬上來，做到如今的主簿，足足用了十五年的時間。所有李嚴的上官，對李嚴的看法就是：辦事幹練。有什麼事情交給李嚴去做，就可以不需要再花費心思。

蒯正曾為棘陽令，加之他當初大族出身，與各縣的往來頗為密切，所以他對李嚴並不是特別陌生。他來到舞陰之後，也聽說了李嚴拿架子的事情，但並不是特別在意。在他看來，有點本事的人，比如李嚴，拿架子倒也算不得什麼大事。只是關鍵在於，李嚴拿架子的對象不正確！

曹朋那是什麼人？堂堂南陽郡太守，士林中極有名望的曹三篇。這種地位的人，可不是你李嚴一個小小主簿能拿捏的主兒。

蒯正覺得，李嚴是找錯了對象。

如果換一個人，說不定這種自矜，就會變成澹泊明志寧靜致遠的行為。殊不知，曹朋對李嚴的反感，是發自於內心。

「正方此人，確有才幹，只是有時候過於驕傲了點。不過若有他輔佐，我倒是有些信心了……嗯，這樣吧，我與正方談談，聽一聽他是什麼意見。」

曹朋見蒯正答應，隨即釋然。

在過去的一段時間裡，他雖然反感李嚴，甚至不願和李嚴接觸，但是對李嚴的研究倒是從未中斷過。一方面，他打壓著李嚴的傲氣，另一方面，又關注著李嚴的動靜。根據呂常的介紹，以及賈詡對李嚴的點評，曹朋對李嚴大致上也算是有了那麼一個清晰的輪廓……

李嚴，很有才華。但他的出身，卻不是太好。

少年時的李嚴，家境很苦，可以用一貧如洗來形容。也正是這樣的一個環境，造就了李嚴極端自卑的同時，又極端自負。他有野心，而且喜歡耍小聰明，對出身高貴的人，有一種發自內心的羨慕和尊敬，但同時，又不會處理周圍的關係。他很有才華，卻因為他的自負和驕傲，使得身邊的人對他多有敵意，甚至出言詆毀。

正因為此，他足足用了十五年的時間，才做到了主簿的職位。

歷史上的李嚴，是在投奔巴蜀之後，得江夏名士費觀的舉薦，才成為成都令，後駐守綿竹，抵禦劉備。那費觀，就是因善於交際而得名，懂得如何拉攏人心。費觀，也就是蜀漢名臣費禕的伯父。在這一點上，蒯正的性情特點與那費觀恰好相似。

曹朋雖然不清楚歷史上李嚴是如何崛起，但根據他的觀察，蒯正應該有足夠的能力制約和使用李嚴。同時，湖陽為曹朋南部屏障，若是在治世，單憑一個蒯正，足以令地方平靖。可是現在，正值動盪。蒯正雖長於內政，可要說在統兵禦敵方面，還遠遠達不到獨當一面的程度。李嚴正好可以作為蒯正的幫手，駐守湖陽。有此人在湖陽，至少可以保住湖陽不會在短時間被攻破。

當然了，單靠一個李嚴，同樣不夠。

所以曹朋在和蒯正商議之後，又任杜畿為南陽兵曹史，在九女城招兵買馬……

章十一

幽州硝煙起

想當年，劉表為防止曹操突襲荊州，於是開設九女城大營。誰也沒想到，十年後，曹朋會重新開設九女城大營，所為的卻是抵禦劉表的偷襲。所謂的風水輪流轉，也許真的是這樣。

杜畿在得知曹朋的委任後，同樣是萬分驚喜，欣然領命而去。

安排了湖陽、棘陽兩地的主官之後，曹朋再一次感受到人手嚴重不足。

身為一郡太守，曹朋所需要的部曲人數可不少，除去郡尉、郡丞、郡主簿三個職位之外，還需配置十一曹史，五官掾、五部督郵、曹掾、主記室史等一系列人手編制，林林總總，需要近二十人。而到目前為止，十一曹史只安排了幾人。其中，杜畿為兵曹史、濮陽逸為戶曹史、陸瑁為法曹史……盧毓被安排了主記室史的職位，同時還擔負著功曹史的職務。

可其餘諸曹，依舊空缺。

曹朋感到非常頭疼，卻又一時間找不到合適的人選。

在無奈之下，他只好將姜冏從白駝兵中臨時抽調出來，讓他擔任尉曹史的職務，暫時負責治安狀況。而後，又讓他昔年的夥伴陳式，任賊曹史的職務。其餘諸曹，就暫時由盧毓等人兼任，總算是令南陽郡廨平穩的運轉起來……

可是，曹朋知道，這也不是長久之計！

建安十二年正月二十六，張遼用十天時間，攻陷范陽。

范陽守將趙犢戰死城頭，副將霍奴火焚縣廨，殺身成仁……

與此同時，遠在海外的三韓，也燃起了戰火。呂氏漢國以龐明為主帥，周奇為軍師，攻入新羅國。新羅國主不敵呂氏漢國的兵鋒，於是緊急向高句麗王位宮求援。這位高句麗王，立刻派人前往歸漢城，警告呂氏族人不要再得寸進尺，立刻退出新羅國，否則高句麗必將出兵討伐。

此時的位宮，其實並不想理睬新羅。他的注意力，主要都集中在遼東四郡上面，正欣然調兵遣將，準備前往幽州助戰。

位宮想，他派人警告了呂氏漢國之後，呂氏漢國必不敢輕舉妄動。哪知道，呂藍根本就不理他的警告，直接命人割了那使者的鼻子，將他趕回國內城。位宮頓時大怒，派遣兵馬，企圖攻打呂氏漢國。可是，在高順的坐鎮指揮下，呂氏漢國大敗高句麗兵馬，令位宮大吃一驚。

直到這個時候，位宮才算是真正的正視呂氏漢國。他不敢再派兵前往遼東，而是調集人馬，向呂氏漢國集結……

也就是在這時候，周倉的水軍成功造出十艘大型樓船，自東陵島駛出，載著大批軍械輜重以及糧草，送往呂氏漢國。

呂氏漢國與中原的航路，也在這一天，正式開啟！

建安十二年二月中，曹軍兵臨涿郡城下。

袁熙見曹軍勢大，無法抵禦，只得棄城而走，逃往漁陽。

與此同時，代郡太守鮮于輔見勢不妙，忙率部歸降。張燕幾乎是兵不刃血，占領了代郡……旋即，上谷郡失守。

整個三月，對袁熙而言，無疑是一場災難。他苦心經營的幽州戰線，在不到一個月的時間，就全線告破。幽州三郡紛紛失守，被曹操所攻占。而他寄予厚望的雍奴令管承，在接待了同鄉黃珍之後，便立刻開城獻降。曹彰順勢占領雍奴，直逼漁陽縣。袁熙見勢不妙，不敢迎戰，不待曹彰兵馬抵達，便率部棄城而走，一路逃亡，直到渡過了濡水之後，才算是在肥如勉強穩住了陣腳。

而遼西烏丸首領蹋頓，素與袁氏交好。蹋頓原本打算出兵相助，可不想沒等他發兵，袁熙就敗退到了肥如。蹋頓也算是夠意思，二話不說，派出兵馬，接袁熙至遼西烏丸的老巢柳城安頓。袁熙在撤離肥

曹賊

章十一

幽州硝煙起

如的時候，命牽招和蔣義渠二人死守肥如，而後又派人前往遼東，向公孫康求援。

至四月，雙方戰事告一段落。

曹操屯兵於無終，進行短暫的休整。

表面上，雙方看似罷兵。但實際上，所有人都清楚，曹操此次不消滅袁熙，絕不可能善罷甘休。況且，遼西烏丸與曹操更是有著深仇大恨。想當初，正是這遼西烏丸突襲中丘，令曹丕喪命。於公而言，遼西烏丸襲擾邊境，掠奪人口，是中原的心腹之患。烏丸不滅，曹操難以心安。於是，在經過短暫休整之後，曹操再次下令，強渡濡水，兵發肥如，攻入遼西。

只是曹操卻沒有想到，就在這時候，遼西的雨季悄然到來……

連綿的雨水，從四月初開始，一直就不見停息。偶爾會有兩天迎來晴日，但轉眼間又變得淫雨綿綿。道路因連綿的雨水，變得泥濘難行，許多地方積水甚重，淺處不得行車馬，深處難以承舟船。如此一來，也使得曹操不得不推遲攻打遼西的日程。

他知道，這每拖延一日，勢必會耗費無數錢糧，更會帶來許多變數……

站在無終城外的中軍大帳門口，曹操的心情和這無終的天氣一樣，布滿了陰霾。細雨靡靡，讓人極為難受。一陣冷風吹過，令曹操不由得打了個寒顫。這該死的幽州，不愧是苦寒之地。在中原，四月正是烈日炎炎，酷暑難耐的季節，可是這無終的天氣，依舊格外寒冷。

許多曹軍，因水土不服而感到不適。好在這次征伐幽州，曹操做了許多準備，不但帶了大量的隨軍醫生，還從太常抽調出太醫長史董曉，一同前來。也正是因為這個緣故，雖有不少人病倒，卻未出現太大的麻煩。但即便如此，曹操仍感到了一種莫名壓力。

就在這時，從遠處走來一人。

郭嘉手持油紙傘，興沖沖的跑到中軍大帳門口，遠遠就道：「丞相，大喜事，有大喜事……」

看著郭嘉一臉喜色，不知為何，曹操的心情一下子好轉了很多。

「奉孝，喜從何來？」

說著，曹操轉身往大帳裡走，而郭嘉緊隨其身後。當兩人身形沒入大帳之後，典韋和許褚立刻一左一右，立於大帳之外。跟隨曹操已久，無論是典韋還是許褚，都已經習慣了。很多時候，不需要曹操吩咐，往往只需要一句話，或者一個動作，他們便知道該如何去做。曹操剛才雖然什麼都沒有說，可是典韋和許褚卻知道，曹操和郭嘉一定有重要事情要進行商議。

在大帳中坐下，曹操疑惑問道：「奉孝方才所言大喜事，究竟是怎麼回事？」

郭嘉聽聞，頓時笑了。

「丞相，方才我去見子文，見他正在翻閱友學的《三十六計》。於是我就和他聊了幾句，卻發現子文似乎有一些想法。而且，他讓我看了一樣東西，我感覺於丞相有大用處，便急急返回。」

「什麼東西？」

「丞相，何不令子文帶來，獻於丞相？」

郭嘉笑呵呵的向曹操建議，也引起了曹操極大的好奇。

「如此，就讓子文立刻前來。」

自幽州之戰開始之後，曹彰屢立戰功。

特別是督亢亭一戰，曹彰大敗蔣義渠，展現出了不同凡響的能力。隨後他奪取雍奴，雖說有管承獻降的因素在裡面，卻也是大功一件。兩戰之後，曹彰已升任為丞相掾，拜蕩寇校尉。這裡面當然有他是曹操之子的原因，但不可否認，在過去幾個月裡，曹彰令曹操驚喜萬分。

如今，曹彰就隨曹操行軍，駐紮於無終城外。

不一會兒的工夫，曹彰便匆匆趕來中軍大帳。同時，他還帶著牛剛和典弗兩人，指揮扈從抬著一個沉甸甸的東西。

「子文，此何物？」曹操疑惑的看著曹彰問道。

曹彰咧嘴笑道：「父親，這是先生當年在河西時，所設計的寶貝。」

曹彰如今十七，生來桀驁，從不服人。他口中的先生只有一個，那就是曹朋……

曹操一蹙眉頭，「友學又搞出什麼花樣？」

「父親，請看。」

說著話，曹彰讓扈從把中軍大帳清空，而後把東西擺放在大帳中央。曹操如今的派頭，可不是當初的司空可比。他身為大漢丞相，總領十三曹，理天下事務，幾乎是把皇帝完全架空，所以這中軍大帳的格局也比之早先要大許多。

一個中軍大帳，分前後兩個部分，近千平方米的面積。裡面擺放各種器具和物品，這一清理乾淨，頓時空曠許多。曹彰帶來的東西，被一層黑色麻布所覆蓋。曹彰一擺手，就見牛剛和典弗一人抓起麻布一角，緩緩將麻布掀開，露出一張面積極為驚人的巨型沙盤。

「這是……」曹操一怔，有些不太明白所以然。

曹彰笑道：「此名沙盤，當初先生在討伐西羌時，所設計的一種模型，將整個西羌的地形完全複製下來。孩兒見近來陰雨綿綿，戰事有些不利，於是就想要設計一個沙盤，將整個遼西戰場完全複製下來。而今，孩兒才剛開始著手準備，整個沙盤尚未能完全成型。」

「是嗎？」曹操饒有興趣的走到沙盤旁邊，瞳孔陡然間一縮。

以前有行軍地圖，雖然畫得極為精準，可是與眼前的沙盤相比，明顯有很大不足。

當然了，這沙盤也不是沒有缺陷。比如，它只能勾勒出一個局部的地形，無法給予一個全域的視野。

可是，當曹操站在沙盤的跟前時，卻產生出一種截然不同的感覺。用地圖，是一個視角，一個思路；但是用沙盤，卻是另外一個視角和思路。這也使得曹操感到萬分驚奇。

「這是什麼？」曹操手指沙盤上的一條河流問道。

「父親，此為濡水……而這裡，就是肥如。」

曹彰走上前，開始為曹操進行解釋，「整個沙盤，是把無終和遼西包涵其中……父親請看，此為徐無山，這裡就是盧龍塞。我們現在所在的位置，是在這邊。根據斥候稟報，袁軍的兵馬陳列於濡水一線，輜重糧草皆囤積於肥如，牽招親自駐守，我軍想要用奇兵偷襲，難度很大。同時，濡水沿岸地勢複雜。這裡是丘陵，這裡是山川……袁軍將幾個渡口守住以後，我軍很難發動全線攻擊。」

「我思來想去，如果強攻濡水，損失必然巨大。而今袁熙，假當年父親在官渡的方式，以濡水為天塹，試圖與我軍決一死戰。而現在這個季節，正是雨季。濡水河流暴漲，水勢湍急，要想攻過濡水，必須要付出巨大代價。若我是袁熙，定然會以遼西地形，逐步撤退，層層阻擊。如此一來，父親想要攻克遼西，所要消耗的糧草和兵力必然會是一個極為驚人的數字。即便是勝，也是一個慘勝。」

「袁熙大可以退守遼東，與我們進行周旋。一俟待天氣寒冷，咱們的兒郎們恐難以適應遼西遼東的苦寒天氣，到時候戰鬥力也會大減。只要他能拖過今冬，到來年開春，我們必將會出現糧草無以為繼的局面，不得不撤離幽州……」

「而此戰，是父親拜丞相以來的第一戰。父親重置丞相，朝中已有很多人反對。若是無功而返，勢必會引發更多的不滿。加之勞民傷財，到最後，很可能會出現第二次諸侯之亂。」

曹操不由得詫異的看向曹彰。

片刻後，他又看了一眼郭嘉，突然問道：「子文，這些都是你自己想的不成？」

曹彰面帶羞色，輕輕點頭，但旋即又搖了搖頭。

「倒也不全是孩兒所想，乃是近日拜讀先生所著《三十六計》中，混戰計釜底抽薪一篇後，突然有所感觸。先生在釜底抽薪一篇中說：不敵其力，而消其勢，兌下乾上之象。先生在講解這一篇的時候，用周亞夫與吳王劉濞的戰例，還有當初父親官渡之戰，奇襲烏巢的戰例。」

「當年董卓在與大將軍何進書中所言：揚湯止沸，莫如去薪。」

「孩兒這些時日一直在想，袁軍的『薪』，究竟是在何處？乍看，肥如就是當年官渡之戰時的烏巢，是袁軍的『薪』。可孩兒卻覺得，袁軍的『薪』不在肥如，而在他處。當初孩兒離開許都到參戶亭就任時，先生曾與孩兒說：丞相征幽州，其難處不在袁熙，也不在袁軍之勢，而在於三郡遼東。當時孩兒有些不太明白，直至這些日以來，大軍難以行進，才突然明白了先生的意思。所謂三郡遼東，說的不是人，而是這天、這地……於是，孩兒就命人勘察地形，希望能將無終至濡水一線的地勢，完全用沙盤複製過來，而後再尋找袁軍破綻。」

曹彰這一番話，著實讓曹操大吃一驚。他又是引經據典，又是談古論今，滔滔不絕。這讓曹操看到了一個與自己印象裡完全不同的黃鬚兒。

吾家黃鬚兒，已成人哉！

曹操突然仰天大笑。他笑得極為開懷，甚至連眼淚都笑了出來。

曹彰愕然不解，疑惑的看著曹操。而郭嘉在一旁微笑不語，眼中更流露出一抹淡淡喜色。他知道曹操為何而笑，更能揣摩出曹操此時的心裡。

說實話，自從曹丕死後，曹操看似很快就恢復正常，好像什麼都不掛念在心上。可內心深處，曹操的悲慟，又有幾人瞭解？兩個最出色的兒子，曹昂、曹丕，先後戰死沙場。以前的曹彰，只知道爭強鬥狠，雖然很得曹操所喜愛，卻非是一個可以託付的人。

原本曹操挺看重曹植和曹沖，但沒想到曹植文采出眾，其人卻略失於輕浮，不堪重用；而曹沖雖然也很聰慧，甚至不遜色於曹植，也沒有曹植的那種輕浮性情，可是其的性格似有缺失——他太過於刻薄，讓曹操感覺有些不太高興。

當初的曹朋且放一邊不說，單就說周不疑……

曹沖和周不疑的關係，那時候可算得上是密切。可周不疑出事後，曹操命曹真去潁川書院詢問，結果曹沖竟然根本不問周不疑的死活，只是說自己受人矇騙，絕無可能去害曹操性命。

曹操當然相信曹沖不會害他性命。可問題的關鍵在於，曹沖當時急於撇清自己，絲毫不念情誼，讓曹操非常不高興。

曹操，是個寧我負人，毋人負我的性子。可內心裡，卻極重感情。

想當初，曹朋為一己之私，而縱呂布家人遠赴海外。按道理說，曹操治曹朋一個死罪，絕無問題，可是他卻放過了曹朋……而後來，曹朋為姐姐曹楠，斬了伏完的手；為替王猛報仇，一怒誅殺韋端。

曹操生氣嗎？

當然很生氣！

可在生氣的同時，曹操對曹朋又多了許多關愛。因為，這世上沒有人會願意討厭一個重情義的人……反倒是曹沖，多多少少令曹操失望。

其餘的孩子們，年紀太小，不堪重用。

曹操內心深處，一直在為繼承人的事情感到苦惱。

可現在，當年那個只知道舞刀弄槍的黃鬚兒，卻能滔滔不絕的與他談古論今，儼然是當年的曹丕、曹昂意氣風發之狀，這讓曹操怎能不開懷？又如何不感慨？他眼中含著笑，靜靜聽曹彰說完。

半晌後，曹操突然道：「子文，敢督軍否？」

章十二

祖宗法度

棘陽距離舞陰雖然並不遠，可那是對成人而言，鄧艾畢竟才十歲沖齡，即便是張菖蒲，實話實說，這就是兩個小孩，走了才一天時間，兩人寄宿在農戶時，就被鄧芝帶人追上。

見到鄧芝一行，張菖蒲明顯鬆一口氣，跟著一個和她差不多大的小主公出行，心中壓力不是一般的大，總算鄧艾時時刻意表現出一副男子漢氣概，努力安撫住張菖蒲，可小丫頭敏銳的注意到，鄧艾小拳頭總是緊握，說話中又帶著一絲絲的口吃。

「叔父，舅舅同意了？」鄧艾見到鄧芝這個架式，反而更加緊張，畢竟私取令箭、偷偷上路的事情在軍中也是大罪，如果曹朋藉故發作，命人將他抓回去也是說得通的。可來人是鄧芝，又讓小鄧艾心中產生希望。

緊趕慢趕，鄧芝終於追上兩個逃家的小孩子，心中一塊大石落下。要說曹朋不在乎鄧艾那是假話，如果鄧艾有了什麼閃失，鄧芝就只能自刎來回報曹朋和鄧稷了。

略微作色的訓斥了鄧艾一番，鄧芝隨即宣布，他將去棘陽上任，鄧艾好歹也是鄧家子孫，應該回鄧家老宅認祖歸宗，此行正好一路同行。

鄧艾聽了這話一下子歡呼出來，即便他在曹朋身邊學習多年，一路上努力做出成熟樣子，終究是個十歲小孩子，現在曹朋認可了他的努力，一時間顯出了他的年齡應有的天真。

鄧芝笑著搖搖頭，將兩個孩子接上他的馬車。鄧芝的隨行隊伍並不龐大，雖是赴任，可畢竟是結好鄧家，無論鄧芝心中是否懷有怨氣，此時還是低調為上。現在已經找到了正主，隊伍便不再停留，要連夜趕往棘陽，第一站自是鄧家老宅。

鄧家是光武皇帝時代就崛起的大家族，而今雖然沒落，但是在南陽也是排在前十的超級大族，老宅並未修在棘陽縣城，而是在距離縣城二十里的山莊，這座山莊占地廣大，周圍良田數千畝，佃戶和旁支在山莊周圍依附而居，竟形成了一個堪比縣城繁華的鎮：鄧村。在鄧村之中，鄧家族長說一不二，漢家法度根本無法進來，鄧家族長就是土皇帝。

對於鄧村，鄧芝心中有刻骨的仇恨，卻又用豔羨的目光望向晨曦裡鄧村中心的莊子，這就是他對鄧家的複雜心思。

但是，無論鄧芝如何懷恨，此時他為棘陽長，公事為重的前提下，依著禮儀派人送上名帖。鄧芝的人馬雖然是輕車簡從，好歹也有數十人，馬車三架，其餘人都是騎馬，人人刀槍弓箭俱全。棘陽雖然並非與劉備交戰的前沿，可雙方勢力犬牙交錯，誰能說準劉備不會派人突然給曹朋的人來一記偷襲？

數十人馬全部停在鄧村之外，隱然帶著一股煞氣，嚇得鄧村急忙將木門緊閉，一群家丁緊張的在門後盯住這群傢伙。

鄧村的反應出奇的慢，放任鄧芝帶人在村外竟有足足兩、三個時辰。天色已經過了正午，村門才慢慢開了一道縫隙，出來一個神色淡漠的管家，來到鄧芝車前行禮後，請鄧芝單人進村，族長在祠堂見他。

此時的鄧芝面色鐵青，他本就不是什麼胸襟豁達的人，雖然這些年的歷練已經讓他對這種人情世故

祖宗法度

經歷很多，但是，誰讓這是鄧村——這個能勾起他心底仇恨的地方。

深吸一口氣，鄧芝剛要說話，不成想在身側的鄧艾突然開口：「鄧家也是百年世家、禮教大族，難道這一代竟連一點禮數都不懂嗎？而今本縣父母親自登門，本族之內竟連一個能上檯面的人都找不出來嗎？難怪了，鄧家會有今日。」

這話太缺德了，鄧芝是鄧家旁支，又是當年被鄧家人逼迫而出走新野，在族長眼中不受待見是自然，也不可能對區區一個棘陽令出迎村外，可鄧艾硬是將鄧家蔑視，說成鄧家無一人成器，不敢出來見人，這不是抽人大嘴巴嘛！

那管家在鄧村中也算是有些身分的人物，祖上更是鄧家遠支，平時自我感覺良好，此時被一個小孩子直接無視掉，氣得臉色好似猴屁股般，你你你的指著鄧艾好半天，總算記著今天的正主是棘陽令，轉頭對鄧芝質問：「鄧伯苗，縱然衣錦還鄉，你可還是鄧家人！」

說完，這管家轉身回去鄧村。過了一會，村門大開，一群人在門口列隊，當頭三人臉色倨傲的望著鄧芝一群人，那意思很明顯：你不是要面子？今天面子給你了，你小子進來吧，只要進村，你還是鄧家人，看怎麼收拾你！

鄧芝這時苦笑著望著鄧艾：這小子，還真是惹禍的祖宗，我是要拉攏鄧家，可不是要撕破臉的，現在可好……唉，走一步看一步吧。

鄧艾好似沒看到鄧芝的神色，竟先於鄧芝跳下馬車，對隨從吩咐一聲後，昂然走到人群前。

這些人顯是得到回報，一個中年人冷笑著對鄧艾斥道：「鄧伯苗要我等守禮，現在竟派了一個娃娃來，哈哈！此等目無尊長的人，也配做我鄧家子孫？等一下我定要稟報族長，將鄧伯苗自族譜除名……」

鄧艾怡然不懼，不等那人說完，當即倨傲的回道：「我姓鄧，單名艾。家父官拜東郡太守，外祖乃朝廷奉車侯、官拜涼州刺史，我舅舅而今是朝廷所拜南陽太守。你是何人，敢叫我娃娃？」

那中年人名叫鄧辭，與鄧稷是同輩，這時被鄧艾如此赤裸裸的拚爹，氣得幾乎背過氣去，偏偏鄧家最近幾十年沒出過什麼出色的人才，官做得最大的，恰好就是這個鄧稷，順著鄧艾的思路下去，還真是能氣死鄧家上下所有人。

「好，很好。」鄧辭深吸幾口氣，「族長在宗祠等你們兩個出色的『子孫』，請吧。」說罷，他帶著其他兩人轉身而去，只留下一群鄧村下人在門外面面相覷。

鄧芝已經被鄧艾這種出乎印象之外的表現刺激得木然了，乾脆不現身出來，在馬車上任由鄧艾帶著大隊隨從施施然走進鄧村，那些本來想上來阻攔的鄧村家丁，看著鄧芝這些冷氣外溢的隨從，無一人敢上來阻攔。

鄧氏宗祠在山莊的最深處，當然，那些隨從被攔在山莊之外，鄧芝帶著鄧艾，錯，應該說是鄧艾帶著鄧芝，在無數嫉恨交加的目光中走了進去。

宗祠之上站著百多人，鄧家族長鄧威坐在正中，臉色不善的看著這兩個突然冒出的『優秀』子孫。就在鄧芝來之前，鄧家來了一位來自宛城的客人。他來拜訪的是與鄧威同輩的鄧俊和鄧暉，給兩人送上好大一份厚禮，請兩人出頭在鄧家之內幫助遊說。

南陽十大世族，至今保持著矜持，好像局外人似的冷眼看著兩位南陽太守的表現。十大世族之間的關係錯綜複雜，只要有一家肯站出來支持一方，很可能會形成骨牌效應，南陽世族擰成一股繩，將另外一方從南陽擠出去。

劉備的使者已經在鄧家上下活動了好一陣，鄧威雖然並未表態，但鄧家上下很是有些人意動。今天看到曹朋的使者，很是不客氣的鄧艾、鄧芝兩人，哪會有什麼好臉色。

到了宗祠之內，鄧艾卻沒了剛才的倨傲，依著宗族子弟的禮儀，對鄧威恭恭敬敬行禮。

不等他說話，一名鄧家子弟陰陽怪氣的開口：「呦，這就是鄧家本代的出色子孫，你們終於想到回家來祭祀祖先了？」

鄧艾站在一邊閉口不言，鄧芝心中搖頭苦笑，上前對鄧威行禮後，索性學著鄧艾剛才的樣子，直接對鄧威提出兩個條件，將鄧芝一脈的名字列入鄧家嫡支，為鄧艾列名嫡支族譜。

此話一出，鄧家子弟立時譁然。能站在這裡的都是鄧家嫡支子弟，鄧艾的父親尚無資格站在這裡，若是將鄧艾列入嫡支，勢必要將鄧稷也列入，這無疑是向整個荊州表明鄧家的態度。

與劉備使者的謙卑和厚禮相比，鄧芝如此直接和無禮，當即激怒了鄧俊和鄧暉，鄧暉站在那裡破口大罵：「鄧芝，你不過是區區遠支子弟，也敢對族長指手畫腳？不要以為你成了棘陽令，鄧家就對你要恭恭敬敬！鄧家的家法一樣可以處置你！朝廷，哼哼……」

也難怪鄧暉如此囂張，三國南北朝時代最重家族，尤其是有背景的家族，家法高於朝廷律法，宗族使用私刑，連朝廷也無可奈何。

鄧俊倒是沒如此失態，站在那裡悠悠然開口：「鄧家百年傳承，豈能因兩個無禮子孫而敗壞家名，不如將兩人自族譜除名，以警惕其他後輩子弟。」

鄧威是個平庸的人，若非年紀夠老、輩分夠大，絕不會坐上鄧家族長的位置。今天的事有些為難，他沒少收劉備送來的好處，對曹朋毫無表現的態度非常不滿，但他也明白，今天劉備如此尊敬他，正是因為南陽現今的局勢，只有南陽繼續分裂，南陽的世家們才會撈到更多更大的好處。

可是，今天鄧芝的表現，將鄧威逼到了牆角，無論如何都必須表態了。

雖然曹朋是如今的南陽太守，雖然曹操如今勢大，可鄧家好歹是百年世家，從光武皇帝傳下來的家名和關係網又豈是讓人可以小覷的？區區一個棘陽令，處置便處置了，至於東郡太守的公子嘛，就逐出鄧村，不要與那個小曹賊完全撕破臉。等到處置了鄧芝，立即派人去宛城聯絡劉備，相信他一定會非常願意派兵來保護鄧村的。

心中計算完，鄧威乾咳一聲，吩咐下去：「來人，給我將不孝子弟鄧芝綁了，押入地牢，明日送去宛城。將那鄧艾逐出去！」

鄧芝聽後完全不意外，從鄧艾如此強勢開始，這個結果就已經確定。但他並不害怕，在他身後站著曹朋，他相信，只要有曹朋在，他就不會有任何生命危險，這個信任是鄧稷不斷灌輸給他的。

鄧艾也沒太多驚訝，他是鄧家人，可他自從在曹沖那邊被訓斥後，才真正看清世家大族的嘴臉，什麼都是虛的，只有拳頭硬才是真道理。不顯示絕對的實力，鄧家是絕對不會表態的。

看著鄧芝被如狼似虎的家丁捆得好似粽子般，鄧艾心中發狠，等下次再來鄧村，他一定要舅舅踏平這裡！

就在這時，剛才出門負責迎接的管家臉色驚慌的衝進來。

見他進來，鄧威頓時臉色難看。這裡是什麼地方，一個管家不經允許就闖進來，也太沒規矩了。

管家此時哪還顧得這些，一把抓住鄧威袖子：「族長，不、不好了！外面有、有兵，一群白駱駝的兵，已經堵住了村門！」

鄧威臉色一變，變得有些難看起來。

白駝兵！

整個南陽郡，以白駱駝為坐騎的兵馬，只有一支，那就是曹朋的白駝兵。

看起來，曹朋已決意要插手鄧氏族內事務。劉皇叔說得不差，那曹友學野心勃勃，膽大包天，是一個目無禮法的傢伙。既然如此，那我就讓你看看，在鄧村這一畝三分地上，誰能做主！

「來人，給我打開中門。」

鄧威在鄧村的威望很高，整個宗族幾乎被他牢牢掌控手中。

當然了，也會有那不長眼的傢伙偶爾跳出來和他作對。不過大多數時候，鄧威都掌握著主動。

鄧氏沒落，但其宗族人數卻不少，而且這些年來，鄧村趁著朝廷失去了對棘陽掌控力度的機會，不斷吸納人口，令鄧村比之當年強盛了不少。至少，鄧家的門客有幾百人之多，這些人多以江湖遊俠兒為主，還有一部分是亡命之徒。也正是因為這個緣由，鄧威一聲令下便可招集來近千人手，儼然一方霸主。

鄧芝臉色鐵青，怒視鄧威。

而鄧艾則喜出望外：「叔父，舅舅派人來了！」

他不開口還好，一開口，卻引起了鄧威的注意力。

只見鄧威臉上露出一抹獰笑，「來人，把這小崽子一併拿下。」

「你們敢！」

「嘿嘿，且讓你看看我敢是不敢！也好，就讓那曹友學知道一下，在棘陽，還輪不到他來發號施令……」

鄧威話音未落，忽聽大門外傳來一聲巨響。緊跟著一陣喧譁和嘈亂聲傳來，並伴隨著一陣陣哭喊。

十幾匹白駱駝衝進了鄧家宅院的大門，為首之人，赫然正是龐德。不過，龐德卻不是此行領頭者，他衝進了鄧家以後立刻撥轉馬駱駝，讓開了一條通路，緊跟著，上百名白駝兵衝進鄧家。

十幾個鄧家的門客見此狀況，立刻齊聲吶喊，拔出刀劍就要衝上前去。

哪知道從院牆的牆頭上竄出六名闇士，他們也不出聲，直接舉起手弩，衝著那些門客射出六枝鋼弩。這鋼弩的力道在經過無數次改良之後，比之當初曹朋出使塞北時更加厲害。六枝鋼弩射出，闇士縱身從院牆上跳下來，雙足落地時一個翻滾，身形向前衝出數步，猛然低頭，從身後再次飛出六枝鋼弩來。

說時遲，那時快，闇士的動作快如閃電，以至於門客們根本沒來得及做出反應。

為首的幾個門客，被鋼弩當場射殺在地。緊跟著，闇士猱身撲出，手中清一色小盾和短劍。六名闇士身形閃動，在行進中組成了兩個小小的三錐突陣的陣型，兩人掩護，一人搏殺。只瞬息間，又有四、

五個門客栽倒在血泊之中，短劍在他們身上留下多處傷口，鮮血汩汩流淌。

鄧威嚇傻了！

閹士的出手，一擊必殺，絲毫沒有任何多餘的動作。從頭到尾，這些人甚至連一句話都沒有說，自己手下近十個門客已然送了性命。

這曹朋，好張狂！

鄧威驚怒無比，剛要站出來說話，不成想從門外又走進來一人，令鄧威的臉色再次一變。

「岑伯循……」他認得來人，心裡不免感到了一絲緊張。

來人的年紀大約在三十歲左右，身材不算太高，大約也就是一百七十公分左右的個頭。矮矮胖胖，略顯臃腫，圓乎乎的胖臉上透著幾分笑容。他走進了大門，看到這院中的景象，突然嘆了口氣。

「鄧公，這又是什麼待客之道？」

「岑伯循，你來做什麼？」

來人哈哈大笑，「鄧公，莫非這裡是鄧村，就不是朝廷治下？」

「你什麼意思？」

「沒什麼，只是……呵呵，鄧公莫擔心，我此來不過是秉公而來，並無為難鄧公之意。岑紹賴曹太守看重，辟為本地三老。正好龐將軍來棘陽找鄧縣令，我聽說鄧縣令今天來了鄧村，故而帶龐將軍前來。對了，鄧公最好約束住你的人。這些都是曹太守的心腹牙兵，龐將軍更有曹太守符節，可先斬後奏。若是生了誤會，恐鄧公顏面無光。」

這岑伯循，名叫岑紹。也許，他在歷史上屬於默默無聞的主兒，可是在棘陽，他還有另外一個身分，一個連鄧威也要感到忌憚的身分——岑晊之子！

人說，這棘陽兩家坐大。

鄧村因大司徒鄧禹，而立足棘陽；那麼另外一家，便是岑氏。

論身分和地位，岑氏絲毫不遜色於鄧氏。蓋因這岑氏始祖和鄧村始祖鄧禹一樣，是東漢開國功臣，並列雲台二十八將的岑彭。至於後來，岑氏雖然也沒落了，可是在東漢末年時，卻也曾出來了一個南陽太守，也就是那位南陽太守岑公孝的父親，岑豫。

棘陽有諺語：岑氏一門兩太守，棘水之陽好男兒。

這兩太守，就是岑豫和岑晊父子。

只是，岑豫是朝廷委任的太守；而岑晊，則是南陽人心目中認同的太守。

岑晊雖非太守，卻勝似太守。更重要的是，岑晊在士林聲名偌大，為江夏八俊，乃劉表密友。劉表治荊州以來，猶重文士。岑晊病故後，岑氏再次沒落，但岑晊的子嗣卻頗受照顧。

相比之下，鄧村這些年來，只有一個鄧濟可以拿得出手來，自然比不得岑氏風光。

只不過，鄧村和岑氏之間素有矛盾。以前大家都沒有把矛盾擺放在檯面上，彼此最多就是在私下裡用一些小手段，搞一些小衝突。

鄧氏這十年來的崛起，和鄧稷立足曹魏有莫大干係。別的不說，當年魏延坐鎮湖陽，就給了鄧村不少關照。

而另一方面，隨著岑晊的病逝，岑氏的力量被削弱很多。岑紹這些年主要是居住襄陽，背後所依靠的是荊襄世族集團。所以，此消彼長之下，鄧村的聲勢卻壓了岑氏一頭。

岑紹跑來幹什麼？

聽他的語氣，似乎已投靠了曹朋？

就在鄧威感到疑惑的時候，忽聽後堂裡傳來了一陣騷亂。緊跟著，幾名闇士攙扶著鄧芝，保護著鄧艾走了出來。他們和先前出現的闇士幾乎是清一色的裝束，手中的短劍上猶自滴著鮮血……

「龐叔叔，他們勾結反賊！」鄧艾一見龐德，立刻大聲呼喊。

鄧威大吃一驚，連忙轉身想要斥責。哪知道鄧芝突然厲聲喝道：「爾等私自扣押朝廷命官，若同造反……闇士，還不動手，更待何時！」

鄧艾那一聲呼喊，恰到好處。

劉備雖說有漢室宗親之名，但終究算不得正統。本來鄧芝正考慮著如何收拾鄧威，鄧艾這一聲，卻剛好給了他一個靈感。

我鄧伯苗，可是堂堂正正的棘陽縣令，乃朝廷詔令所任。你鄧威要抓我，豈不就是造反嗎？

鄧威用祖宗法度來壓鄧芝；可鄧芝的背後，卻有朝廷律法……

兩名闇士二話不說，衝上來一腳就踹翻了鄧威。一個家丁還想要上演一齣忠心救主的戲碼，卻被闇士一劍劈翻在地。

與此同時，龐德臉色大變，厲聲喝道：「白駝衛，將這些人給我拿下。若有抵抗，格殺勿論！」

白駝兵齊聲吶喊，縱身從白駱駝下來。他們抽出大刀，衝過去，掄刀就砍……

白駝兵跟隨曹朋日久，那是從屍山血海裡殺出來的精銳，無論是經驗還是殺法，都不是鄧村那些烏合之眾可以相提並論。

鄧辭還想要反抗，卻被一名白駝兵舉刀一下子劈成了兩半，鮮血混著臟器灑落一地。

那種視覺上所帶來的效果，極為震撼，一些想要頑抗的家丁見此狀況，立刻丟下手中的兵器，雙手抱住頭，往地上撲通一跪，大聲叫喊道：「休要動手！小的們服了，小的們降了！」

岑紹的臉上，閃過了一抹快意笑容。

岑紹是蒯越推薦給曹朋的人！

這也是蒯越在得到了曹朋的答案之後，給曹朋的禮尚往來。

要說對南陽郡的瞭解，曹朋是遠遠比不得蒯越這幫子地頭蛇。蒯越非常清楚，曹朋要想在南陽立足，就必須要有一個足夠分量的切入點。正好，岑紹與蒯氏之間的往來非常密切，而岑紹的老子，恰恰又是那江夏八俊之一的岑晊；再者，岑氏又是棘陽大族，倒也正好合適。

岑紹世居棘陽，根基深厚。

曹朋在得到了蒯越的推薦信以後，二話不說，立刻命龐德前往拜訪。

本來，曹朋是打算自己去，可沒想到曹操親自為他安排的郡丞，也就是前司空掾羊衜，率部抵達舞陰。如此一來，曹朋就脫不開身。好在有蒯越的書信，倒能使得岑紹心悅誠服的投靠。

岑紹倒不一定要入仕。對他而言，廣大門楣必須要立足鄉鄰。

想當初，他老子多大的聲望。可是岑晊一走，岑氏立刻呈現沒落之勢。這也讓岑紹更加清楚，岑氏的根基還是在棘陽。他欣然答應出任三老之職，執掌教化等事務。別看這三老是個不入流的小官，不過是一個秩百石的小吏，可是在地方上，卻掌握著實實在在的權力。

只是岑紹沒想到，他甫一上任，就遇到了這種事。

鄧威這廝，腦袋傻了，竟捨近而求遠，扣押朝廷命官。難道他真的不知，他那所謂的祖宗法度在強權面前，根本不足為道嗎？

不過這樣也好，鄧威傻了，豈不是我岑氏的機會？

岑紹眼珠子滴溜溜一轉，立刻計上心來。

對曹朋而言，岑氏和鄧氏，區別不大。

不管是扶立哪一個，只要能有效果就可以了！當然了，如果鄧氏聰明一點，服從一些，曹朋自然更

傾向扶立鄧氏。畢竟有鄧稷這一層關係，曹朋自然對鄧氏更親近一些，更不要說他還是鄧範的結拜兄弟。事實上，曹朋不希望鄧稷和鄧範摻和到鄧氏內部的家庭紛爭，更希望兩家能和鄧氏保持一定的距離。這對於鄧稷、鄧範，還有曹朋而言，能獲得更多的利益……

只是曹朋沒想到，鄧氏竟然投靠了劉備。

既然鄧氏投靠了劉備，那曹朋就只好選擇岑紹。

仔細想想，岑紹也不錯。以棘陽岑村的底蘊，未必就弱過了鄧村。更不要說，這裡面還有一個蒯越的關係……

鄧威滿臉是血的躺在地上，身子微顫。而先前那些叫囂不止的鄧氏族人，此刻一個個噤若寒蟬。

鄧芝看著這些族人，也是無奈的嘆息一聲。

鄧氏，完了！

他很清楚鄧村的未來，將被岑村死死的壓在下面。因為他們做了一個錯誤的決定，喪失了他們自東漢開國以來最好的中興時機。

岑紹為什麼會出現在這裡？

說明他已經願意和曹朋進行合作。

如果說，鄧村原本還占據巨大的優勢，那麼此時此刻，先前的優勢都已經蕩然無存。

臉上還殘留著剛才掙扎時留下的傷痕，鄧芝目光冷漠的掃視四周。此時，白駝兵大開殺戒，在龐德的指揮下，對大宅裡的那些殘餘頑抗分子發動剿殺。短短工夫，天井中橫七豎八，已有數十具死屍。看著那些哭號不止的族人們，鄧芝心中頓時生出一絲不忍，輕輕嘆了口氣。

「叔父！」鄧艾輕輕喚了鄧芝一聲。

年僅十歲的他，雖然看過不少書，卻從沒有經歷過如此慘烈的狀況。不僅是他，就連那從小受苦、

祖宗法度

過著飢寒交迫生活的小婢女張菖蒲，也是第一次看到這種血淋淋的殺戮。

鄧芝的臉上露出一抹笑容。他輕輕揉了揉鄧艾的小腦袋瓜子，似自言自語，又好像是在向鄧艾解釋一樣的輕聲道：「小艾，莫要害怕！你不是一直想學你舅舅嗎？想當年，你舅舅經歷的，遠比你現在看到的更加慘烈。既然你要幫你舅舅，那你就必須學會適應這一切……哪怕，這些人曾是你的族人。」

「伯苗，救命，救命啊！」鄧暉跌跌撞撞跑到了鄧芝跟前，一把抓住了鄧芝的衣袍。

鄧芝依舊是冷漠的看了鄧暉一眼，而後沉聲對那追殺鄧暉的白駝兵道：「亂臣賊子，當誅之。」

「伯苗，我們是兄弟，我們是族人，你不能見死不救……」

「正因為你是我的族人，要想挽救鄧村，唯有奉上你的人頭，才可以令太守息雷霆之怒。」

鄧暉還要叫喊，卻見白駝兵衝上來，只一刀，便砍下了他項上人頭。

一蓬鮮血噴濺而出，灑在鄧艾的臉上。那溫熱的鮮血，似是給鄧艾帶來無盡震撼。

鄧芝伸出手，拉著鄧艾的手掌，邁步走下了臺階。

張菖蒲緊跟在鄧艾身邊，怯生生看著眼前所發生的一切，腦海中一片空白……

「伯循先生。」

「鄧棘陽。」

鄧芝與岑紹抱拳拱手，相視一禮。

「鄧棘陽，今日鄧村雖有磨難，但未嘗不是一次新生。」

岑紹微微一笑，話語間透著一絲淡淡的羨慕。

鄧村，真是人才輩出。之前的鄧稷、鄧範，到而今的鄧芝……鄧芝看上去很年輕，而且還經歷了這等事情，可是其外表卻絲毫沒有流露出慌亂之色。這份氣度，這份沉穩，都足以說明此人不凡。

可惜了，卻非岑氏子弟。

岑氏如今人才凋零，現在曹朋雖然願意和自己合作，可是以後呢？若岑氏沒有幾個出色的人物出來撐場面，只怕也難以維繫太久。反觀鄧村，鄧威那些人雖然做出了錯誤的選擇，可是還有鄧稷、鄧範、鄧芝，以及那個看上去年紀很小，卻絲毫沒有慌亂之色的少年鄧艾……

鄧氏人才，可真真個鼎盛。鄧威做錯了一個選擇題，失去了機會，可只要曹氏當朝，而鄧稷等人活著，早晚能東山再起。

岑紹腦袋裡突然升起一個奇妙的想法。觀鄧芝棘陽赴任，似未帶家眷，若真如此，何不……

想到這裡，岑紹的眼中閃過一抹喜色。想來，那曹三篇曹太守，也會樂於見到這樣的情況。

「龐將軍，多謝了！」鄧芝又和龐德見過了禮，而後感慨道：「這次若不是將軍來得及時，芝險死矣……鄧威勾結反賊，忤逆朝廷，形同造反，罪不容赦。所以煩勞將軍，將鄧威一家押送舞陰處置。」

有道是破家知府，滅門縣令。

鄧芝這一句話，便註定了鄧村宗房的破滅。

鄧威在一旁聽得真切，頓時就昏了過去。他剛才要把鄧芝送去宛城，沒想到這一眨眼間，就要被鄧芝送去舞陰……果然是報應不爽！

龐德道：「此事，德定會與公子如實稟報。」

鄧芝決意袖手旁觀。這件事，他還真不太好插手。身為鄧氏族人，他當然希望能保住鄧村的元氣，也正因為這樣，他更不能插手。唯有先把自己摘清出去，才能保住鄧村的希望。

他感到鄧艾的手，下意識的緊了緊。但他卻沒有說話，只是握緊了鄧艾的手掌。他要鄧艾明白，現在所看到的，才是一個最真實的世界……

當日，鄧威一家八十六口人，除被當場誅殺的家丁奴僕和親眷之外，共四十二人，押送舞陰。

祖宗法度

鄧芝返回棘陽之後，立刻命傅肜調兵遣將，提防劉備偷襲。

劉備花費了那麼多的力量，拉攏了鄧村。而今鄧威完了，劉備在棘陽的實力也將隨之大減。這樣的情況下，劉備會無動於衷嗎？鄧芝可不相信！他認為，劉備一定會做出反應……

接下來，棘陽必有戰事。

那麼鄧艾就不適合繼續留在棘陽。

龐德在棘陽停留了一日，便帶著鄧艾返回舞陰。同行的還有岑紹，因為岑氏既然表示了願意和曹朋合作的意願，那麼必要的接觸不可缺少。岑紹也希望透過和曹朋的接觸，得到更大的利益。不過在岑紹的心裡，卻已經有了另外的打算，也許他還能為岑氏謀劃出一個更為光明的未來。

三日後，曹朋下令，將鄧威一家四十二口人斬首示眾，棄市街頭。

當天，整個菜市口，被鮮血染紅……

這也是曹朋來到南陽後的第一個大動作，卻是讓許多人大吃一驚。

曹朋的鐵血手腕，讓不少人感到了恐懼。然後最為惱怒的，還是劉備。原本劉備打算和曹朋來一次面對面的直接較量，可沒想到他剛要動手，卻得到了來自襄陽的警告：不要擅自與曹操發生衝突！曹操若不動手，劉備也不得動手，否則引發的後果，由劉備一人承擔。

這也算是自劉備寄居荊州以來，劉表措辭最為嚴厲的警告。

入建安十二年以來，劉表的身子骨越來越差，經常臥病不起，所以這州郡事務，大都是由蔡氏一族掌控。可是如此嚴厲的警告，若非劉表贊同，斷無可能發出。也就是說，荊襄世族集團對劉備的敵意越來越重。劉備無奈之下，只得放棄了用兵的打算……可他卻不會就此甘休。

我雖然不能出兵，但是我依然可以給曹朋增添一些麻煩，至少要讓他難受一下。

於是乎，南陽郡突然出現了一個聲音，一個在南陽豪強之中廣為流傳的聲音——

鄧氏的衝突，是鄧氏的家事。

祖宗的法度，流傳了幾百年，從未有官府插手其中的事情發生。

而今，曹朋插手鄧村事務，無視宗族利益。他今天可以對鄧村出手，他日就可以對來家、賈家等其他宗族出手。用不了多久，整個南陽的世族豪強，恐怕都要被曹朋一手消滅。

這謠言一出，立刻引起了宗族豪強們的恐慌。

宗族，在東漢時，儼然就是一個小國家、小朝廷……族老們依照著祖宗傳下來的法度，甚至可以對抗朝廷律法。只要牽扯到宗族，族中子弟的生死，盡歸於宗族掌控。據說在永元年間，曾有官吏想要插手阻撓宗族之事，結果卻被罷免官職。而那罷免的理由，也正是這『祖宗法度』四個字。由此可見，宗族力量的強大。

曹朋雖然不至於被罷免官職，但依舊收到了嚴厲的指責。

不少人紛紛趕到了舞陰縣，希望能面見曹朋，讓他承認自己的錯誤。

曹朋插手鄧村，不僅僅是插手宗族，更是插手本地豪強的利益。他們有足夠的理由，讓曹朋就此罷手。甚至有不少人在私下裡商議，若曹朋不知悔改，他們不介意給曹朋一些教訓。

「曹太守不在舞陰？」

「正是。」面對著那些豪強代表的詰問，杜畿也是一臉無奈。「公子在三天前，已返回中陽鎮老家。祖屋已修繕妥當，他要回去查看……至於什麼時候回來？非在下可知。若各位著急，可前往中陽鎮與公子商議。否則的話，也只有等公子從中陽鎮返回舞陰，還請諸公耐心等待。」

章十二 活字印刷

中陽鎮，曹府——

一座巍峨府邸在中陽鎮拔地而起，在陽光下透出雄渾氣勢。

府邸依中陽山而建，幾乎與整座中陽山連為一體。房舍相連，亭臺樓榭參差，顯示出與眾不同的韻味。整座府邸最為突出的，莫過於後宅的設計。與前院相連，卻恰好位於山腰。坐在後宅涼亭，不禁能欣賞滿山繁花似錦，更可以鳥瞰中陽鎮，凸顯出曹氏在中陽鎮與眾不同的地位。

曹朋，就站在山亭之中，負手而立。

鄧艾一臉頹然，坐在他的身前，露出幾分落寞之色。

從棘陽回來，鄧艾就顯得無精打采。原本是想要幫助曹朋，卻想不到最後還是曹朋出手解決。若非白駝兵突然出現，弄不好連鄧艾也要折在鄧村。

同時，曹朋在棘陽後期所展現出來的鐵血手腕，也給鄧艾帶來了巨大的震撼。

整個鄧村，凡是和鄧威一支走近的宗房，全都受到不同程度的打壓。可以說，就算鄧威不死，鄧威這一支也沒有出頭之日。然則如此一來，鄧村受到的影響，也就變得顯而易見。

鄧芝私下裡嘆息，十年內，鄧氏將無力壓制岑氏。

這其中固然有可惜，但更多的還是一種無奈……到了眼前的富貴，視而不見，卻為那虛幻的前程而無視宗族利益，鄧威一支的確不適合再成為宗房。可是新的宗房，也不是一下子就可以建起，畢竟宗房作為宗族的嫡支，所享受的利益固然驚人，卻需要有足夠的時間來建立自己的威信。

鄧威一支，累世宗房，如今覆沒，鄧氏不可避免會遭遇混亂。而新的宗房想要建立威信，還需要一個極為漫長和艱難的過程。

本來，依著鄧芝的意思，把鄧稷推到宗房的位子上，最利於鄧氏的休養生息。

可是他的意見卻被曹朋否定，一方面是因為曹朋不希望鄧稷和鄧氏牽累太深，另一方面曹朋也知道鄧稷一旦為宗房，定然會遭遇各種質疑。畢竟此前曹朋誅殺了鄧威一支，如果鄧稷不為宗房，曹朋所做的一切還能用公事公辦來解釋，那麼一旦鄧稷成為宗房，勢必把鄧稷推到風口浪尖上。以鄧稷的聲望，想要對抗南陽宗族固有力量，尚有些不太充足，而那時候，曹朋可就是坐實了插手宗族事務的名頭。

所以，在舉薦宗房的事情上，曹朋沒有過問。

而鄧芝在反覆思考之後，最終選定了人選。新任的鄧村宗房之主，名叫鄧迪。要說名聲，並不是太顯赫，而且也沒有什麼官位，不過他曾師從經學大家鄭玄門下，早年間還舉過茂才。從德行上而言，倒也無可挑剔。這鄧迪，家中頗有資產，與荊襄世族，包括潁川世族，都有來往。人非常老實，是個忠厚的傢伙，在鄧村頗有名聲，連鄧威也不敢輕易得罪此人。

最重要的是，鄧迪一房和鄧稷，乃至於曹氏，有著密切的關聯。

鄧巨業，也就是鄧範的父親，就出自鄧迪一房。雖然鄧巨業只是庶出庶子，卻畢竟屬於鄧迪一房所出。有這麼一個關係存在，也註定了鄧迪一房必然親向曹朋，同時還能壓制住鄧村各種不滿。就目前而言，把鄧迪推到族長的位子上，是曹朋諸多選擇中，最佳的方案。

鄧迪還親自到中陽鎮，拜訪了曹朋。他向曹朋表示，願意讓出鄧氏在棘陽的一部分利益給岑氏，不過條件就是，希望能安排族人入仕效力。他要求不高，只是小吏。

曹朋在考慮了一下之後，便答應了鄧迪的請求……

鄧威一死，鄧村元氣大傷，在短時間內必然難以崛起，需要一些官府的保障，來維護他們的利益。這，似乎情有可原。

總之，結果雖有些不盡人意，但至少還算是圓滿。

而對於南陽其他各家豪強的反應，早在曹朋下決心處死鄧威的時候，便有了一些計較。只不過，時機尚不成熟，他不會輕舉妄動。

「小艾，為何不開心呢？」

「舅舅，我是不是很沒有用？」

曹朋聽聞，頓時笑了。

鄧艾的悶悶不樂，他已經猜出了端倪，只是鄧艾一直不開口，他也不會主動詢問。如今既然鄧艾開口了，他也自然可以順水推舟。

其實，每個人的成長，都要經歷過無數波折。

曹朋自認，若非他重活一世，也許早就死在夕陽聚。而鄧艾呢？根據鄧芝所言，他當時的表現並不算太差。

「小艾如何這麼說？」

「我在鄧村……」

「誒，我當是什麼事。鄧村的事情，非你之過。連你鄧芝叔父，不也差一點折在那裡？人這一輩子啊，多一些磨難，未嘗不是一件好事。少年時太一帆風順，長大後必然會有凶險。失敗了算不得什麼，關鍵是在於你學到了什麼。」

曹朋坐下來，與鄧艾促膝交談。直到鄧艾臉上重又露出了笑容，他才算是鬆了一口氣。

「小艾，這次返回舞陰之後，你就和小迪一起，在我身邊做事吧。」

鄧艾聽聞，不由得喜出望外。

「舅舅，我可以留在你身邊嗎？」

「當然可以……不過，我有一個要求。你在我身邊做事，少說、多聽、多做……我不會給你什麼指點。若有不懂的地方，就去詢問小迪。」

「嗯！」鄧艾點頭應下。不過，他遲疑了一下，輕聲道：「舅舅，那劉備你打算如何對付？」

「劉備嗎？」

曹朋微微一笑，伸手揉了揉鄧艾的腦袋，卻沒有回答，只是那雙眸子裡，閃過一抹精芒。

他撇了撇嘴，心中不由得一聲冷笑。

不是曹朋不想要對付劉備，而是因為這時機尚未成熟。

南陽就目前而言，需要穩定，不是動盪。

劉表並不想要和曹操開戰，而荊襄世族集團同樣不希望發生太大的衝突，若非如此，根本不必等曹朋就任，劉備早就向南陽用兵。只不過，受劉表的壓制，劉備雖然攻占了涅陽、宛城、博望，卻始終不敢再有動作。不是他不敢，而是擔心動作太大，會引起劉表的警戒之心。

曹朋在等！

等待幽州的消息……

不過，幽州的喜訊尚未傳來，黃月英卻告訴了曹朋一個好消息。

她依照著曹朋所說的活字印刷術，完美的將其複製出來。從效果上來看，基本符合曹朋的要求。

「阿福，這活字印刷成功，那豈不是說，我們可以進行書本刊印？」

這年頭的書籍，基本上是以拓印和手抄為主，如此一來，也就造成了書本刊印的費用昂貴……

曹朋在工房裡，拿起一張用活字印刷術刊印出來的《八百字文》範本，卻輕輕搖了搖頭，表示反對。

活字印刷術，的確是一向功在社稷，利在千秋的發明。但是就目前而言，時機尚不算成熟。書本，一直被世族豪強所壟斷，若隨隨便便的刊印書籍，勢必會觸動他們的利益。開啟民智，需要有一個過程。至少在最初的階段，要避免刺激到那些門閥的神經，否則弊大於利。

「不刊印書籍，又做什麼用處？」黃月英忍不住疑惑問道。

曹朋嘿嘿一笑，「從我赴任以來，劉玄德屢次發難，製造謠言。此次他更藉由棘陽鄧村的事情，挑唆各地豪強與我為難。我若不給他一點顏色，豈不被他小覷？」

「你準備如何做？」

曹朋臉上的笑容更盛，輕聲道：「夫人莫問，只管看熱鬧便是。」

建安十二年，五月。

綿綿的細雨仍下個不停，讓人格外煩躁。

曹彰從張遼的大帳裡出來，腦子裡亂糟糟的，快成了一團糨糊。濡水沙盤，已經完全做好。不過正如曹彰之前所預料的那樣，想要從正面攻入遼西，難度實在太大，損失也必然嚴重。

好在，他早有釜底抽薪的想法，故而在經過短時間的躊躇之後，終於把目標鎖定在柳城。

柳城，是遼西烏丸大人蹋頓的老巢。蹋頓和袁熙就躲在柳城，遙控肥如之戰。同時，袁熙又請來了遼東豪強公孫康出兵，以加強肥如一線的防禦力量。

郭嘉也認為，曹彰的這個想法非常好。若正面攻擊，損失巨大……可是，如何偷襲柳城？這仍是一個難題。

好在這個時候，有人向曹操推薦了右北平人田疇，解決了曹軍的麻煩。

這田疇，表字子泰，就是無終本地人。

初平元年，董卓西遷漢帝於長安，時為幽州太守的劉虞，聽說田疇年少卻有奇才，於是便將其征辟為從事。後奉劉虞之命，出使長安，為董卓所重，拜騎都尉之職。但田疇卻以天子方蒙塵未安，不可以荷佩榮寵，於是堅決不受。董卓念其高義，有征辟為幕僚，其依然不就。

而後，田疇返回幽州。可未等他抵達幽州，劉虞便被公孫瓚所害，於是田疇趕到劉虞墳前，陳發朝廷章表，之後哭泣而去。公孫瓚想要殺田疇，但被人勸說：田疇是義士，殺之不祥。於是公孫瓚才把田疇放走。再往後，袁紹曾試圖征辟田疇，卻被田疇拒絕。袁紹死後，袁尚再次征辟，其依舊不從。建安十二年，曹操對幽州用兵，攻破幽州西部四郡之後，征辟田疇為丞相掾，田疇卻以他無功名在身，不可以就任，再次拒絕曹操。

但不可否認，田疇對於幽州的熟悉，讓曹操不得不重視。經人再次舉薦，曹操下令舉田疇為茂才，田疇這才前來赴任……

無終沙盤的製作，也就交給了田疇負責。

「……舊北平郡，治在平岡，道出盧龍，達於柳城。然自建武以來，陷壞斷絕，已二百載。但尚有微徑可從。近丞相以大軍當由無終，不得進而退，鬆懈無備。若嘿回軍，從盧龍口越白檀之險，出空虛之地，路近而便，掩其不備，蹋頓之首可不戰而擒也。」

在聽說了曹彰的釜底抽薪之計以後，田疇立刻給出了一個詳細的條陳。

他在製作好沙盤後，便獻計奇襲柳城。

所謂微徑，其實就是小路。田疇的意思是說，以前舊北平郡的治所是在平岡，只要出了盧龍塞，便可以抵達柳城。不過從建武年以來，這條路已經崩壞，只是還有一條小路可以通行，但路程卻不太好走。若是走這條小路，就能攻擊柳城，令蹋頓、袁熙措手不及，而後功成。

曹操欣然接受。

而郭嘉對田疇此計，也是撫掌贊成。

曹彰有點不高興，因為這釜底抽薪之計，明明是他所獻，卻被田疇一番話，奪走了所有光芒。

曹操決意要親征柳城，卻引得眾將紛紛勸說。

於是乎，這幾日便一直在爭吵不休。

「子文，先生回信了。」

在小營門口下馬，曹彰剛要進入，就見牛剛上前，低聲告之。

「先生回信了？」曹彰聽聞，頓時大喜。

雖在幽州，距離南陽甚遠，可是曹彰卻一直和曹朋保持著通信。之前田疇歸附的事情，他也派人告之了曹朋，並說出了釜底抽薪之計，詢問曹朋的意見……

從幽州到南陽，何止千里。然則曹彰命人以六百里加急，送往南陽，往返也不過十五天之久。

「信在哪裡？」

牛剛連忙從懷中取出書信，遞給了曹彰。

曹彰二話不說，直接撕開火漆封口，一邊走，一邊看信。不過，當他走到軍帳門口的時候，卻突然間停下了腳步，眉頭緊蹙一起，露出一抹古怪神色。

「子文，怎麼了？」

曹彰向兩邊看了看，突然道：「典弗，你守在外面，不得任何人靠近。」

「喏！」

「老牛，你隨我來。」

曹彰在軍帳中坐下，而後示意牛剛隨意。

「先生，意欲除掉田子泰。」

牛剛聽聞，噗的一口水就噴了出來，愕然看著曹彰，半晌都未能反應過來。

「你自己看吧。」曹彰把書信遞給了牛剛。

牛剛連忙接過來，展開書信，就著軍帳裡的光線，認認真真的看了一遍。

書信的內容，分為三個部分。第一個部分，曹朋告訴曹彰：不要和田疇計較什麼！這釜底抽薪之計，其實曹操未嘗沒有計較，只不過是從你口中說出來而已。所以，不用擔心那田疇搶了你曹子文的風頭。這個風頭，誰都搶不走，該是你曹子文的功勞，沒有人能夠抹滅。

第二個部分呢，則是要求曹彰，盡量隨同曹操一起出征。

曹朋推薦了張遼，並言明若是曹操親征柳城，所帶兵馬必然不多，而眾將中，最為合適的人選便是張遼張文遠。曹彰不要害怕危險，只管跟隨，一定要保護好曹操的安全……

同時，曹朋又詢問了郭嘉的身體狀況。到目前為止，郭嘉身體狀況良好，並沒有似歷史上那般，因水土不服而出現嚴重的病情。

不過，還是要小心一些。如果郭嘉要隨軍，那麼一定要帶上董曉，可以給予及時的治療。

這兩點，曹彰並沒有放在心上，最重要的是第三個部分。

「田子泰不應袁紹父子之命，以其非正也。然譚逆授首之時，即已明其為賊，胡為復弔祭其首乎？若以嘗被辟命，義在其中。此沽名釣譽之行耳。進退無當，貌同心異，竊以為賊乎？某欲誅此獠，望子文相助。不日有義士抵無終，子文只須助掩其身，則萬分感激。若子文為難，也可不理。但望請勿與他人知曉……」

想當初，袁紹父子征辟田疇的時候，田疇拒絕，是因為知道袁紹父子名不正、言不順……但是在袁譚死後，他卻和王修一起為袁譚痛哭。你明明知道袁譚乃是賊人，還要為他哭泣。若你田疇當初應辟，那麼還可以解釋為主從之誼。但你明明和袁氏沒有任何關係，卻要裝模作樣的哭祭袁氏父子，不是沽名釣譽又是什麼？這不是進退無當，而是和曹操貌同心異。

你這傢伙，懷著野心而來！

這一番話，說得可就重了。

事實上，歷史上的田疇，被許多人稱之為典範，被曹操讚賞。但鍾繇還有後來做《三國志》注釋的裴松之，卻認為田疇這個人並沒有曹操所稱讚的那麼完美。

曹朋要殺田疇！

原因？

曹彰不是特別清楚。

但曹朋說得很明白：我不需要你出手，我自會派人過去。到時候你只要幫我隱藏他的身分就可以。如果你不願意幫我，那就算了，我會自己來設法幹掉田疇，但請你不要插手其中。

曹朋的態度非常堅決：不管你願不願意，我都要殺了田疇！

這讓曹彰感到有些頭疼。

「老牛，田子泰莫非招惹了先生？」

牛剛搔搔頭，苦笑道：「我哪能猜出先生的意圖？只是，先生既然這麼說，那一定有他的道理。田子泰，死定了！」

曹彰咬著嘴唇，沉吟不語。

片刻後，他突然道：「我也不喜歡田子泰。」

「呵呵，那就要看子文你的決定了。」

「我不喜歡田子泰，而且他還得罪了先生……這個人，必有取死之道，非死不可。」

「正是。」

「這兩日你幫我留意一下，若有人前來找我，你就直接領入營中，而後給他一個身分就成。」

「我明白。」

曹彰深吸一口氣，從牛剛手中接過了書信，走到油燈旁，把信放在火上，瞬間點燃。

「我，不知道發生了什麼。」

「我也不知道。」

兩人說罷，相視一笑，不約而同的點了點頭。

曹朋要殺田疇，而曹彰又看他不順眼，那麼田疇的小命必然難保……

至於原因？

曹彰不會去找曹朋詢問。若是曹朋能告訴他，自然會在信中說明；但若是不可以，那就算問了，也沒有用處。

曹彰心裡非常高興！不是因為別的，而是曹朋對他的信任。以前，他總想幫助曹朋，但始終無用武之地。現在，他終於可以幫助曹朋了……至於田疇嘛，和他曹子文又有個什麼關係？

中陽鎮，曹府後宅中，夏侯真坐在一旁，一邊轉動著織機轉輪，一邊好奇的問道。

「何故要殺這田子泰？」

曹朋則笑了笑，沒有回答。

活字印刷

他為什麼要殺田疇？

這原因嘛……不是因為田疇得罪過他，也不是因為田疇和他有過節。他殺田疇的原因，是田疇的兒子在歷史上壞了鄧艾的性命。歷史上那幾個陷害鄧艾的凶手，如今鍾會恐怕不會出現，而衛瓘呢，則因為曹朋和他老爹的關係，也不太可能招惹。剩下的胡烈、師纂還有田續三人，田續正是田疇之子。曹朋覺得，與其留下個禍害，倒不如早一步斬草除根。

夏侯真問他原因，他自然不會告知，而是拿起身邊的一摞報紙，掃了兩眼之後，輕聲問道：「小真，這些報紙，可都已經分發下去了？」

劉備坐在榻上，面色鐵青。

屋子裡，卻是鴉雀無聲，瀰漫著一股令人窒息的壓抑感。荀諶、諸葛亮、馬良、陳震坐在上首處，而關羽、張飛、趙雲、陳到等武將則坐在下首，都沉默無語。

「哥哥，俺這就點起兵馬，殺奔舞陰，不取那小兒性命，誓不還兵！」張飛突然跳起來，一張黑臉幾乎成了紫色。他揮舞手臂，怒聲咆哮。

而坐在他上首的關羽，則鳳目圓睜，透出濃濃殺意。很顯然，張飛的話語正中他心思。

劉備厲聲道：「翼德，坐下。」

「可是兄長莫不成，要忍下這口氣嗎？」張飛怒聲道：「小兒欺兄長太甚！這、這、這勞什子南陽真理報上胡言亂語，如此羞辱兄長，若不殺他，如何能嚥下胸中這口惡氣！」

「翼德，坐下。」

劉備再次喊喝，張飛這才心不甘、情不願的坐下。

在劉備身前的書案上，或者說是所有人面前的條案上，都擺放著一張紙。紙張的面積，和後世的報紙相差不多，是用硬黃紙所造。其格式，與報紙也無甚區別，在報頭上寫著『南陽真理報』五個字。下面還有一行小字，『真理越辯越明』。據說，這報頭上的五個字，出自鍾繇之手。

整張報紙，共分為四個版塊。

在第一版，刊載有三篇文章。這三篇文章，分別是岑紹的《宗族法度》、前南陽太守羊續的《律法論》、以及一篇不知何人所書的《忠奸論》。三篇文章的核心內容，就是前一段時間曹朋誅殺了鄧威一房後，被許多南陽豪強所指責的『擅自插手宗族事務』罪名的辯解。

三篇文章，無不強調了朝廷律法的森嚴。

無論是岑紹還是羊續，雖不是名聲顯赫，但在南陽也頗有地位。

岑紹就不用說了，那是老牌的南陽豪強。而羊續，也曾在早年間出任過南陽郡太守，在當時享有極強的聲譽。兩人所寫的內容，大都是關於律法上的問題。不過岑紹是以宗族的角度，來講解宗族法度的森嚴，而羊續則是以朝廷律法的威嚴為主體，強調宗族法度應該服從於朝廷律法。兩人各執一詞，說的都有道理。

但是再經過那一篇《忠奸論》，味道就顯得有些與眾不同。

《忠奸論》提出了忠、奸兩個概念，並根據岑紹和羊續兩人的觀點，把忠奸的話題加以引申闡述。

何為祖宗法度？

何為朝廷律令？

究竟是哪一個更為重要？

這三篇文章出現之後，立刻在南陽引發了巨大的反響。

這南陽，原本就是一個地傑人靈、能人輩出的地區，論文風鼎盛，絲毫不遜於潁川等地。只不過由於連年的戰亂，令南陽的文名比之潁川略顯不足。

活字印刷

可名士大儒無數，而這些人，恰恰又形成了南陽豪強的基礎……

一份南陽真理報，透過官府管道，迅速流入各地豪強門閥的家中。其各種新奇論點，引發出各地名士的關注。而祖宗法度和朝廷律令孰重孰輕？也就成了各家豪強爭論的焦點所在。

除此之外，南陽真理報還提出了『荊州事，荊人治』的觀點，博得不少人的讚賞。

作為南陽真理報的主辦者，南陽太守曹朋，甚至在創刊號上發表了文章，進一步闡述這『荊州事，荊人治』的思想。

曹朋，是南陽人，正正經經的南陽郡太守，有朝廷頒發的印綬。而宛城的劉備，又是何方人氏？

南陽真理報的主編，同時也是南陽郡從事的盧毓，洋洋灑灑的進行了一番闡述。

豪強得朝廷所重，而朝廷亦以豪強為根本，但是在律法問題上，宗族法度應當遵從朝廷律法。而鄧村之變，非朝廷插手宗族，實宗族背叛了南陽，背叛了朝廷。

文章裡，沒有一個字提到劉備的名字，卻處處把矛頭指向劉備。曹朋是南陽人，是朝廷命官，而劉備呢，一介織席販履之徒，竊據漢室宗親之名，招搖撞騙。鄧威不思為朝廷服務，不思助鄉親治理家鄉，卻投靠了一個外地人，無論是從哪一個方面來看，都是不可原諒的過錯……

諸如此類的內容，在整整一個月內，連刊三期。

每十天刊發一期，分送各家豪強、名門高士的手中。並且，南陽真理報還邀請這些名門高士一同加入討論，對於刊載的文章，甚至給出高額的報酬。

如此一來，南陽真理報引起了無數人的興趣，使得之前對曹朋的討伐，也就拋在了一旁。

當然，還是有人心懷不滿，於是書信進行譴責。南陽真理報也刊載了一些譴責的書信，並結合曹朋的觀點進行解釋，平息眾人心中不滿。

東漢末年，資訊並不通暢，所有的溝通往往是透過書信，甚至口耳相傳進行傳遞。

而今這一份南陽真理報，似乎給所有人增添了一個交流的途徑。除了一些觀點世事的討論，還有各種資訊文章的刊載。比如說，在這一期南陽真理報上，就刊載了劉備等人的過往經歷。

不管怎樣，南陽真理報已成為高門名士所關注的對象。甚至還有人寫下了一些關於如何治理南陽、穩定南陽局面的建議，也被刊載報紙上，請所有人進行討論。

劉備喝令張飛坐下，扭頭向荀諶、諸葛亮等人看去。

「諸公，對今日報紙的內容，可有看法？」

荀諶等人不禁啞然……

輿論戰！

這對於荀諶、諸葛亮而言，無疑是一個陌生的概念。他們萬萬想不到，曹朋竟然想出了這麼一個招數，一下子將整個南陽的輿論，牢牢掌控在手中。

之前，他們費盡千辛萬苦製造謠言，攪亂民心。可再厲害的謠言，也比不得這報紙的威力。

曹朋用報紙，控制了南陽的口舌。也許在目前而言，還看不出影響力，可無論是荀諶還是諸葛亮，卻感受到了巨大的壓力。

南陽真理報的針對主體，是南陽本地豪強，以及名門高士。這些人，往往代表了一個地區的利益，一旦這些人的思想和觀點被南陽真理報所控制，也就等於是把整個南陽的口舌都交給了曹朋。

這是一個高明的招數。

諸葛亮苦笑道：「三將軍，主公所憂慮者，非那南陽真理報上的紛亂謠言，而是整個南陽的口舌都將被曹友學掌控於手中。這一期的真理報，明顯是曹朋的一個試探。如果主公這時候向舞陰用兵，勢必將激怒整個南陽世族。如果真如此的話，只怕咱們休想在南陽立足。」

曹朋說：荊州事，荊人治。

你劉玄德一個外人，寄人籬下，竊據宛城，名不正、言不順。

如果再主動出兵，豈不等於是承認了真理報上的說法？原本就是外人，還如此強勢，又怎能得到南陽豪強的支持？只怕劉備這邊剛一出兵，整個南陽郡就會起兵反對劉備……

什麼？

你說曹朋造謠！

人家不都說了：理，越辯越明。

人家等著和你爭辯呢！

「要不然，咱們也辦一份報紙？」陳到突然開口，提出了一個主意。

但旋即就被馬良駁回：「叔至的想法不錯，可是這報紙如何開辦？且不說其他，我打聽了一下，過去兩個月來，連帶真理報的創刊號，曹友學一共發行了七期，每一期最少有五百份，也就是說，兩個月裡，他們動用了三十五刀以上的紙張。這種硬黃紙工藝繁瑣，我們至今仍不清楚曹友學是如何造出來。這三十五刀特製的硬黃紙如何獲得？就算是從福紙樓購入，所需要的花費必然驚人。更別說要撰寫文章，還要找人抄錄……」

「我做過一個計算。曹友學每期五百份報紙，至少需要一百人連續抄寫六天之久……我不知道曹友學是如何拓印出這些內容，可如果是抄寫的話，單只是這人手，咱們恐怕都無法在短時間內湊足。」

陳到頓時滿面通紅。

曹朋的真理報，是透過活字印刷術進行刊載，其所使用的紙張，也是經過特殊製作，從滎陽送至南陽。聽上去路途遙遠，似乎要花費不少，可實際上，這些特殊的紙張是隨同其他的紙張一起運送，甚至不需要曹朋出一個大錢。比如說，曹朋需要兩千刀特製硬黃紙，只需要請鍾繇在進貨的時候，隨同商隊順路運送過來。而作為福紙樓合夥人的鍾繇，絕無可能拒絕這個請求。

一次兩千刀紙張，足夠曹朋使用三個月。而印刷報紙，不過十人而已。

至於文章來源，則有盧毓出面負責，輕而易舉，不需要耗費太多的精力。鄧迪給曹朋二十多個族人，其中不少都是識文斷字，一併成為盧毓的手下，專門負責校對。於是乎，開辦南陽真理報，只需要二十個人，便可以輕而易舉的完成。卻輕輕鬆鬆，控制了整個南陽輿論。

關羽面頰，微微抽搐，「難道，就這麼置之不理？」

劉備深吸一口氣，沉默良久之後，極為無奈的苦笑道：「而今之計，也只有忍耐。曹友學用此手段，雖能獲得奇效，卻終究非正道。待秋收之後，我糧草充足，再伺機而動不遲。」

「不錯，如今之計，也只有如此。」面對曹朋這種新穎的手段，諸葛亮也無可奈何。

只是，荀諶卻露出凝重之色：那曹友學，會等到秋收之後嗎？

他眉頭緊蹙，片刻後輕聲道：「主公，單靠我們，恐怕力不從心。若主公要與曹友學開戰，必須要將劉表拖進來才是。」

劉備聽聞，不由得陷入了沉思……

章十四 南就聚風雲

舞陰，府衙——

「南陽之局關鍵，不在南陽。」

新任南陽郡郡丞羊衜，在曹朋、魏延等人的注視下，正滔滔不絕的講述。

一座巨型沙盤擺放在大廳的正中央。羊衜則站在沙盤旁邊，頗有些意氣風發的指點江山。

這座巨型沙盤，幾乎包涵了大半個東南陽地形地貌。耗時近三個月，花費了無數錢帛，才算是將這座沙盤完成。沙盤上，山川河流，一目了然，城池村鎮，清晰可見。從南陽郡最北部的牛蘭累亭，一直到南陽郡南部嵯水河畔的斷蛇丘，全都顯示在沙盤上。三色旗幟標示其上，紅色代表劉表、綠色代表劉備、黑色則代表著曹操，相互間涇渭分明，但有的地方卻又顯得參差錯節，讓人有一種混亂，乃至於不清晰的感受。

「那進之以為，南陽之局關鍵，在何處？」魏延突然開口詢問。

作為南陽郡的軍事二把手，魏延自然有資格詢問羊衜。

羊衜看了一眼站在魏延身邊的曹朋，見曹朋低頭沉思，並不言語，於是便壯著膽子開口講解。

這，是他的機會！

世人皆知，羊衜的老婆，就是蔡文姬的妹妹。

他此次前來出任南陽郡丞，其俸祿一下子從原先的六百石，變成了真千石，可以說邁了一大步。

曹朋對羊衜也很關照。這裡面固然有羊衜是曹操所任的緣由，同時也有看在蔡文姬面子上的因素，否則曹朋大可以拒絕曹操，或者接納羊衜之後，把他完全閒置一旁。可是，曹朋卻委以重任。

太守府中，原來從許都帶來的鄧芝和杜畿，都已經委派出去。剩下的盧毓，則主要負責南陽真理報的事務。陸瑁和濮陽逸雖說是曹朋的心腹，可一時間還無法擔當重任。所以，曹朋便把大部分事務交給了羊衜，特別是一些具體的事務，完全是由羊衜處理。

但有一個問題……

羊衜的聲望，遠遠無法使魏延、典滿、許儀等人接受。很多時候，羊衜發出的公函必須要發還曹朋處理，也就造成了許多事務不能夠及時的解決。特別是一些軍務，更是如此。

於是，曹朋便想到了一個辦法，讓羊衜在魏延等人面前展現一下才學，以使眾人可以信服。

「南陽之局的關鍵，在三郡遼東。」

「呃？」魏延抬起頭，臉上露出一抹淡淡的笑容，「三郡遼東，距離南陽千里之遙，為何說關鍵在那裡？」

羊衜心裡不由得一陣莫名緊張。

魏延此人，性情桀驁，是出了名的刺頭。

曹朋上任之初，魏延就曾說過：南陽非曹三篇，無人可治。

聽上去，好像是拍曹朋的馬屁。可實際上，也是魏延的一個態度——

這南陽郡治下，除了曹朋之外，我誰也不認可！

一方面，曹朋與魏延相識十載，曾共經風雨、同甘共苦，有莫逆交情。另一方面，魏延出鎮南陽，一直是軍方的一把手。甚至當初夏侯惇在南陽時，魏延也不是特別認可。

我可以聽從你的命令，卻不代表我贊同你的主張。

也就是曹朋今日召喚前來，若換個人，魏延很可能是置之不理，根本不會出席。

羊衜曾多次被魏延拒絕，所以也非常頭疼。而今魏延開口詢問，頓時讓他心中產生了巨大的壓力，甚至有一些莫名忐忑。

曹朋對他的態度非常友好，甚至委以重任……可如果在這樣的情況下，他還無法做好事情，以後也休想在南陽站穩腳跟。

至少，魏延這些人未必會正眼看他。

南陽的軍方勢力，極為強橫。魏延就不說了……典滿、許儀同屬驕兵悍將，而且背景深厚，一個是虎賁中郎將典韋之子，一個是虎威將軍之後，兩人從小就在軍中效力，歷經無數次大戰，稱得上是戰功顯赫。如果不能讓他們重視自己，那麼就算是有曹朋的支持，自己的日子也不會好過。

羊衜深吸一口氣，「遼東距離南陽，雖隔千里，但戰局之重大，令許多人所關注。荊襄劉表，雖說現在不願與丞相為敵，那是因為丞相勢大；江東孫權，一直默不作聲，並非臣服丞相，而是在等待時機；更不要說西川劉璋、漢中張魯，皆非等閒之輩。若遼東戰事順利，則孫權、劉璋等人必不敢輕舉妄動。可若是遼東戰事到秋後仍未解決，那麼孫權等人必然不會坐視丞相蕩平遼東，統一北方大局。」

「秋收之後，孫、劉等人糧草充足，必有動作。而那個時候若丞相不能解決遼東戰事，南陽必然會有動盪。劉表到時候很可能會給予劉備支持。而劉備占據宛城，一旦起兵，其烽火必然蔓延整個南陽郡，太守的壓力也將增大。」

曹朋輕輕點頭。

而魏延在思忖片刻後，也認為羊衜所言有道理，問道：「進之以為，當如何為好？」

羊衜顯得有些猶豫，朝著曹朋瞄了一眼。

曹朋正在沉思，所以並未留意。

反倒是魏延看到了，立刻露出不滿之色，道：「進之，有什麼想法就說出來，吞吞吐吐，非大丈夫所為。」

這也是看在曹朋的面子上。如果換了一個人，魏延早就『娘兒們』噴過去，羊衜可就顏面無存了。

曹朋這時候才醒悟過來。「進之，但說無妨。」

「太守……」

「誒，這裡都不是外人，莫『太守、太守』的稱呼。你外甥是我弟子，說起來你我也算是一家人，何必那麼客套。你於外人面前稱我官位，我不說什麼，但文長和二哥、三哥都是自己人，你隨意一些，便呼我表字即可。」

「下官遵命。」

那一個『一家人』，讓羊衜心花怒放，這說明曹朋非常認可他的存在。

之前，為了與曹朋交好，羊家可是花費了不少心思。羊續出錢，在滎陽洞林湖畔置辦產業，卻假稱是蔡邕所有，把蔡琰從西北硬生生的請回中原。雖說曹朋並沒有表現出什麼來，可看得出，他對羊家還是非常感謝。

現在，羊衜在曹朋帳下效力，更需要曹朋的關照。

「友學自就任以來，一直在平穩局勢，並交好南陽豪強。這個策略並無什麼錯處，甚至說，友學這種作法是老成謀國之道。可問題是，一味的穩定局勢，遠遠不夠。友學當主動出擊，打上一場，給予南陽豪強些許震懾。南陽真理報，令南陽豪強頗為讚賞，可是還缺乏一些震懾力……我也知道友學擔心激怒了劉表、劉備，他們兩人聯手，勢必會令南陽局勢更亂，甚至波及許都。其實，我以為，友學此擔心大可不必。」

「何以見得？」

「劉表而今臥病在床，根本不理政事。荊州事務，大都在蔡氏兄妹手中掌控，蒯越兄弟從旁協助……之前友學言『荊州事，荊人治』，已得荊襄世族認可。而荊襄世族對劉備的警戒，更無須贅言，可算得上是仇視。此前，蔡氏曾拉攏劉備，卻被劉備拒絕。若真與劉備衝突，只怕蔡氏兄弟不會給他什麼幫助，甚至還會給予牽制……」

「至於劉備，雖坐擁宛城，可是其根基遠不如友學來的穩固。友學施以懷柔，並無錯誤。可要知道，友學在穩定局勢的同時，那劉備其實也在擴張他的勢力。他麾下有諸葛亮、荀諶等人，皆多謀之士。時間拖得越長，友學固然可以令根基深厚，但同樣的，劉備也會擴大他的影響力……」

曹朋聽聞，沉默了！

羊衜所言似乎有些道理。

他好像又犯了當初在河西時犯下的錯誤——求穩，過於求穩……

那時候是李儒等人提醒，使他醒悟過來，而後主動出擊，才有西北大勝；如今，南陽的局勢雖說比西北複雜，可單純的懷柔的確是過於求穩了。

缺乏武力的震懾，再穩，也是空中樓閣。

可是……

不等曹朋開口，魏延搶先道：「進之所言，亦延所想。友學，整個南陽，可都在等著看你的手段。求穩並無錯處，可過於求穩，只怕令一些人心生雜念。」

「文長亦認為，我當出擊？」

「然！」
曹朋深吸一口氣，陷入沉思之中，不再言語。
半晌後，他突然問道：「文長，我若將圓德和明理抽調出來，你可就要獨自承受博望、西鄂之壓力，可撐得住？」
抽調典滿和許儀？
魏延一怔，微微一蹙眉。
北部南陽四縣，完全是憑藉魏延三人鼎足而立，才維持住如今局面。若抽走典滿和許儀……那葉縣的壓力必然增大。
魏延沉吟片刻後，突然哈哈大笑：「若劉備以關、張為先鋒，兵逾萬人，延可為友學阻之；若劉備並不逾萬，關、張不至，延可將其吞之。北部四縣有魏延在，斷不會為劉備所乘，友學只管放心。」
曹朋眼睛不由得一亮。
他抬起頭來，向魏延看去。腦海中，不由得又閃現出當年那個九女城義陽武卒都伯的影子。
歷史上說，魏延桀驁。
可他的桀驁，卻是有足夠的本錢。
至少在曹朋看來，魏延的能力未必遜色於關、張。否則，當初夏侯惇兵敗宛城，可是魏延卻能從劉備手中奪回棘陽，其能力絕不是《三國演義》裡說的那麼不堪，甚至更勝於關羽等人。
「阿福，你要和劉備開戰嗎？從何處著手？」
典滿和許儀興奮的站起來，看著曹朋詢問。
曹朋則微笑不語，眼中閃過了一道奇異精芒……

章十四
南就聚風雲

羊衜說應該主動出擊！

魏延認為，他可以獨立守住葉縣。

典滿和許儀也躍躍欲試，想要和劉備較量一番。

曹朋也想……可是，他有很多顧慮。

與在河西時的情況不同。在河西，他對紅澤打就打了，不需要有半點心理負擔。可是在南陽，他必須要考慮到方方面面。

要打，該如何打？

怎麼才能在打的同時，照顧到荊襄世族的顏面？

這，是一個大問題。

一連幾日，曹朋都在思索這件事情。他原本想要去找賈詡商議，可不想賈詡受命，返回許都和荀彧商議事情，所以暫時不在南陽。如此一來，曹朋可以商議的人就沒幾個了。杜畿也好、盧毓也罷，都不足以和他討論全域。

就當曹朋在思忖解決之道的時候，卻不想一樁突如其來的變故，令他不禁感慨世事無常……

建安十二年五月中，鄧芝出任棘陽令，兩個月有餘。

在過去的兩個月裡，得岑紹和鄧迪兩家幫助，加之杜畿出鎮九女城，鄧芝逐漸控制了棘陽。

由於他出身鄧村，所以並沒有遭遇太多的排斥。

如果說，之前鄧威等人作祟，令鄧芝感受到了巨大的阻力，那麼鄧威死後，宗房換成了鄧迪，也就使得鄧芝的壓力隨之消滅。

農時已過，鄧芝在任上，開始加大開鑿水渠的力度，同時吸收流民，開墾荒地。兩個月來，倒也是收效甚大……

可問題在於，棘陽的壯大，並不符合劉備的利益。

而駐守於涅陽的關平，更是心懷不滿。當年，關平曾為曹朋階下囚，與曹朋頗有恩怨。如今，曹朋到了南陽郡。關平由於駐守涅陽，所以無法與曹朋衝突，於是便把這目標轉移到了棘陽方面。由於雙方距離太近，只棘水相隔，以至於產生了許多矛盾，造成不少衝突。

鄧芝骨子裡是一個極其強硬的主兒！

關平數次挑釁之後，他也非常惱怒。於是，鄧芝命傅肜加強對棘水東岸的巡邏，以抵禦涅陽撈過界的行為。不過，由於劉備和曹朋的約束，雙方雖屢有衝突，卻還算是保持了克制。

這一天，棘陽兵馬巡視棘水東岸，途經南就聚。

這南就聚，想來大家並不陌生。它是連通棘陽和涅陽的渡口，所以雙方時常在這裡發生衝突。

本來，棘陽的兵馬在巡視了南就聚東岸渡口之後，便準備離去。哪知道，從河對岸突然出現了一支兵馬，看裝束，正是劉備軍的裝束。為首的是一員小將，看年紀大約在十四、五的樣子，一身鸚哥綠的戰袍，面如重棗，臥蠶眉，丹鳳眼，頗有威儀。

那小將，胯下一匹青驄馬，馬鞍上掛著一口大刀。

當他看到東岸的棘陽兵馬時，突然彎弓搭箭，照著河對岸就射出一箭。

率領棘陽兵馬巡視棘水東岸的都伯，名叫傅龠，年十六歲，是傅肜的族弟。他雖說不如傅肜那般善於治軍，但卻以驍勇而著稱。胯下馬，掌中槍，能斬將奪旗。

本來，傅龠得了傅肜的叮囑，並不打算生事，哪知道對方小將這突如其來的一箭，正中傅龠胯下坐騎。傅龠毫無準備，戰馬中箭之後，一下子把他從馬上摔下來，只摔得傅龠頭昏腦脹，頓時勃然大怒。

「給我放箭！」傅龠怒聲下令。

棘陽兵馬和涅陽兵馬，平日裡也都習慣了隔水而射。所以，當涅陽兵馬出現的時候，他們下意識的都做好了反擊的準備。

傅僉這一聲令下，棘陽的巡兵幾乎沒有任何猶豫，二話不說便衝到渡口，向涅陽兵馬射箭。傅僉本人更摘下一張三石硬弓，不聲不響的衝到了渡口之上。

此時，對面的涅陽小將竟不躲閃，拔出大刀，撥打鵰翎，同時下令涅陽巡兵向對岸放箭。不得不說，這涅陽小將的刀法著實驚人，他跨坐馬背上，大刀上下翻飛，刀雲滾滾，棘陽巡兵射來的箭矢竟然無法射中這員小將。

傅僉在人群中，挽弓搭箭，對準那小將之後，就是連珠箭射。傅僉的箭術經過苦練，雖說不得是神射，能百步穿楊，卻也能十中八九。棘水不算太寬，而傅僉的弓又是三石鐵胎弓，在一百五十步內，殺傷力驚人。

他箭術不俗，接連六箭連珠。

而那小將本不把對面的棘陽兵馬放在心上，正張狂大笑。

哪知道六枝連珠箭閃電般到了跟前，巨大的力道震得那小將手發麻……他不由得大吃一驚，心裡頓時有些慌亂。而傅僉的連珠箭卻接連不斷的射來，加之河對岸棘陽兵馬的箭矢凶猛，令小將有些顧不過來。他想要撥馬後退，傅僉的連珠箭卻不肯將他放過，只聽噗、噗、噗……

小將磕飛了三枝連珠箭，可是卻無法躲過後面的箭矢，被連珠箭連中三箭，他大叫一聲，從馬背上摔下來，氣絕身亡。

涅陽兵馬一見，頓時大驚失色。

「小將軍中箭了，小將軍中箭了……」

一群軍卒蜂擁而上，把那員小將從渡口搶了回去。

傅龠見涅陽兵馬退走，也沒有在意。這些日子以來，類似這樣的隔水互射並不少見，經常會發生傷亡，所以他也沒往心裡去，帶著人馬便直接離開，繼續巡邏。晚上返回兵營，傅彤詢問他的時候，傅龠也只是說在南就聚渡口和涅陽兵馬發生了一點小衝突，互有傷亡。

同樣的，傅彤也沒有往心裡去……

太普通了！這兩個月，雙方互射至少發生了十幾次，甚至還有兩次動了真火，進行了大規模的互射衝突。傷亡的事情，時有發生。

但無論是棘陽還是涅陽方面，都保持著極大的克制。

傅彤甚至沒有把這件事情稟報給鄧芝知曉，直接就做了普通衝突的處理。

可是，傅彤沒想到的是，就因為傅龠這一箭，竟直接引發出整個南陽郡的動盪……

涅陽，府衙——

關平正端坐堂上，興致勃勃的閱讀《春秋》。

老關家的人，似乎都很喜歡讀《春秋》。關羽出身卑微，早年間並未讀過太多的書，與劉備、張飛結識後，常感自卑。劉備就不用說了，漢室宗親，而且師出名門，曾在盧植門下求學。不管他喜好奢華也好，抑或不肯用功也罷，說起話來滔滔不絕，頗能引經據典，令人羨慕。

而張飛呢？

《三國演義》裡，說他是涿郡屠戶。可實際上呢？張飛的才學甚至比劉備還要高出幾籌。

張飛的家族不小，雖算不得世族豪門，可也是當地大戶，家中藏書不少。張飛本人擅長書畫，雖然說脾氣暴躁，但文采不俗。他的書法，連荀諶也要讚嘆幾句，而他所繪仕女圖，更栩栩如生。

相比之下，關羽就顯得過於粗鄙，於是便生出了讀書的念頭……他識字，基礎不錯，於是劉備便從

章十四 南就聚風雲

張飛的藏書裡，挑選出一部《春秋》贈與關羽，從此令關羽著迷。

連帶著，關家的子弟在啟蒙過後，也就有了閱讀《春秋》的習慣。

關平對《春秋》的癡迷程度，甚至比關羽還要厲害，平時總隨身帶著一部《春秋》，沒事的時候便拿出來翻上幾張。

這一日，陽光明媚，天氣也不算太熱。關平難得清閒下來，便又捧起《春秋》翻閱。正當他讀得津津有味之時，忽聽屋外傳來一陣喧譁。

關平眉頭一蹙，起身走出書房，一臉不愉之色道：「何人在外喧譁？」

「大公子，大事不好！大事不好！」

關平一怔，便問道：「發生了什麼事情？」

「二公子、二公子他……」

關平心裡不由得一咯登，連忙跳下門階，一把抓住了那管家，「小弟他怎麼了？」

「二公子，死了！」

這『死了』二字一入關平耳中，猶如炸雷似的，震得他腦袋發懵，耳邊嗡嗡直響。

關羽，有兩子一女。

長子就是關平。不過，天曉得《三國演義》裡為什麼把他說成了關羽的養子。

事實上，關平是關羽親生。早在關羽還在解縣的時候，關平就出生了。後關羽因殺當地豪強，而逃出解縣，流落四方。關平的母親帶著關平，也離開家鄉避禍。一直到關平十歲，才父子重逢。但由於他荒廢了練武的最佳年齡，所以未能得到關羽真傳。關羽父子相認的時候，關平的母親已經過世。

後來，劉備為平原相時，關羽在當地納了一房，生下了第二個兒子，取名關興。

關興年十四歲，自幼習武，得關羽真傳，甚得關羽所寵愛。

曹朋就任後，關羽擔心宛城有危險，於是便讓關興去了涅陽。畢竟，涅陽雖說和棘陽一水相隔，但相對還算安全。主要是，棘陽並沒有太過於了得的人物，讓關興在涅陽，關羽也比較放心。

本來，關平打算給關興安排一個兵曹的職務，讓他留在城裡。哪知道，關興是初生牛犢不怕虎，不甘老老實實待在後方。在和關羽商議之後，便讓他帶巡兵，巡視縣境。

這原本也是一件非常安全的事情，可沒想到……

關平和關興雖說是同父異母，但是兄弟二人極為親近。

乍聞關興死訊，關平一下子懵了。

好半天，他才反應過來，一把攫住了那管家的衣服領子，厲聲咆哮道：「小弟，如何被殺？」

宛城，郡廨——

劉備從軍營中返回，神情透著疲憊。

這幾日，他壓力很大！

首先，許儀率本部三千兵馬，自堵陽開拔，移駐中陽山；同日，典滿率本部三千步卒，自雉縣開拔，抵達舞陰。也就是在兩人開拔之後，魏延立刻進駐堵陽。速度快得驚人，根本不給劉備做出任何反應的機會。

在進駐堵陽的同時，魏延又命部將馮習，搶占衡山小道。

這衡山，並非五嶽之衡山，而是南陽郡的一座山丘，同時還是豊水的源頭，其地理位置倒是與歷史上的街亭頗有些相似。

馮習受命，依山紮下營寨，如此一來，近可與堵陽兵馬合而為一，退可以迅速返回葉縣；若雉縣遭遇攻擊，則能迅速馳援。如果劉備兵馬要強攻衡山，馮習只須憑藉地形而堅守。只要劉備無法迅速攻陷，就必須要面對魏延的側翼攻擊……

說實話，劉備原本並不太看重魏延。可就憑魏延這依山而紮營的安排，令劉備不得不刮目相看。一直以為，這魏延只是一員悍將，可現在看來，此人分明就是一員智將。

這個依山紮營，著實讓劉備感到難受。他原本有心趁機攻打，可看到這種狀況，頓時消了心思。要想攻陷衡山小道，至少要投入三萬兵力。如果不能迅速解決戰鬥，那麼自己的後路必然會被曹軍所斷。這種事情，不是劉備所願意接受。

魏延！

劉備不由得感到頭疼。

何以曹操帳下，有這麼多的能人？

以前在許都的時候，劉備就羨慕曹操帳下能人無數。文有荀彧、荀攸、郭嘉、賈詡、程昱和滿寵等人；武有夏侯惇、夏侯淵、曹仁、曹洪、徐晃和樂進之流……更不要說，那典韋和許褚悍勇無敵。不過，隨著劉備如今羽翼開始豐滿，手下也聚攏了不少人才，對曹操那點羨慕的心思，也就越來越淡。沒想到，這次他攻占了宛城之後，曹操根本不予理睬，只派了個曹朋，用了一份南陽真理報，就讓他感到頭疼。而今，又出來了一個魏延，從他的排兵布陣來看，也是個有本事的傢伙。為何此前就未能留意？若早知道此人有如此本領，也可以嘗試招降拉攏。

不過，一個魏延雖說讓劉備頭疼，卻還不足為懼。

最讓他感到難受的，還是曹朋這一次兵馬的調動……典滿、許儀，莽夫耳，不足為慮。可他們這一調動，代表什麼意義？這不得不讓劉備感到憂心忡忡。

曹朋調動此二人駐紮舞陰，使得舞陰兵馬激增至萬餘人。難道說，曹朋要用兵嗎？不可能啊……此前曹朋還信誓旦旦，在南陽真理報上言，要保持南陽穩定的局面。他這一動兵，豈不是食言而肥嗎？他難道就不害怕因此得罪了南陽豪強？

劉備覺得曹朋不會輕易出兵。至少，在沒有找到一個合適的緣由之前，曹朋斷然不會輕舉妄動。可誰又能解釋曹朋調動兵馬的意圖？若說這只是普通的兵馬調動，劉備也無法相信……南陽的局勢很微妙，可以說是牽一髮而動全身。曹朋不是不知輕重的人，難道就不怕引起他人的誤會？

這裡面，有古怪！

劉備苦思冥想，也想不出一個由頭來。

無奈之下，他只能下令，加緊整備兵馬。同時，他也要找一個藉口，對曹朋進行一次試探，看看曹朋究竟打的是什麼主意。

就在劉備準備回房歇息的時候，忽見關羽和張飛來到了近前。

關羽眼睛通紅，臉上透著一抹悲色。見到劉備，他也不說話，只三步併作兩步，撲通一聲就跪在了劉備身前，把劉備著實嚇了一跳。

「雲長，何故如此？」

「兄長……安國他……他、他……他……死了。」

劉備腦袋只覺嗡的一聲響，頓時呆愣在那裡。

安國，就是關興的表字。這個表字，還是年初時劉備所予，期望關興長大了，能成為定國安邦的棟梁之才。

關興，死了？

劉備簡直不敢相信自己的耳朵，半晌沒能反應過來。

他當然知道關羽在關興的身上賦予了多少心血，以及多少期望。關平由於年齡的關係，無法達到關羽的境界，故而關羽從小便開始教授關興，可謂傾盡心血。劉備對關興的印象也非常好，曾私下裡向關羽感慨：我若是有女兒的話，將來一定要讓關興做我的女婿……

可現在，關興死了？

「安國，怎麼死了？之前不是還好好的？前幾日他來宛城時，還給我請安呢。」

「兄長，安國是被曹賊所害。」

「啊？」

「他今日在南就聚渡口巡查，不成想與對方發生衝突。結果那曹軍之中，有小人施以冷箭。安國猝不及防，被冷箭射殺。兄長，二哥可是對安國寄予厚望。而今被曹軍壞了性命，請兄長出兵，為安國報仇！」張飛悲聲嘶吼。

關羽則抬起頭來，看著劉備道：「兄長，我知兄長如今局勢危急，不能擅自興兵。我也不想為難兄長，但求兄長與我一支兵馬，我定要血洗棘陽，為安國報仇雪恨。此事與兄長無關，一應後果，自有我一力擔之。今日前來，只是希望兄長莫要攔我為安國報仇。」

關羽言語真切，令劉備不禁動容。他一把抓住了關羽的胳膊，「雲長，你先起來。」

關羽緩緩起身，而張飛則環眼圓睜，怒聲吼叫道：「兄長，我願助二哥一臂之力，取曹賊項上人頭！」

「雲長，翼德！」

劉備深吸一口氣，看著二人，半晌後沉聲道：「你我相識於微末，起於飄萍……自中平元年以來，已有二十三載，恩若兄弟。安國雖非我親子，然卻勝似親子。你要為安國報仇雪恨，我又怎可能阻攔？二十三載情義，又豈是這區區前程可以相提並論？你剛才那些話，卻把我劉備視作何人？不就是興兵嗎？了不起咱們兄弟重新來過……我可不怕什麼荊襄掣肘。」

「再說了，就算沒有這件事，那曹朋小賊也會尋藉口與我交鋒。遲早都要交鋒，既然如此，我又何惜落人口實……他曹朋想要打，那我劉備就與他較量一番！鹿死誰手，尚未可知！」

章十五 不欲戰，絕不畏戰

嘎吱——嗡！

刺耳的機括聲響起，一顆巨大的礌石從棘水河畔的軍營中飛出，在空中劃出一道詭異的拋物線，落向棘水河面。

河面上，一艘小船被礌石砸中。一聲慘叫聲響起，伴隨著一連串落水的聲響，小船被礌石砸得木屑飛濺，瞬間向水中沉沒。

闞平站在河堤上，嘶聲吼道：「渡河！給我衝過去！」說話間，他縱身從河堤跳上一艘小船，帶頭向河對岸衝去。

身著紅色襦衣的涅陽軍卒，紛紛衝下河堤。一艘艘小船朝著河對岸衝去，喊殺聲在棘水上空迴盪。

傅彤面色沉肅，眼看著涅陽兵馬再一次發動衝鋒，卻沒有絲毫慌張。

「弓箭手！」

他拔出佩劍，高舉過頭頂，目光炯炯，凝視河面上的船隻。眼見著涅陽的船隻已抵達河中央，傅彤手中寶劍在空中做出了一個劈斬的動作，劍指前方，嘶聲下令：「放箭！」

嗡！
數百名弓箭手同時鬆開了弓弦，箭矢帶著『咻咻』聲響，射向河中央的涅陽兵馬。
這是第幾次了？傅彤已經記不清楚了！
涅陽劉備兵馬突然發動攻擊，猝不及防的傅彤倉促應戰。
原以為只是小規模的衝突，卻沒想到關平竟然敢擅自開戰。涅陽兵馬，分明是要攻取棘陽。棘陽的駐軍並不多，傅彤手下甚至不足千人，平日裡駐紮在南就聚至桃花林一線，就是為了防禦涅陽軍的偷襲。所以，關平要攻擊棘陽，就必須先奪取了棘陽河畔的軍營。
傅彤命人迅速通知棘陽，讓鄧芝做好準備，他則與傅僉率領人馬，登上望樓，觀察軍情。
月光皎潔，灑在棘水河面上。只見箭矢齊射，涅陽軍卒紛紛落水。可是，涅陽兵馬卻不見後退，依舊悍不畏死的向河岸發動攻擊。
傅彤不由得露出凝重之色，他猛然回頭，向傅僉問道：「傅僉，你們今天在渡口，究竟是和什麼人發生了衝突？涅陽方面，是否有什麼死傷？」
傅僉連忙道：「互射，必有傷亡。咱們這邊也有十幾個人中箭，兩人斃命，這沒什麼稀奇。涅陽方面嘛……我射殺了他們的主將。」
「主將？」傅彤連忙問道：「什麼模樣？」
「隔水相望，實在是看不清楚，不過年紀應該不大。兄長，是他們率先挑釁，可不是咱們主動的。」
「我知道！」
傅彤深吸一口氣，心中旋即了然。看起來，傅僉射殺的人很可能是一個重要人物，否則涅陽兵馬也不可能這麼瘋狂的攻擊。
「傅僉，你帶上一曲兵馬，立刻返回棘陽。」

章十五
不欲戰，絕不畏戰

「啊？」

「告訴鄧棘陽，請他燃起烽火，派人向九女城求援。你到了棘陽之後，務必要協助鄧棘陽，死守縣城。賊人不是貿然出擊，而是要攻取棘陽縣城。記住，務必守住棘陽，不可有失。」

「兄長，那你呢？」

傅彤虎目圓睜，厲聲喝道：「某乃主將，焉能後退！我若不留在這裡抵擋賊人兵馬，涅陽兵馬一旦渡河，不須一炷香的時間，就能兵臨城下。傅倫，速速依令而行，再要聒噪，軍法行事。」

傅倫知道，傅彤已下定決心，死守軍營了。

可問題在於軍營無險可守，而且準備不足，兵力也不夠。對方是有預謀的攻擊，軍營絕無可能守住。也就是說，傅彤要用這軍營，為棘陽縣城爭取足夠的準備時間，那麼他……

但傅倫也清楚，兄長一旦下定決心，便無可挽回。

他一咬牙，躬身行禮，「兄長放心，棘陽若破，倫必已死。」說完，他率領一屯步卒，撤離軍營，迅速返回棘陽。

而傅彤扶劍而立，站在望樓之上，凝視河對岸的涅陽兵馬。

箭矢密集，可無奈闞平親自衝鋒，令涅陽兵馬毫不畏死。

一艘艘小船，在河堤上涅陽弓箭手的掩護下，迅速向河岸逼近。

闞平手執大盾，立於船頭。他一手舞動大刀，撥打鵰翎，一邊大聲呼喊，鼓動兵卒衝鋒。漸漸的，棘陽兵馬開始出現慌亂。

「休要驚慌！聽我命令！」

也不知是什麼時候，傅彤從望樓上走下來，站在轅門口，厲聲呼喊。

他手持一口大刀，顯然已經做好了準備。

而在軍營中，幾十名軍卒正慌亂的朝著營地裡潑灑桐油。這也是傅彤的命令……一旦河堤無法堅守，就火焚軍營，一方面可以阻擋涅陽兵馬，一方面也可以提醒棘陽，軍營失守。

關平縱身跳上河堤，一手執盾、一手舞刀，衝上前來。

弓箭手再也無法保持住冷靜，頓時向後潰散。

好在傅彤督陣，一連砍翻了三名軍卒，嘶聲厲吼道：「兒郎們，咱們身後便是棘陽。咱們的兄弟姐妹、妻兒老小，還留在那裡……如果咱們敗了，咱們的家園就要被狗賊禍害。哪怕戰死河堤，也要給縣城爭取時間，做好準備。為了咱們的父老鄉親，和狗賊拚了！」

剛呈現出亂象的棘陽兵馬，頓時穩住了腳步。涅陽兵馬已經衝上河堤，很明顯，弓箭已無法產生作用，兵卒們棄下弓箭，拔出腰刀，在傅彤的帶領下，吶喊著向涅陽兵馬衝過去。

關平舞盾牌，拍飛了一名兵卒。眼見棘陽兵卒衝上來，關平暴怒咆哮，「殺死曹狗！踏平棘陽！」

隨著他一聲大吼，涅陽兵馬蜂擁而上。

雙方在河堤上，展開了一場慘烈的混戰。

源源不斷的涅陽兵卒從河對岸衝過來，而棘陽兵馬人數上呈現明顯的劣勢，可是在傅彤的率領下，竟無一人後退，拚死攔住了涅陽兵馬。

傅彤已血染征袍，遍體鱗傷。他大吼一聲，砍翻了一名涅陽兵，回身厲聲吼道：「點火！」

他是在向軍營中的親隨下令，而後舞刀復又衝上前去。迎面，就見關平從人群中殺出來，渾身是血，虎目圓睜。

關平大吼一聲，一手執盾，一手舞刀，一下子便攔住了傅彤的去路。

「狗賊，拿命來！」

關平說著話，揮舞盾牌，便撲向傅彤。

章十五

不欲戰，絕不畏戰

傅彤舉起大刀，狠狠的向關平劈去。卻見關平用大盾護住半邊身子，一個錯步閃躲，讓開傅彤的大刀，而後大刀橫裡向前一推一拖。只聽噗嗤一聲，那鋒利的長刀硬生生在傅彤的肚子上撕開一道口子！傅彤踉蹌著向前衝出兩步，險些一頭栽倒在地上。他用大刀撐住身子，低頭一看，看了一眼肚子上怵目驚心的傷口……鮮血汩汩流淌，臟器從傷口湧出來，腸子一下子就拖在了地上。抬頭看，卻見關平剛站住身子，傅彤大吼一聲，對傷口置之不理，揮刀再次撲出。眼見著就要衝到關平跟前，關平身子突然一矮，手中大刀反手刺出，沒入傅彤的身體……

此時，軍營中已燃起了熊熊大火。

火藉風勢，風助火威，瞬間便騰起沖天火焰，照亮了蒼穹。

關平錯步拔出大刀，傅彤一頭栽倒在了地上。

幾名涅陽兵卒衝上來，想要砍掉傅彤的腦袋，卻被關平伸手攔住。

「這是一條好漢，雖為敵人，可既然已經斃命，卻不該壞了他的身子……曹軍兒郎，你們的主將已經戰死，棄械投降，留爾性命。若再抵抗，格殺無論！」

關平話音未落，卻見從火海中衝出十幾名軍卒。

「只有戰死義陽人，沒有投降義陽卒，殺！」

那十幾個軍漢面目猙獰，舞刀衝上前來。

那悍不畏死的模樣，卻讓關平嚇了一跳。他連忙舞刀相迎，雙方再次戰在一處……

足足一炷香的時間，河堤上的戰鬥才算結束。

駐守河堤軍營的六百名軍卒，除了傅僉帶走的一屯兵馬之外，其餘盡數戰死，竟無一人投降。

軍營中，烈焰沖天，火光熊熊。

關平執刀而立，站在河堤上，看著遍地殘屍，竟生出了一絲莫名恐懼。

他為兄弟一怒而出兵，原以為可以輕鬆攻取棘陽、為關興報仇，可沒想到，在這小小的河堤上就損失了幾百兵卒性命。看起來，這棘陽並不好打！一個縣尉便能如此，那棘陽令鄧芝……

關平不由得激靈靈打了個寒顫。

「將軍，可否繼續攻擊？」

「慢！」

依著關平早先的想法，自當一鼓作氣，攻克棘陽。可是現在，他改變了主意。

棘陽，不好打啊！

「傳我命令，在南就聚東岸紮營。命涅陽兵馬火速渡河增援，派人通知我父親，就說我已攻克棘水渡口，請父親做出決斷。」

打下棘陽，是大功一件。可如果是損兵折將，卻非關平所願。

如今這局面，棘陽恐怕已經做好了準備。傅肜的一把大火，更使得棘陽方面瞭解到了河堤上的狀況，估計正秣馬厲兵，等待自己前去。

這偷襲的突然性，已經失去，接下來必然是一場慘烈大戰。

原本，關平是準備攻下棘陽之後，據城而守，抵住曹軍九女城的援軍，等待宛城的消息。可現在看來，如果強攻棘陽，弄不好就會遭受到棘陽和九女城曹軍夾擊。

既然無法突襲，唯有穩紮穩打。

屯紮南就聚，進可攻棘陽，退可守涅陽，也算是撕開了一道口子。

舉目向棘陽縣城方向眺望，卻見棘陽方向燃起了烽火，狼煙沖天而起，直沖九霄……隱隱約約的號角聲，從棘陽縣城方向傳來，似乎是在告訴關平：你若敢來，我必取爾性命……

曹賊

章十五

不欲戰，絕不畏戰

關平不由得瞇起了眼睛，下意識握緊大刀！

棘陽城頭，鄧芝手扶肋下佩劍，虎目之中，淚光閃動。

傅將軍，芝但有一息尚存，必為你報仇雪恨……

狗賊，我已經準備好了，你們敢過來嗎？

建安十二年五月十七日，劉備率先向棘陽發動了攻擊。

涅陽令關平，集結涅陽、安眾兩縣兵馬，合計六千人向棘陽發動偷襲。當晚，棘陽縣尉傅肜死戰棘水大營，全軍覆沒。棘陽令鄧芝隨即做好應戰準備，並緊急向九女城守將、南陽郡兵曹史杜畿求援。子時，南陽郡兵曹史杜畿點集兵馬三千人，自九女城火速增援棘陽城下。

關平則駐紮南就聚渡口。

突如其來的戰事，不僅僅是讓鄧芝措手不及，包括曹朋，也感到萬分驚訝。

次日晌午，曹朋接到了棘陽被襲的消息，不免大吃一驚……不過，當他聽說傅肜戰死棘水河畔之後，頓時勃然大怒。在經過短暫的慌亂之後，曹朋下令，以典滿和許儀為先鋒，他親率兵馬六千人，趕往棘陽馳援。

這戰爭機器一開啟，整個舞陰縣城立刻運轉起來。府庫中的存糧、各種軍械物資，源源不斷的向外輸送。一隊隊兵馬開拔出大營，在舞陰城外集結。

「舅舅！」

曹朋頂盔貫甲，正要離開的時候，卻被鄧艾攔住了去路。

「你不能出兵。」

「為什麼？」曹朋詫異的看著鄧艾，有些不太理解。

「且不說棘陽有鄧、杜兩位叔父鎮守，劉備兵馬即便占領了南就聚，也休想攻克棘陽。反倒是你這一出兵，舞陰兵力空虛。萬一劉備渡河攻擊，舞陰恐難以抵擋，還望舅舅三思而行。」鄧艾死死拽住了曹朋的衣袖，大聲勸阻。

曹朋在遲疑了片刻後，展顏而笑。

「放心，劉備不敢動手。」

他太瞭解劉備這個人了！此人，絕對是無利不起早的主兒。

一旦向舞陰用兵，則代表著劉備向曹操正式宣戰。雖然說之前劉備攻克了宛城，已經向曹操宣戰。可是在劉表的鎮壓下，再加上如今南陽的局勢，絕非開戰的良機，劉備怎可能出兵？

也就在這時，探馬來報：今早宛城兵馬調動頻繁。陳到、呂吉為西鄂和博望主將，同時收縮兵力，做出了防禦架式。劉備命荀諶鎮守宛城，他親率兵馬，以關、張、趙雲為先鋒，已趕赴涅陽……

曹朋拍了拍鄧艾的小腦袋瓜子，輕聲道：「果不出我所料，劉備不敢動手。他派兵趕赴涅陽，一方面是為了防止事態擴大，另一方面，也未嘗沒有乘虛而入的心思。若我不馳援棘陽，則鄧伯苗和杜伯侯必難以抵禦劉備。那時候，劉備可一舉攻下棘陽，到時候我必然被動。」

「小艾當留在家中，隨你羊叔父好好學習。再說了，棘陽距離舞陰，不過一日路程。若舞陰危急，我會立刻回援，那劉備能奈我何？」

說罷，曹朋便甩開了鄧艾的小手，大步流星走出府門。

早有飛駝兵為他備好了馬匹。曹朋翻身上馬，率飛駝兵風馳電掣般離去。

鄧艾跑出府衙大門，站在門階上，看著曹朋遠去的背影，那張還滿是童稚的面容上，透出了一抹憂慮之色。

章十五
不欲戰，絕不畏戰

「小艾，你怎麼了？」蔡迪上前，輕聲詢問。

鄧艾輕聲道：「不知道，我只是覺得舅舅這一次，恐怕是小覷了劉備。」

蔡迪聽聞，啞然失笑。

他拍了拍鄧艾的肩膀，笑道：「小艾，你莫擔心。老師身經百戰，曾應對過多少次危局？區區劉玄德，焉能奈何老師？依我看，你是多慮了……對了，師娘剛才寫了一篇文章，讓我送給盧主記。只是我這邊正好還有事情，羊郡丞吩咐我去見姜叔父。不如你辛苦一趟，幫我把這文章送過去吧。」

說著話，蔡迪將一個書囊遞給了鄧艾。

鄧艾接過來，點點頭道：「那好吧，我這就給盧主記送去。」

盧主記，就是主記室史盧毓。

盧毓執掌著南陽真理報，雖然每十天刊行一次，可是任務極為繁重。作為曹朋在南陽郡的口舌，南陽真理報擔負著引導南陽郡輿論的責任。可別小瞧這輿論，它在關鍵時刻會產生巨大的影響力。如今，劉備悍然出兵，絕非一樁小事，南陽真理報必須要在第一時間將這個消息傳遞出去，並且要占據大義之名，譴責劉備的暴行……

之前，每逢有大事發生，曹朋都會在南陽真理報上撰寫文章。

比如，在春耕過後，南陽真理報第一期的創刊號上，曹朋就曾寫過趁農閒開鑿水渠、以防止旱情出現的文章。如何開鑿水渠，如何加強水利建設，這是當時被廣泛討論的話題。

對於那些擁有大片土地的南陽豪強而言，如何能保證他們的利益和收入，是他們最為關心的事情。

開鑿水渠，無論是對南陽豪強還是對官府而言，都是利大於弊。雖說曹朋提出水渠開鑿當以各家豪強為主，令不少人感到不滿，可仔細一想，如果由官府開鑿水渠，必然會產生許多糾紛。於是乎，這些豪強們在經過討論之後，決定出資在各自的土地上開鑿水渠，而後由官府出面進行調整，架設曹公車……

如此一來，對雙方而言，無疑是皆大歡喜的結果。

如今，曹朋要開戰，自然也要發布聲明。

曹朋沒時間，於是便由黃月英代筆，依照著曹朋的習慣，寫下了一篇洋洋灑灑的社論。

這社論的題目便是：不欲戰，絕不畏戰！

黃月英先是點明了主題，而後陳述棘陽遭遇攻擊的經過。社論中，對傅肜等人的英勇行為大加讚賞，同時斥責劉備集團撕毀協約，悍然發動戰爭，破壞南陽郡的和平局面……

這與後世報紙上的社論，沒有太大區別，但在這個時代卻有著非凡的意義。

曹朋率先占據了道德的制高點，於南陽郡豪強而言，這正義的光環也就籠罩在曹朋身上。

盧毓接到社論之後，立刻下令排版刊印。

南陽真理報第一次發行增刊，必須要在當天傳送到各地豪強手中……增刊只有兩版，一版上以平鋪直敘的方式，講述事情經過。而另一版上，則是以黃月英的社論為主，增加其他的評論。

增刊數量，三千份。所針對的對象，不僅僅是各地豪強，還包括南陽各書院。

身為南陽真理報的主編，盧毓自然不會放過這樣一個機會，親自寫下了一篇對劉備的檄文。

報紙的刊印工作，迅速展開，整個南陽真理報館變得格外忙碌……

鄧艾一路走過來，只見眾人行色匆匆，忙得是不可開交。

「曹友學，出兵了？」

荀諶站在育水河畔，負手而立。

「晌午時，曹朋以典滿和許儀為先鋒，親率兵馬，趕赴棘陽。」

「那就是說，舞陰而今，守禦空虛？」

「正是。」

荀諶的臉上，露出了一抹淡淡笑容。

他猛然轉過身來，向站在他身後的兩員大將看去，「翼德、子龍，主公之未來，今就在你我手中。今主公親率兵馬，與二將軍伏擊曹朋。翼德立刻率本部兵馬出發……記住，不可以打草驚蛇。我與子龍督中軍隨後出擊，最遲明日一早，與翼德會合，而後一舉攻克舞陰。一俟舞陰失守，曹朋在南陽的布局也將隨之功虧一簣。雖說他有南陽真理報為喉舌，可若沒有足夠的武力，同樣難以立足。翼德抵達舞陰之後，一定要隱藏蹤跡，絕不可擅自出擊。」

「喏！」張飛聽聞，插手應命。

他轉身大步離去，而趙雲則面無表情。

曹朋說得不錯，以如今的局面，劉備的確是不敢輕舉妄動。可是，他卻忽視了一件事……

劉、關、張三人，恩若兄弟。雖說桃園三結義是後世杜撰而來，可是劉備三人的感情卻非杜撰。

而且，他們三人的感情，絕非小八義可比。

小八義當初在許都結義金蘭，說穿了有作秀的成分在裡面。特別是曹真等人，和曹朋並沒有那麼深厚的感情。小八義中，除了王買和鄧範之外，其餘幾人和曹朋的感情，遠不似王買、鄧範那般深厚。曹朋三人，是真心結拜；曹真、朱贊、曹遵三人，感情深厚；而典滿和許儀，雖說也有些交情，卻不似劉、關、張三人相識之初那般純潔。

曹朋，小覷了劉備三人的感情。

他萬萬沒想到，當關羽決意要報仇的時候，劉備竟然會不顧後果的，支持關羽出兵……

而荀諶、諸葛亮、馬良這些謀臣，居然也沒有勸阻劉備，反而齊心協力為劉備的出兵出謀劃策。

荀諶雖然內心裡並不贊成劉備出兵，或者說，他不贊成劉備主動出擊……

可食君之祿，為君分憂，既然劉備已下定了決心，那麼身為劉備身邊第一謀主的荀諶，自然會為劉備仔細謀劃。就在昨日，諸葛亮已離開了宛城，連夜返回襄陽，爭取山陽舊部的支持。

荊州內部，也並非只有蒯越等人。

雖然山陽舊部已和劉表疏遠，可依然有巨大的能量。

劉表的確是不願意和曹操為敵……或者說，他在目前的形勢下，不敢與曹操為敵。可如果劉備這一次真能攻占舞陰、擊潰曹朋的話，劉表也絕不會反對。如果曹操丟失了南陽，那麼許都就將暴露在劉表的眼皮子底下。他雖害怕曹操，卻不會介意給曹操增添一些麻煩……

想到這裡，荀諶的臉上閃過一抹冷戾之色。

他扭頭看了一眼趙雲，「子龍，立刻派人再往博望，提醒叔至：舞陰之戰關鍵，就在於他能否拖住魏延。」

趙雲拱手應命，大步離去。

荀諶深吸一口氣，閉上眼睛。

文若，此戰之後，你還敢說我的選擇錯了嗎？

是夜，明月高懸。

再往前走，就是羊冊鎮所在。

對曹朋而言，這並非一個陌生的地方。也正是在這裡，他遇到了改變他一生的人，還有事。

曹朋永遠都不會忘記，那個風雪交加的夜晚，他在羊冊鎮驛站與司馬徽和龐季相逢。也就是在那天晚上，他以十勝十敗論，得到了司馬徽和龐季的青睞，並且在分手時，贈與他馬車代步。

如果沒有那輛馬車，曹朋在棘陽的生活鐵定不會一帆風順。

章十五

不欲戰，絕不畏戰

如果沒有那輛馬車，說不定他早已成了孤魂野鬼……

任何人都不能否認，當初在黃射要對付曹朋的時候，若不是鹿門山弟子的這個身分保護，恐怕蒯正也不會那麼維護曹朋。

每每思及於此，曹朋就不禁感慨世事無常。

昔年，他狼狽而走，逃亡棘陽；如今，他千里馳援，奔赴棘陽……

曹朋下令，在羊冊鎮駐營。從羊冊鎮到棘陽，路途已經不再遙遠，如果按照目前的行程，第二天正午時便可以抵達棘陽。而此時，前鋒軍典滿、許儀，應該已經快要抵達棘陽縣城。

鄧艾有一句話說得不錯，鄧芝和杜畿兩人鎮守棘陽，問題不大。

而今最讓曹朋擔心的，莫過於劉備會在何時發動攻擊。同時，劉表會有什麼舉措？這尚未可知。從目前的情況來看，荊州兵馬還沒有什麼動作，也就是說，棘陽之戰很可能是劉備一人所為。曹朋不相信劉備會真的發動攻擊，但他又想不明白，劉備對棘陽用兵究竟是何居心？是為了炫耀武力？抑或別有用意？生平第一次，曹朋無法猜測出對手的用意。

「公子，歇息吧。」龐德勸說曹朋。

「令明，你說劉備為什麼要在這種時候出兵？」

「這個……」龐德猶豫了一下，輕聲道：「末將也看不出劉備的居心……若他這時候出兵，會不會是和劉表勾結一起？」

這倒是很有可能！

劉表不敢招惹曹操，但並不代表他不能去招惹曹操。萬一，他想要渾水摸魚……

曹朋突然激靈靈打了一個寒顫，「如果劉表和劉備勾結一起，那你說他最有可能在何處動手？」

龐德想了想，「湖陽。」

沒錯，就是湖陽！

湖陽是曹朋在南方的屏障，雖說有蒯正和李嚴在那裡鎮守，但相較而言，兵力還是有些薄弱。原本曹朋命杜畿鎮守九女城，為的就是在湖陽或者棘陽受到威脅的時候，能給予援助，可現在，九女城兵馬已經馳援棘陽，萬一劉表向湖陽用兵的話……

想到這裡，曹朋猛然醒悟，連忙對龐德道：「令明，你立刻點三千兵馬，星夜趕赴湖陽，協助蒯伯平守禦湖陽。章陵劉虎，乃劉表族姪，與劉備素來親近。此次棘陽之戰，說不定是劉表聲東擊西。」

「可是末將一去，公子……」龐德有點擔心，害怕曹朋遇到危險。

曹朋倒是看出了龐德的心思，於是微微一笑道：「令明莫擔心我安危。我雖非呂布那等悍勇之將，可是想要威脅我性命，便是關、張亦無法如願。你只管前往湖陽……我會立刻命人前往汝南，請李通太守出兵，屯紮桐柏大復山。一俟湖陽有危險，你就派人向大復山求援。」

大復山，在復陽之畔，距離湖陽最近。

從郎陵出兵入南陽郡，只須一晝夜工夫，便能抵達大復山。

汝南太守李通，和曹朋的關係雖不是很親密，但也無甚過節。以曹朋今時今日的地位，請他出兵援助，想來李通也不會拒絕。畢竟，若南陽有失，汝南勢必將直面荊州兵馬的威脅……

龐德領命而去。

曹朋在軍帳中，呆坐片刻，卻全無睡意。

按道理說，他已經做出了妥善安排，為何還是覺得心神不寧？總有一種感覺，好像少算了什麼東西。可是，他又想不明白究竟是忽視了哪裡？

若賈詡在的話，也許能為自己解惑。

這傢伙，居然在這種時候跑回許都，著實讓曹朋感到鬱悶。

章十五

不欲戰，絕不畏戰

平日裡，他對賈詡有點感冒，因為這賈毒蛇給他的感覺總是陰森森，渾身不舒服；可是在關鍵時刻，曹朋還是在第一時間想到了賈詡。

只可惜，這傢伙卻不在南陽……

「羊郡丞！」

舞陰城中，羊衜正在翻看案牘，忽聽門外有人敲門。

抬頭看，卻見鄧艾和蔡迪站在門口。兩個少年似有些緊張，站在門外有些手足無措的模樣。

「小艾，小迪？」羊衜放下卷宗，招手讓兩人進來。「這麼晚了，怎麼還沒有歇息？」他語氣非常和藹，笑咪咪的問道。

眼前這兩個少年，可說是和他關係密切。鄧艾是曹朋的外甥，看得出來曹朋對鄧艾極為看重；而蔡迪，雖然有一半的匈奴血統，可論較起來也是羊衜的外甥。所以，他在兩人面前倒也沒有什麼架子，招呼鄧艾和蔡迪進來坐下，又讓人取來了兩碗綠豆湯，擺放在二人面前。

「羊郡丞……」

「誒，小艾，你可以叫我叔父。」

鄧艾猶豫了一下，輕聲道：「羊叔父，艾心神不寧，總覺得有事情要發生。叔父，舅舅馳援棘陽，艾一直覺得有些不妥。劉備此人，詭計多端，用兵頗有些神妙之處。我擔心，棘陽只是一個幌子，劉備會偷襲舞陰。若舞陰有失，則舅舅此前的努力必將付之東流。羊叔父，小子想來問一問，可曾派出斥候探馬，巡視舞陰周遭狀況，警戒起來？」

羊衜聽聞，一蹙眉頭。

他心裡有些不喜，覺得鄧艾你一個小孩子，操心太多。可轉念又一想，鄧艾所言倒也不是沒有道理。

這年月，小心駛得萬年船……劉備這個對手，可是連丞相都不敢小覷，的確不太容易對付。

「舅舅！」

「啊？」羊衜對蔡迪的這個稱呼，還是有些不太適應。

卻見蔡迪起身道：「方才我去校場，與姜冏叔父說話。姜叔父說，今日曾派出三十餘名斥候，可是到現在，還有十幾人未曾返回。他剛才已帶人出城查探，說是尋找那些斥候。我和小艾說起此事，小艾就覺得有點不正常，所以才拉著我來提醒舅舅。舞陰之安危，南陽之大局，而今舅舅一肩擔之，迪以為，還是小心為妙。」

羊衜聽聞，臉色頓時一變。

「有這種事？」

他陡然感到了一絲莫名的寒意，呼的站起身來，「為何姜冏未曾告之我？」

「姜叔父說，入夜時便呈報舅舅，可是舅舅這邊卻沒有答覆。姜叔父也不好催問，害怕引起舅舅的誤會，所以才決定親自出城巡視，若有發現，再報於舅舅知。」

羊衜不由得苦笑起來。

這就是他和姜冏不熟悉的壞處。

若曹朋在這裡，姜冏沒有得到回覆，一定會第二次、第三次呈報過來。可羊衜的情況卻不一樣，首先，他是丞相府委派的官員，而姜冏說穿了，只是曹朋的家將，溝通必然會有問題。

這其次，曹朋雖然很倚重羊衜，卻還是有些生疏。

連帶著，曹朋的部曲也產生了許多顧忌，就比如姜冏，擔心羊衜產生其他的想法。

可問題是，羊衜並沒有看到這份呈報，否則以羊衜的性子，一定會特別關注，絕不可能置之不理。

想到這裡，羊衜連忙翻看書案上的案牘公文，卻沒有看到姜冏呈報。

曹賊

章十五 不欲戰，絕不畏戰

他一蹙眉頭，突然大聲道：「羊昆。」

一個老家人從屋外進來，看上去睡意朦朧，拱手問道：「公子，有何吩咐？」

「給我去找羊悅，問他傍晚時，可有姜冏將軍送來的公文？」

「喏！」

羊昆忙領命而去，片刻之後，就見他氣喘吁吁的跑回來，身後還跟著一個青年，神色慌張。

「公子，入夜後，確有人送來一份公文。只是子平見上面沒有官印火漆，所以也沒有在意，丟在一旁……公子，此子平之過，還望公子恕罪。」

羊衜不由得眉頭緊蹙。

惡狠狠瞪了那羊悅一眼，羊衜突然扭頭問道：「小艾、小迪，你們怎麼認為？」

鄧艾朗聲道：「依軍中律令，斥候或晝出夜歸，或夜出晝歸，一般而言，不太可能出現什麼偏差。而今，忽有斥候逾時不歸，必有事情發生。姜冏叔父雖已帶人出城巡視，但叔父卻不可以不做提防。以我之見，還須早做準備。城牆之上，必須做迎戰之勢，以防賊人偷襲。」

「嗯……」羊衜沉吟片刻，轉身冷聲道：「羊昆，把羊悅給我關起來，待姜將軍返回，再做處置。」

羊悅是羊衜的族人，此刻卻被羊衜那冷厲的目光嚇得六神無主。他又如何知道一封沒有官印火漆的公文，居然會令羊衜如此震怒？可他也知道羊衜的性子，這時候他越是強辯，那麼下場必然越是淒慘。別看他們是族人，羊衜若較真的話，可是不會理睬這些事情。

於是，羊悅乖乖的跟隨著羊昆離去。

羊衜深吸一口氣，沉聲問道：「小艾，你可有什麼建議？」

鄧艾眼珠子滴溜溜一轉，旋即計上心來，「羊叔父，艾有一計，或許可以有奇兵之效果。」

「哦？」

鄧艾和蔡迪相視一眼，走上前，在羊衜耳邊低聲嘀咕起來。
片刻後，羊衜臉上露出一抹異色，他連連點頭，看著鄧艾，輕嘆一聲道：「小艾此計，果然不凡。」

章十六 連環計

夜了，不知從何處飄來的幾朵雲彩，將明月遮掩。

大地一片漆黑，透出一股詭異的靜謐之氣。姜冏猛然勒住戰馬，在馬上舉目向前方遠眺……

「將軍，何故停下？」一名親隨縱馬上前，疑惑的看著姜冏問道。

「有沒有感覺古怪？」

「古怪？」

姜冏瞇著眼睛，手指正前方，輕聲道：「我依稀記得，前方有一處河窪。每到深夜，蟬蟲鳴叫，極為密集。可為何今夜如此寂靜？好像死地一般……立刻派人過去探查一下狀況。」

親隨立刻派出一伍騎軍，朝著遠處河窪行去。

他低聲道：「將軍，不是來找人嗎？這一路行來，卻不見斥候蹤跡，究竟是怎麼回事？」

能擔當斥候的人，絕不是普通的軍卒，突然間消失不見，只有兩個可能……一個是逃跑了，另一個便是……姜冏心裡頓時一咯登，下意識握緊了長槍。他也有點緊張了！出發前，鄧艾和他說的那番話在他腦海中浮現。鄧艾覺得劉備在這時候用兵，有點冒天下大不韙的意思。一個小小的棘陽，按道理說不

可能讓他如此興師動眾，很可能有更大的圖謀……

這個圖謀是什麼？

鄧艾沒有說！

當時姜冏並沒有往心裡去，只覺得你一個小孩子，能有什麼見識？可此時仔細想想，又覺得鄧艾的話並非沒有道理。

這世上，並不是說你讀過兵書、有了閱歷，就一定能成為兵法大家。想當年，白起從軍中小卒做起，長平一戰，坑殺趙國七十萬大軍；而趙括可謂飽讀兵書，面對白起，卻毫無還手之力。

有時候，你不能不相信『天才』的存在。鄧艾雖年僅十歲，可是那兵法天賦早在幼年時便已經顯露出來，令曹朋為之讚嘆。

莫不成，真讓那小子說對了？

就在這時，那一伍逼近河窪的斥候，突然發出一連串的慘叫。

從河窪的蘆葦蕩中，飛出幾十枝利矢，將斥候當場射殺。與此同時，從四面八方驟然傳來一陣陣聲響。黑夜中，彷彿憑空冒出了一支人馬，從兩邊蜂擁而來，朝著姜冏等人就包圍過去。

「不好，敵襲！」姜冏激靈靈打了個寒顫，突然大吼一聲，「突圍！」

這個時候，他絕不能在這裡糾纏下去，於是撥馬就走。

可是已經晚了！

敵軍蜂擁而上，殺得姜冏等人措手不及。眨眼間，箭矢如雨，咻咻而來。十幾名軍卒在毫無防備的情況下，連人帶馬頓時被射成了刺蝟一樣，翻倒在血泊之中。姜冏舞動長槍，撥打鵰翎。他一邊抵擋從四面八方襲來的箭矢，一邊大聲呼喊，招呼部曲向外突圍，但是為時已晚！

黑夜中，一員大將風馳電掣般衝來，胯下一匹黑色鐵驊騮，掌中一桿丈八蛇矛槍。

姜冏眼見著就要衝到敵軍陣前，卻見那員敵將發出一聲如雷巨吼：「燕人張飛在此，賊將還不授首！」

說時遲，那時快，鐵驊騮已到了姜冏跟前。

丈八蛇矛槍撲稜稜一顫，一招巨蟒翻身，夾帶著一抹流光，呼嘯著刺向姜冏。

姜冏舉槍封擋，只聽鐺的一聲響，槍矛交擊，從那丈八蛇矛槍上傳來的巨大力量，震得姜冏虎口迸裂，鮮血淋漓。姜冏不由得啊的一聲驚叫，連忙撤槍想要閃躲，可是對方的速度著實迅猛，猶如閃電一般。不待姜冏變招，丈八蛇矛槍猛然一個下壓，而後向上迸挑……

嬰兒手臂粗細的槍桿在那敵將的手中，竟呈現出一道詭異的弧線，鐺的迸開了姜冏的大槍。而後，丈八蛇矛槍噗嗤一聲，就扎進了姜冏的胸口，雖然有甲冑護身，可是那巨大的力量仍將甲葉子撕開，直沒入胸膛。

只一個回合，姜冏便被對方挑斬於馬下。張飛雙手一合陰陽把，長矛撲稜稜一抖，把姜冏的屍體甩飛出去。

與此同時，姜冏身邊的那些軍卒瘋狂的向四面突圍。

可是劉備軍早有準備，眼見曹軍逼近，弓箭手紛紛後退，長矛手衝上前來，排成一排槍陣，把靠攏過來的曹軍刺殺在陣前。百餘名軍卒在眨眼間，就被張飛的兵馬屠戮乾淨。

張飛看著遍地的屍體，兩道濃眉不由得扭在一起。

他奉命在入夜前抵達舞陰城外，就藏於城外的河窪中。沒想到，舞陰的巡查極為嚴密，他們被一隊斥候發現。無奈之下，張飛只好命人將那些斥候幹掉，以免打草驚蛇。誰又能料到，舞陰因為這十幾名斥候，居然又派出一百多人。幹掉十幾名斥候，還可以糊弄過去，可一下子一百多人失蹤，這必然會引發舞陰的警戒。荀諶偷襲舞陰的計畫，也必然將隨之而破滅……

想要隱瞞，肯定隱瞞不住。

張飛在猶豫片刻之後，一咬牙，立刻派人聯絡荀諶，請荀諶加快行軍速度。

「三將軍，咱們該怎麼辦？」

張飛跳下戰馬，快步走到了姜冏的跟前。

剛才兩人在剎那間交鋒，張飛就已經發現了姜冏的身分不同。

他蹲下身子，盯著姜冏的屍體，半晌也不說話。身邊親兵有心詢問，卻有些不太敢上前……

誰不知道這位三將軍脾氣暴躁！雖說沒有喝醉酒，可是打斷他的思路，說不定也會惹怒他，弄個不好，連小命都會丟掉！

良久，張飛突然站起身來。

「輔匡！」

「啊……末將在。」一個年紀在三旬左右的武將，聽到張飛的呼喚，連忙快步上前，「三將軍，有什麼吩咐嗎？」

「你換上他的衣甲。」

「啊？」

「咱們的行蹤已經暴露，一下子失蹤這麼多人，舞陰豈能沒有警覺？小賊而今不在舞陰，可他手下卻也不是酒囊飯袋之輩，他們必然會有所覺察。我要你裝扮成曹軍斥候模樣，返回舞陰。一旦他們放行，你就給我搶占住城門。半炷香，我只需要你占住半炷香的時間，我就會率領兵馬抵達接應。」

「這個……」

輔匡差一點哭了！

久聞三將軍是一個性情暴躁的人，沒想到他在這個時候，竟然想出了這麼一個主意。

去詐開城門？

說得容易！

可是輔匡非常清楚，一旦他去了，那就是九死一生的結果。且不說張飛能否及時趕到，單只是在半炷香的時間裡，他將面對十倍乃至幾十倍的敵人，如何能堅持下來？但是拒絕的話，張三爺說不得蠻性發作，立刻拔劍將他砍死在地。

「將軍，如何詐開城門？」

「你來看，你的體型和此人極為相似。到時候你臉上塗抹血汙，裝成受傷的模樣，必然不會被人覺察。我會讓三十名白毦相隨，協助你占領城門。元弼勿用擔心，你只說在途中被我伏擊，到時候舞陰必然慌亂，也不會與你太多盤查，可以輕而易舉詐開城門。此次若攻下舞陰，張某必會向主公為元弼請功。」

話說到了這個分上，輔匡也知道自己沒有其他選擇。而且他不得不承認，張飛這條計策好像能行得通……說不定，真的能夠將舞陰城門詐開。

「如此，末將遵命！」

有道是，箭在弦上，不得不發。

輔匡很清楚，如果他拒絕了張飛，會是什麼樣的結果。

於是，他立刻換上了姜冏的衣甲，並且有人把姜冏的戰馬前來。他扳鞍認鐙，在馬背上坐好。有人找來了血漿，塗抹在輔匡的臉上。隨著曹操在官渡之戰大勝袁紹，馬鐙和馬鞍的存在漸漸被劉備覺察。也難怪，劉備在南陽和曹軍多次交鋒，又怎可能覺察不到鞍鐙的用途？

所以，在建安十年後，劉備軍中也開始大規模普及鞍鐙。

這玩意兒說穿了，就是一個創意，並沒有太多的技術性在裡面，一旦被人發現，很容易模仿出來。

想當初，馬超不就發現了鞍鐙的存在？如果不是曹朋說降費沃，伏擊了馬超，說不定就會遭遇馬超的逆襲。

輔匡上馬之後，並沒有存在什麼不適，伏在馬背上，一身血汙，看上去還真有點像是身受重傷。如果站在城頭往下看，的確不太容易看出什麼破綻來。

輔匡等人準備妥當，便打馬揚鞭，直奔舞陰而去。

張飛立刻調集兵馬，準備發動偷襲。

既然被發現了，那就提前發動吧……時間拖得越久，這偷襲的突然性就會越低，弄不好會變成膠著狀態。

想必，荀諶軍師也不會反對！

拋開張飛調集兵馬不說，單說輔匡，領著三十名換裝後的白眊兵，朝著舞陰縣城方向行去。遠遠的，舞陰城牆已清晰可見。輔匡這心裡，卻不由得緊張起來……

「城上軍卒聽真，速速打開城門。」

有白眊兵在城下大聲呼喊，卻見城頭上，突然亮起了火把。

「姜將軍怎麼了？」

「我們在途中遭遇劉備兵馬伏擊，將軍身受重傷……請速速打開城門。」

早有小校飛報羊衜。羊衜聽聞之後，頓時大驚失色，他帶著鄧艾和蔡迪登上了城頭，舉起火把向下看去，卻見城下一隊軍卒，看上去狼狽不堪。

姜冏渾身是血，俯伏在馬背之上。

羊衜不敢遲疑，連忙轉身，準備下令打開城門。

連環計

哪知道，鄧艾突然伸手將他攔住，「叔父，城下有詐。」

「啊？」

「姜叔父的部曲，皆涼州人士……剛才那些人說話，卻是一口南陽腔。而且，姜叔父有一個習慣，每逢執行軍務，會在手臂上纏繞一方錦帕。可那個人，我沒有看到他胳膊上的錦帕。此人必非姜叔父，只怕叔父已經遇難。這些人是奸細，要詐開城門。」

要說瞭解，誰又能比鄧艾更瞭解姜冏？姜冏在滎陽生活兩年，鄧艾和他可謂朝夕相處。

對於鄧艾的懷疑，羊衜自然不會懷疑。

他聽聞，立刻要下令將城下眾人幹掉，卻又被鄧艾攔住。

「叔父，賊人既然要詐城門，其兵馬必然隨後而至……舞陰兵力空虛，恐難以堅持太久。正好藉此機會，給他們一個下馬威，折了他們的銳氣。叔父可趁機，命人前往棘陽求援……」

說著，鄧艾壓低聲音，在羊衜耳邊低語幾句。

羊衜聽罷，也不由得連連點頭，「就依賢姪所言……」

「姜將軍稍候，開啟城門，須有濮陽功曹史手令，非我可決斷。我已命人前去找濮陽功曹史求取手令，還請姜將軍再稍等片刻，即開放城門……將軍見諒。」

羊衜在城頭上呼喊，城下輔匡等人聽得真真切切。

對於舞陰城裡的情況，輔匡倒也知道一些。城頭上喊話的人，是南陽郡丞羊衜，但他並非曹朋嫡系人馬，而是朝廷委任的官員。

濮陽功曹史是哪一個？輔匡不清楚！但他能猜得出，這位功曹史應該是曹朋的親信。

換任何一個人，想必都會如此，郡丞不是自己人，當然會架空他的權力。曹朋不在的時候，留郡丞

駐守舞陰，但實際上的大權卻掌握在別人手中。

「請郡丞快些。」

在輔匡的指示下，一名白眊兵大聲回答。可他卻不知道，他這一開口，立刻顯露出了無數破綻。

首先，羊衜雖然不是曹朋的嫡系，但曹朋對他卻沒有半點打壓之心，舞陰城中大小事宜皆由羊衜負責，足以說明曹朋的信任；其二，濮陽逸並非功曹史，只是曹朋身邊的一個從事佐吏。他不開口也還好，羊衜此刻已深信鄧艾的分析，臉上閃過一抹冷笑。

「進之，人來了。」

就在這時候，從城下匆匆走來一人，正是濮陽逸。

他見到羊衜後，先搭手一禮，「夫人派來八名鬬士配合，聽憑進之吩咐。」

羊衜大喜，連連點頭。

他在濮陽逸耳邊輕聲叮囑了幾句之後，濮陽逸匆匆走下城門樓。旋即，羊衜走到城牆垛口邊上，衝著城下大聲道：「姜將軍，我這就開啟城門，請將軍放心，已請來先生為將軍醫治。」

說話間，就聽城門樓上傳來嘎吱嘎吱的絞盤轉動聲響。

千斤閘緩緩升起，從城門後，傳來了開閘起門的聲息。輔匡這心裡面頓時怦怦直跳，下意識握緊手中長槍，只要進入城門，就立刻發射鳴鏑，通知張飛出擊。這，可是他的好機會……

城門吱紐紐開了一條縫，緊跟著大門洞開。

輔匡歪歪斜斜的坐在馬背上，做好了廝殺的準備。而三十名白眊，則紛紛握緊了手中的兵器，只待輔匡一聲令下，就會對城門發動致命攻擊。

一進城門，輔匡的心一下子提到了嗓子眼裡。

城門後燈火通明，幾名軍卒站在城門口，拱手行禮道：「姜將軍。」

舞陰城門的守衛，很鬆懈嘛！

輔匡心中狂喜，猛然直起身子，舉槍就要發動攻擊。

也就是在這時候，一名軍卒突然抬起手，手腕一翻，只聽錚的一聲輕響，一抹寒光陡然出現。

軍卒距離輔匡很近，不過兩、三步而已，一枝鋼弩飛射而出，輔匡剛直起身子，那鋼弩就已經到了跟前。

噗！

一聲輕響，三寸鋼弩沒入輔匡面門，輔匡甚至可以清楚的聽到，那弩箭的箭簇撕裂眉骨的聲音。

他瞪大了眼睛，眼中透著不可思議的神采，嘴巴張了張，身子一歪，頓時從馬上一頭栽落馬下。與此同時，另外七名軍卒也在那名閭士出手的同時，雙手抬起，發射弩箭，十四枝弩箭從掛在手臂上的弩炮發射出來。白毦兵雖然久經戰陣，武藝高強，卻從未見過這等攻擊。

閭士的身手，經過近三年嚴苛而殘忍的訓練，可以做到每一枝弩箭準確無誤的射入目標。十四枝弩箭，瞬間射殺了十四名白毦。旋即，閭士探手在腰間一抹，手中立刻多出兩柄短劍，猱身就衝上前來。

雙方的距離實在是太近了，近得讓白毦兵根本無暇做出反應。十四枝弩箭和閭士的襲殺，幾乎是在同一時間發生。一名閭士衝上前，將一名白毦從馬上拽下來，反手一劍沒入那白毦的咽喉，旋即拔劍撤身，朝著第二名白毦衝過去。一拽一刺，快如閃電。白毦的人數雖多，可又怎是那閭士的對手？

如今的白毦，已經更換過一批，以品質而言，遠不如當年劉備征戰四方時的那一批白毦兵。

而閭士，則是曹朋精挑細選，又融入了後世特警訓練方法，再加上一代劍術大師祝道的提點，閭士的身手絕非等閒軍卒可以相提並論。

龐德曾說過，在戰場上，五名白駝兵可以幹掉十名閭士。那是因為有足夠大的空間……

可如果換作一個狹窄區域，一名閭士可以幹掉五名白駝兵。因為閭士從挑選到訓練，一直到最後練

成，都是依照著這種方式來進行。

更何況，白毦的戰鬥力遠不如白駝。

於是，在城門卷洞這種狹小的空間裡，八名闇士就如同八個幽靈，神出鬼沒。只聽城門洞中慘叫聲不絕，眨眼間三十名白毦被闇士屠戮的一乾二淨。鮮血順著城洞兩邊的凹槽，汩汩流淌出去，很快就沒入城牆角下的汙水槽裡。

闇士結束了戰鬥，迅速退出城門卷洞。早就在城門樓外準備的兵卒，蜂擁而上，衝進了卷洞，把戰馬和屍體迅速清理乾淨……

與此同時，城門樓上傳來了命令，熄火，肅靜！

整個舞陰縣城頓時陷入一片漆黑和靜謐之中，遠遠看去，猶如一座死城般，令人感到心悸。

張飛端坐馬上，遙望夜幕下的舞陰縣城。

站在他的位置，可以將舞陰縣城的城廓一目了然。

「元弼為何沒有動靜？」

張飛等了很久，卻不見舞陰縣城傳來任何動靜。輔匡和三十名白毦，似乎石沉大海，全無半點消息。

這不由得讓張飛感到有些緊張。

「三將軍，你說元弼將軍，會不會被看穿了？」

「不會吧？」張飛的回答頗沒有底氣。

他猶豫了一下，突然舉手下令：「三軍聽令，給我出擊。」

「三將軍，不等元弼將軍的信號了？」

「再等，天就要亮了！」張飛沒好氣的回答，可心裡面卻隱隱約約預感到，輔匡等人很可能已經遇到了危險。

說罷，他一馬當先，率領騎軍衝向舞陰縣城。

那縣城的城牆越來越清晰，輪廓越來越明顯，可是張飛的心裡，那種不祥的預感卻越來越強烈。

五千兵卒，猶如潮水般湧向舞陰縣城。可是縣城的城頭上卻鴉雀無聲，寂靜的令人感到頭皮發麻。一個人影也看不到，黑漆漆的，透著一股詭譎氣息。

張飛猛然勒住了戰馬，舉目向城頭上眺望。

這舞陰縣，實在是太詭異了！

「三將軍，打不打？」

張飛猶豫了一下，片刻後一咬牙，厲聲喝道：「三軍兒郎，給我攻城！」

話音未落，忽聽舞陰縣城的城牆上傳來一陣急促的梆子響，緊跟著一團團火球從舞陰縣城裡騰空而起，向城外飛落。蓬蓬蓬，一連串急促而沉悶的聲響過後，火球砸落在地上，頓時照亮了城外曠野。

但見城門外，疊摞著一堆屍體。

有眼尖的軍卒，一眼認出了那屍體的衣裝，不由得大驚失色道：「三將軍，是輔匡將軍他們……」

還用你來提醒嗎？

張飛就算是傻子，也知道輔匡等人凶多吉少。

他連忙舉起丈八蛇矛槍，剛要發號施令，卻聽到城樓上再次傳來一陣急促的梆子聲響……

「狗賊，竟敢犯我城池！」羊衜頂盔貫甲，出現在城門樓上，「奈何太守早有防備，靜候爾等前來送死……來人，放箭！」

話音未落，從城頭上射出如雨箭矢。

投石機的機括聲，嘎吱嘎吱不絕於耳，一枚枚火球騰空飛出，砸向城下的軍陣當中。原本，看到輔

匡等人的屍體時，軍卒們已經有些慌亂。而今箭雨紛紛，令軍卒頓時手忙腳亂，驚慌失措。

「穩住，都給我穩住！」張飛大聲呼喊，想要穩住陣腳。

卻不想，城頭上突然飛射出一支長矛，夾帶著萬鈞之力，呼嘯飛向張飛。一槍三劍箭，正是曹朋從滎陽帶來的槍矛。這槍矛力道驚人，射程極遠。張飛正整合兵馬，哪想到舞陰縣城裡竟準備了如此神兵利器？匆忙間，他舞長矛想要崩開槍矛，可沒想到那槍矛上有如此巨大的力道，竟只是偏了一點方向。

他雖然擊中了槍矛，卻無法將其打落。槍矛凶狠飛出，一下子貫穿了張飛胯下鐵驊騮的脖子。鐵驊騮希聿聿一聲慘叫，便跌倒在血泊中。

張飛被戰馬壓住了身子，兩枝鵰翎箭飛來，蓬蓬正中張飛的肩膀，只疼得張飛大叫一聲……

「救三將軍！」

身後親軍冒死衝上前來，將張飛從馬屍下拖出。

與此同時，那舞陰縣城的城頭，戰鼓聲隆隆響起，撕裂夜幕寧靜。

劉備兵馬早已亂成一團，哪裡還敢強攻城門……再加上張飛摔落馬下，更令軍心大亂！

城頭上，羊衜手扶城垛，不禁暗自嘆息。若他手中兵力充足，說什麼也要安排一支伏兵，狠狠的打一下，可惜了……

他扭頭向站在身邊的鄧艾看去，卻見鄧艾面色如常。

鄧氏有此兒在，他日必能前途無量。正是鄧艾的膽大心細，才能有今日之勝……只不過，雖有一場小勝，可舞陰縣城必將迎來一場更為慘烈的搏殺。也不知友學那邊，是否已經覺察？

一想到即將面臨的戰事，羊衜心裡又有些憂心忡忡……

「啊！」

伴隨著一聲大叫，曹朋驀地睜開眼睛。額頭上，布滿了細密的汗珠子，心怦怦直跳。

幾名牙兵衝進大帳，見曹朋呆坐帥案前，不由得萬分緊張。

「公子，發生了什麼事？」

曹朋深吸一口氣，努力平定跌宕的情緒，擺手道：「沒事兒，只是做了一個惡夢，你們下去吧。」

牙兵們相視一眼，躬身退出軍帳。

曹朋站起身來，走到大帳的角落，用陶盆裡的清水潑灑臉上，總算是冷靜下來。

好詭異的夢！

他閉上眼睛，好半天才算是讓自己完全冷靜下來。

惡夢……的確是一個惡夢！

就在剛才，他夢見黃月英渾身是血的出現在他面前，伸著手向他呼喚。可是，明明近在咫尺，卻又聽不到黃月英究竟在說些什麼。就在他衝過去的時候，在兩人之間突然騰起了一道火牆……

這夢境，實在是太詭異了！

詭異的讓曹朋回想起來，仍舊有一種冷汗淋漓的感受。

究竟是怎麼回事？好端端的，竟然生出這樣的夢境？他一屁股坐在帥椅上，好半天也沒能回神過來。

「來人！」

「喏！」一名牙兵跑進來，躬身行禮。

「棘陽方面，可傳來什麼消息？」

「沒有！」牙兵回答道：「入夜前，圓德將軍曾派人送信，說是即將抵達棘陽。到目前為止，還未有消息傳來……不過按照行程，想必圓德將軍他們已經抵達棘陽縣城。」

「唔……」曹朋閉上眼睛，半晌後突然又問道：「舞陰可有消息？」

「沒有。」

「且下去吧。」

待牙兵退出軍帳，曹朋已完全冷靜下來。

所謂日有所思，夜有所夢，大致上就是這種情況吧。雖然他否認了鄧艾的猜想，但內心裡，終究是對劉備有一絲顧慮。雖然他到現在還不清楚，劉備為什麼會突然發了瘋似的用兵，但想來，一定有他的目的。

關興被傅僉射殺，並不為人知曉。畢竟，這位關二哥的次子，認識的人不算太多。

傅肜只是隱隱猜測到，傅僉射殺的人一定是一個重要人物，可是也沒有想到那員小將居然是關羽的兒子。若是知道被殺的人是關羽次子，那麼曹朋一定會有其他的想法，偏偏到目前為止，包括鄧芝在內，也沒有弄清楚那名被射殺的小將究竟是什麼身分……也正是這個原因，令曹朋感覺有些莫名其妙。

按道理說，劉備這個時候不應該用兵啊！

從他之前的排兵布陣來看，劉備更多的是考慮在宛城站穩腳跟，穩定住南陽郡的局勢……

難道，這傢伙就不怕被劉表斥責？

曹朋拍了拍額頭，站起身來，在軍帳中徘徊。

蒯越兄弟，已傾向於自己。可是這並不代表，劉表真的不敢用兵。

作為早年間雄霸荊襄的諸侯，劉表自然也有他的野心。只是，他的格局註定了，他不可能吞食天下。可是，能在那麼混亂的年代自成一方諸侯，也說明了劉表這個人非同凡響。

聽說，劉表的身體在入春之後大有好轉。莫非這傢伙，有其他的想法不成？

曹朋現在最擔心的，就是劉表有異動。這傢伙坐擁荊襄九郡十餘載，根深蒂固，勢力雄厚。如果這時候劉表跳出來搗亂，勢必會對遼東戰局造成巨大的影響，甚至令曹操功虧一簣。

可問題是，他劉景升有這個魄力嗎？

如果換一個人，比如孫權，比如劉備，曹朋一定會加以提防。

但就目前而言，孫權並沒有太大的動作。這主要是曹操在去年設立淮南三郡，遏制了孫權的擴張。據說，甘寧和太史慈等人，已多次發生衝突，雙方各有勝負，目前成膠著狀態。

孫權不動，而劉備是無力行動。

抑或說，劉表受了蠱惑，所以才有此舉措？

曹朋沉思不語，返回帥案後坐下。他隨手拿起一份奏章，打開來看了兩眼。

這奏章，是來自於鄧芝呈報。奏章裡，鄧芝詳細說明了棘陽目前的狀況，並談及劉備的兵馬調動。

在這份奏章裡，鄧芝說：劉備不斷向棘陽增派人馬。

南就聚渡口的劉備軍大營，每日裡都會有兵馬入駐……根據斥候的觀察，南就聚大營在不斷擴張，每日白晝都能看到兵馬進入。據鄧芝粗略估算，自關平在南就聚紮營之後，南就聚大營至少增加了三萬餘人……如此眾多的兵馬入駐南就聚大營，的確令棘陽方面感到了壓力。

慢著！

曹朋突然瞇起了眼睛。

三萬餘人？

劉備手裡，統共有多少人馬？估計也就是四、五萬而已……而今，劉備在博望、西鄂兩縣，至少屯紮了一萬餘人。那也就是說，劉備在棘陽幾乎是投入了他全部的兵力？這不可能！如此一來，宛城豈不空虛？

以劉備的性子，斷然不可能做出這樣的事情。

如果劉表也參與其中的話，那麼劉備就不需要投入所有兵馬；如果劉表沒有參與，劉備更不敢投入這麼多的兵馬。鄧芝說，南就聚而今不斷增調兵馬。若不是劉備真的傾其所有，那肯定就是鄧芝上當。

曹朋依稀記得，想當年何進招董卓入京，結果未等董卓抵達，何進就被十常侍所害……

董卓率前鋒軍抵達雒陽之後，實力並不算強橫。為了掩人耳目，董卓命他麾下兵馬夜晚出城、白晝入城，給諸侯造成了不斷增兵的假象，趁機吞併了何進所部，而後才有了亂政之舉。

難道說，劉備如今在仿效董卓不成？

曹朋越想，越覺得有這個可能。

但問題在於，劉備做這種假象，究竟是什麼目的？

他絕不會是單單為攻取棘陽，而製造這樣的假象……他在南就聚大營，做出傾盡兵力的舉動，一定是為了掩飾什麼。但究竟在掩飾什麼？曹朋還有些想不明白，不由得心中生出惶恐。

「來人！」

隨著曹朋一聲令下，牙兵再次進帳。

「立刻去地圖來。」

「喏！」牙兵二話不說，匆匆離開軍帳。

不一會兒的工夫，一幅南陽地圖便懸掛在軍帳中央。

曹朋走到地圖跟前仔細的查看，並不時用一根炭筆在地圖上畫出一條條的路徑。漸漸的，他的臉上露出一抹凝重之色。劉備不是要打棘陽，他真正的意圖，只怕是要和自己全面開戰。也就是說，劉備在南就聚的舉動不過是疑兵之計，其真正的意圖是在……

曹朋用炭筆，在舞陰縣的位置上畫了一個圓圈。

手握成拳頭，狠狠的砸在書案上，他咬牙切齒道：「來人，傳我命令，集結兵馬，準備開拔。」

一定是這樣！

劉備以棘陽為掩護，要偷襲舞陰。

不行，舞陰縣如今兵力空虛，豈不是有危險？

曹朋似乎明白了那夢境的意義，立刻做出決定，準備率部回援舞陰縣城。可就在他準備撤下地圖、換上盔甲的一剎那，卻又突然停下了腳步。他猛然站在地圖跟前，仔細查看了半晌，心裡驟然間一咯登，臉色頓時變得煞白。

劉備在棘陽做疑兵之計，只為偷襲舞陰縣城？

不對！劉玄德所謀，絕不止於此。

關平在南就聚駐營，等於是為劉備打開了棘水東岸的門戶。劉備的人馬調動，絕不會只是為舞陰打掩護，否則他也用不著如此麻煩的調動兵馬……

最可能的，是劉備另有圖謀。

南就聚渡口被攻占以後，劉備兵馬可以在東南陽郡長驅直入。如果自己這時候回援舞陰……曹朋用炭筆，在比水灘上畫了一個圓圈。說不定，劉備已悄然潛入東南陽郡，藏於比水灘頭，等待自己回援。

高明！

曹朋不由得暗自感嘆一聲劉備的高明手段。

不愧是被稱為曹操的頭號大敵，這計中有計，一環連著一環，只要自己稍有疏忽，說不得就落入劉備的圈套。好高明的計策！只是不知道，這連環計是出自劉備之手筆，還是諸葛亮設計？

想到這裡，曹朋的眸光中閃過一抹冷色。

「公子，何故突然調集兵馬？」

就在曹朋思忖之時，陸瑁氣喘吁吁，闖進了大帳。

「子璋，你來得正好。」曹朋看到陸瑁進來，眼睛突然間一亮，「我有一事，須你配合方可奏全功，還請子璋萬勿推辭。」

陸瑁聽聞，不由得一怔，脫口道：「公子，究竟何事須瑁相助？」

天，亮了！

舞陰城下，旌旗林立，遮天蔽日。

羊衜領著蔡迪和鄧艾，站在舞陰城頭向遠處眺望，就看到密密麻麻的軍卒，在城下列陣肅立，不由得倒吸一口涼氣。

羊衜轉身，對前來登城觀戰的盧毓和濮陽逸輕聲道：「看起來，劉玄德這是要和咱們決一死戰了。」

濮陽逸面色如常，而盧毓看上去依舊是一副風輕雲淡的悠閒之色。

兩人相視一眼之後，微微一笑道：「劉玄德雖勢大，可要想攻取舞陰，也非易事。進之，舞陰城門就交付與你。我二人自會盡力穩定城中百姓的情緒……今日，正是我輩建立功業之時。」

「如此，城內之事，就拜託二位。」

羊衜和盧毓、濮陽逸兩人拱手一揖，而後沉聲問道：「八牛弩，可安置妥當？」

「郡丞放心，舞陰城上已裝好三十架八牛弩，聽憑郡丞號令。」

「如此……小艾和小迪，八牛弩就交由你二人掌管，一俟我發出號令，你二人就準備發射。」

「喏！」

鄧艾和蔡迪聽聞，頓時喜出望外。

兩人身邊，各領兩名閭士，帶著從滎陽過來的弩兵，紛紛就位。

鄧艾手持一根木槌，只覺心裡怦怦直跳。眼看著城下密密麻麻的敵軍，他既緊張，又興奮！

張飛沒有性命之憂。

不過，由於事發突然，八牛弩射出的槍矛直接將鐵驊騮釘死在當場。張飛猝不及防下，也被摔得頭昏眼花。後來又被射中兩箭，雖說不是致命傷，可那箭矢上配有倒鉤，也著實把這位張三爺折騰的不輕。箭矢取出來之後，張三爺昏迷不醒，甚至沒去迎接荀諶抵達。

荀諶對此也頗為無奈。

說起來，張飛的處置並不算錯誤。當行蹤被覺察之後，發動攻擊是一個不錯的選擇。根據他人的轉述，張飛當時做出的安排也沒有什麼錯誤，派人詐開城門，而後趁機發動偷襲，是每一個為大將者都會做出的選擇。若換一個地方，也許這城池已經攻陷，只可惜張三爺的運氣不好，這次偷襲的是舞陰縣城。

雖然曹朋不在舞陰，但並不代表他會放鬆警戒。

事實上，曹朋善用奇謀，在西北與馬騰父子鏖戰，常用奇兵突襲。

這樣一個人，又豈能沒有防備？就好像曹操最喜歡斷人糧道，所以他對自己的糧道也格外重視。曹朋這麼一個好用偷襲的主兒，又怎可能輕易被人偷襲？若當時荀諶在，一旦被覺察到蹤跡之後，會立刻擺明車馬，絕不用什麼偷襲之計。因為，那很可能被對方所設計。

羊衜？

荀諶輕輕拍了拍額頭，感到了一絲無奈。

這是一個極為陌生的名字，卻沒想到竟使得張飛險些喪命。

責怪張飛？

不成！

在這件事情上，張飛的決斷並不能說是錯誤。如果說張飛有什麼錯誤的話，那就是他太過於輕敵，以至於在被發現了行蹤之後，竟貿然出擊。

這件事，問題不在張飛。真正的根源，其實還是在荀諶。

荀諶看了一眼站在身旁默不作聲的趙雲，突然有一些後悔：若當時命子龍為先鋒，也許就不會是這樣的結果吧。

子龍非統兵之才！

這是劉備對趙雲的評價。

但即便是劉備，也無法否認趙雲執行命令的能力。

而且所謂的統兵才能，也不是不能培養。你不給他統兵的機會，就算趙雲有這個才能，也無法展現出來。根據荀諶的觀察，趙雲的確是一個優秀的執行者，而若說行軍布陣、統兵打仗，趙雲也不是不可以，但趙雲最適合統帥的兵種是騎軍……卻恰恰是劉備的一個軟肋。

劉備手中，騎軍不多。而這為數不多的騎軍，基本上是由張飛統帥。

相比之下，張飛比趙雲更值得劉備信任，也就使得趙雲失去了施展才華的機會。也許正是這個原因，劉備才會說出『趙雲不適合統兵』的言語。可想一想，想當初趙雲在公孫瓚帳下也能獨領一軍，又怎可能不會統兵？說穿了，那只是劉備的一個藉口，大家心知肚明。

趙雲性情沉穩，行事幹練。如果是趙雲替代張飛，肯定會先穩住陣腳。

既然偷襲不成，那就唯有強攻。若為了偷襲而偷襲，反而容易被他人算計，這也是趙雲的優點。

「子龍！」

「喏！」

「三將軍尚在昏迷，其麾下，就暫由你來統帥。」

「啊？」

荀諶是非常看好趙雲，所以微笑著對趙雲道：「三將軍部曲，皆豪勇之士。若非子龍，何人能令其臣服。在三將軍未能恢復之前，騎軍就交由你來統領。待會兒，陪我去查看敵情。」

「喏！」趙雲心中狂喜，連連點頭。

說趙雲沒有雄心壯志？那純粹胡扯！

這年月，但凡有些本事的人，無不希望能建立起一番功業。

趙雲同樣如此……當初他帶領一部人馬，不遠千山萬水，投奔劉備，原以為可以在劉備帳下得到重用，卻不想當上了一個牙門將、親兵頭子。說穿了，他就是劉備的保鏢、打手，始終無法像當初在公孫瓚帳下那樣，馳騁疆場。

雖說劉備待趙雲甚厚，可是在趙雲心裡卻始終存著一絲遺憾。他沒辦法和張飛爭那統兵之權，因為他和張飛爭，沒有半點優勢，就算爭到了，到頭來也會和劉備的手下鬧得不可開交。

這絕非趙雲所願！

內心裡，他反而有些羡慕夏侯蘭。

夏侯蘭的武藝和兵法，遠不如趙雲。當初在白馬義從時，其地位更遠不如趙雲……可現在呢？

夏侯蘭在河西獨領一軍，抵禦胡虜，可謂風光無限。

別小看那統兵校尉的職務不高，但是在河西郡，絕對是軍方第一大佬。執掌軍府，統領兵馬，震懾漠北……這，不正是當年趙雲和夏侯蘭在常山學藝時，童淵對趙雲最期許的事情？

可惜，槍王童淵的親傳弟子，未能實現他的理想。反倒是那個被童淵看不上的傢伙，而今卻承擔了他的理想……

每每思及，趙雲這心裡面就不是個滋味。可他能有什麼辦法？想當初，他看重了劉備，而拒絕了曹朋；如今，他雖然羡慕夏侯蘭的好運氣，卻也沒有後悔，只不過心裡多多少少有些失落。

荀諶命趙雲統領騎軍，正合了趙雲的心思。

他心中對荀諶，不免多了幾分感激，同時更下定決心，一定要把這騎軍帶好，方不負荀諶期望。

「射殺三將軍坐騎的，就是這玩意兒？」

荀諶安排妥當之後，從帥案上拿起了那支槍矛，仔細的觀瞧。

這槍矛，長約九尺，幾乎可以比擬普通大槍的長度。槍桿是用堅硬的柘木所治，同時帶有一定程度的柔性。槍刃，長二尺三寸，呈三稜形狀。看得出，這是對方專門打造而成，與普通的槍矛還是有一定的區別。每一稜，就猶如一柄利劍，鋒利無比。這若是要射在身上，定然會製造出一個驚人的創口，根本無法救治。只看這槍矛的形狀，就讓荀諶感到心驚。

雖說車弩早在春秋戰國時便出現，可如此形狀的槍矛，荀諶卻是第一次見到。

「子龍，這玩意兒能射多遠？」荀諶抬頭，詢問趙雲。

趙雲也是第一次見到這種槍矛，亦有些不明所以然。

聽到荀諶問他，他苦笑一聲道：「說不準，但根據翼德坐騎的創口來看，是被這槍矛一擊斃命。當時翼德距離城牆大約一百五十步左右，根據這槍矛的力道，至少在三百步內，殺傷力驚人。」

三百步？

荀諶一蹙眉頭！

恐怕不止吧……

他可是親眼看到張飛那匹鐵驊騮的死狀，槍矛直接貫穿了鐵驊騮的脖子，將創口周圍的肌肉都硬生生撕裂開來。九尺長的槍矛，沒入近一半，足以說明了這槍矛被投擲出來時所產生的巨大力量。這不可能是人為投擲，恐怕舞陰城上還藏有一些特殊的軍械。

三百步？趙雲的猜測保守了許多。據荀諶估計，這槍矛的射程至少在五百步的距離。這也使得荀諶感到了一絲莫名恐懼！舞陰縣城，有多少這種發射槍矛的軍械？如果在不明實際的情況下，貿然對舞陰縣城發動攻擊，必然死傷慘重。

「子龍，隨我前去觀陣。」

「喏！」

荀諶決定，還是親自觀察一下為妙。

他帶著趙雲，行出轅門，在距離舞陰城牆尚有六百步左右的距離時，手搭涼棚，遠遠眺望。

但見得舞陰城上寂靜無聲。站在荀諶的角度，甚至無法看到舞陰城頭上的軍卒。那死一般的寂靜，籠罩在舞陰縣城的上空，荀諶不由得感受到了一種莫名的壓力，久久不語。

「軍師，是否要試探一下？」趙雲輕聲詢問。

荀諶想了想，回頭對傳令兵道：「命投石機架設，對舞陰縣城，三輪輪擲。」

他想要看一看，舞陰究竟會做出什麼樣的反應。

如今，舞陰縣城兵力空虛，陳到在博望牽制魏延，而劉備和關羽已悄然設伏，等待曹朋回援。只要他能攻下舞陰縣城，就可以對荊州產生不可估量的影響。

之前，荊襄人士礙於曹操強大的軍事力量，不敢招惹曹操……可如果能攻占了舞陰，那麼對荊州的主戰派而言，無疑能獲得更大的話語權。即便是劉表，也會因此而改變之前的決定。

可這並不代表，荀諶會貿然行事。

到了這時候，一切話語都顯得蒼白無力，所謂的勸降言語，根本不需要談及。既然舞陰城在昨夜對張飛發動了攻擊，說明舞陰縣城的決心無法動搖。唯有強攻……

荀諶命軍卒列陣，在城外架設拋石機，同時更留意舞陰城頭的反應。

只是，不管劉備軍做什麼樣的舉動，舞陰城頭依然寂靜無聲……

「三輪輪擲！」

荀諶策馬來到軍陣前，凝視著舞陰城頭，一聲令下。

百餘架拋石機，隨著機括嘎吱嘎吱的聲響，一顆顆礌石瞬間被拋射而出，狠狠的轟擊在舞陰城牆上。巨大的聲響，即便是距離城牆甚遠，仍可以清晰可聞。不少礌石越過城頭，飛進了舞陰縣城。轟隆隆的聲響不斷傳來，可是舞陰城頭依舊沒有動靜，甚至連人影都看不見。

荀諶不由得倒吸一口涼氣！

與此同時，城頭上軍卒伏身藏於城牆後。

一顆礌石落在城牆上，石屑飛濺……一名軍卒猝不及防，被礌石砸中了頭頂，頓時腦漿迸裂，倒在血泊之中。

那殷紅的鮮血，令鄧艾的心怦怦直跳，小臉透著一抹慘白之色。雖說飽讀兵書，可是對鄧艾而言，卻是第一次見到這亂石齊飛的景象。城下敵軍，數以萬計……密密麻麻列陣與城外，給人帶來了一種莫名的威壓，使得鄧艾緊握木槌的小手不由得輕輕顫抖。

這種無言的試探，最令人緊張！

一顆礌石越過頭頂，狠狠的轟擊在門樓大纛上，碗口粗細的旗杆頓時折斷，那轟鳴聲，令鄧艾手一顫，一槌敲在身前床弩的機括之上……那已經上弦的槍矛，隨著木槌敲擊機括，帶著淒厲的破空聲，飛射而出！

章十七 曹家小賊今何在？

荀諶策馬於旗門下，正觀察舞陰縣城的動靜。

也許是因為對槍矛強大的威力，產生了些許恐懼，雖然推測這槍矛的射程在五百步的距離，可是他卻在六百步外徘徊。城頭上，毫無動靜，依舊是一派死一般的沉寂，令荀諶連連蹙眉。

曹朋不在舞陰！

執掌舞陰的曹軍主帥，是羊衜和舞陰令呂常兩人。

羊衜？

荀諶沒聽說過……只知道羊衜的父親是羊續，曾出任南陽太守。

荀諶知道羊續，因為羊續在當年也是一方名士。能和蔡邕交好，並且成為兒女親家的人，又怎可能是無能之輩？不過，羊續比蔡邕聰明，也比蔡邕懂得審時度勢。熹平年間，漢靈帝登基之後，大肆出售官爵。羊續因無錢買官，而不得不讓出太守之位與弘農名士成瑨……就是那個『南陽太守岑公孝，弘農成瑨但坐嘯』的成瑨。羊續丟官之後，便返回老家，潛心做文章，隱世不出，而得了偌大名聲。

反觀蔡邕，卻因為董卓的關係，而身敗名裂，被王允所殺。

羊續，是一個懂得如何存身立命的傢伙。但他究竟有多大本事？在當時誰也無法說得清楚……

而今羊衜為南陽郡丞！

說實話，荀諶並沒有把他放在心上。

倒是呂常，和劉備幾次交戰而不落下風，為荀諶所熟知。

不過，也僅止於此！

可是現在，舞陰縣城所表露出的東西，讓荀諶暗自心驚。能在如此猛烈的攻擊之下，而絲毫不顯慌亂，說明舞陰縣城的軍民士氣高漲，並且政令統一，才能夠做到這樣的程度。

莫非，這舞陰縣城裡，還有高人不成？

荀諶不由得勒馬，立於陣前沉思。

可就在這時候，忽聽遠處趙雲大聲呼喊：「軍師，快閃開！」

荀諶頓時警醒過來，抬頭看去，只見從舞陰城頭飛出一道流光，帶著撕裂空氣而產生的刺耳銳嘯聲，如閃電般射了過來！剎那間，荀諶的頭皮都乍立起來，瞳孔隨之放大，整個人就好像呆愣住一樣。

趙雲見荀諶危險，縱馬飛奔過來，想要救下荀諶。

可是，那槍矛的速度實在是太快了……快得讓人根本做不出其他的反應。說時遲，那時快，槍矛已經到了近前，荀諶躲閃不及，被當場射中，一頭就栽落馬下。

說起來，八牛弩的射程在八百步左右。其有效射程，也就是威力最大的範圍，是在四百步以內。過四百步之後，槍矛的力道會逐漸減少。

荀諶在六百步開外，如果換作一員武將，可能也就是受傷。可是荀諶卻沒有穿戴鎧甲。

那槍矛來的突然，讓荀諶根本沒能做出防備。只聽噗的一聲，槍矛正中荀諶肋部，直沒入體內……鮮血，從那槍矛血槽中噴湧而出。等到趙雲衝到荀諶跟前的時候，荀諶已經倒地，昏迷不醒。

這突如其來的變故，不僅是讓趙雲手足無措，就連在舞陰城頭的羊衜也被這突然發生的變故，驚得不知如何是好。

本來，他是讓軍卒藏於城牆後，待劉備兵馬靠近時，再發動突然反擊……也幸虧此前曹朋治軍嚴謹，軍卒們在面臨這種危機狀況時，並沒有出現慌亂。可沒想到，這突如其來的一擊……

站在羊衜的角度，並沒有看清楚荀諶被槍矛射中。可是，眼見著敵軍陣前一名文士突然從馬上栽倒下去，就算不知道那人是誰，羊衜也能猜出那人的身分不簡單。

好個羊衜，雖然年輕，之前更沒有上過戰場，但畢竟跟隨曹操日久，這眼界和見識絕對非同一般。在電光石火間的錯愕之後，羊衜迅速做出了反應。他猛然長身而起，從城牆後站起來厲聲喝道：「八牛弩，亂射！」

鄧艾在敲擊機括發射槍矛的一剎那，也懵了！

對於一個只有十歲的孩子而言，面對如此恢宏的場面，換作任何人，都會感到緊張。以至於槍矛射出時，鄧艾的腦袋裡一片空白。要知道，羊衜軍令尚未發出，他竟搶先發射槍矛，這在軍中絕對是一樁要命的罪過……一時間，鄧艾手足無措的站在那裡，不知該如何是好。

羊衜一聲令下，總算是讓鄧艾反應過來。

「蔡迪，裝箭！」

蔡迪激靈靈打了一個寒顫，也醒悟過來，大聲指揮旁邊的軍卒，轉動絞盤，拉開弓弦。與此同時，他從一旁抄起一根槍矛，重新裝在弩機之上。鄧艾舉起木槌，狠狠砸在了機括之上，那槍矛錚的一聲響，離弦而出，朝著城外敵軍軍陣方向射出。

城頭上，已連夜安裝了五十架床弩。五十根槍矛同時射出，刺耳的銳嘯聲在戰場上空迴盪，卻使得鄧艾一下子平靜下來。

管他呢！既然已經發射，那就別再顧忌。

一根根槍矛呼嘯著飛向了敵陣，而劉備軍陣前則是一片慌亂。

趙雲衝到荀諶跟前，跳下馬來，想要將荀諶救回去。可這時候，數根槍矛飛射而來，逼得趙雲也不敢閃躲，舞槍在空中劃出了一道奇異弧形。大槍翻飛，將一根根槍矛挑飛出去……

與此同時，趙雲大聲吼道：「速救軍師！後退，向後撤退！」

該死的曹軍，竟然裝備有這樣的武器！

六百餘步，這可是六百餘步啊！

竟然還有如此巨大的力道，著實出乎了趙雲的意料之外。

按照之前的猜測，這槍矛的射程也就是五百步左右，可沒想到竟然超過了六百步，恐怕能達到七百步，甚至八百步的射程。也幸虧距離遠，槍矛抵達的時候，力道已減弱許多。可即便如此，趙雲每迸飛一根槍矛，都會感到手臂發麻，身邊已有十幾人被槍矛射中，倒在血泊之中。

好在，劉備軍也算是久經戰陣，雖然驚慌失措，卻沒有出現潰散局面，而是在趙雲的指揮下，緩緩後退。

不過，陣前那一百多架投石機，卻遭遇了致命的攻擊。

在槍矛凶狠的力道下，那一架架投石機瞬間變成了碎片，散落一地。

「子龍，這是怎麼回事？」

張飛從昏迷中醒來，衝出軍營，就看到荀諶渾身是血，被軍卒抬回營中。張飛頓時大驚，連忙跑到陣前詢問。當聽聞事情經過之後，張飛不由得暴跳如雷，不顧趙雲的阻攔，立刻下令：「攻擊！給我攻擊……今日不踏平舞陰，俺絕不收兵！傳令三軍，給我向舞陰攻擊……」

張飛瘋了！

曹家小賊今何在？

沒錯，他是真的要發瘋了……

昨夜行蹤敗露，本想要詐開城門，偷襲舞陰，結果被對方識破，不但白白搭進去了一員大將輔匡，還丟進去了三十名白毦精兵。張飛自己更被曹軍射殺了坐騎，險些死在舞陰城下。此時，又是這該死的槍矛，竟傷了荀諶。

跟隨劉備一路走來，張飛如今也明白一個優秀的謀主對於劉備而言，是何等重要。

雖然說劉備看重諸葛亮，可是在張飛眼裡，諸葛亮即便有些能耐，但是和荀諶相比，顯然不在同一個層次之上。

若荀諶軍師死在這裡……

張飛瘋了！

在他的督戰下，劉備軍開始朝著舞陰，發動起潮水般的攻擊。

投石機雖然被摧毀了，可是還有井闌車，還有雲梯，還有其他攻城器械。二十輛井闌緩緩駛出大營，朝著舞陰城頭靠過去。井闌上，弓箭手不斷向城頭放箭，試圖壓制曹軍的弓箭手。

羊衜面色如常，絲毫不見慌亂。

等了這麼久，雖然是因為鄧艾那無心一箭，而破壞了他之前的計畫，可不管怎麼說，劉備軍終於開始進攻了！

羊衜嗆啷一聲，拽出肋下佩劍，寶劍高高舉起，猛然做出一個劈斬的動作。

「弓箭手，拋射！」

早已蓄勢待發的弓箭手，在接到命令之後，立刻開弓放箭。

嗡——嗡——嗡……

一輪輪箭矢從城頭上沖天而起，在空中劃出一道道美妙的弧線，向城下落去。一千五百名弓箭手同時開弓放箭，箭矢如同雨點般落下……

「小艾，給我對準那些井闌，不要讓他們靠近。拋石機，準備……聽我命令，拋射！」

舞陰城牆後，數十架拋石機早已經準備完畢。隨著羊衜一聲令下，數十顆礌石呼嘯著飛出縣城。

而鄧艾此時，也已經完全冷靜下來。

「八牛弩，穩住……休要慌亂。五架床弩對準一輛井闌，聽我命令，給我射！」

鄧艾儼然如同一個久經戰場的將軍，絲毫不見慌亂，他舉起木槌，狠狠砸在那床弩的機括上。錚的一聲，又一根槍矛彈射飛出，正中一輛井闌車上。那井闌車遭受如此猛烈的攻擊，不由得在原地一陣晃動。井闌上的弓箭手站立不穩，有幾人從車上栽落下去。

蔡迪指揮軍卒，轉動絞盤，將弓弦張開，而後迅速填裝一根槍矛。他和鄧艾之間，配合極為熟練。槍矛裝好之後，鄧艾趴在床弩上移動兩下，再次敲擊機括。這一次，槍矛正中井闌擋板，巨大的穿透力，令那厚實的擋板木屑飛濺，頓時碎裂不堪……

「大家不要慌亂。賊軍靠攏，自有弓箭手負責。爾等對準井闌後再發射，聽我命令，穩住……全都給我穩住——發射！」

鄧艾將木槌交給了蔡迪，在城頭上跑動起來。

每到一架床弩邊上，他都會大聲的呼喊，鼓勵軍卒士氣。

一個十歲的孩子，聲音甚至還帶著童稚氣……可不知為什麼，當他呼喊的時候，卻讓那些床弩手立刻冷靜下來，槍矛射擊也隨之變得更加準確。所有人依照鄧艾的命令，朝著井闌，發動了一輪輪的攻擊。

遠處，羊衜看了鄧艾一眼，臉上不由得露出一抹讚賞的笑容……

鐺鐺鐺！

章十七
曹家小賊今何在？

鳴金聲在舞陰城下響起。

張飛即便是心中再有不滿，也不敢違抗軍令，只得下令收兵。

天色，將晚。

舞陰縣城若磐石般堅硬，絲毫沒有露出破綻。城牆上殘留著礌石砸過的痕跡，城頭上竄起一道道濃煙。當劉備軍潮水般退去的一剎那，從舞陰縣城方向傳來了雷鳴般的歡呼聲，有劫後餘生的興奮，但在張飛的耳朵裡，卻好像是在嘲笑……嘲笑他張飛的不自量力行為。

環眼圓睜，張飛咬碎了鋼牙。

他氣沖沖返回軍營，見到趙雲劈頭就問：「子龍，俺眼見就要攻破舞陰，何故在此時鳴金收兵？」

攻破舞陰？

趙雲心中苦笑！

我只見你損兵折將，卻奈何不得舞陰縣城。

那縣城上的八牛弩箭，猶如惡夢一般，令軍卒們心驚肉跳。二十輛井闌，在短短的時間裡，就折損了七輛。更不要說，完全無法對舞陰縣城形成弓箭壓制，沒有保護的軍卒，猶如飛蛾撲火一樣，死傷無數。短短工夫，劉備軍折損了近千人。

雖說打仗不可能沒有死傷，但問題是，你根本無法奈何舞陰城……

可這些話，趙雲不可能說出來。

他是一個好部曲，但卻不是一個好的謀臣。

趙雲不會爭，也不知道該如何講話。更多時候，常山趙子龍屬於實幹派，他不知道如何與人交流，更不清楚該怎樣把自己的意思轉達給對方知曉。這也是劉備一直不肯讓他獨領一軍的原因之一。

反倒是張飛，你看他五大三粗，看似莽夫一般，但他會去爭、會去搶。說他是居功自傲也好，說他是恃寵而驕也罷，總之，張飛咋咋呼呼，而且屢犯錯誤，卻能被委以重任，獨領一軍。

因為張飛知道該怎麼去表達自己的內心想法，在這一點上，趙雲的性格決定了他比不得張三爺。

「軍師醒了！」

「啊？」

趙雲輕聲道：「軍師的情況很不好，三將軍快去看看吧。」

張飛顧不得再和趙雲爭執，連忙一路小跑，跑進了中軍大帳之中。大帳裡，瀰漫著一股血腥氣，眾將早已守候在裡面。當張飛衝進來的時候，恰逢軍醫往外走，張飛上前，一把攫住軍醫的手臂。

「軍師情況如何？」

「軍師他……」

那軍醫一臉的憂慮，顯然情況不容樂觀。

張飛勃然大怒，一把將那軍醫推倒在地，「你這鳥廝，若救不得軍師，留你何用？」

說話間，他拔出寶劍，三步併作兩步上前，就要取那軍醫的性命。一干武將噤若寒蟬，竟無一人敢站出來為那軍醫說話。

張飛手起劍落，卻見寒光一閃，鐺一聲響，一柄寶劍架住了張飛的寶劍，張飛怒喝一聲，後退兩步扭頭看去，卻是趙雲及時趕來，攔住了張飛。

「子龍，欲阻我乎？」

「三將軍，何苦遷怒他人？想必先生已經盡力，此時殺人，與戰事不祥。」

張飛一雙環眼圓睜，剛要開口喝罵，卻聽到從床榻上傳來一個虛弱的聲音：「翼德，休得無禮。」

「軍師！」

張飛聽聞，立刻把趙雲和那軍醫丟下，跑向床榻邊。

章十七
曹家小賊今何在？

史書上曾記載，張飛重士大夫，而輕士卒。他對荀諶的尊敬，是發自於內心，僅次於劉備。

至於諸葛亮，張飛一直瞧不上眼。一方面固然是諸葛亮年紀太小，另一方面，則是因為荀諶在士林中所享有的偌大名望。潁川荀氏，可不是琅琊諸葛氏可以相提並論。累世清名，所積累下的人望和威信，即便是劉備在荀諶跟前，也從不敢有半分失禮。若不是荀諶開口，張飛甚至可能和趙雲拔劍相向。

趙雲心裡輕嘆一聲，走上前將那軍醫攙扶起來。

「先生勿怪。」

他把軍醫送出中軍大帳，突然壓低聲音道：「先生趁此機會趕快離開軍營。若軍師無恙，尚一切都好說。萬一……只怕到那時候，誰也攔不住三將軍。你還是快走吧。」

軍醫的臉色發白，聽趙雲說完，也不贅言，拱手一揖到地，轉身匆匆離去。

看軍醫遠去，趙雲深吸一口氣，轉身返回中軍大帳中。

此時，荀諶氣色敗壞，那張清臒面容全無半點血色，如死人的面孔一樣慘白。他握著張飛的大手，說話都透著一絲絲吃力。

「我本想藉此機會，為主公謀一根基，不想這小小舞陰縣城，竟如此難對付。」

「翼德，我若不在，你切不可莽撞行事，當即刻收兵，返回宛城。主公而今藏於比水灘頭，準備伏擊曹友學……你通知主公，當穩守宛城，結交南陽豪強。盡可能勸說李珪、劉虎二人出兵參戰，如此一來，也可以避免劉荊州的責難。荊襄，雖為大江龍腹，卻為四戰之地，不可以為根基。主公若要中興漢室，當設法謀取西川。不過，還須留意西川和荊襄兩地豪強的衝突。不可以棄荊襄豪強不顧，亦不可完全依靠荊襄士人，否則的話，必將有禍事。」

「若主公謀取西川之後，切不可急於出兵，當仿效孫氏父子在江東之舉措，接納南荒蠻族……曹友學在河西之舉措，可以為借鑑。且不可窮兵黷武，恐難以長久。翼德，你性情剛烈，好意氣用事，而今正是主公危急存亡之事，你當收斂脾氣，不可以再隨性由之。子龍有大才，可惜不擅言語，你當多多幫襯他。」

荀諶這一番話，幾近於交代後事。

張飛虎目含淚，連連點頭。

那槍矛給荀諶造成的傷害，著實巨大。肋部被槍矛撕裂，甚至可以看到體內的臟器蠕動，如此傷勢，就算是華佗前來，也無法挽回荀諶的性命。荀諶心知肚明，在交代完了張飛之後，再也無力開口，躺在榻上，氣息漸漸的微弱下來。

想當初，荀氏三若聞名於潁川，兄弟三人感情深厚。可無奈後來，還是因政見而產生了衝突。荀彧投奔了曹操，而荀諶則歸附袁紹。

此天不予我！

荀諶腦海中，浮現出少年時兄弟三人求學的情形，那慘白如紙的面龐上，竟漸漸浮現出一抹紅潤。

可惜，你我兄弟無法再次對決。

而今你勝了一著，若有來世，你我再見分曉……

緊握著張飛手臂的大手，突然鬆開。荀諶頭一歪，再無半點氣息。

張飛坐在床榻邊上，腦袋裡已空白一片。他久久無法相信荀諶已經死亡的事實，好半天，他突然一聲怒吼：「來人，給我點齊兵馬……今日若不踏平舞陰縣城，為軍師報仇雪恨，某誓不為人！」

帳中眾將聽聞，頓時面面相覷。

張飛的心情，大家都可以瞭解。但這個時候再出兵攻打舞陰，無疑是一個差到極點的選擇。

荀諶的死，令士氣低落，此時發動攻擊，又如何能取得勝利？

雖有哀兵必勝的說法，可問題是，而今軍中已不是簡簡單單的哀兵可以形容。

章十七
曹家小賊今何在？

大家你看看我、我看看你，卻不知該如何勸說張飛。很明顯，張飛已經暴走了……一個暴怒的張三爺，與喝醉了酒的醉鬼沒什麼區別。這時候上去阻止張飛，弄不好會丟了性命。

「三將軍，不可！」

趙雲上前，一把抓住了正要往大帳外行去的張飛。

「軍師遺命，讓我等立刻撤兵，返回宛城。」

張飛的眼睛通紅，厲聲道：「子龍，何不欲為軍師報仇？主公命你保護軍師，軍師受傷時，你又在何處？」

言下之意，就是指責趙雲瀆職，才令荀諶致死。

如果換作旁人，馬上會一句話頂回去：如果不是你三將軍冒進受傷昏迷，軍卒群龍無首，我又何必去安撫兵士，穩定軍心？

可偏偏趙雲是一個不善言辭的人。他漲紅了臉，囁囁嚅嚅卻不知如何開口，但手上仍緊緊的抓著張飛的手臂，不肯放鬆半分。

「趙雲，給我鬆開手！」

「軍師遺命，命我等撤兵返回。今軍師屍骨未寒，三將軍欲抗命乎？令軍師不瞑目！」

「你……」

張飛瞪著趙雲，而趙雲卻毫不示弱的回視。

兩人僵持了半晌，張飛終究是無法甩開趙雲的阻攔。畢竟趙雲不是他那些部曲可比，早在建安四年，便投奔劉備，數次救劉備於危難之中，更立下了無數功勳，張飛不可能像對他部曲那樣隨心打罵。而趙雲的身手，比之張飛又強橫一分，也使得張飛不得不心存顧慮。

「就這麼撤兵，豈不被人恥笑？」

「是主公基業重要，抑或是三將軍顏面重要？」

「子龍，你……」

趙雲一句話，噎得張飛半天回不過氣來。好半天，他頹然讓步，「那你說，咱們當如何撤兵？」

「此時撤兵，舞陰必然追擊。雲願斷後，掩護大軍撤離。三將軍可趁夜保護軍師遺骸，返回宛城。若曹軍追擊，雲願為三將軍阻之。」

張飛沉默了！

半晌後，他一頓足，氣呼呼道：「就依子龍所言。」

夜色，籠罩比水灘頭。

正是仲夏，比水滔滔，在月光下，一道道銀鱗閃動。

劉備走到灘頭，眉頭緊蹙。

「兄長，小賊屯紮羊冊鎮，不進亦不退，究竟是何居心？」關羽走上前來，輕聲詢問。

劉備搖搖頭，「按道理說，小賊應該已經接到舞陰被襲的消息，可是卻遲遲沒有回援跡象……這其中，必有詭計！雲長，咱們不可以再繼續等待，若子時小賊不至，你我就偷襲羊冊鎮！」

黎明時，羊冊鎮靜謐無聲。

偌大的一個鎮子，連一個活物都看不到，更不要說曹軍的蹤跡。

劉備站在羊冊鎮的鎮口，瞪大了眼睛，一副活見鬼的表情。他的臉色格外難看，在晨光中，透著一抹鐵青色。而關羽則縱馬於羊冊鎮長街之上，只聽蹄聲陣陣，道不盡的沉悶和壓抑。

「該死的，這是一座空營。」關羽跳下馬來，快步走到了劉備身前，「兄長，咱們上當了……這裡

章十七

曹家小賊今何在？

是一座空營，連個人影都不見。」

劉備面頰抽搐，突然間嘶聲吼道：「小賊，去了何處？」

是啊，曹朋去了何處？

這偌大的羊冊鎮，怎會變成一座空城？曹軍在哪裡？羊冊鎮的百姓又在哪裡？究竟是怎麼回事？

劉備心裡，頓時有一種不祥的預兆。

他感覺，自己這一次很有可能中了曹朋的奸計。

「立刻派人前往南就聚，通知坦之，讓他小心曹軍偷襲。」

曹朋蹤跡皆無，那必然是有所行動。

一是回援舞陰縣城，可是劉備、關羽久候不至，說明曹朋並沒有回兵。如果沒有回援舞陰縣，那就是馳援棘陽。

劉備對曹朋，也算是有所瞭解，特別是曹朋在涼州一連串的征戰，無不顯示出此人善用奇兵，智謀過人。萬一他放棄舞陰不管，而強攻南就聚，豈不是斷了自己的後路？想到這裡，劉備突然激靈靈打了一個寒顫，連忙大聲下令，命軍卒集結出發。

「兄長，坦之在南就聚，早已做好了準備，又有子仲和孝起協助，小賊就算是偷襲，恐也難以成功。咱們何不回兵舞陰，與軍師他們合兵一處？小賊而今明顯是要用那圍魏救趙之計，咱們偏不遂他心思，攻陷舞陰，則馬到功成。」

劉備聽聞，頓時陷入了沉思。

沒錯，若攻打舞陰，倒也是一個極好的選擇。

此次出兵，本就是要攻城掠地，打擊曹朋。如今曹朋不上當，舞陰方面的兵力空虛。軍師他們在舞陰縣城已整整一日，想必有所斬獲，自己這時候前去舞陰，正好可以集中兵力。就算曹朋回援舞陰，自己也不需要為退路而擔憂……

劉備用兵，頗為靈活。最重要的是，他能採納別人的建議。

關羽此計於劉備而言，恰到好處。思忖之下，劉備一咬牙，點頭道：「就依雲長所言，立刻向舞陰出擊。」

命令傳出，軍卒立刻行動起來。

不過，關羽卻似乎不太甘心，在猶豫了片刻後，向劉備建議道：「兄長，不如你我兵分兩路，我繼續埋伏在比水灘頭，你則往舞陰，與軍師合兵一處。一俟小賊得到消息，必然會放棄原來的計畫，回援舞陰。我可以在比水灘頭，繼續伏擊此獠。即便是殺不得小賊，也能令其損兵折將……到時候，兄長可無後顧之憂，而全力攻擊舞陰，如此則南陽郡必然臣服。」

「雲長之策甚妙，就依計而行。」

當下，劉備和關羽分兵兩路，準備撤離羊冊鎮。

可就在這時候，忽見探馬飛馳而來。

那馬上的斥候在劉備身前下馬，俯伏地上，氣喘吁吁的說：「啟稟主公，大事不好……剛得到消息，今晨曹朋與棘陽鄧芝、杜畿夾擊南就聚，少將軍拚死奮戰，雖將曹軍擊退，卻損失慘重。少將軍身負重傷，孝起先生下落不明……幸子仲將軍自涅陽出兵援助，堪堪穩住陣腳。」

「什麼？」劉備大吃一驚。

曹朋果真偷襲了南就聚？

而關羽更露出緊張之色，「坦之可有危險？」

「少將軍已被送往涅陽救治，目前尚不太清楚。子仲將軍派人前來求救，若無援軍，子仲將軍恐難以保住南就聚大營，還請主公速做決斷。」

章十七
曹家小賊今何在？

南就聚大營一旦丟失，曹軍便可以渡河，直逼涅陽。

如果曹軍攻占了涅陽，就等於掐斷了荊州和宛城的聯絡。別的不用說，單只是這糧草，就要面臨巨大的問題。

劉備攻占宛城，奪取博望、西鄂三地，可軍糧並不算太充足。特別是劉備在宛城招兵買馬，兵力直逼五萬。這也使得宛城三地承受了巨大的壓力！劉備為拉攏民心，所以沒有在三縣徵收賦稅，他的軍糧幾乎完全來自於新野的輸送，來自於荊州補給，要是涅陽一丟失……

劉備激靈靈打了個寒顫。

他原本準備秋後對曹朋發動攻擊，原因也就在這軍糧上。

而今，他敢對曹朋用兵，很大程度上是賴於新野的糧道安全。

「曹友學，好手段！」

原本劉備要和曹朋爭取時間，但現在看來，曹朋似乎搶到了一個先手……

即便這時候他攻擊舞陰，涅陽丟失的話，勢必會令軍心不穩。如今之計，先穩住南就聚大營，絕不可使曹朋渡河而擊。至於舞陰縣城，有荀諶在，取勝只在早晚間。

劉備拿定了主意，立刻命關羽為前鋒軍，火速趕赴南就聚大營。

子仲，就是糜竺。

糜竺堪稱是內政的好手，但是於軍務，卻略顯不足。他的忠心，自然無須置疑。糜環是劉備的老婆，有這層關係在，劉備倒也不需要擔心太多。

可問題是，若曹朋真要強攻南就聚，他頂得住嗎？

火急火燎，劉備督大軍，在正午時分抵達南就聚。

此時，南就聚大營，瀰漫烽煙。渡口上仍殘留著斑斑血跡，看得出這裡曾經歷了一場慘烈的戰事。軍卒們在打掃戰場，將一具具屍體安置妥當。

正值仲夏，天氣炎熱。如果不及時處理那些屍體，弄不好就會出現大規模的瘟疫。對這一點，無論是劉備還是麋竺，都非常清楚後果。所以，劉備抵達南就聚大營後，就先巡視了一下戰場，檢查情況。

黎明前，曹軍突然向南就聚發動了偷襲。

典滿和許儀兩人，曾一度攻入南就聚大營中……關平倉促應戰，卻遭遇典滿和許儀兩人聯手攻擊。此二人，皆豪勇之士。比之他們的父親，或許還有些不如，但也已經達到了準超一流武將的地步。關平雖然善戰，可是在兩人夾擊之下，也沒能討得好處。

在亂戰中，關平被許儀用鐵流星擊傷，而後又被典滿砍了一刀，當場就昏死過去。若不是親隨拚死將關平搶回去，弄不好，關羽這時候就要承受第二次喪子之痛……隨後，麋竺援兵抵達，才算將曹軍趕出南就聚大營。

此一戰，劉備軍損失慘重。

死傷人數，當在千人以上，更有失蹤軍士，不計其數。南就聚大營前的鹿砦拒馬，幾乎徹底被毀，只留下一堆被焚燒過後的狼籍……

而最可惜的，還是陳震的失蹤。

陳震，字孝期，宛城人氏。

南陽陳氏，本身也是一方豪強。其淵源，屬潁川陳氏的一個分支，在本地有著非凡的聲望。

陳震忠恪，老而彌篤。此人早年曾為袁紹帳下謀士，後蒼亭之戰，陳震返回老家。他和劉備相識甚久，以至於當劉備入主新野的時候，陳震在第一時間便投奔了劉備。

當時諸葛亮還未出山，陳震和荀諶，一主內、一主外，可謂相得益彰，為劉備左膀右臂……不過，

章十七
曹家小賊今何在？

隨著諸葛亮的到來，陳震的地位略有下降。畢竟，從大局而言，陳震比不得諸葛亮，但在一些細節上，劉備卻仍需要陳震協助。沒想到這南就聚一戰，竟使陳震失蹤……

在原來的歷史中，陳震是追隨劉備入川的元勳功臣。劉禪稱帝時，陳震曾官至太尉。

如今，他竟下落不明，生死不知……

據軍卒的說法，南就聚大營最為混亂的時候，陳震為保證渡口不失，率部前去支援。而當時攻擊南就聚渡口的，正是南陽郡兵曹史杜畿……按照這個說法，陳震絕對是凶多吉少。就算沒有被殺，也一定被曹軍俘虜，否則不會生不見人、死不見屍。

劉備心中無比悲慟。

「曹友學可曾搦戰？」

「自天亮後曹軍撤兵，再未來襲。而今，杜畿背依桃花林，在棘水東岸紮下營寨，與棘陽呈掎角之勢……二將軍曾前去搦戰，曹軍也堅守不出。至於曹朋小賊，並未出現。說不定此時，正在棘陽縣城之中駐守……」

「曹友學未曾出現？」劉備聽罷，不由得一怔。

他扭頭向關羽問道：「雲長，你去搦戰時，可曾見到曹友學？」

「未曾。」

關羽的心情非常差，次子斃命，長子重傷，使得他心神不寧。若非要等待劉備，他此刻早已趕赴涅陽。聽聞劉備詢問，他心不在焉的回了一句，便再未出聲。

劉備卻倒吸了一口涼氣。

好像有點不太對勁啊！

根據劉備對曹朋的認識，那是個身先士卒，喜歡衝鋒在前的主兒。

曹軍偷襲南就聚大營，卻不見曹朋蹤跡。那麼，曹朋此時，又在何處？

「可曾派人往棘陽打探？」

「已派人過去了！」麋竺苦笑道：「只是棘陽方面，守衛森嚴，即便是混進去，想要送信出來，也非一件易事。不過，我倒是聽被俘的曹軍士卒說，昨晚曾有一支人馬抵達棘陽，據他的描述，好像是曹朋的飛駝兵……飛駝兵既然已經抵達，想來曹朋此刻，應是在縣城裡。」

道理上，說得過去。

可不知為何，劉備卻感到心緒不寧，有些坐立不安……

章十八 奪宛城

宛，屈草自覆也。

其涵義有二：其一是芳草蓋地，其二則是四方高而中央下。

從某種程度上而言，宛城的地勢地貌，也恰好符合了宛城的特徵。其三面環山，東西北有山巒起伏，南面育水（今白河）流經，土地肥沃。作為南陽郡郡治所在，同時又是東漢的陪都，宛城的城牆高而堅厚，八丈高的城牆隨著歲月的流逝，幾經修繕，透出雄渾之氣。

這座城市，也曾歷經戰火。

當年黃巾之亂時，南部大帥張曼成調集百萬大軍圍攻宛城而不得，卻也將這座古老城池破壞的千瘡百孔。後來，歷經歷任太守動工修繕，而今的宛城城牆，比之當年更見雄渾……

這是一座易守難攻的城池！

建安十二年五月十八日入夜，一支人馬悄然來到宛城城下。

看兵卒衣甲，似是一支潰軍，人數大約有六、七百人的模樣……為首的一員將領，渾身浴血，騎在馬上搖搖晃晃，似身受重傷。當這支人馬出現在官道盡頭的時候，立刻引起了宛城守軍的關注。有人立

刻呈報宛城令糜芳，糜芳聽聞消息，則帶上親隨，匆忙間登上了城牆。

「爾等，何方軍馬？」

「糜縣令，我等是往南就聚增援兵馬，不想在途中遭遇曹軍伏擊，損兵折將，只得原路返回。」

「南就聚增援兵馬？」

糜芳聽聞，頓時一驚。他命人向城下投擲了火把，見這支潰軍的裝束，的確是劉備軍的裝束。

難道說，主公在南就聚失敗了？

「曹軍如何會出現在西岸？」

「回縣令，今晨曹軍猛攻南就聚，關平將軍重傷。我等奉命馳援，不想被強渡棘水的曹軍伏擊……一路退下來，只餘這些兵馬，請糜縣令開啟城門，放我等入城休整。」

「那主公何在？」

「我等小卒，焉知主公去向？」

話說得倒也沒錯，劉備的去向是被嚴格保密。

南就聚大營，除關平之外，也只有糜竺和陳震知曉。這些小卒，怎可能清楚劉備的動向？若他們真能回答出來，那糜芳一定會產生懷疑。不過，也正因為這些軍卒不清楚，才打消了糜芳的懷疑。探馬說，南就聚凌晨的確是發生戰事。想來這些軍卒，是從西岸馳援南就聚的兵馬，被曹軍伏擊。

但曹軍有多少人渡河？主將又是何人？

糜芳頓時緊張起來，也顧不得再盤問，便下令打開城門。

「一會兒，帶那個軍司馬，前來見我。」

糜芳身在宛城，對於前方的戰事知曉不多。不過依照他的想法，這場戰事理應似摧枯拉朽一般。可沒想到，曹軍竟然在南就聚占了一個偌大的便宜，連關平那廝也身受重傷。

說來也奇怪，麋芳和麋竺兩人，雖為兄弟，性子卻完全不同。

麋竺雍容敦雅，處事沉穩，有親和力；可麋芳呢？卻顯得有些輕浮毛躁，且魯莽，好斤斤計較。用一個通俗點的詞句來形容，就是麋芳這個人是個小心眼，而且好高鶩遠，喜歡和人攀比。

他和關羽之間，並不算太和睦。若論根源，可以追溯到當初劉備初至徐州之時。

陶謙當時將徐州託付劉備，麋芳並不贊成。作為徐州本地人士，他更傾向於陶謙之子陶商，而非劉備。為此，他和劉備相處並不愉快，直到後來妹妹麋環嫁給了劉備之後，麋芳才算改變了態度。只不過，他和劉備的關係倒是緩和了，可是與關羽的矛盾卻一直存在。

關羽性情傲慢而清高，並不把麋芳看在眼中；偏偏麋芳也是個傲慢的人，他覺得自己是劉備的大舅子，關羽憑什麼看不起他？兩人因此而多次產生衝突，幸得麋竺和劉備在中間調解，總算沒有激化矛盾。不過，這矛盾終究是存在，兩人誰都看不上對方，所以互不理睬。

關平是關羽長子，在某種程度上，繼承了關羽的秉性。

他和他的父親一樣，看不上麋芳；偏偏麋芳又喜歡在關平面前擺長輩的架子，也使得兩人時常發生爭執。在徐州時如此，在汝南時如此，到了荊州還是如此……後來劉備實在看不下去了，乾脆把關平留在涅陽，而帶著麋芳來到了宛城，總算將兩個人分隔開來。

而今，麋芳聽說關平身受重傷，心中雖為劉備擔憂，可是又有一種莫名的喜悅。走下城門樓時，麋芳的臉上還帶著一抹詭異的笑容。他在心裡不住的嘀咕：小賊無能，為何不壞了坦之性命？

與此同時，城下軍卒也開啟了城門。那一支潰軍緩緩向城門靠近，為首的那名軍司馬依舊俯伏在馬上，看上去搖搖欲墜，隨時可能從馬上栽下來。

這時候，一個校尉模樣的青年走上前來：「你叫什麼名字？」

「末將彭福，見過將軍。」軍司馬說著話，便從馬上下來，踉蹌幾步，險些站立不穩。

那校尉一見，不由得緊蹙眉頭，忙上前把他攙扶住，「彭福，尚能堅持否？」

「末將，尚能堅持。」

「且隨我來，麋縣令有事要問你……」

軍司馬聽聞，連忙強打精神，跟隨在校尉身後行去。在他身後，潰兵緩緩進入宛城城洞，兩伍軍卒頗有默契，向左右讓開，在不經意間，就卡死了城門洞口。

「敢問將軍何人？」

「呃，某非將軍，領宛城統兵校尉……我叫向寵。待麋縣令詢問之後，你便歸入我帳下聽命。對了，你家將軍何人？為何我見你如此陌生？」

看似極為隨意的一問，卻暗藏殺機。

軍司馬心中不由得咯登一下。

這就是向寵？

那個在《出師表》中，被談及曰『能』的向寵嗎？

看他年紀，而今也不過十八、九歲，卻已官拜統兵校尉，可見劉備對他的重視。不過想想，似乎也不足為奇。劉備娶了宜城向朗之女，說起來和向氏也算是一家。這向寵是向氏族人，只不知道和向朗是什麼關係。那麼，劉備重用此人倒也在情理之中……此人不可小覷。

「末將乃趙融將軍帳下軍司馬。」

「呃，是子玉將軍的部曲……對了，子玉將軍可好？」

「將軍身體尚安康，原本聽聞南就聚遇襲，趙將軍準備親自前往……可是軍中事務繁多，故而命末將與另一部人馬前去馳援。哪知道，被曹軍伏擊……實在是愧對趙將軍的期望。」

「哈，曹賊狡詐，你非他對手，也在情理之中。」

章十八
奪宛城

向寵與軍司馬一邊走，一邊說話，不一會兒的工夫便來到了門洞之內。只見那門洞後，站著一名男子，看年歲，大約在三旬出頭的樣子。一身錦袍，外罩甲冑，手扶佩劍。火光中，這男子面似冠玉，頷下生著短髯，往那裡一站，看上去頗有氣度。

向寵道：「這就是麋縣令。」

說話之間，向寵朝著麋芳點了點頭，那意思是告訴麋芳：我探過口風，似乎並沒有什麼問題。

麋芳微微一笑，心裡頓時如釋重負。

他雖然放這支人馬入城，可要說沒有提防，那也不太可能。畢竟這支人馬雖穿著劉備軍中衣甲，可誰又能保證不是敵人所裝扮？向寵詢問的那些問題，恰恰是為了試探這軍司馬。當時彭福若是有半點錯誤，向寵就會一聲令下，取彭福首級。要知道，彭福手中雖有兵卒，但只有幾名兵卒跟隨他入城。這時候若向寵動手，可以輕而易舉將彭福等人幹掉……

麋芳走上前來，看了彭福一眼。不知為何，他覺得這彭福似乎有些眼熟。也正是這種熟悉，使得麋芳徹底放鬆了警戒……既然眼熟，那一定是見過的。說不定他陪劉備視察軍務的時候，和這人打過交道也不一定。不過，想他堂堂劉備近臣，又怎可能去刻意記住一個軍中小校？麋芳放下心來，在離那彭福尚有幾步距離的時候，才停下腳步。

「我問你，可看清楚伏擊你們的曹軍，是何人統帥？」

「呃……當時事發突然，末將也看得不是特別真切。倒是曹軍之中，有一人極為驍勇，殺我袍澤甚多。末將依稀聽人呼喚他……」彭福做出一副回憶的模樣，趁人不注意，又向前蹭了兩步，距離麋芳更近，麋芳剛要開口，卻聽彭福大叫一聲：「我想起來了，曹軍喚那人公子。」

「公子？」麋芳聽聞，眼睛一亮。「是何裝束，做何打扮？」

「那人持方天畫戟……披唐猊寶鎧……呃，他的坐騎，極為神駿，嘶吟之時，若龍吟虎嘯，百獸皆驚。末將倒是有些印象，他那匹馬，似乎就是傳說中的獅虎獸。」

曹朋，渡河了？

聽彭福的描述，麋芳立刻反應過來這彭福說的是什麼人。他與向寵相視一眼，就見彼此的眼中都透著一抹駭然之色。

曹朋竟然渡河了！

就在這時候，一名軍卒過去牽彭福的坐騎。哪知道那匹馬突然間發怒，仰蹄一聲長嘶，若龍吟獅吼一般，鐵蹄抬起來，將那軍卒一下子踹翻在地。

「那匹馬，就好像末將這坐騎一般。」

「啊？」

麋竺聽聞彭福這一句話，突然間打了一個寒顫，一種不祥的預感由心而生，他下意識的想要扶住手中佩劍，卻見那彭福突然猱身而上，肩膀向前一記凶狠的撞擊，把他一下子撞翻在地，緊跟著左手一抬，一枚鐵流星脫手飛出，朝著向寵便砸過去。向寵嚇了一跳，本能的閃身躲避。

說時遲，那時快，彭福拔刀而上，口中暴喝：「飛駝兵，動手！」

西極含光寶刀，在火光照映下，閃過一抹瑰麗藍芒。

向寵也不是那種無能之輩，身為日後蜀漢統兵上將，自有其一身不俗本領。他反應奇快，閃身躲避鐵流星剎那，拔刀相應。鐺的一聲輕響，雙刀交擊。向寵那口百鍊鋼刀，就好像豆腐一樣，被西極含光寶刀斬為兩段。

「好刀！」向寵忍不住大叫一聲，身體猛然一個後仰，避過對方凶狠的一刀。可是，沒等他直起身子，卻見那『彭福』抬腿一記下劈，正中他的胸口。巨大的勁力，把向寵一下子劈翻在地，口中噴出一口鮮血，立刻昏迷不醒。

與此同時，麋芳也狼狽的爬起來，手指著『彭福』，瞠目欲裂，嘶聲吼道：「你就是曹朋……小賊，竟敢來宛城送死……」

麋芳知道曹朋有一匹馬，名叫獅虎獸，據說是他在朔方時收來的寶馬良駒，能生裂虎豹，神駿異常。他沒見過獅虎獸，卻聽說過這種寶馬良駒。即便是當年呂布的赤兔馬，也無法與之相比。

先前在城上，他並未留意到彭福的坐騎，可就在剛才的一剎那，彭福的坐騎突然發飆，豈不正符合那獅虎獸的特徵？

麋芳立刻醒悟過來，『彭福』就是曹朋。

怪不得，剛才看這傢伙有點面熟，原來是他！

麋芳早年間在徐州時，曾與曹朋打過照面。兩人雖然沒有說過話，可他卻遠遠的看到過曹朋。

下邳之戰時，張飛劫走了曹朋的糧草，使得曹朋率部堵住了劉備大營。

那是麋芳第一次，也是最後一次見到曹朋。時曹朋怒斷轅門大纛，令麋芳印象極為深刻。雖然在那以後，他沒有再見過曹朋，而且曹朋在這些年來變化很大。在下邳時，他身體還很單薄，體格不甚健壯，給人一種清秀文弱之感；然而現在，特別是曹朋開始修煉白虎七變和五禽戲之後，身體日益強壯，與當年頗有不同之處。可那雙眼睛，還有那種氣質，卻始終無法改變。

曹朋，怎麼會出現在宛城？

這就要從那天夜裡說起……

曹朋意識到，自己犯下了一個巨大的錯誤！

劉備此次用兵，顯然是經過深思熟慮，所謀甚大。從劉備在南就聚兵馬不斷進駐的假象，曹朋看出

了一絲破綻。他猜測出，劉備一定會在他回援舞陰的途中，設下埋伏，等他上鉤。舞陰，有羊衜等人在，曹朋倒也不太擔心。

至少在短時間裡，劉備想要攻克舞陰縣城，可能性不太大……

劉備要抄他的老巢！曹朋自然不可能坐以待斃。但他也清楚，以他現在的力量，若是和劉備硬拚，勝算不大。即便是勝，也是一個慘勝局面。

如果南陽郡只有他和劉備兩人，曹朋倒不會介意和劉備面對面的來一次碰撞。

可問題在於，南陽郡還有一個劉表。

雖說以蒯良、蒯越兄弟為首的荊襄世族，已向他釋放出了足夠的善意，可對劉表而言，沒有足夠的武力威懾，一切都是虛假。別看劉表現在表現的挺軟弱，那是因為曹朋手中有足夠的力量。如果曹朋和劉備硬拚，想來劉表會非常樂意看到這樣的局面，一方面曹朋遭受打擊，另一方面劉備的實力會被削弱，他可以趁機將劉備吞併。那時候，劉表一定會出兵。

當初，他敢幫著張繡抵禦曹操，那麼現在，他也不會介意給曹操添一些亂……

一俟劉表拿下了整個南陽郡，將直接威脅許都。而遼東之戰尚未結束，曹操又無法抽身出來，到時候江東趁勢而起，與劉表聯手出擊，弄個不好，會令曹操苦心經營的大好局面毀於一旦。

所以，曹朋絕不能和劉備硬拚。他必須要保住元氣，等待遼東之戰結束。

可現在，劉備打上門來，曹朋也無法退避。他劉備要打曹朋的老巢，那他曹朋為什麼不能抄劉備的老家？

曹朋仔細分析了劉備的兵力分布，得出宛城兵力空虛的結論。

如果他攻下了宛城，那麼必然會令劉備從舞陰撤兵，只待汝南李通援兵進駐桐柏大復山，那麼他就可以穩住而今的局面。只不過，打宛城並非一樁容易的事情，關鍵在於如何才能神不知鬼不覺的兵臨宛

八十章 奪宛城

城城下？

曹朋和陸瑁商議之後，設計了一個巧妙的計畫。他命陸瑁假扮自己，先期抵達棘陽，而後命典滿、許儀、鄧芝、杜畿四人奇襲南就聚大營，造成南就聚大營的混亂……他則趁著劉備軍混亂的時候，神不知鬼不覺的渡過了棘水，潛入棘水西岸，而後直逼宛城。

至於他的身分，也是經過了認真的考慮。

趙融趙子玉，是朝陽人，投奔劉備的時間並不算太長。此人官拜育水都尉，負責棘水西岸地區的治安，手下兵馬大多是一幫子農民兵，不堪大用。

而最主要的，趙融此人屬於諸葛亮、馬良一派的荊州系，和劉備麾下的大部分將領並不算熟悉，甚至彼此間還有一些矛盾。此人膽小，如果知道宛城發生危險，絕不會出兵救援。而且，他駐紮在魚梁磯，距離宛城有一段路程，足以給曹朋以充足時間來進行謀劃。

兵法有云：知己知彼，百戰不殆。

就這一點而言，曹朋必須要感謝賈詡。這傢伙手中，有劉備帳下所有將領的資料！

賈詡擅用陰謀，雖然說這個時代還沒有情報戰這麼一個說法，可是賈詡對情報，卻有著先天的敏銳觸覺。他在南陽兩年，經營出了一個就目前這個時代而言，堪稱完善的情報網。

在這賈毒蛇的手裡，劉備麾下有什麼將領、家庭狀況如何、有什麼喜好，稱得上是一清二楚。憑此情報，曹朋對劉備軍中的將領瞭若指掌。

冒充趙融部曲，無疑是一個最佳的選擇。所以，曹朋假名彭福，前來宛城。

彭福二字，也有出處。『彭』，音同朋，是曹朋的名字。至於『福』，自然是出自曹朋乳名阿福。

只不過曹朋沒有想到，這宛城城中不僅僅有一個糜芳，還有一個日後的蜀漢名將……

麋芳的叫喊聲，並沒有讓曹朋驚慌失措。相反，曹朋臉上露出了一抹詭異的笑容。

「子方先生，別來無恙。」

說話間，只見曹朋錯步旋身，身形快如閃電，就如同一抹幽靈，穿梭於迎面而來的親兵護衛之中。腳踩天罡，身形錯閃，每一次旋身躲避，一枚鐵流星就脫手飛出。一道道寒光掠過，只聽到那人群中傳來一連串的慘叫聲。鐵流星夾帶巨力，彈無虛發，準確的擊中對手。

那些親兵護衛接二連三的倒下，或是腦漿迸裂，或是骨斷筋折。

曹朋隨身帶著十五枚鐵流星，在瞬間發出。而他手中的西極含光寶刀，更迸射出一道道奇詭刀光，將宛城兵卒砍翻在地。

麋芳這邊剛爬起來，從一名軍卒手中搶過來一桿長槍在手。未等他站穩腳跟，曹朋已衝到了跟前。只見曹朋健步如飛，三兩步衝到麋芳身前，舉刀就砍。

刀光閃閃，刀氣縱橫。西極含光寶刀撕裂空氣，發出一聲刺耳的銳嘯。

麋芳啊的一聲大叫，舉槍相迎。哪知道，只聽卡嚓一聲響，麋芳手中的長槍被西極含光寶刀一分為二，長刀刀勢不減，逕自劈斬下去。麋芳再想要閃躲，可就有些來不及了！他不由得眼睛一閉，心道一聲：我命休矣……

可是等了半天，卻沒有鋼刀加身的感覺。睜眼看去，卻見一口明晃晃的鋼刀就架在他的肩膀上。刀刃泛著一抹幽藍光芒，在鋼口中流轉，似帶著一種奇異的靈性。這也是『含光』二字的由來。

曹汲打造出這口西極含光，完全是一個意外。將刀芒納入鋼口之中，其實是一個失敗之舉，卻不想造就出這口獨一無二的西極含光寶刀。

曹汲打造七劍三刀，以西極含光最為珍貴。

用曹汲自己的話來說：若讓我再打造一支西極含光來，根本不可能……

曹賊 八十章
奪宛城

也就是說，這口寶刀在這個時代而言，是獨一無二。也許未來許多年中，它還會是獨一無二。

「所有人，全都給我住手！」

就在曹朋動手的一剎那，化妝而來的飛駝兵也紛紛舉起了兵器。

措手不及的宛城兵，哪會想到這些個看上去狼狽不堪的『自己人』，會突然間向他們出招呢？只數息工夫，就有幾十人倒在血泊之中。

飛駝兵一擁而上，衝進了宛城城門。城門口上，也不過百十名軍卒，又如何擋得住這些悍勇兵卒？

曹朋制住了麋芳之後，厲聲喝令。

他壓低聲音在麋芳耳邊道：「子方先生，我此來可不想大開殺戒。若你不識相，定取你項上人頭。還不讓你的人，給我放下兵械就縛？否則，休怪我心狠手辣。」

耳聽曹朋的話語，麋芳心知，這位爺絕對是那種說得出、做得到的主。

逼人的刀氣，令麋芳汗毛乍立。

「爾等，棄械吧。」

若換作是麋竺鎮守宛城，曹朋還真未必敢來偷襲。蓋因麋竺，是一個忠恪剛烈之人……換句話說，麋竺屬於那種硬骨頭，就算是落到了曹朋手中，也絕不會輕易投降，甚至不惜玉石俱焚。

可惜，鎮守宛城的人是麋芳！

雖說他和麋竺是兄弟，可是兩人的性格卻相差甚巨。

隨著麋芳這一句話出口，曹朋的心裡頓時有一種如釋重負的快感！

夜，深沉。

從育水上游吹來的風，驅散了仲夏的炎熱。

對於宛城百姓而言，這是一個不眠之夜。入夜後，從城門口方向傳來的喊殺聲，響徹天地。雖未持續太久，卻足以將人們的睡意驅散。緊跟著，長街上傳來鐵蹄聲陣陣，令人膽戰心驚。

有那好事的人，想要打開一道門縫查看外面的情況，卻立刻被家人阻攔住。

「休多事，老老實實待在家裡。」

對那些世代居住於此的老宛城人而言，經歷過百萬黃巾圍城之後，就神馬都是浮雲了！

黃巾之亂後，一直到建安元年，整整十餘年間，南陽郡雖然沒有發生過什麼大規模的戰事，可小爭卻不止。先是剿匪，清剿黃巾餘孽；而後諸侯相爭，你打過來，我打過去……再後來，劉表入主荊州，令南陽郡穩定了一段時間。可沒過多久，張濟和張繡叔姪來到了南陽，又是一陣衝突。等張濟和張繡叔姪穩住了腳跟，曹操率部前來，而且一打就是三次，次次慘烈無比。

宛城人總算是看出了端倪。

若是盜匪山賊來襲，最好舉家逃難，因為這些盜匪山賊毫無規矩可言，燒殺搶掠，無惡不作。

可若是諸侯相爭，只要不是太過於慘烈的戰事，宛城告破之後，基本上不會出現大規模的動盪。這些諸侯，可都是要臉面的人，他們占領一個地方，首先要安撫民心。想當初，夏侯惇駐紮宛城，是三令五申，整頓軍紀；而劉備占領了宛城後，更嚴令部曲秋毫不犯，甚至免去了一年稅賦。

曹朋和劉備對峙，宛城人心知肚明。這宛城究竟是姓曹還是姓劉，對他們而言，其實關係不大。最重要的是，誰能給他們帶來好處。只要他們不去招惹是非，想必那些軍士也不會騷擾他們。

在經過片刻混亂之後，宛城便恢復了平靜。那些降卒們，有條不紊的被押送到了校場看押，曹朋也沒有對這些降卒進行大規模的屠殺，反而在進入校場後，還送來糧食，讓他們自行做飯。這樣一來，降卒們自然也不會去激烈的反抗，宛城就這樣被曹朋輕而易舉的奪得。

回想起來，曹朋也是暗道僥倖。

八十章 奪宛城

整個宛城守軍不足兩千，而且在曹朋偷襲時，軍卒們大都在休息，根本沒有做出任何防備。

而宛城的守將麋芳，並非一個意志堅強之人。

曹朋對他，說不上喜歡，但也算不得反感。麋芳的小心思太多，太注重個人的得失。歷史上，此人和傅士仁因一己之私，見死不救，累得關羽敗走麥城被殺，而後擔心被追究，投降了孫吳。

私心越重，就越是怕死。若宛城守將換一個人，或者那向寵的年紀長一些，有了足夠的資歷，恐怕曹朋再想偷襲，難度就隨之增大。這還多虧了劉備，讓麋芳駐守宛城。

麋芳下令，宛城軍卒停止抵抗，使曹朋兵不刃血，奪取了宛城。

不過，隨即而來的問題，卻又使得曹朋犯難了……

這宛城，該如何處理？

曹朋此次偷襲，是輕裝出動，麾下兵卒不過八百人！

偷襲，足夠了；可若說想要占領宛城，難度太大。

且不說這城中降卒的人數是己方兩倍有餘。而今天黑，宛城軍卒還沒有覺察，若天亮後發現了曹朋兵力缺少，必然會出現暴亂。曹朋雖然有把握控制住宛城的局面，但是卻沒有信心抵擋住劉備軍的反撲。如今他算是孤軍深入，外無援軍，想要占領宛城，談何容易？

可若是就此放棄，曹朋又感到可惜。好不容易奪取了宛城，就這麼平白還給劉備，卻非他所願。

坐在宛城府衙大堂之上，曹朋一手托著下巴，思忖著對應之策……

「公子，這宛城還真是富裕。」

陳式興沖沖跑來，向曹朋彙報。

他是在曹朋祖宅建好後，離開中陽鎮，隨曹朋一同來到舞陰。曹朋發現，這個自己前身的好友並非一個簡單的人物，其武藝不俗，已直逼一流高手的水準，在二流巔峰狀態。只不過，陳式的年紀已經不小了，比曹朋還要大兩歲，如今再想突破，是萬萬不可能……雖然成不得真正一流武將，可是在曹朋現今的部曲當中，也算是搶眼，至少可以擔當一些重任。

姜冏留在舞陰，而龐德前往湖陽支援，曹朋順理成章的把陳式提拔起來，讓他暫領飛駝兵。

「怎麼說？」曹朋被打算了思路，卻沒有露出不快。

陳氏笑道：「剛才在西校場裡，發現了三十囷糧草。據守衛糧倉的人說，是前些時候劉備從新野運送過來，準備充當軍餉所用。乖乖，三十囷，看上去可真嚇人。」

「多少？」

「三十囷。」

曹朋立刻起身，「快帶我過去看看。」

沒想到劉備在宛城縣裡囤積了這麼多糧草。一囷是三千石，三十囷，可就是近十萬斛。一斛一百二十斤，這三十囷糧食差不多有一千萬斤。劉備囤積這麼多糧草有什麼用處？

答案呼之欲出！

劉備早已有了計畫，要和自己決一死戰。

三十囷，想來是傾劉備所有。他在新野這麼多年，多多少少也會有一些家底。而今他把這些家底都搬到了宛城，那目的不是非常明顯？雖然曹朋不清楚新野如今還有多少糧食，可依稀能感覺到，劉備的家底已不會太多……這些糧草，絕不能再留給那大耳賊……

想到這裡，曹朋突然心生一計。

「南邦，立刻派人通知城中百姓，每家出一人，前來領取糧食。每家無論人口多少，可得五斗糧食，丑時之前，必須要分發完畢。剩餘糧草，給我集中起來，一把火全都給我燒了。寅時之前，全軍撤離宛城，在卯時必須渡過育水，進入南山，不得有誤。」

「啊?」陳式聽聞,頓時一怔。「撤出宛城?友學,咱們才剛占領了宛城啊……」

這就是陳式和龐德之間,最大的區別。

若是龐德或者姜冏,曹朋發布命令之後,二人會在第一時間執行,而不是提出什麼疑問來。

陳式,才由一個山民轉而成為軍人。骨子裡,他還是一個普通老百姓,沒有成為一個軍人的覺悟。

曹朋眼睛一瞪,陳式立刻閉上了嘴巴。

他感到心疼!可是又無可奈何。

宛城縣戶籍登記,有一萬七千戶人家,但實際居住在宛縣縣城裡的,不過六千多戶而已。現在距離丑時還有三個時辰,也就是六個小時。從時間上算,綽綽有餘。六千多戶,每家五斗,也不過百萬斤糧食。也就是說,曹朋這一把火至少要焚掉九百萬斤糧食……

這對於半年前還要為溫飽努力的陳式而言,怎可能不感到心疼?可是軍令如山,他也沒有辦法。

「曹太守要分糧食!」

軍卒敲著銅鑼,沿街通知。

許多人家聽到了消息,全都呆愣住了!

自古以來,只聽說官府從百姓手裡拿走糧食,而今居然要分發糧食,確實讓人感到稀奇。

不少人一開始並不相信,擔心這是曹朋徵兵的花招。畢竟,能拎得起六十斤糧食的人,肯定有一把大力氣。你總不可能讓一個連走都走不動的老頭子,跑去領糧食吧。

很多人心中存有懷疑,可畢竟有那膽子大的,忍不住誘惑,打開家門,跑去糧倉。不一會兒的工夫,就見這些人拎著一袋子糧食回來,臉上露出幸福的笑容。

「真的要送糧食?」

「哪還有假!」已經把糧食領回來的人,興奮的說:「校場那邊正在盛裝,快點過去吧,丑時之後,

就停止分發了。」

眾人聽聞，頓時興奮起來。

於是，就看見一座座房舍打開門扉，人們推著小車或是牽著騾馬，往校場走去。糧倉校場上，燈火通明，陳式指揮軍卒，將一袋袋糧食分發出去。看著百姓們臉上燦爛的笑容，曹朋頓時感到心中無比的暢快……

魚梁磯，劉備軍大營──

趙融睜開一雙朦朧的醉眼，一臉不快之色道：「何時，擾人清夢？」

晚飯時，他和部曲喝了不少酒，以至於雖睡了良久，仍感到有些昏沉沉，頭腦不清。

魚梁磯，位於宛城以西三十里，負責周遭治安。趙融昨日聽聞南就聚發生戰事，便立刻集結兵馬。不過，他並非是要去救援南就聚，而是在魚梁磯附近嚴加戒備。南就聚那邊屬於神仙打架，輪不到他趙融去管，他只要看守好魚梁磯，保證大營無虞，就算是完成了他的任務。

自己有幾斤幾兩，趙融非常清楚。劉備和曹操之間的衝突，還真不是他可以參與……

親兵喚醒了趙融，語氣惶急道：「將軍，大事不好，宛城起火！」

「起火就起火，關我何事……啊！你剛才說哪裡起火？」

「宛城！宛城大火！」

趙融聽聞，激靈靈打了個寒顫。

他連忙披衣而起，衝出中軍大帳，手搭涼棚，舉目向遠處觀瞧。但見宛城方向，火光沖天。那火勢極為凶猛，將半邊夜空照映得通紅……

宛城大火，果然是宛城大火！

八十章
奪宛城

趙融雖不清楚宛城究竟發生了什麼事，可卻知道宛城如今囤積三十囷軍糧。這麼大的火，莫非是……

他來不及考慮太多，大聲喊道：「來人，立刻點起兵馬，隨我前去救火！」

剛過寅時，南山被濃重的夜色所籠罩。

正值黎明前最為黑暗的一段時間，起伏延綿的南山猶如一座巨獸，俯伏在育水河畔。南山，也就是後世所說的伏牛山。南陽之所以得名，也正因為它位於伏牛山之陽，故而名南陽。

曹朋策馬衝上一座山丘，扭頭向遠處被火光所籠罩的宛城看去，臉上不由得露出一抹詭異笑容。

失了這批糧草，看你劉備能如何？

若你從那些宛城百姓手中徵收，勢必將激怒南陽人，從此之後，難以立足；可你若是不徵收糧草，則將面臨斷糧風險。你劉玄德麾下數萬大軍，難不成全都靠新野供給？恐怕新野也承擔不起。到時候，你將面臨一個選擇，是重新歸附劉表，聽從劉表的調遣，還是……

此前劉備攻占南陽，說穿了也是迫於蔡瑁等人的逼迫。

雖說他取得了一場輝煌勝利，可卻犯了劉表的忌諱。劉表不想和曹操翻臉，你劉備卻突然向宛城用兵。說不好聽一點，你這就是犯上，你這就是意圖謀反！從某種程度上而言，劉備攻取了宛城，固然有一個立足之地，但也等同於從劉表帳下分離出去，相互間不再有關聯。

如果劉備復又歸附劉表，劉表也會接納。

畢竟劉備能打，也確實是劉表所需要的人才，但再想要之前那麼大的自由度，恐怕就難了！劉備一旦被劉表所節制，就等於是進入囚籠的猛獸，再難製造麻煩。

對於曹朋而言，他不求能一下子幹掉劉備，綁住他手腳便已足夠。

「友學，還是你高明！」陳式走上前，一臉敬佩之色，「若再走得晚一些，怕咱們就要腹背受敵了。」

原來，就在曹朋等人分發完糧草，準備撤離宛城的時候，忽然得到了消息：張飛將返回宛城。

舞陰戰事不利，荀諶被射殺城下，張飛有千個不願意，也知道再想攻打舞陰，恐怕也不太現實。

在和趙雲一番爭執之後，他也只好點頭答應撤兵。但大軍撤離，並非一樁簡單的事情……既要收整輜重，還要防備舞陰的追擊。張飛本想壓陣保護大軍撤離，但又被趙雲拒絕。

趙雲的理由非常簡單：若舞陰追擊，三將軍可能忍住？

言下之意就是說，我擔心你那暴躁的脾氣，會為撤離造成麻煩。

張飛倒也知曉輕重，於是便保護著荀諶的靈柩，先行撤退，由趙雲負責斷後。這一路下來，張飛憋屈得很。即將抵達南山的時候，他派人返回宛城稟報，讓麋芳準備好營地和帳篷，供大軍落腳。哪知道，傳令兵抵達宛城的時候，宛城已經落入曹朋之手。

得知張飛即將返還，曹朋也不敢遲疑，忙命人點起大火，提前撤離宛城，並迅速渡過育水，進入了南山。

「南邦，你說這麼大的火，張飛能否看見？」曹朋沒有接話，反而扭頭，笑咪咪的看著陳式問道。

陳式一怔，點頭道：「當然可以看見……你看那宛城的天空都燒紅了，莫說張飛駐紮南山腳下，就算是再遠一點，也能覺察到狀況。嘿嘿，這麼大的火，恐怕那位三將軍會急紅了眼。」

「若你急紅了眼，當如何為之？」

「啊？」陳式搔搔頭，笑道：「若是換作我，一定會立刻率部趕往宛城。」

「那從山口到宛城，有幾條路？」

「路可是不少……從南山過來，至少有五、六條路……不過要說距離最近，恐怕就是……」

陳式突然閉上了嘴巴，眼中露出駭然之色。

「不就是咱們現在走的南山故道？」

南山故道，是一條小路，從山口穿越南山，可以在最快的時間抵達宛城。只是這條路很窄，必須經過一處名為夾皮溝的地方。那夾皮溝，兩邊是丘陵，灌木叢生，草木繁茂。

如果張飛走南山故道，豈不是要和自己打一個照面？

陳式嚥了口唾沫，輕聲道：「友學，你不會是想要和那位三將軍，在這裡決一死戰吧？我聽說，他可是帶了萬餘人馬，咱們還不足千人，如何與那張飛相爭？要不然，咱們改一條路？」

「萬餘人，又能如何？」曹朋冷笑一聲，「你以為那張飛會把萬餘人揣在兜裡不成？」

「你的意思是……」

曹朋反手，從馬背兜囊裡取出一個陶罐。

「這是我在宛城庫房裡找到的東西。」

「啊？」

「桐油！」曹朋笑咪咪的說：「撤離宛城時，我命飛駝兵每人攜帶了兩罐。我聽說，走南山故道必經一處『夾皮溝』的地方。若我把這一千多罐桐油全都澆在夾皮溝，而後一把大火……張飛莫說萬餘兵馬，就算他有十萬人，我也可將其吞之！張飛心急救火，必不會防備。南邦，傳我命令，飛駝兵加快速度行進，務必在卯時前，抵達夾皮溝……」

陳式此時則是一臉的敬服。

看看人家，這腦袋長得……

大家都在忙著撤退，想要避開敵軍，可曹朋卻已經想好了如何消滅敵軍的主意！怪不得阿福離開中陽山以後，混得風生水起，更在二十多歲的年紀便坐上了太守的位置。

此前，陳式心裡多多少少還有點不太舒服，覺得曹朋他們能混起來，純粹是走了狗屎運……可現在

看來，曹朋、王買他們能做到今日的位置上，絕非是靠運氣而來，那是有真才實學在裡面。若當年自己沒有離開中陽鎮，而是和曹朋他們一起離開，也許……

現在，陳式對曹朋是心服口服，再也沒有早先那些可笑的念頭。

曹朋看在當年兄弟的情面上，讓他統帥飛駝兵。只要自己跟著老兄弟，不斷建立功業，遲早也能有一番事業！

想到這裡，陳式在馬上一拱手，「末將這就傳令。」

看著陳式離去的方向，曹朋濃眉一挑。

說實話，他不喜歡陳式。雖然說這個人和他的前身還有王買從小一起長大，可是卻和現在的自己沒有半點關係。

這個人太市儈，太功利！

可以用，卻不可以託付重任。

曹朋在心裡，已經悄悄給陳式打上了一個烙印。

這不是一個會像王買、鄧範那樣，即便是曹朋讓他們送死，也會毫不猶豫衝上去的好兄弟；他也不是龐德那種文武雙全、忠心耿耿的角色，甚至與姜冏相比，也有偌大的差距。也罷，且送他一場富貴，權作是了卻當年的那份情誼，等回去舞陰之後，還是讓陳式擔任牙門將為好。

這個陳式，曹朋信不過……

正如曹朋所猜測的那樣，張飛也覺察到了宛城方向的火光。

舞陰之戰，莫名其妙的失利，讓張飛感到非常憋屈。而最讓他煩躁的，還是荀諶的突然死去。

張飛憋了一肚子的火，在抵達山口紮下營寨後，便命人取來酒水，一個人喝得酩酊大醉。哪知道，

曹賊

八十章

奪宛城

睡到半夜，突然被親兵叫喊起來。走出營寨，當他看到宛城方向的火光時，頓時懵了。

宛城，起火了？

這宛城好端端的，怎會起火了……

張飛二話不說，連忙點起兵馬，要橫穿南山，趕赴宛城查看。

可這匆忙間，也無法把所有人馬點起，他只好帶上本部三千騎軍，先行出發離開營地，而後安排部曲保護著荀諶的靈柩，隨後跟進。夜色漆黑，山路也不是太平坦。張飛心急火燎，不斷催促兵馬加快速度，結果卻令幾十匹戰馬在山道上馬失前蹄，製造了一次次的混亂。

若在平時，張飛可能還會讓軍卒穩上一穩。

可現在不行，宛城起火，必然是發生了大事，他必須要儘快趕去宛城，查看一下情況……

眼見著天邊露出了魚肚白的光亮，卯時將至，張飛一行兵馬終於抵達夾皮溝。由於行色匆忙，許多人都感到了疲憊，前鋒軍的速度隨之放慢。

「不能停下！傳我命令，加快速度！」

張飛見兵馬行進速度放慢，心中大怒。他用馬鞭狠狠的抽打那些放慢了速度的兵卒，嚴令軍士加快速度。

就在這時，有軍卒前來稟報：「三將軍，前方的道路被封死了。」

「啊？」

張飛聽聞一怔，連忙催馬和那小校趕去查看。趁著張飛離去的工夫，不少軍卒紛紛停下來，有的甚至趴在馬背上，不停的喘氣。

果然，夾皮溝山路上，被一堆碎石斷木所阻。

張飛一蹙眉頭，厲聲喝道：「立刻把路障清理乾淨，三軍不可下馬，隨時準備出發。」

汙。」

「喏！」

前鋒軍的軍卒立刻下馬，開始清理山路上的碎石斷木。

一名軍卒一邊丟石頭，一邊大大咧咧的咒罵道：「這上面是什麼東西？怎覺著黏糊糊，好像是油

「是嗎？」有一個伍長上前，俯身抽了抽鼻子，「好像是桐油。」

「桐油？」

這荒山野嶺，哪兒來的桐油！

不好，有埋伏……

那伍長轉身，剛要開口喊叫，卻聽到夾皮溝兩邊傳來一陣急促的梆子聲響。

緊跟著，一枝枝燃燒的火箭從夾皮溝兩側的暗處飛出，呼嘯著在空中劃過一道道拋物線，飛落而下。

數百枝火箭齊射，沾滿了桐油的灌木雜草頓時燃燒起來。火勢來得很突然，蔓延的也極為迅速。張飛本

騎在馬上，正焦急的觀察前方狀況，突如其來的火箭飛射而來，讓他頓時呆愣住了。

本能的，他大吼一聲：「有埋伏，速走！」

想走？可沒那麼容易！

眨眼間，夾皮溝變成了一片火海，把張飛連同他那三千名騎軍，盡數吞沒……

章十九 氣倒張三爺

「讓開！」

四周烈焰蒸騰，戰馬嘶鳴不止。

張飛急紅了眼睛，一聲怒吼，縱馬向前衝去。丈八蛇矛槍擎在手中，身體在馬背上，做出一個弓狀姿勢。那瘋狂的氣勢，令周遭兵卒驚恐不已，也不知這位張三爺究竟發了什麼瘋。

火勢越來越大，迅速將整個夾皮溝淹沒。

從兩邊飛來的箭矢越來越密集，不少軍卒坐在馬背上，活生生被那襲來的火箭射成了刺蝟一般。只是，那火箭上同樣抹了桐油，並在箭桿上包裹了一層麻布。點燃之後，即便是射在人的身上，依舊不會熄滅。雖說包裹麻布會影響準頭，可在這個時候，誰又會真去在意？

夾皮溝裡，有近兩千罐的桐油。那一罐三斤，也就是足足六千餘斤的桐油。整個夾皮溝到處都沾染上了桐油，只要把箭矢射進夾皮溝裡，就算是達成了目的。在這種情況下，曹軍幾乎是毫無目的地的散射、亂射……

依照著曹朋的命令，曹軍必須要在五十息間，將一胡祿燃燒的箭枝全部射出。至於能射死多少人，

根本就不在他們的考慮範圍之內。不過，狹窄的夾皮溝山路上，此時擠滿了人，所以也不需要刻意去瞄準，就能輕而易舉的射中對方。更有那騎軍，在眨眼間變成了火刺蝟，驚得戰馬嘶吟不止，令局面更加混亂。

張飛雖然暴怒，卻也知道如果繼續逗留此地，勢必全軍覆沒。後軍已經亂成了一團，根本無法突圍。唯有向前，唯有向前衝鋒，破開路障，才能有生路。

「給我衝，往前衝！」

張飛巨吼聲連連，努力穩住胯下坐騎。

他一邊衝鋒，一邊撥打飛來的火箭。眼見著就要到了那路障的跟前，也不知是從哪兒飛來了幾枝火箭，落在路障上面。只聽轟的一聲，一蓬烈焰頓時騰起，路障燃燒起來，如同一支巨大的火把，橫在山路中央。

張飛絲毫沒有畏懼，環眼圓睜，鬚髮賁張。他在馬上坐穩身形，掌中丈八蛇矛槍嗡的一顫，凶狠刺擊。人藉馬勢，馬藉人威。那丈八蛇矛槍就如同一條巨蟒般呼嘯而出，扎在路障裡一根須三人合抱的巨木之上。

「開！」

隨著張飛一聲巨吼，運足了丹田氣，丈八蛇矛槍藉勢一挑，那根重量近千斤的巨木竟被他一下子挑起來，呼的飛向路邊……

巨木之上，火焰蒸騰。在空中滾動，猶如一個巨型的火把，聲勢駭人。這根巨木被挑開，路障至少被清除三分之一。

張飛勒馬後退兩步，再次挺矛刺擊，又是一根巨木，被硬生生挑飛出去……

路障，眼見就要被清理乾淨，軍卒們也漸漸冷靜下來！

章十九

氣倒張三爺

有道是，將是軍中膽，這個時候若張飛亂了分寸，那麼所有軍卒也就失了魂魄。而張飛連挑兩根巨木，令士兵們頓時精神振奮，他們齊聲歡呼，更有軍卒舉著盾牌衝到了張飛身旁，為他遮擋飛來的火箭襲擾。

張飛挑走兩根巨木之後，已是氣喘吁吁。他深吸一口氣，再次縱馬衝上前，手中丈八蛇矛槍舞動，不斷的幻化出一個個圓弧，而後大喝一聲，大槍把第三根巨木挑飛出去，前方的道路隨之變得清晰起來。

「休要慌張，隨我突圍！」張飛厲聲吼道，縱馬而出，從那低矮的路障上一躍而過。

有張飛帶頭，軍卒們立刻隨之仿效。一匹匹戰馬從路障上越過去，衝出夾皮溝那熊熊烈焰。

遠處，火箭已止息。

曹軍射完了箭矢後，紛紛撤離原地，在曹朋的帶領下，已不知所蹤。

策馬衝上一處土丘，看著四周群山環繞，冷冷清清，張飛突然間仰天一聲長嘯：「曹友學，你家三將軍，誓不與你善罷甘休！」

巨吼聲，在山中迴盪，久久不息。

曹朋勒住了戰馬，側身回頭向後看去，嘴角輕輕一撇，森然冷笑：「且饒了你這莽夫，來日必取你性命。」

不是他不願打，而是這個時候，不適合打。

渡棘水，襲宛城，連夜撤離，伏擊夾皮溝……

這整整一晝夜，曹軍幾乎沒有得到片刻休整，一直在轉戰奔波。大家都已經累了，有不少人在伏擊的時候，差一點就在密林中睡著了……加之夾皮溝地勢不是太好，並不適合混戰，若強行出擊，弄不好就是兩敗俱傷的局面，實非曹朋所願。

大丈夫當知進退！

曹朋很清楚什麼時候可以出擊，什麼時候不可以出擊。張飛等人衝出路障，氣勢正熾，這時候和他們交鋒，反而適得其反。

讓你們憋著吧！老子才不和你玩這種意氣之爭的把戲。

想要殺我？

只管放馬過來……

夾皮溝的火勢，漸漸止息。

濃煙翻滾，嗆得人連連咳嗽。山路上，橫七豎八倒著數百具屍體，看上去讓人頓感淒然……不少軍卒是被濃煙嗆死的，還有一些人則被燒得面目全非。

張飛站在路邊，看著眼前這一幕淒涼景象，也不由得悲由心生。

原本一場萬無一失的戰事，而今卻變成了如此模樣。舞陰憋屈，可這夾皮溝大敗，更讓張飛憋屈。他甚至沒有看到敵人的蹤跡，便折損了近三成的兵馬。若是在戰場上，三成的死傷，幾乎可以導致一場潰敗。眼下雖說沒有出現潰敗，但是看那些軍卒的模樣，與潰敗何異？

「傳我命令，留五百人清理屍體，其餘人隨我繼續趕路。」

雖是一場慘敗，可張飛卻不能不穩定情緒，繼續趕路。宛城方面的情況還不清楚，想來那沖天的烈焰，與襲擊自己的那些人有莫大關聯。張飛沒有看到對手是誰，可他卻有一種直覺，襲擊他的人就是曹朋！在南陽郡，敢偷襲宛城、伏擊自己的，除曹軍之外還能有誰？

而曹軍中，有這個能力的，恐怕也就是那曹家小賊一人。

張飛對曹軍的瞭解，遠不如曹朋對劉備軍的瞭解那麼深刻。但是對曹軍的主要將領，他卻非常清楚。

如今，在曹朋手下，無非幾員大將。

章十九 氣倒張三爺

魏延是張飛的老對手，來歷也非常清楚。當初聽說義陽武卒的結局時，張飛也不勝唏噓。劉備更在私下裡說，若非那黃射小兒，只怕曹朋和魏延而今還留在荊襄，說不定還能為他所用。

不管這句話是對是錯，張飛對魏延，倒還算是認可。

除魏延之外，典滿和許儀兩個毛頭小子，雖勇武，卻不足以懼。真正算得上曹朋助手的人，也就是曹朋的親兵牙門將龐德、棘陽令鄧芝、兵曹史杜畿，以及那位主記室史、劉備的小師弟、南陽真理報主編，盧毓。這些人，都是隨曹朋一同來到南陽，甚得曹朋所重。

張飛雖然對曹朋恨之入骨，但對於曹朋的能力也是頗為讚嘆。同時，他又是個重士大夫而輕軍士的人。盧毓算起來，和他是同鄉，而且又是盧植的兒子，張飛又豈敢有半點不敬之理。

別看盧毓不掌兵，可他手裡的南陽真理報，卻勝似千軍萬馬。劉備也想學曹朋那樣辦一份喉舌報紙，但可惜，他沒有曹朋的便利條件，也花費不起那般昂貴的費用，最後只能甘休。

除這些人之外，張飛誰也不放在心上。卻沒想到這次竟然……

張飛抖擻精神，督促兵馬上路。

在黎明時分，兵馬行出了南山故道，抵達育水河畔。

「有兵馬向宛城逼近？」

趙融正指揮人撲滅宛城校場中的大火，聽聞小校來報，不由得一怔。

「有多少人，是何裝束？主將何人？」

「回將軍，人數似乎不是太多，大約兩千左右。看上去一個個破衣爛衫，形容極其狼狽……主將何人？倒是不太清楚。因為沒有旗號，所以無法肯定。對了，看打扮，卻是自己人。」

「自己人？」趙融露出迷茫之色。

「將軍，會不會有詐？」一名部將靠攏過來，提醒趙融道：「將軍莫忘記，之前曹軍就是用這種手段，才偷襲了宛城，火焚糧草。說不定，他們故技重施，二襲宛城，使一個回馬槍。您想啊，他們已經撤走了，肯定覺得咱們不會防範，於是再次前來偷襲，打咱們一個措手不及……末將聽人說，那小賊狡詐，詭計多端，將軍可不能沒有提防。」

趙融聽聞，頓時恍然。他連連點頭，「言之有理，言之有理……對了，你叫什麼？」

「末將，張達。」

趙融大喜，「張達，說得好！若非你提醒我，險些又中了那小賊的詭計。傳我命令，立刻點起人馬……張達，你就率一支人馬，埋伏在城外。待聽到城上梆子響，你就從旁出擊，咱們兩下夾擊，定要讓那曹賊好看。對了，從現在開始，你為軍司馬，統領一部軍士。」

這張達，原本只是軍中一個小小的軍侯，卻沒有想到只說了幾句話，便成為軍司馬，升了一級。

張達喜出望外，連忙躬身施禮道：「末將，必為將軍效死命。」

「速速下去準備，咱們就來一個守株待兔，要那曹賊好看。」

趙融說著話，便命人點起兵馬。他頂盔貫甲，親自登上了宛城城頭，手搭涼棚，舉目遠眺……

陰，無風。

黎明時，育水河畔，烏雲密布。

若在往常這個時間，天光早已大亮，視線也極為清晰。可由於是一個陰天，所以光線顯得很昏暗。

張飛率部渡過育水後，情緒已多多少少穩定下來。

按照慣例，他理應先派人前去通報宛城，可由於心情煩躁憋屈，加之這裡是宛城，是他的地盤，也就沒有考慮太多。遠遠的，就看到了宛城堅厚城牆，張飛總算穩住了心神。看宛城的狀況，似乎並未遭

章十九

氣倒張三爺

遇兵禍，不過那城中滾滾濃煙，又令他心煩意亂，於是下令加快速度。

原本以為到了宛城，便萬事無憂。哪知道抵達城下，卻見城門緊閉，城頭上人跡皆無。

又是這種狀況！

張飛對於這種寂靜，著實有些討厭。舞陰城下連連吃虧，他對這種裝神弄鬼的行徑，是打心眼裡感到厭惡。原本剛平靜的性情，頓時又開始煩躁起來。

就見張三爺催馬來到城下，剛要叫開城門，卻聽到城頭上傳來一陣急促的梆子聲響，緊跟著箭矢如雨點般，從城頭上傾瀉而來，把個張三爺嚇了一跳。

他連忙勒馬，只是他這戰馬剛剛更換，還沒有完全馴服。

突如其來的箭雨，讓戰馬一下子驚了，仰蹄直立而起，希聿聿長嘶不停。可如此一來，那如雨點般的箭矢，可就全都射在了馬身上。

那匹馬眨眼間就變成了插滿箭枝的刺蝟，一聲悲鳴，翻倒在地。

這也是張飛此次出征，折損的第二匹戰馬。長這麼大，張飛還沒有出現過連續折損戰馬的情況。馬匹悲嘶，但張飛卻早有防備，當戰馬仰蹄而起的一剎那，他已經甩蹬，從馬背上竄了下來。也幸虧張三爺騎術精湛，如果按照十級來計算的話，他的騎術至少也達到八、九級。

換個人，至少也要摔得頭昏腦脹。可就見張飛從馬上跳下來，一個就地十八滾，而後翻身站起。雖然無恙，但模樣卻很狼狽，丈八蛇矛槍也被丟到了一旁，只氣得張飛哇呀呀暴跳如雷……

但城頭上的箭矢，卻不會理睬張飛的心情，隨著那急促的梆子聲響不絕於耳，箭枝越來越密集。張飛剛站穩身形，就見一蓬箭雨飛來。他連忙拔出寶劍，一邊後退，一邊撥打鵰翎。這心裡面的鬱悶之情，變得越來越強烈了！

該死的，這宛城莫非易主了？

就在張飛心緒不寧的時候，身後傳來了喊殺聲。

一支兵馬從身後突然出現，馬上一員小將，躍馬擰槍，便衝進了張飛的騎軍之中。只見他大槍上下翻飛，所過之處，那些毫無防備的騎軍紛紛落馬。眨眼間，就有三人被那小將挑於馬下。身後那些步卒，如同一群猛虎般緊隨而上，擰槍舞刀，只殺得騎軍連連後退。

要說起來，騎軍最大的優勢，就在於他們的機動性。

在毫無防備的狀況下，突然被對方逼近，這些騎軍也就失去了衝鋒的空間。面對如狼似虎的敵軍，他們也感到非常茫然。看這些人的裝束，分明是自己人！可為什麼要攻擊自己？

一匹戰馬，馱著一名騎軍的屍體，從張飛身邊跑過去。張飛一咬牙，將馬上的屍體一下子拽下來，而後從地上抄起一桿長槍，翻身跨坐馬上。身上被射中了好幾箭，不過並無大礙，有甲冑護身，所以大都是射中無關緊要的部位，可這也使得張飛怒火中燒，狂性大發。他跨上戰馬，撥馬就衝進了亂軍之中，大槍在手中撲稜稜亂顫，上下翻飛，圈攔挑刺，眨眼間就衝到了那員小將的跟前。

「狗賊，燕人張飛在此！」

張三爺一聲咆哮，聲若巨雷。

那員小將這時候也看清楚了張飛的長相，不由得大驚失色。

「三……」

他想說：三將軍，是誤會！

可發狂的張飛，此時哪裡還會聽他解釋。槍疾馬快，猶如一道閃電，便來到了小將跟前，手中長槍呼的一下子刺出。大槍在刺出的同時，槍刃更幻化出一朵朵碗口大的槍花。

小將連忙舉槍相迎，但問題是，發狂的張飛，就算是呂布再生也會感到頭疼。更不要說這小將不過三流巔峰的武將水準，哪裡能擋得住張飛這狂暴的一擊，只一個回合，小將便被張飛挑殺馬下。

氣倒張三爺

殺了那小將的張飛並不解氣，復又縱馬衝進亂軍，見人就殺，逢人便刺。

「三將軍，是自己人！誤會了，是誤會！」

城頭上，趙融終於看清楚了城下的狀況，頓時大驚失色。

他連聲呼喊，喝令停止射箭。可即便如此，也無法阻止張達被張飛挑殺的命運。眼看著張三爺好似一頭瘋虎般的在人群中橫衝直撞，趙融想死的心都有！

這算是什麼事？這算是什麼事！怎麼自己人和自己人打在了一處？

「三將軍，住手，住手！」

兩名親隨也覺察到了不妙，大聲呼喊。

張飛總算是收手，詫異的問道：「何故叫停？」

「是自己人！是自己人！」

「啊？」張飛終於回過味來，環眼圓睜，掃視戰場，突然間一聲怒吼：「全他娘的給我住手！」

如雷巨吼，迴盪在半空中。

交戰的雙方聽到了張飛的咆哮，紛紛停下來，疑惑不解。

「是三將軍？」

「沒錯，真的是三將軍。」

「這究竟是怎麼回事？不是說是敵軍來襲嗎？」

「你他娘的才是敵軍！你全家都是敵軍！」一個騎士破口大罵：「瞎了狗眼的東西，怎麼也不看清楚就衝過來了？」

「不知道啊，張司馬下令出擊，小的們只是聽命行事，怎知道會是三將軍……要是早知三將軍至，就算給我等吃熊心豹膽，也不敢動手啊……」

「是啊、是啊！這是誤會！」
真的是自己人！
張飛跨坐馬上，目瞪口呆。
那豈不是說，剛才他殺的那些人，都是自家兒郎？
這，究竟是怎麼回事？
「麋子方，你他娘的給我滾出來！」張飛自然而然就想到了麋芳，於是破口大罵。
這時候，宛城城門打開，趙融帶著人，狼狽的一路小跑上前，「三將軍息怒，是誤會，誤會！」
「誤會你他娘……麋子方呢？讓他滾出來見我！」
趙融惶恐道：「麋縣令被曹軍抓走了。」
「被曹軍抓走？」
「是啊，昨夜曹軍偷襲宛城，麋縣令和向校尉被曹賊生擒活捉。那曹軍撤走時，一把火燒了糧倉。末將是見到宛城起火，所以帶人前來救援……哪知道，三將軍這時候返回，末將還以為是曹軍又殺回來，所以才下令襲擊，卻不想……真的是誤會。」
趙融說到最後，快要哭了！
張飛氣得渾身直顫，手指趙融，半晌說不出話來。
好在，他分得出輕重，聽到糧倉被燒，心裡驀地一驚……
他無暇理睬趙融，可這心裡面，好像有一把火在燒，若不發洩出來，他覺得自己就要瘋了！
「吊起來，給我狠狠的打！」
「啊？」
「先賞他八十背花，而後收押起來。你給我等著，這筆帳，等一會兒再和你算！」

章十九
氣倒張三爺

張飛氣沖沖，縱馬便衝向城內。幾名親隨二話不說，如下山猛虎一般，衝過來將趙融按倒在地上，也不管趙融哭爹喊娘的呼喊『冤枉』，先撕了他的甲胄，而後吊在路旁的樹上，一頓狠揍。

「你他娘的混蛋！」

「你知不知道剛才那一陣亂戰，折損了我們多少兄弟？」

兩千騎軍，在短短的工夫便死傷數百人。這死傷的人數，幾乎快趕上夾皮溝曹軍的一場大火。

張飛的親隨也都憋著火，下手自然不會留情。

趙融被打得皮開肉綻，當場就昏死過去。而他那些手下，一個噤若寒蟬，可心裡面卻生出強烈的不滿。都說了是誤會，怎麼還下這種狠手？你們死了人，可我們這邊不一樣死了人？連張司馬都死在了三將軍手裡，這筆帳，又該找誰去算？

可即便是再不滿，也無人敢站出來說話……

若糜芳在這裡，還能阻攔一下張飛，畢竟他有那麼一層關係在裡面。可如今，整個宛城，張飛最大，誰上去阻攔，那就是找死。軍卒們也只能把這不滿壓住，但心中卻感到了莫名恐慌。

三將軍說，要算這筆帳……

天曉得，他會不會找我們的麻煩？

宛城糧倉的大火，已經撲滅。

可三十囷糧草，卻被付之一炬，化為灰燼。

曹朋在焚燒糧草的時候，把府庫裡剩下的桐油全都澆在上面，所以這火勢很猛，很難撲滅。等完全把大火撲滅的時候，糧草全都沒了……看著眼前一片焦黑的廢墟，張飛只覺得耳邊嗡嗡直響，一陣天旋地轉。他踉蹌兩步，一屁股就跌坐在地上，半天也未能回過神。

別人不清楚這糧草的重要性，他可是心知肚明。

宛城的糧草，是劉備在過往六年中，辛辛苦苦積攢下來的家底。如今化為灰燼，那接下來，又該如何是好？

胸口，一陣陣發悶。

張飛在親隨的攙扶下，緩緩站起來。

「立刻，通知兄長。」

他強打精神，吩咐下去，而後邁步前行，可才走了兩步，只覺得一陣天旋地轉，喉嚨一發甜，哇的噴出了一口鮮血。

旋即，張飛倒地，昏迷不醒。

辰時，下起了雨。雨勢不算太大，淅淅瀝瀝的灑落。

燥熱的仲夏，因為這一場細雨，而變得清爽起來。一連三日奔波，早已經疲憊不堪的曹軍將士，被小雨淋了一下，精神也為之一振。

出南山後，曹朋便趕赴舞陰。他很清楚，和劉備的交鋒可以告一段落。不過，這只是開始！曹朋深信，劉備遭此打擊，絕不會善罷甘休。

特別是曹朋燒了他三十囷糧草。換作任何一個人，都有可能為之發狂吧。

接下來，劉備會有什麼動作？

「南邦，再往前就是沙水灣。過沙水灣，就能看到官路。兒郎們已經疲乏了，傳我命令，在沙水灣休息，待天黑後出發。」

「為什麼？」陳式愕然問道。

這也是人之常情，對於陳式而言，他想不明白為什麼要突然休息。在陳式看來，小雨來得正是時候，大家的精神也都不錯，應該加快速度，上官路直奔舞陰才是，為何要突然歇息？

對普通人而言，這叫做不恥下問。

可是在軍中，陳式這種行徑，就近乎於是質疑曹朋的決定。

曹朋心中不快，但表面上並未表露出來，而是極有耐心的向陳式解釋道：「昨夜你也聽那斥候說了，張飛先行撤退，趙雲斷後。而今，我們已經遭遇過張飛的兵馬，可是趙雲尚不見蹤跡。這時候趕路，很可能會與趙雲所部人馬遭遇……」

「且不說趙雲武藝高強，有萬夫不當之勇。就算我能抵住他，可兒郎們已經疲憊，絕不適合繼續作戰。休看此時天氣涼爽，兒郎們好像精神抖擻。等過了這個勁兒，大家必然感到疲乏，甚至遠勝之前。讓大家歇息一下，沙水灣地勢隱蔽，正好可以躲避風雨。入夜之後，天氣照樣會很涼爽，我們再趕路返回舞陰，也不耽擱……但這時候，最好還是先藏身休息。」

說罷，曹朋催馬往前。

你陳式和我關係好，沒錯！

你剛才那句『為什麼』，如果是在私底下問我，也沒什麼了不得。可你不應該當著大家的面問我……你是我的牙門將、是我的親隨，這讓兒郎們聽到了，豈不是說我比不得你一個牙門將見識多？

這傢伙，不能再留著……實在不行，等局勢穩定一些，得找個地方把他打發了才是。否則若留在身邊，終究是一個禍害，我可沒那麼多的耐性。

想到這裡，曹朋下定了決心。

事實證明，曹朋的顧慮並不是沒有道理。

就在他帶著人馬藏進沙水灣休息時，趙雲率部，出現在官道的盡頭。兩支人馬幾乎是擦肩而過，差一點就照面。

趙雲在舞陰城下，懸羊擊鼓，做出一個假象。當張飛撤離半天之後，他才離開了舞陰。不過，撤出舞陰戰場後，趙雲並沒有急於趕路，而是在沙水坡上埋伏起來，一直到天黑才算是完全撤離。就這一點而言，可以看出趙雲的確是非常小心……

也幸虧羊衜是一個穩重的人，沒有貪功冒進。若換一個人，在這種情況，說不定就會追擊過去。如此一來，勢必會遭遇趙雲的伏擊，落得一個慘敗。

羊衜的想法很簡單：不求有功，但求無過。

曹朋把舞陰交給他，把家眷都託付給他，是對他的信任。所以，他不需要追求什麼戰果。對羊衜來說，守住舞陰，就是大功一件，何必再貪功冒進？

於是乎，趙雲順利撤退。

而羊衜繼續堅守城池，同時再次派出信使，前往棘陽求援。

當曹朋聽說趙雲從官道上經過的時候，心都提到了嗓子眼，緊張萬分。

兒郎們太辛苦了！這時候和趙雲交鋒，絕討不得便宜。

雖說內心深處，曹朋還是非常希望和趙雲過過招、交交手，可他也分得清楚輕重，嚴令軍卒不可輕舉妄動。為了防止陳式鬧出事情，曹朋乾脆讓他去看守麋芳和向寵兩人，不許他離開自己的視線……這傢伙，太自我了！萬一搞出點名堂，這幾百人可能就要交代在這裡。

正午，趙雲率部繞過了沙水灣。

警報隨之解除！

曹朋雖然也很疲乏，卻不敢掉以輕心，主要是他而今這個保鏢，實在是不能讓他放心。如果是龐德，或者龐明，乃至於姜冏在，他都不會太操心。可陳式這傢伙……曹朋對他很無奈，可又實在是不知道，該如何給他一個妥善安排。

既然這傢伙不靠譜，那就只能自己多花費一些心思。

曹朋安排好了警衛事宜，又命人在隱秘處，準備埋鍋造飯。

軍士們在沙水灣一停下來，就再也支撐不住，一個個倒地便睡，連飯也顧不得吃。想想，這些兒郎也著實辛苦。從昨天黎明開始，便沒能吃一頓熱乎飯；自羊冊鎮秘密趕到了棘陽，而後又悄然渡河，急行軍百餘里才抵達宛城；攻下宛城後，顧不得休息，立刻就撤離出去，隨即在夾皮溝設伏，而後又急行軍走出南山，整整一晝夜都沒能闔一下眼睛，休息一會兒。

待睡足了，讓他們吃點東西。入夜後再趕路，估計到明天早上，就可以抵達舞陰……

趁著這個空閒的時間，曹朋命人把麋芳和向寵帶過來。兩人被繩捆索綁，繫在馬背上，堵著嘴巴，顛簸了一夜。此時，兩人都透著萎靡之色，顯得無精打采。

曹朋笑呵呵的看著兩個人，而兩人的表現卻完全不同。麋芳的臉色慘白，透著幾分懼色；向寵則不屑的看著曹朋，哼了一聲，不再理睬……雖然狼狽不堪，可向寵依舊帶著幾分世家公子哥的氣度，不卑不亢。

「子方先生。」曹朋站起身，慢慢向麋芳走過去。

他走得很慢，幾乎是一步一頓，可每靠近麋芳一步，麋芳的臉色就白上一分。當曹朋走到麋芳身前的時候，麋芳的臉上已不見半點血色。曹朋伸出手，將麋芳嘴裡的麻布取出，扔在地上。

「曹友學，你欲何如？」

「我欲何如？」曹朋臉上笑容更盛，「自然是向子方先生請教一些事情。」

「什麼事？」

「我想知道，劉備為何要突然對我興兵？」

麋芳一怔，脫口而出道：「你難道不知道？」

「我怎麼知道？」曹朋一臉茫然之色，「劉皇叔突然起兵，我根本不知道發生了什麼事情。」

「那你如何能偷襲……」

麋芳恍然醒悟，曹朋偷襲宛城，恐怕也不是謀而後動，更多是隨機應變的行為。他不由得苦笑一聲，沉聲道：「雲長次子，死於爾等之手，雲長悲慟，故而執意興兵，主公也迫於無奈。」

「嗚嗚嗚……」向寵突然掙扎起來。他口中被塞著一塊麻布，故說不出話，只能『嗚嗚』作響，那意思可能是：你不要理他！

麋芳卻一蹙眉頭，看了向寵一眼，心中頓感不快。

原來是這麼回事！

曹朋直到此時，才算是恍然大悟。

他搔搔頭，再次問道：「那麼，劉皇叔可留有後招？」

麋芳臉色一變，露出猶豫之色。

卻見曹朋抬起手，一把握住了刀鞘，緩緩將西極含光寶刀拽出刀鞘來。那藍汪汪的刀面閃動著令人心悸的寒光。

麋芳額頭的冷汗，唰的一下子落下來，剛恢復一點血色的面龐，頓時再次變得蒼白。

「曹友學，你想做什麼？」

曹朋眼睛一瞇，臉上的笑容漸漸消失無蹤。

只聽嗆啷一聲響，寶刀出鞘。曹朋邁步，將寶刀舉起，朝著麋芳就劈落下來……

「我說，我說！」麋芳嚇得面如人色，嘶聲叫喊。

那刀光從他身前劃過，當寶刀掠過他面龐的時候，麋芳甚至能清楚的感受到那刀口上的寒意。

半晌，卻沒有動靜。

麋芳睜開眼睛，卻發現身上的繩索，竟被一刀兩段。那份眼力和勁力，恰到好處，連衣服上都沒留下任何口子……可那一身的冷汗，卻濕透了後背。

麋芳的心怦怦直跳，只覺口乾舌燥，半晌說不出一句話來。

曹朋從一名牙兵手裡，接過了水袋，灌了兩口之後，遞給麋芳道：「子方先生，可要喝水嗎？」

喝你媽！

哪有你這麼嚇唬人的？

可是，那種虛脫的感覺，卻讓麋芳鬼使神差的從曹朋手中接過了水袋。猶豫了一下之後，麋芳舉起水袋，一陣牛飲，而後把水袋還給曹朋，那精神才算是恢復了一些，逐漸冷靜下來。

「子方先生，咱們說起來，也算是老朋友了！想當初在徐州，我陪我姐夫在海西就任的時候，就聽人說，你子方先生是一個有大本事的人。只可惜，造化弄人，你我始終為敵，未有交流。這麼多年來，你看我，已經官拜南陽太守，封武亭侯。可子方先生你呢？卻連個安身落腳之處都沒有，四處飄零，家破人亡。說起來，還真是令人唏噓啊……」

這是個知道我的人！

麋芳鼻子一酸，差點落下眼淚……

我當初就說過的，跟著劉備，不會有什麼出息。可兄長不聽，散盡家財，把小妹也搭進去了，全力輔佐劉備。

看看人家，再看看自己……

想當初，曹朋只是個白身，現在呢，人家已經升官封爵，有說不盡的榮耀；可我麋家，卻真真個家破人亡，而今連個落腳之地都沒有。想我麋子方，當年在東海郡，誰不敬我幾分？現在，卻要受他人輕視……

麋芳的面容抽搐不停，久久不語。

曹朋呢，也沒有繼續說下去，只是靜靜的看著麋芳。

良久，麋芳猛然抬起頭，「曹公子，你想要知道什麼？」

章二十 壯士斷腕

襄陽，阿頭山——

諸葛亮神態輕鬆，端坐於茅屋中堂客座。

這裡是伊籍的別居，環境秀美而幽靜。其位於襄陽西九里處，毗鄰曲隗，距離隆重也不過咫尺之遙。

伊籍隨劉表入主荊州之後，便在這裡置辦了產業。

如今，山陽舊部遭受到荊襄世族的排擠，伊籍也懶得在襄陽受那份閒氣，於是便返回阿頭山幽居。仲夏時節，山外酷熱，烈日炎炎。但山中涼風習習，坐在茅屋中堂上，絲毫感受不到那份酷暑難耐。

伊籍正端坐沉思，不言不語。

「機伯先生想來也清楚，而今荊襄看似平靜，卻暗流激湧。劉荊州的身子，一日不如一日，而蔡瑁、蒯越等人掌權，早晚會把荊襄九郡拱手讓與曹操……劉皇叔對曹朋用兵，也是無奈之舉，只不過求一容身之所。若劉皇叔有難，則荊州再無屏障，到時候曹軍可長驅直入，徐州前車之鑒，不可不防。亮此來，故為玄德公謀，卻亦是為荊襄謀，為機伯先生謀。若玄德公在，荊州門戶緊閉，可以互為依持。而機伯先生亦可趁此機會重振旗鼓，執掌權柄。此最後機會，若錯過，則荊州之大難，亦不久遠矣……」

伊籍沉吟不語。

諸葛亮此次找他，就是為遊說他出山，勸說劉表出兵。但荊州而今，卻在蔡氏手中。劉表久不問政務，要想勸說他出兵，也只有靠伊籍等人出面。

「玄德公此次出兵，太匆忙了。」

良久，伊籍長出一口氣，似下定了決心：「劉荊州是否能出兵相助，我可盡力勸說。不過，孔明最好有準備，劉荊州未必能同意……我知景升公亦期盼中興漢室，然則這時局……我倒是有一計，只要劉巨岩能出兵，即便是蔡瑁等人阻撓，景升公也絕不可能坐視不理。但要勸說巨岩出兵，卻還要煩孔明走一趟朝陽，讓李文德出面，則劉巨岩必然不會拒絕。」

諸葛亮道：「我亦有此打算，奈何與李文德並無深交。」

「這有何難？孔明既然不辭辛勞奔波，那我就書信一封與你，轉交李文德便是。」

「那機伯先生……」

「我這就返回襄陽，聯絡大公子等人，聯名勸諫。只要劉巨岩願意出兵，景升公別無選擇。不過巨岩此人，性情暴躁……這樣吧，我再請人往江夏一行，請大公子出面遊說巨岩。再有李文德勸說，巨岩必會有所行動，孔明放心就是。」

「如此，亮多謝機伯先生。」

諸葛亮心裡鬆了一口氣。他很清楚，單憑劉備一人之力，根本不可能是曹軍對手，只有讓荊州出兵相助，才能有更大的把握。

他奉命來荊州求援，卻知道去襄陽必然無功而返。雖說他老婆是蔡瑁的姪女，但他數次拒絕了蔡氏的招攬，和蔡氏的關係頗為緊張。而且，蔡氏又是堅定的投降派，絕不會答應他的請求。欲使劉表下定決心，靠蔡氏肯定不行……那麼，他只有找蔡氏的政敵，或者說是整個荊襄世族集團的政敵，當年隨同

十二章 壯士斷腕

劉表一同入荊州的山陽舊部，才可能有希望。

山陽舊部，無非劉琦和伊籍二人。雖然這兩人目前都不是特別得意，畢竟有一定的根基。

劉琦不用說了！

劉表寵愛劉琮，厭惡劉琦。這使得劉琦不得不奮起自救，與荊襄世族抗衡。他是最親近劉備的人，也是一個堅定的主戰派。雖然遠離了權力中樞，但是他仍握有雄兵，屬於實力派。

而劉琦的身後，除了山陽舊部外，尚有劉氏宗族相護佑。

劉虎、劉磐，都是以劉琦馬首是瞻。雖非臣服，但是卻很擁護，彼此間也非常的信任、親密。

至於伊籍，屬於清流，頗有名望。哪怕劉表親蔡氏而遠山陽舊部，對伊籍依然很尊重。

有此二人出面，荊州出兵，相對容易許多。

諸葛亮告辭了伊籍之後，返回驛站，準備第二天啟程，前往朝陽。

可沒想到，他剛一回到客棧，就見劉封一臉憂急的跑過來。

劉封，本是羅侯寇氏子弟，原名寇封，其母家乃長沙劉氏宗族。年初時，被劉備收為義子，而改名劉封。劉備收劉封為義子的時候，關羽也好，諸葛亮也罷，都不是特別贊成，因為甘夫人在去年就有了身孕，若誕下子嗣，則劉封的地位就顯得非常尷尬。可是，劉備為了拉近和長沙劉氏宗族的關係，還是堅決收下了劉封。於是，諸葛亮乾脆把劉封從劉備身邊討要過來，名為歷練，實則是為了避免劉封坐大……對此，劉備心裡也很清楚，卻沒有阻止。

「從之，何故如此慌張？」

「軍師，你總算回來了！」劉封見到諸葛亮，頓時露出輕鬆之色，「若軍師再不回來，封就只得去找軍師了……剛得到消息，荀軍師他……他在舞陰被殺！三將軍無功而返，曹朋偷襲了宛城，將宛城存糧盡數焚毀。父親已返回宛城，並命二叔留守涅陽，退回南就聚西岸。父親派人過來，請軍師儘快返回宛城，商議對策……」

諸葛亮激靈靈一個寒顫，半晌說不出話來。

荀諶，被殺了？

他心裡有一種說不出來的滋味。

諸葛亮對荀諶，感情很矛盾。由於荀諶的存在，諸葛亮在劉備的手下雖得重用，卻不得為謀主。而荀諶對諸葛亮，非常友善，猶如師長一般，傾盡所學，授予諸葛亮，這讓諸葛亮對荀諶又非常感激……可人往高處走，水往低處流，諸葛亮還是希望有朝一日能超越荀諶。

可惜，荀諶無論是在年紀、聲名、資歷還有謀略上而言，都不遜色於諸葛亮。而在謀主這個位子上，劉備無疑更傾向於年長、聲名遠揚的荀諶。

荀諶死了，再也沒有人能阻攔住諸葛亮的上位。可是諸葛亮卻感到了一種莫名的失落……

他很快的冷靜下來，沉吟片刻後，對劉封道：「我原本打算往朝陽拜訪李文德。可現在看來，恐怕來不及了！我即刻啟程，趕回宛城。你留在這邊，等候季常回來，把這封書信交給季常，你隨他一起走一趟朝陽，讓他拜會李文德，請劉虎在章陵出兵相助。」

劉封拱手應命。

馬良這會兒不在驛站。他和諸葛亮一起返回襄陽，回家探望，順便拜訪親友。

諸葛亮本想當面和馬良說明情況，可時間卻不等人。他匆匆寫下一封書信，把事情的緣由告之馬良知曉。對馬良的能力，諸葛亮可說是毫不懷疑。馬良足以擔當重任……從某種程度上來說，馬良去見李珪，更加合適。他是襄陽人，而且早有名聲，與李珪也算認識。

加上伊籍的書信，還有馬良自身的水準，足以勸說李珪。

所以諸葛亮在安排妥當之後，連夜離開了驛站。劉封把諸葛亮送出襄陽城，目視諸葛亮離開，而後輕輕嘆了口氣，轉身準備返回驛站。可是，就在劉封轉身之時，忽聽有人叫喊他。

「可是從之賢弟？」

劉封一怔，順著聲音看去。

一個青年走過來，就著城門口的燈光，劉封一眼認出來人的身分。

青年名叫劉聰，長沙劉氏宗族子弟，早年間和劉封一起就讀於宗族學舍。不過劉聰是旁支庶子，所以在家中也不受待見。從學舍裡出來後，便被家族安排，負責打理家族的生意。

從某種程度上而言，也算是被壓制了！

「孟明，何故在此？」他鄉遇故知，劉封當然很開心，忙迎上前去。

「我來襄陽辦事，剛才看背影，好像是你，所以試喚之，沒想到真的是你……你不在長沙，怎來此地？」

很顯然這劉聰並不知道劉封過繼的事情。

劉封苦笑一聲，「一言難盡。」

「哈，那就算了……我正好辦完事情，從之可有空閒？算起來，你我也有多年未曾相見。相請不如偶遇，不如找地方，吃些水酒，從之以為如何？」

「這個……」

「誒，當年從之可是爽快人，為何而今吞吞吐吐？走走走，我請你吃酒。聽人說，那鹿門苑請來了一個師傅，做得一手好魚，咱們不妨前去品嘗，正好和我說說這些年的經歷。」劉聰說著，便拉起劉封的手就走。

劉封雖然有心拒絕，可是看劉聰如此熱情，也不好開口阻止。

他心裡本來就不是很舒服，而今諸葛亮走了，馬良訪友估計一時半會兒回不來，索性就和劉聰吃幾杯酒，聊上兩句，再回驛站不遲。想必也耽擱不了多長時間……想到這裡，劉封也就不再拒絕。兩人逕自朝著襄陽城裡行去。不多時，來到了那名為『鹿門苑』的酒樓。

「如此說來，劉玄德此次用兵，並未告之劉表？」沙水灣，曹朋聽罷糜芳的交代，若有所思。

「正是。」糜芳沉聲應道。

一旁向寵嗚嗚嗚的不斷掙扎，想要阻止糜芳說下去。可是在幾名牙兵的壓制下，任憑他掙扎，卻說不出一句話來。

曹朋瞄了向寵一眼，不再理睬。他消化著糜芳剛才的那些話，不斷在心中盤算：劉備吃了這麼大的虧，絕不可能善罷甘休，必須儘快把這裡的情況通知蒯越。

但曹朋不敢確定蒯越一定可以阻止劉表。劉景升雖然老了，但畢竟是一方諸侯。難保他不會產生其他的念頭。想到這裡，曹朋眼珠子一轉……

既然劉備可以動手，那我又怎能束手待斃？

他做得初一，我就能做得十五！

宛城存糧，盡數被毀。其意義之深遠，難以用言語表述。

於劉備而言，三十囷，近千斤糧食無蹤，勢必會影響到他的排兵布陣。首先，屯紮於西鄂和博望兩縣的兵馬，將失去糧草供應。當然了，陳到和呂吉可以就地徵收，但如此一來，就違背了劉備初期收買人心的打算……要知道，去年劉備占領宛城三縣之後，曾宣稱免賦稅一年。也就是說，到秋收之前，他不能強徵稅賦，否則就是食言而肥。對於在南陽根基並不算穩固的劉備而言，食言而肥，就等同於自掘墳墓。

可是，數萬大軍，日費糧草無數。

如果按照每人每天一斤糧計算，每日至少要消耗數萬斤糧食。這還不包括騾馬牲口所要食用的飼料，同樣是一個驚人數字……面對這些情況，劉備必須要做出改變。

更不要說痛失荀諶，對劉備造成的巨大打擊。

當劉備在南就聚大營聽聞荀諶戰死的消息時，當場就昏倒在地！

自官渡之戰以後，荀諶歸附劉備。從東海郡輾轉淮南，而後投奔荊襄，苦苦掙扎七年，才算是有了些許基業。荀諶在這七年中，為劉備耗盡了心力，從最初的軍政統領，一直到諸葛亮投奔，才算是輕鬆了一些。可以說，荀諶是在劉備最低潮時投奔過來，可算得上同甘共苦。

就這方面而言，諸葛亮的分量，遠遠比不得荀諶。

諸葛亮得知消息後，連夜從襄陽返回。

第二天凌晨，他抵達宛城見到劉備時，不禁嚇了一跳。只短短數日工夫，劉備看上去憔悴了許多，特別是那兩鬢竟生出了華髮，使他顯得非常蒼老。

躺在榻上，劉備閉目不語。

好半天，他輕聲道：「軍師，咱們接下來，當如何是好？」

諸葛亮沉吟許久，梳理了一下思緒，沉聲道：「亮返回宛城時，在新野停了一下。新野而今尚有存糧八囷，可以暫時抵擋一下。我已留書信與季常，請他在出使朝陽時，向李珪借糧。我估計，李珪那邊最少也能借出兩囷，如此一來，十囷糧草，可支援到秋後。」

「新野今年風調雨順，應該能有不少賦稅。只要咱們能堅持到秋後，局勢必然會發生變化……不過，曹朋絕不會坐視咱們熬到秋後，一定會有所舉動。主公而今須壯士斷腕，放棄博望、西鄂兩縣。命呂吉率部至涅陽，協助二將軍，保證糧道通暢，同時令叔至領本部兵馬，駐守魚梁磯，可以與宛城遙相呼應。如此一來，宛城壓力就可以減少許多。」

「而且主公還可以集中兵馬，抵禦曹朋……至少在目前態勢之下，穩住陣腳。劉荊州出兵，主公可以趁勢奪回博望兩縣；若劉荊州按兵不動，主公至少也可以保住宛城。」

宛城是陪都，是南陽郡的治所，更是南陽郡的象徵。

曹朋一日不能奪取宛城，就一日不得名正言順。諸葛亮建議劉備放棄博望和西鄂兩縣，正是收攏兵力，以防止曹朋再次襲掠宛城。同時，還可以震攝住那些蠢蠢欲動的南陽豪強勢力。

劉備此次主動挑起戰火，又以慘敗而告終，勢必會引發南陽豪強的不滿，甚至會趁機作亂。

諸葛亮的建議，卻是老成謀國之法。收攏兵力，不但可以穩住陣腳，還能減少不必要的糧草消耗。如此一來，劉備在新野和涅陽存糧，足以堅持到秋收。

可是，辛辛苦苦打下來的兩座城池就這麼還給曹朋？劉備又覺得有些不太甘心……

「軍師，真的要棄守博望？」

「而今局面，這是最好的選擇……」

劉備沉思良久，一咬牙，「也罷，就依軍師所言。」

嘆了一口氣，劉備再問道：「對了，子方和向寵，可有消息？」

「尚未有消息傳來。」

劉備聽聞，不禁苦笑連連。

麋芳和向寵被曹朋擄走，只怕這事情，不會就此完結！

曹賊

十二章 壯士斷腕

建安十一年五月二十一日，曹朋返回舞陰。

回到舞陰後，他立刻下令封賞羊衜、鄧芝等人，而後則做出了一個驚人舉動：上表朝廷，自請責罰。

說起來，舞陰之戰勝得實在是僥倖。若不是鄧艾那離奇一箭，射殺荀諶，勝負恐怕尚未可知。哪怕曹朋燒了宛城糧倉，可舞陰一旦有失，勢必會造成巨大的影響。

為此，曹朋還折損了傅肜、姜冏兩員大將，心中不勝悲慟。特別是姜冏的陣亡，讓曹朋萬分難過。姜冏自武威歸附以來，忠心耿耿，可算得上是曹朋的心腹，如今卻因自己的錯誤估計，丟掉了性命，讓曹朋焉能不難過？他身邊的老部下，著實不多了！龐德此時在湖陽鎮守，姜冏這一死，曹朋甚至覺得自己連個可用的人都沒了……他命人把姜冏的屍首找到收斂，命蔡迪帶人，送回滎陽。

而後，曹朋找了一個藉口，讓陳式前往許都。

哪怕是無人可用，他也不願意讓這傢伙留在身邊。

此人和自己有同鄉之誼，按道理說，可以重用。但是經過這一次偷襲宛城，曹朋發現陳式功利心太強，而且很自我，他甚至不懂得軍中的規矩，在關鍵時幾次質疑自己的決定。也幸虧飛駝兵是曹朋的心腹，陳式的那些舉動產生不了什麼作用。可若是讓他留下來，成事不足，敗事有餘，實非曹朋所願。倒不如把他送去許都，給他一個妥善安排……

至少，也算是了了當年的那段情誼。雖然那並非曹朋的情誼，可既然他成為曹朋，就必須要負擔起這個責任。

陳式倒是沒有什麼怨言，反而有些開心。

許都，那可是帝都！去許都，豈不是代表著有更多的機會？

所以在聽了曹朋的安排之後，陳式高高興興的啟程上路……只是他並不知道，從他啟程的那一刻開始，昔日他與曹朋的情誼，和而今的曹朋再也沒有半點關係。未來的路，唯有靠他自己！

「傅彤，尚有一子？」

「正是！」

濮陽逸在座前，恭敬回道：「和樂在前年方得一子，取名為僉，今方兩歲。其母在得知和樂死訊之後，便自盡身亡。而今，傅僉由其舅父收養，不過他舅父家中並不寬裕。」

傅僉？

這名字，聽上去有些耳熟啊！

曹朋有點想不起傅僉的事蹟，不過既然耳熟，也說明他曾在史書中留名。

沉吟了片刻，曹朋沉聲道：「和樂死戰，方使棘陽安全，當為此戰首功。其妻貞烈，從夫而亡，亦當今烈女。可將他夫妻之事上表丞相府，以請嘉獎……嗯，這樣，你帶上五十金前往義陽，找到傅僉之後，把他帶回來。和樂乃功臣，其子嗣焉能無人照看？那五十金，就贈與其舅父，權作我的心意。不過，南陽局勢多變……我會把他送往滎陽，讓他在我家中住下。」

「傅僉、姜維，皆我子嗣，日後我必會與他們一個前程，方不使功臣心冷。」

「公子能有此心，想必姜將軍和傅將軍九泉之下，亦可瞑目。」

濮陽逸聽聞，連連點頭，曹朋的這個安排無疑是極為妥帖。

曹朋苦笑一聲，「我寧願他二人不死。」

說罷，他轉身走出書房，心情顯得非常低落。

「公子，那爨芳和向寵二人，當如何處置？」

「爨芳既已歸順，就不必再為難他了……此人擅長財貨，就讓他去日勒，負責打理河西走廊的事務。告訴他，只要他能做得好，我保他爨家重新崛起。」

「那向寵呢？」

壯士斷腕

曹朋身子一顫，亦有些頭疼。

那小子是個刺頭，軟硬不吃。

麋芳這個人，曉之以利，他自然懂得輕重；可向寵卻不一樣，正年輕氣盛，一腔子熱血，滿腦子的正義。在他心裡，劉備始終都是正義一方，而曹朋屬於邪惡。與《出師表》裡所言的向將軍，似有很大程度的不同。這傢伙從某種程度上來說，就是一個憤青，除了劉備，誰也不服。

這麼一個人，殺了會有些可惜。

可不殺他，放他回去？曹朋又不是那麼心甘情願……

思忖良久，曹朋回過身來，沉聲對濮陽逸道：「把他送去河西，交給士元。」

「啊？」

「他們是同鄉，讓士元操練他一下，說不得日後能有所領悟。對了，押送他的時候，途徑臨洮時，請告之家父，派王雙回來……」

思來想去，把白駝兵和飛駝兵交給王雙，才是最好的選擇。王雙是他的家臣，而且跟隨日久，其忠心毋庸置疑。只是，王雙過來了，父親曹汲身邊豈不是少了分守衛力量？著實頭疼。

曹朋輕輕拍了拍額頭，嘆了口氣，向臥房行去。

車到山前必有路，王雙雖比不得龐德，倒也值得託付。

若實在不行，等祝道完成了任務，就讓他去涼州吧……以祝道的身手，當個帶刀護衛，綽綽有餘！

這一夜無事。

第二天，曹朋起了一個大早。他在花園裡打了一趟拳，而後洗漱一番，便回到書房。

鄧艾帶著張菖蒲，正幫著整理書房裡的案牘。此次，他雖立下了大功，卻並未感到高興。姜冏待鄧艾極好，如今身死，也讓鄧艾心情低落。

「舅舅！」鄧艾見曹朋進來，忙躬身行禮。

張菖蒲站在鄧艾的身後，也連忙問安。

曹朋點點頭，走到書案後坐下。他剛要和鄧艾說話，卻聽門外傳來一陣急促的腳步聲……

羊衜行色匆匆走來，一進門就道：「友學，出事了！」

「嗯？」

「劉備棄博望和西鄂兩縣，據守宛城。文長將軍已占領了博望，並派人前來詢問，可否攻擊宛城？」

劉備好快的動作！

曹朋不由得眉頭緊蹙，扭成了一個川字形狀。他連連的搖頭，顯得頗有些無奈……他可真沒有想到，劉備居然有如此的魄力。兩座縣城說丟就丟了，絲毫不見半點的猶豫。曹朋原本還打算讓魏延拖住陳到和呂吉兩人，而後兵出南山，屯駐育水，對宛城形成威脅態勢。

理論上，曹朋並不是真要和劉備火拚。

他只是要藉此機會，表明一個態度，從而引發宛城地區的動盪。

劉備損失三十囷糧草之後，必然會出現糧草匱乏的局面。到時候，他只要添一把火，令宛城局勢動盪，就可以動搖劉備的軍心。同時，屯紮育水，可以迫使宛城至博望的糧道延長，如此一來，必然會造成許多問題。曹朋就算不強攻宛城，劉備恐怕也很難支撐的太久……

可誰料到，劉備竟然放棄了博望、西鄂！

如此一來造成的結局，就是劉備龜縮宛城，加強了棘水沿岸的兵力布置，不禁縮短了糧道的距離，節省了運送糧食的路程，同時還能藉此手段震懾宛城地區豪強。

好一個壯士斷腕！

劉備還真夠果決……

換作曹朋，若站在劉備的位子上，自認沒有這種魄力。

不計較一城一地得失，這才是做大事的人。兩座縣城，十幾萬人口，這傢伙說不要就不要，沒有半點拖泥帶水。曹朋不禁苦澀搖頭，劉備這一招出來，讓他之前的種種計算付之東流。

「告訴文長，暫停攻擊。讓他屯駐夕陽聚，在育水北岸紮營。」

宛城現在就是個烏龜殼子，想要強攻，難度很大，甚至很可能會出現損兵折將的狀況，這絕非曹朋所期望的結果。

駐紮夕陽聚，封鎖育水上游渡口，進可攻擊宛城，退可守禦博望。以魏延之能，當可給劉備製造許多麻煩。不過，單憑魏延一支兵馬，顯然還不足以對付劉備。曹朋在安排下去之後，又命舞陰令呂常，率三千兵馬兵出南山，與夕陽聚遙相呼應，對宛城形成夾擊之勢……

「舞陰而今，有多少軍糧？」

「尚可支援三萬兵馬，三個月時間。」

「不夠！」

曹朋在心裡盤算了一下，「立刻向許都呈報，請求荀侍中自潁川調撥十囷糧草，囤積魯陽。進之，你立刻傳我命令，徵發徭役，就以劉玄德輕啟戰端，擾亂南陽為由頭，向整個南陽徵兵。我會命子家全力配合你，南陽真理報從即日起，由十日一期變為三日一期，數量由五百份增至一千份，面向整個荊州發放。必須要把這聲勢製造起來，讓所有人都知道此非我之過，乃劉玄德之罪……」

羊衜聽聞，連忙躬身應命。

待羊衜離去後，曹朋坐下來，輕輕敲擊額頭，露出一抹疲憊之色。

「舅舅，又要打仗了？」

鄧艾那稚嫩的聲音，在曹朋耳邊響起。

他猛然睜開眼睛，抬頭看了一眼鄧艾，半晌後輕輕點頭，「小艾，明日你隨月英舅母和夏侯舅母離開舞陰，暫居中陽鎮。舞陰接下來，恐將不得安寧，非宜居之所。你到了中陽鎮以後，只管好好讀書……我會把白駝兵交給你，一定要保護好你兩位舅母，你可敢領命？」

曹朋實在不希望鄧艾繼續摻和戰事。

而且，正如他所說的那樣，一旦徵發傜役，就如同全面向劉備宣戰，到時候，各種人員參雜於舞陰，實在是太過於混亂。曹朋自己也將出征，留黃月英二人在舞陰，的確是不太安全，倒不如讓她們去中陽鎮，那裡畢竟是他的老巢，相對而言，更單純一些。

只是，就這麼讓鄧艾離開，他未必願意。曹朋乾脆把白駝兵交給鄧艾執掌，只留下飛駝兵隨行。

鄧艾聽聞曹朋把白駝兵交給他，頓時興奮不已，連連點頭……

建安十一年五月末，曹朋以南陽郡太守之名，向整個南陽郡徵兵。

這次徵兵，不求有多少人響應，但一定要把聲勢製造出來。

與此同時，南陽真理報連續三天增發特刊，抨擊劉備的惡劣行徑。盧毓更親自執筆，將事情來龍去脈一一講解清楚。他在南陽真理報上言明：非太守好戰，實小人輕啟戰端。曹太守自就任以來，一直在努力維持南陽的和平局面。可現在，劉備為一己之私，而擅自宣戰，造成了大量無辜百姓的傷亡。曹太守迫於無奈，只能宣布應戰！為南陽郡長久的和平，曹太守希望各地英雄豪傑響應號召，加入朝廷大軍的行列，討伐叛逆。

文章一出，南陽郡為之轟動。

掌握喉舌的好處，在此時顯露無疑。

十二章
壯士斷腕

劉備收縮了兵力，雖然使宛城地區保持穩定局面，可是在非控制區域內，丹水、武當、穰縣等地豪強，紛紛做出回應，表示願意服從朝廷的徵發，討伐叛逆。同時，棘陽岑紹、鄧迪，更率先徵召本族青壯各千人，合計一校兵馬，聽從曹朋調遣。

曹朋也不客氣，立刻將這兩千兵馬撥入鄧芝麾下。而後，他命許儀為主將，鄧芝、杜畿為軍中司馬和主簿，屯紮南就聚；命典滿率本部兵馬，在南山山口與呂常會合。隨後，曹朋親領五千兵卒，自舞陰開拔，直撲南山山口。

至六月初，駐紮育水河畔的曹軍已多達一萬五千餘人；而劉備則親自坐鎮宛城，命陳到駐守魚梁磯，成掎角之勢，與曹軍相峙。雙方兵馬總和，近四萬人，以育水為中心，沿棘水而南，連綿十數里。劉備雖然無法對曹朋的輿論戰進行反擊，卻也毫不示弱。他穩守宛城，命關羽屯紮淯陽、糜竺總領新野，將宛城地區牢牢把持在手中，其聲勢絲毫不弱於曹朋。

雙方火藥味極濃，卻又相互間保持著一種克制。

劉備在等劉表的反應，而曹朋也在試探劉表的底線……

與此同時，襄陽城裡也亂成了一團。

以蔡瑁等人為首的荊襄世族集團，和劉表山陽舊部，發生了激烈的碰撞。一邊是要支持劉備，另一邊則認為劉備擅自挑起戰端，罪不容恕，應該將其召回，才不至於令荊州蒙受戰亂。

劉表夾在中間，猶豫不決。

前腳蒯越等人建議他應該把劉備召回來，後腳伊籍前來，勸說劉表支持劉備。雙方的理由都很充分，讓劉表感到左右為難。

劉表，真的是老了！

如果換作他當年入主荊州時的魄力，很容易就能做出決斷。

要麼打，要麼談和，就這麼簡單。

可如今的劉表，既想要打，能夠將南陽郡完全占領，同時又不希望激怒曹操，引發更大的戰事。

於是乎，雙方爭吵不休，讓劉表感到頭昏腦脹……

然而，襄陽城內的爭吵，並未能持續太久。

建安十一年六月初七，章陵校尉劉虎，突然向湖陽發動了偷襲。

在李珪和劉琦兩人合力勸說之下，劉虎終於下定了決心。六月初五，劉虎突然進駐襄鄉，隨後以中郎將黃忠為先鋒，突然出兵，攻占唐子鄉。

這唐子鄉乃是一大聚，居住有上千戶人家。

唐子鄉往西，為連綿數十里的丘陵，而後便進入新野治下；往東，則是桐柏大復山崇山峻嶺；向南是千里豫南平原，與襄鄉相連。東漢時，此處是連接南北的一處重要關隘，因毗鄰唐子山而得名。唐子山雖不算高，但卻是從東面桐柏群山中凸顯出來，恰如鷹首，鳥瞰南北平原。

這裡山勢陡峭，亂石滿坡，易守難攻。

它正好位於湖陽、襄鄉、新野三地之間。東漢初，赤眉綠林軍起義，劉秀曾指揮大軍，在此與王莽春陵軍交鋒，大獲全勝。從地理位置上而言，唐子鄉隸屬湖陽，也是湖陽縣北方門戶。

蒯正就任湖陽之後，就讓李嚴領兵，駐守唐子鄉……說起來，也是蒯正過於相信家族對劉表的影響力，他認為荊州軍絕無可能向湖陽用兵。哪知道，劉虎竟突然出兵！

李嚴被打了一個措手不及，狼狽而回。

「你剛才說，是黃忠領兵？」

「正是！」

湖陽府衙中，李嚴神情狼狽，一臉苦澀。

龐德在旁邊聽得真切，不由得好奇問道：「伯平，黃忠是誰？」

蒯正苦笑道：「未想到竟然是黃忠統兵，這下麻煩了……哦，令明有所不知。這黃忠字漢升，丹水人，是南陽郡乃至於整個荊州少有的悍將……太平道之亂時，黃漢升官拜宛縣統兵校尉，為當時南陽太守秦頡之心腹愛將。張曼成百萬黃巾圍城，黃忠在亂軍之中斬上將首級如探囊取物，立下赫赫戰功。」

「本來，太平道之亂結束後，黃忠本應獲得封賞，可是他因為愛子生病，無心出仕，便辭官回家……後其子終究未能活下來，等他再次出仕的時候，南陽已變了模樣。秦太守病故，而新任太守又不願委以重用……等到景升公執掌荊州時，又因為他年紀已大，便讓他輔佐劉磐公子。酸棗會盟之時，南陽太守張諮就曾說過：若漢升年輕十歲，即便是呂布，亦不敢觸其鋒芒……」

「慢著、慢著！」龐德突然打斷了蒯正的話，詫異問道：「聽伯平話中意思，這黃漢升，莫不成為一老卒乎？」

【曹賊　第二部卷七　幼麟驚世初鳴　完】

狂狷文庫017

曹賊(第二部) 07- 幼麟驚世初鳴

出版者■典藏閣

作　者■庚新（風回）　繪　者■超合金叉雞飯

總編輯■歐綾纖

製作團隊■不思議工作室

郵撥帳號■50017206 采舍國際有限公司（郵撥購買，請另付一成郵資）

台灣出版中心■新北市中和區中山路2段366巷10號10樓

電　話■(02)2248-7896　傳　真■(02)2248-7758

物流中心■新北市中和區中山路2段366巷10號3樓

電　話■(02)8245-8786　傳　真■(02)8245-8718

ISBN■978-986-271-372-3

出版日期■2013年7月

全球華文國際市場總代理／采舍國際

地　址■新北市中和區中山路2段366巷10號3樓

電　話■(02)8245-8786　傳　真■(02)8245-8718

新絲路網路書店

地　址■新北市中和區中山路2段366巷10號10樓

網　址■www.silkbook.com

電　話■(02)8245-9896

傳　真■(02)8245-8819

曹賊. 第二部 / 庚新作. — 初版. -- 新北市 :
華文網，2013.01-
冊；　　公分. --(狂狷文庫系列)
ISBN 978-986-271-349-5(第5冊 : 平裝). --
ISBN 978-986-271-358-7(第6冊 : 平裝)
ISBN 978-986-271-372-3(第7冊 : 平裝)
857.7　　　　　　　101024773

☞您在什麼地方購買本書？☜

1. 便利商店（________市／縣）：□7-11　□全家　□萊爾富　□其他________

2. 網路書店：□新絲路　□博客來　□金石堂　□其他________

3. 書店（________市／縣）：□金石堂　□誠品　□安利美特animate　□其他________

姓名：________地址：________

聯絡電話：________　電子郵箱：________

您的性別：□男　□女　　您的生日：西元________年________月________日

（請務必填妥基本資料，以利贈品寄送）

您的職業：□上班族　□學生　□服務業　□軍警公教　□資訊業　□娛樂相關產業

□自由業　□其他________

您的學歷：□高中（含高中以下）　□專科、大學　□研究所以上

☞購買前☜

您從何處得知本書：□逛書店　□網路廣告（網站：________）　□親友介紹

（可複選）　□出版書訊　□銷售人員推薦　□其他________

本書吸引您的原因：□書名很好　□封面精美　□書腰文字　□封底文字　□欣賞作家

（可複選）　□喜歡畫家　□價格合理　□題材有趣　□廣告印象深刻

□其他________

☞購買後☜

您滿意的部份：□書名　□封面　□故事內容　□版面編排　□價格　□贈品

（可複選）　□其他

不滿意的部份：□書名　□封面　□故事內容　□版面編排　□價格　□贈品

（可複選）　□其他

您對本書以及典藏閣的建議________

____

____

✌未來您是否願意收到相關書訊？□是　□否

✍感謝您寶貴的意見✍

印刷品

$3.5

請貼
3.5元
郵票

235 新北市中和區中山路二段366巷10號10樓

華文網出版集團　收

（典藏閣－不思議工作室）